FINE DYING

DIE AUTORIN

Eva Rossmann, geboren 1962, lebt im Weinviertel/Österreich und auf Sardinien. Juristin, Journalistin, Autorin.
Ihre gesellschaftspolitischen Kriminalromane rund um die Wiener Journalistin Mira Valensky und ihre bosnischstämmige Putzfrau und Freundin Vesna Krajner wurden zu Bestsellern und mit zahlreichen Preisen ausgezeichnet.
Zuletzt ist bei Folio der Sardinien-Krimi „Tod einer Hundertjährigen" (2022) erschienen.

Seit sie vor zwanzig Jahren für ihren Krimi „Ausgekocht" recherchiert hat, arbeitet Eva Rossmann im Haubenlokal von Manfred Buchinger, dem „Gasthaus Zur Alten Schule", mit. Staatlich geprüfte Köchin. Ihr jüngstes Kochbuch ist 2021 bei Folio erschienen: „No Stress. Mira kocht".

EVA ROSSMANN

FINE DYING

EIN MIRA-VALENSKY-KRIMI

FOLIO VERLAG

Lektorat: Joe Rabl

Grafische Gestaltung und Umschlag: Dall'O & Freunde
Druckvorbereitung: Typoplus, Frangart
Printed in Europe

ISBN 978-3-85256-887-4

www.folioverlag.com

E-Book ISBN 978-3-99037-150-3

Für Manfred, den besten Koch.
Und alle, die nah am Feuer sind.

[1.]

Schwarzer Rauch. Ich ringe nach Luft. Verkohlt, bizarr verzogen, in die Luft gereckt, das, was einmal ein Bein war. Unser Kater Vui. Prächtig, mit weißem, buschigem Fell, einem blauen und einem braunen Auge. Er ist dem Feuer zu nahe gekommen. Grau hockt er nun da, zum Katzenstandbild erstarrt, die Augen zugekniffen.

Oskar hustet. „Wir essen auswärts", sagt er trocken.

Mag ich seine stoische Art? Meistens.

Ich wollte meinen neuen Holzherd einweihen. Gründlicher konnte das nicht schiefgehen. Es gibt einen Geschmack, einen Duft aus meiner Kindheit, von dem ich immer wieder träume: „gefülltes Hendl". Das Sonntagsessen meiner Großmutter, wenn unsere Familie zu ihr aufs Land gefahren ist. Am Tag davor hatte sie einem ihrer Hühner den Kopf abgeschlagen. Großvater, ein musisch veranlagter Mensch, konnte das nicht. Die saftige Semmelfülle, die knusprige Haut. Unsere Erinnerungen verändern sich im Laufe der Zeit, die Wahrheit ist manchmal äußerst subjektiv. Allerdings gibt es auch objektive Voraussetzungen: Für das Gelingen dieses Gerichts ist es unter anderem die unnachahmliche Wärme eines mit Holz beheizten Backrohrs. Monatelang habe ich auf den Herd gewartet. Liebevoll habe ich ein großes Bio-Huhn ausgesucht, die Fülle so gemischt, wie meine Oma es getan hat. Und dann gleich doppeltes Versagen: Ich habe unterschätzt, wie heiß diese Öfen werden können. Ich habe die

Zeit übersehen. Jetzt ist das ehemals prächtige Huhn eine verkohlte Schrumpfleiche.

Vui starrt mich an. So, als würde er mich auffordern, das Ding in etwas Essbares zurückzuverwandeln.

„Vergiss es", sage ich und huste auch.

Oskar hat die Terrassentür aufgerissen. Frische kühle Mailuft. Ich hätte in der Nähe des Backrohrs bleiben müssen. Stattdessen bin ich nach nebenan in unsere Arbeitswohnung. Eigentlich nur, um kurz meine Mails zu checken. Da habe ich dann bemerkt, dass es Ärger gibt. Die Automobilbranche ist nicht zimperlich, wenn man Plug-in-SUVs als „dekadente Dreckschleudern" bezeichnet. Dabei habe ich bloß eine junge Klimaschützerin zitiert. Sie haben ECCO, das Onlinemagazin, für das ich arbeite, mit Drohungen bombardiert. Sie fordern einen schriftlichen Widerruf, sonst folgt eine Klage. Sam Mayer, meine Chefredakteurin, will eine ausführliche Stellungnahme. „Erschlagen wir sie mit Fakten", hat sie gemailt. Ich habe mit dem Kohlendioxidausstoß der Status-Schlitten begonnen. Er liegt deutlich über dem von herkömmlichen Kleinwagen. Bin dann zum Öko-Schmäh gewisser Automarken, den Vorteilen eines reinen Elektroantriebs für Modelle, die nicht übermotorisiert sind, bis … bis mir eben, mehr als eine Stunde später, bewusst geworden ist, dass gerade eine Kindheitserinnerung im Holzherd verglühen könnte. Ich hatte die, eigentlich recht kleine, Brennkammer bis oben mit Holz gefüllt. So wie in einer plausibel wirkenden Internetanleitung beschrieben.

Das eingebaute Thermometer steht immer noch auf dreihundert Grad. In unserem Ess-Wohn-Lebenszimmer herrscht gefühlte Saunatemperatur. So einen Backofen kann man nicht einfach ausschalten, auch wenn ein Großteil des Holzes inzwischen verbrannt ist. Ich kann nur hoffen, dass mein Traumherd das überleben wird. Zwei dicke Handtücher in der linken, zwei wattierte Topflappen in der rechen Hand. Vorsichtig ziehe ich den Grillrost ein Stück heraus, nehme die offenbar tatsächlich feuerfeste Form, trage das bösartig rauchende Objekt auf die

Terrasse, stelle es auf den Boden. Knirschen, Knacken, eine Fliese: gesplittert.

Oskar lächelt mich an und zuckt mit den Schultern. Ist es Gleichmut? Oder doch schon Ignoranz? Andererseits: Wäre es mir lieber, er würde toben? Oder mich auslachen? Ich versuche zurückzugrinsen, hole tief Luft und stelle mich neben ihn. Von hier aus hat man einen atemberaubenden Blick über die Dächer von Wien. Daran kann keine gebrochene Fliese, kein verkohltes Huhn etwas ändern.

Vui ist langsam näher gekommen, hat dann aber offenbar eingesehen, dass aus diesem Vieh nichts Genießbares mehr wird. Jetzt sitzt er in der Tür und putzt sich.

Mein Telefon. Sam Mayer? Ein Auto-Lobbyist? Die Nachbarn? Lasst mich in Ruhe, ich werde Stoikerin. Nach der siebten Klingelton-Wiederholung werfe ich doch einen kurzen Blick aufs Display.

„Manninger", sage ich zu Oskar. „Ich habe lange nichts von ihm gehört."

„Ist doch ein Wink des Schicksals. Geh dran und bestell einen Tisch bei deinem alten Koch-Freund. Wir fahren ins ‚Apfelbaum' und gönnen uns ein feines Abendessen."

Gute Idee. Ohnehin absurd, wie lange wir schon nicht mehr in seinem Gasthaus im Weinviertel gewesen sind. Immer war etwas anderes los: Pandemie, Sardinien, meine Arbeit, seine Arbeit – alles bloß Ausreden dafür, dass wir offenbar immer fauler werden.

„Hi Günter, wir kommen heute Abend, okay?", sage ich anstelle einer Begrüßung.

„Würde mich freuen, aber das schaffst nicht einmal du."

„Warum? Seid ihr abgebrannt?"

„Wie kommst du auf so etwas?"

„Erzähle ich dann."

„Ich bin auf St. Kitts. Genau deswegen rufe ich an."

Palmen, lauer Wind, Steeldrums – ein Hauch Paradies. Ich erinnere mich … eine kleine karibische Insel, ein nächtlicher

Strand … – Stopp, Mira. Und das nicht nur, weil Oskar dabei keine Hauptrolle gespielt hat. „Schön wäre es", sage ich.

„Ich brauche deine Hilfe. In Österreich. Khaled wurde ermordet. Er ist einer meiner beiden Köche. Eigentlich Hilfskoch."

„Khaled?"

„Ein junger Syrer. Netter ruhiger Mann. Verlässlich, unauffällig. Drei Messerstiche. Hinter dem Gasthaus bei den Mülltonnen. Gestern früh."

„Gibt's eine Spur? Ich nehme an, du hast mit den anderen Mitarbeitern telefoniert."

„Klar. So viele sind es nicht. Man kriegt kaum Personal, schon gar nicht am Land."

„Und was sagen sie?"

„Dass sie keine Ahnung haben. Das ‚Apfelbaum' war gestern geschlossen. Wir haben momentan nur an drei Tagen geöffnet, mehr geht sich nicht aus."

„Eine Fehde?"

„Du meinst, unter Flüchtlingen? Oder dass es etwas mit Ausländerfeinden zu tun hat? Kann ich mir alles nicht vorstellen. Auch Esat sagt, da war nichts. Keinerlei Anzeichen. Khaled war wie immer. Ich weiß nicht viel von ihm, auch weil er wenig Deutsch kann. Er war nicht besonders schnell, aber verlässlich. Er hat im ‚Apfelbaum' gewohnt. Das war praktisch. Im ersten Stock gibt's ein Zimmer und ein Bad, so hatte er keine Mietkosten und ich jemanden, der aufs Gasthaus aufgepasst hat."

„Einbrecher?"

„Es wurde offenbar nichts gestohlen."

„Esat? Wer ist das?"

„Mein Küchenchef, sozusagen. Momentan."

„Und woher stammt er?"

„Auch aus Syrien."

„Aha."

„Nichts aha. Die sind beide geflohen. Esat früher, Khaled später. Sie haben sich gut verstanden, auch wenn Esat natürlich dominant war."

„Natürlich?"

„Esat Al Sayed kommt aus einer wohlhabenden Familie in Damaskus. Er hat die Filmhochschule abgeschlossen. Und dann bei mir in kürzestmöglicher Zeit die Kochlehre absolviert. Khaled kommt vom Land, aus einer Provinz, deren Name mir immer entfällt. Der Vater war Lastwagenfahrer, die Familie hat eine Art Bauernhof. Wenig Schulbildung, viel schlechtere Startchancen, um Deutsch zu lernen und einen ordentlichen Job zu finden."

„Aber religiös."

„Wie kommst du darauf? Khaled war religiöser als Esat, aber das war es schon. Heuer hat er sogar auf den Ramadan verzichtet. Auch wenn er geklagt hat, dass seine Mutter das nie erfahren dürfe, es würde sie umbringen."

„Warum fragst du nicht Billy?"

„Du weißt doch, dass sie nur mehr Private Dining macht. Und Ghostwriterin ist, für Promis, die unbedingt ein Kochbuch schreiben wollen. Die könnte dir Geschichten erzählen ..."

„Sie kennt den Laden. Und wohl auch deine jetzige Truppe im ‚Apfelbaum', oder?"

„Nicht besonders gut. Sie hat mich einige Male vertreten, aber Esat ist inzwischen sehr selbstständig. Ich möchte, dass jemand im ‚Apfelbaum' nachsieht, den meine Leute nicht kennen. Ihr seid schon lange nicht mehr bei uns gewesen, oder?"

„Verrückt lange, ich weiß auch nicht, wie ..."

„Alles gut. Jetzt sogar sehr gut so. Mira, bitte, schau nach, was da los ist."

„Klingt so, als würdest du deinen Leuten doch nicht ganz trauen."

„Das ist es nicht, nur ..."

„Wie stellst du dir das vor? Ganz abgesehen davon, dass das Gasthaus jetzt wohl geschlossen ist."

„Ist es nicht. Die Polizei scheint kein besonderes Interesse an dem Fall zu haben. Ich kenne den Bürochef des Innenministers, er ist einer dieser Foodies. Er hat gemeint, man wolle verhindern, dass das ‚Ausländerthema' noch mehr hochkocht und einer gewissen Partei nützt. Na ja. Die Ermittler haben offenbar ihr übliches Programm abgespult und das ‚Apfelbaum' wieder verlassen. Ich mache mir Vorwürfe. Vielleicht hätte ich nicht wegfahren dürfen. Womöglich habe ich etwas übersehen."

„Was machst du eigentlich in der Karibik?"

„Ich bin der sogenannte ‚Star-Chef' im neuen Flagship-Ressort von ZEN, du weißt, diese Fünf-Sterne-Kette … Ich soll die ersten Wochen aufgeigen, Fine Dining mit einem karibischen Touch, nichts zu Exotisches, die Truppe anlernen, Medientermine absolvieren und dann darf ich mit gutem Geld weiterziehen."

„Dabei hätte ich dich lieber unterstützt."

Oskar wirft mir ungeduldige Blicke zu, deutet zur Tür, dann auf seinen Magen. Ja, ich bin auch hungrig. „Sie haben seinen Koch erstochen", erkläre ich.

„Wohin gehen wir dann?", flüstert Oskar.

Ich sehe ihn strafend an. Das ist jetzt wirklich ignorant.

„Was ist?", will Manninger wissen.

„Kurzerklärung für Oskar."

„Mira, ich habe mir das so vorgestellt: Wir suchen ständig Personal, ich habe Inserate geschaltet, Zettel aufgehängt. Du kommst und bewirbst dich als Küchenhilfe. Esat wird dich mit Handkuss nehmen."

„Ein Syrer mit Handkuss."

„Der kann das, da bin ich mir sicher. Der ist charmanter als die meisten unserer Eingeborenen. Sein nächstes Ziel ist die Staatsbürgerschaft. Da ist er dran. Mit vollem Einsatz."

„Als Küchenhilfe."

„Du kennst dich aus, du hast damals bei Billy viel gelernt, aber du bist keine gelernte Köchin. Nur für ein paar Tage. Wer weiß, vielleicht schaut auch eine Reportage raus. Alltagsleben in der Gasthausküche. Oder so."

„Dass es in der Profiküche ziemlich zur Sache gehen kann, davon hab ich schon gehört. Aber Mord als Alltag? Wäre mir zu viel. – Was hat dir die Polizei erzählt?"

„Nur die offensichtlichen Tatsachen. Mehr gibt's nicht, meint auch der Bürochef des Innenministers. Aber der will eben beruhigen. – Was ist mit deinen Kontakten?"

„Die waren mal. Seit der Pensionierung schippert der ehemalige Chef der Abteilung Leib und Leben auf seinem Boot durch die Weltgeschichte. Jetzt beschränken sich meine guten Verbindungen auf eine lokale Größe. Aber bei Mord geht alles ans Landespolizeikommando, womöglich sogar ans Bundeskriminalamt, wenn der Fall brisant genug ist."

„Lokale Größe? Vielleicht hat er ermittelt?"

„Unwahrscheinlich. Nemecek ist Bezirkspolizeikommandant."

„Mira, es geht mir auch um die Mitarbeiter: Ich muss versuchen, den Schaden fürs ‚Apfelbaum' gering zu halten. Je weniger Gerüchte, je weniger falsche Verdächtigungen, desto besser."

„Weil jemand, der sich mit sechzig als Küchenhilfe bewirbt, nicht auffällt."

„Erstens, meine liebe Mira, siehst du deutlich jünger aus. Zeitlos."

„Zeitlos?"

„Du weißt, wie ich das meine ... Verdammt, es sollte ein Kompliment sein. Übrigens: Wir hatten vor kurzem einen siebenundsiebzigjährigen Bankmanager in der Küche. Die Truppen werden immer bunter, notgedrungen."

„Der ist aber nicht mehr da, oder?"

„Nein. Er wollte zu viel Geld."

„Im Ernst?"

„Mit so was scherze ich nicht. Bring einfach Vesna mit, dann habt ihr es lustig."

„Du weißt, dass meine Freundin nicht eben ein Fan der Küchenarbeit ist."

„Aber du bist es. Warst es immer. Und du würdest mir enorm helfen."

Wenig später habe ich Oskar das Wichtigste erzählt.

„Ist doch perfekt, dann fahren wir ins ‚Apfelbaum', essen, und du schaust dich um."

„Die Idee war, dass ich quasi undercover in der Küche nachsehe. Nicht als Gast. Geht wohl schlecht, dass ich zuerst mit dir zu Abend esse und mich dann als Mitarbeiterin bewerbe."

„Du wolltest eben sehen, ob dir das Lokal zusagt. Ob alles passt, ob sie gut genug sind. Und dann entscheidest du, ob du mitarbeiten möchtest."

„Typisch Küchenhilfe!", höhne ich.

„Schon mal was von Arbeitskräftemangel in der Gastronomie gehört? Man arbeitet nur, wenn einem alles konveniert."

„Wenn du mit bist, glaubt mir ohnehin keiner, dass ich den Job will."

„Warum?"

„Weil du nicht aussiehst, als würde deine Frau einen Hilfsjob in der Küche suchen."

„Und wie sehe ich aus?"

„Wie ein Wirtschaftsanwalt eben. Dafür brauchst du keinen dreiteiligen Anzug. Dich tarnt auch dein Polo plus Gilet nicht."

„Du könntest meine … Geliebte sein. Mein Verhältnis, meine …"

„Noch besser, sehr spendabel bist du dann nicht."

„Du wolltest doch nie abhängig sein. Finanziell."

„Wir reden nicht vom echten Leben."

„Tun wir nicht? Warum sollte die Frau eines Anwalts nicht in der Küche arbeiten wollen?"

„Weil das momentan – im echten Leben, liebster Oskar – nicht einmal Leute tun, die null gelernt haben und null Geld haben."

„Freaks", sagt Oskar grinsend. „Du bist ein Freak. Die tun das. Außerdem hab ich Hunger. Und Vesna, die nehmen wir mit."

Die Straße führt vorbei an Weingärten und Äckern. Die letzten Strahlen der Abendsonne bringen das junge Grün zum Strahlen. Ein Bussard fliegt auf.

„Totgefahrener Hase", sagt Vesna hinter mir. „Wir haben den Vogel beim Abendessen gestört."

Ja, gut, auch das ist Weinviertel.

Dann taucht in der Kurve das alte Gasthaus mit den zwei großen Kastanienbäumen auf. An einem warmen Sommertag in ihrem Schatten zu sitzen ... Es gibt Plätze, an denen fühlt man sich gleich wieder zu Hause. Das „Apfelbaum" ist für mich einer davon.

Warum nur waren wir so lange nicht hier? Was hat sich verändert? Jetzt kochen hier zwei Syrer. Das heißt, der eine kocht nicht mehr, der ist tot. Lange ist es her, dass ich Billy Winter, der damaligen Pächterin, bei der Lösung eines anderen Falls geholfen habe. Mysteriöse Attentate: Salz und Zucker wurden vertauscht, eine Melone flog durchs Fenster, ein Koch ist verschwunden. Und dann die Sache mit der Faschiermaschine.

„Zwanzig Jahre", sagt Vesna.

Zwanzig Jahre? Offenbar kann meine Freundin Gedanken lesen. Tatsächlich. Zwei Jahrzehnte sind seither vergangen. Natürlich waren wir auch danach hier. Als Gäste. Als Freundinnen. Bei Manninger, dem genialen Koch, der zwischen seiner Homebase und der großen weiten Welt pendelt. Bei den unterschiedlichen Menschen, denen er seine Art zu kochen beigebracht hat: bodenständig und kreativ zugleich, immer frisch, immer anders, am Augenblick orientiert. „Cuisine du moment" hat ein Gastrokritiker es genannt.

So vieles ist in diesen zwanzig Jahren geschehen. Wie hat es uns verändert? Sind wir klüger geworden? Gar weiser oder bessere Menschen? Wir haben mehr gesehen und erlebt. Das jedenfalls. Und älter sind wir geworden, klar. Damit habe ich kein großes Problem. Zumindest noch nicht. Jetzt bin ich vor allem hungrig. Dass ich gerne esse, ist in den letzten Jahrzehnten jedenfalls gleich geblieben. Aber was, wenn das gar nicht mehr unser „Apfelbaum" ist? Ein Mord … und eine Belegschaft im Lokal, von der ich niemanden mehr kenne. Gerade deswegen hat mich Manninger hergebeten.

„Magst du aussteigen?" Oskar sieht mich fragend an.

Er hat unseren E-Soul eingeparkt. Zwischen Hühnern, die frei herumlaufen. Das ist immer noch so. Manningers Hühner, die niemand abstechen mag. Sie fressen die Küchenabfälle, sie legen Eier, sie leben so lange sie eben leben.

Natürlich weiß meine Freundin Vesna inzwischen, worum mich Manninger gebeten hat. Ihre Antwort war erwartbar: Sie hat keine Zeit, um in der Küche mitzuhelfen. Ihre Firma läuft hervorragend: „Sauber – Reinigungsarbeiten aller Art". Auch in Krisen machen Leute Dreck, sagt sie gerne. Ganz abgesehen davon, dass sie den Begriff „Reinigungsarbeiten" nach wie vor großzügig auslegt. Inklusive detektivische Nachforschung und Aufdeckung. Damals, vor zwei Jahrzehnten war sie noch Putzfrau. Unter anderem meine. So hat unsere Freundschaft begonnen. Aus ihr ist „etwas geworden", wie man so schön sagt: vom jugoslawischen Kriegsflüchtling mit dreijährigen Zwillingen zur österreichischen Unternehmerin. Und ich? Ich bin immer noch Journalistin. Seit einigen Jahren nicht mehr für die größte Wochenzeitung des Landes, sondern für ECCO, ein Onlinemagazin, das ich für deutlich seriöser halte. Zeit, in Pension zu gehen? Ich habe zu lange frei gearbeitet, um von meiner Rente halbwegs gut leben zu können. Besser, ich hänge noch ein paar Jahre dran. Und außerdem: Ich fühle mich nicht danach.

Keine Ahnung, warum mein Herz klopft, als wir die Gaststube betreten. Weil ich so lange nicht mehr hier war? Weil vieles, was ich so gemocht habe, weg sein könnte? Oder hat es mit dem Mord an einem Syrer zu tun, von dem ich so gut wie nichts weiß?

Doch dann ist es so wie immer: Die Speisekarte besteht aus losen Blättern auf einem Klemmbrett, so kann man sie sofort wechseln, wenn etwas ausgeht oder der Jäger von nebenan mit einem halben Wildschwein samt frischer Leber vorbeischaut.

Die alten Holzbänke mit ihren bunten Kissen sind gemütlich, der weiße Gespritzte schmeckt. Und dass uns eine Frau mit eindeutig deutschem Akzent begrüßt hat: warum nicht? Sie ist freundlich, beinahe zu fröhlich. Einen Tag, nachdem ihr Kollege ermordet worden ist. Es sind bloß zwei weitere Tische besetzt. Weil sich herumgesprochen hat, was passiert ist? Oder weil es sich eben noch nicht herumgesprochen hat? Ich gebe die Frage an Vesna und Oskar weiter. Mein Mann murmelt hinter seiner Speisekarte etwas wie: Ist eben nicht gerade zentral gelegen. Er ist eindeutig auf anderes konzentriert. Vesna wiegt den Kopf. „Ich glaube nicht, dass sie wissen, was passiert ist, sonst wäre es voll. Viele Leute sind mehr neugierig als hungrig."

„Hast du den Koch schon gesehen?", frage ich sie.

„Wird wohl kochen, der Syrer. Auch wenn du es nicht gerne hörst: Fehde unter Ausländern ist am wahrscheinlichsten. Manninger hat gesagt, das Opfer hat sonst nicht viele Leute gekannt."

„Wenn wir beide im Ausland kochen würden und eine von uns ist tot: Ist es dann naheliegend, dass du mich oder ich dich umgebracht habe?"

„Erstens sind das Männer. Zweitens, wenn stimmt, was Manninger sagt, sie waren keine Freunde, nur Kollegen. Drittens sie sind, sorry, anders."

„Eben Geflüchtete?"

„Habe ich nicht gesagt. Aber wir wissen nichts, vielleicht Streit wegen einer Frau. Oder ein Motiv, das mit ihrer Religion zu tun hat. Kann auch mit Herkunft oder mit Stolz zu tun haben. Man darf das nicht ausblenden, nur weil du Flüchtlinge gerne haben willst."

„Du warst selbst auf der Flucht, schon vergessen?"

„Neben mir ist niemand bei Arbeit gestorben. Und: Das war damals ganz anders."

„Es ist immer anders!"

Oskar räuspert sich. „Wir … wir sollten bestellen. Und, auch wenn es mir viel zu gefährlich ist, zwischen euch zu vermitteln: Ihr seid beide keine Rassistinnen. Ihr habt bloß unterschiedliche Thesen zu dem, was passiert sein könnte."

„Mira hat keine These, außer ich bin eben doch Rassistin."

Ich hole tief Luft. Was habe ich mir heute, nach dem Holzherd-Desaster, geschworen? Ich werde Stoikerin. „Ich nehme den Wildhasenrücken auf Kraut & Rüben, und davor ... Spinat in der Palatschinke."

„Ich hoffe, es ist nicht der Hase, den wir auf Straße gesehen haben", sagt Vesna und grinst.

„Du meinst, dein Syrer kommt mit einem großen Messer, tranchiert das arme Tier zwischen den Büschen und schon ist der Rücken am Teller?"

„Mein Syrer? Ist eher dein Syrer."

„Ihr habt ihn noch nicht gesehen. Und ich nehme das getrüffelte Schnitzel vom heimischen Kalb", wirft mein Mann ein.

„Vielleicht war es Konkurrenzneid und jemand wollte Manninger eins auswischen", überlege ich.

„So gut geht Geschäft auch wieder nicht", stellt Vesna fest.

„Oder es waren Ausländerfeinde? Da kochen zwei Geflüchtete, das findet vielleicht nicht nur meine beste Freundin verdächtig."

„Mira!", ruft Oskar empört. Beim Essen will er Frieden. Sonst auch.

„Dann sie müssten halbe Gastroszene ausrotten. So fleißig sind die neuen Nazis nicht", antwortet Vesna ungerührt.

Ich kneife die Augen zusammen. Das Paar, das eben von der Kellnerin begrüßt wird. Er groß und schlaksig, in Jeans und einem Cordsamt-Sakko, sie zierlich und schick, an der Leine einen munteren gefleckten Hund. Es gibt Menschen, die meinen, ich bräuchte schon lange eine Brille. Bloß weil ich ein wenig kurzsichtig bin. Ich finde, man muss nicht immer alles so scharf sehen. Gibt der Fantasie mehr Spielraum. – Geht die gerade mit mir durch oder ist das wirklich Bezirkspolizeikommandant Fritz Nemecek samt Gattin und Hund? Kann das ein Zufall sein? Und: Wird er glauben, dass es ein Zufall ist, uns ausgerechnet heute hier zu begegnen?

Er deutet auf den am weitesten entfernten Tisch und sieht nahezu penetrant an uns vorbei. Seine Frau kenne ich kaum, ich habe sie vor einigen Jahren bei einem Familienfest getroffen. Seine umtriebige Nichte hat damals einen im ganzen gebackenen Karfiol beigesteuert. Warum fällt mir gerade das jetzt ein? Wäre auch ein Gericht, das sich gut für meinen neuen Holzherd eignen würde. Wenn er keinen Schaden genommen hat. Nemecek beugt sich unter die Bank und streichelt den Hund. Er deutet etwas. Gilt es dem Tier? Er wiederholt die Geste. Dann schaut er mich direkt an. Kopfbewegung, noch immer unter dem Tisch, Richtung Tür. Wenn ich richtig gesehen habe.

„Ist das nicht dein Lieblingspolizist?", fragt Oskar.

„Psst", mache ich. „Der hat mit den Ermittlungen nichts zu tun."

„Ist mir klar. Aber warum ist er dann hier?"

„Weil man im ‚Apfelbaum' gut isst?"

„Weil er ist mindestens so neugierig wie Mira", vermutet Vesna.

Ich zucke mit den Schultern. „Ihr entschuldigt mich?"

„Was wir sollen entschuldigen? Hast du mit Kommandant vereinbart …"

„Liebste Vesna, das sagt man so."

„Sagst du sonst nie."

Durch die Schwingtür, in den Gang mit den Toiletten. Zum Glück hat Manninger hier viele seiner Auszeichnungen aufgehängt. Ich kann so tun, als ob ich sie studieren würde. Chaîne des Rôtisseurs, Dîner Amical – ein Hoch dem Grand Chef! Erster Platz beim Internationalen Deinhard-Wettbewerb in der Kategorie Fischgerichte. Wahnsinn. Das war in den Siebzigern des vorigen Jahrhunderts. Da bin ich noch zur Schule gegangen.

„Was machst du da?"

„Lesen?" Ich lächle den obersten Bezirkspolizisten freundlich an.

„Ich bin nicht auf der Nudelsuppe dahergeschwommen."

„Schöner Ausdruck. Hört man nur mehr selten. Muss ich mir aufschreiben. Sollte bei der Instagram-Generation nicht in Vergessenheit geraten."

Nemecek runzelt die Stirn. „Lenk nicht ab."

„Wir wollten wieder einmal gut essen. Ich hatte … ein kleines Malheur mit meinem neuen Holzherd. Kannst du gerne nachprüfen. Und du? Beschäftigt dich das LKA als verdeckten Gast?"

Fritz Nemecek schüttelt in gespielter Verzweiflung den Kopf. „Auf solche Ideen kommt auch nur die sehr verehrte Mira Valensky."

„Was hast du für eine Idee zum Mord?"

„Wusste ich es doch."

„Manninger hat mich angerufen. Er ist in der Karibik, Fünf-Sterne-Ressort."

„Er hätte lieber auf seine Köche aufpassen sollen."

„Manninger ist dort Star-Chef, wie sie das nennen. Fine Dining zelebrieren. Um gutes Geld, damit das ‚Apfelbaum' auch eine Flaute wie diese überlebt. Was meinst du?"

„Ich finde so Zeug anstrengend. Ich esse lieber hier."

„Du warst im ‚Apfelbaum', nachdem Esat den Mord gemeldet hat?"

„Esat. – Du kennst ihn?"

„Nein. Um ehrlich zu sein, ich kenne niemanden vom ‚Apfelbaum'-Team. Und du?"

„Wir sind nicht zuständig. Die Kollegen vom nächsten Posten haben den Tatort gesichert, dann haben die Leute vom LKA übernommen."

„Aber sie werden euch wohl informiert halten. Immerhin ist es dein Bezirk."

„Ich bin nicht Kaiser, ich bin Polizist, Freund und Helfer. Und so sehen mich die in der Zentrale auch."

„Freunden erzählt man etwas."

„Okay, vergiss das mit dem Freund. Helfer, Handlanger. Keine Chance, Mira. Ich weiß nichts."

„Deswegen bist du hier."

„Ich bin hier, weil ich hungrig bin. Und offenbar habe ich einen guten Instinkt. So kann ich dir sagen, dass du dich raushalten sollst. Schlimm genug, was passiert ist."

„Ich bin Journalistin. Ich könnte die vom LKA fragen, wie die Ermittlungen laufen. Und wie der Bezirkspolizeikommandant eingebunden ist, den ich gestern ganz zufällig im ‚Apfelbaum' getroffen habe."

Nemecek zwinkert mir zu. „Kann ich da einen … zarten Beigeschmack von Erpressung spüren?"

„Ich habe Manninger versprochen, wieder mal in der Küche auszuhelfen."

Hunderte von Lachfältchen um seine Augen. Was ist daran so witzig?

„Schau nicht so böse. Ich habe Manninger versprochen, Frau und Hund zum Essen auszuführen …"

„… und nachzusehen, was los ist, wie es läuft, ob dir irgendetwas auffällt."

„Ist eben ein alter Freund. Und mein Lieblingskoch."

„Er hat mir nichts davon erzählt."

„Davon, dass ich seine Küche liebe?"

„Dass er dich angerufen hat."

„Wenn es dich tröstet, er hat mir auch nicht erzählt, dass er dich anruft."

„Du hast also gewusst, dass er in der Karibik ist!"

„Liebe Mira, schon mal was davon gehört, dass man nicht alles, was man weiß, gleich auf der Zunge trägt? Schon gar bei Ermittlungen?"

„Die du ja nicht führst."

„Du noch weniger."

„Du kennst Esat Al Sayed also?"

„Nein. Vielleicht habe ich ihn mal gesehen, ich glaube nicht, dass die Belegschaft weiß, wer ich bin. – Du willst also in der Küche herumschnüffeln. Ist dir klar, dass das brenzlig werden kann?"

„Hat Kochen so an sich. – Weißt du, was mir ein Schweizer Löwenbändiger, den ich für eine Reportage gefragt habe, wie gefährlich sein Job eigentlich ist, geantwortet hat? ‚Gefährlich? Was ist denn heutzutage nicht gefährlich?' – Außerdem fürchtet man sich bekanntermaßen immer vor dem Falschen."

Nemecek nickt und zwinkert schon wieder. „Flugzeugabsturz statt Unfall auf der Brünner Straße. Impfung statt Krankheit. Blackout statt Rauchgasvergiftung durch ein Notstromaggregat."

„Stau statt Klimakollaps. – Ich hätte heute beinahe unsere Wohnung abgefackelt. Zumindest war im Holzherd am Ende eine verkohlte Leiche."

„Huhn oder Schwein?"

Ich lache. „Wenn es etwas gibt, das für die Ermittlungen wichtig ist, dann sage ich es dir, okay?"

„Das musst du auch."

„Ich muss es den ermittelnden Behörden sagen."

„Da ist er schon wieder, dieser bittere Beigeschmack von … Erpressung …"

„Manninger möchte sicher, dass wir unser Wissen zusammenlegen."

„Deswegen hat er keinem etwas vom jeweils anderen Telefonat erzählt."

„Er macht sich Sorgen … Kann es sein, dass er mehr weiß? Oder ahnt?", überlege ich.

Nemecek deutet Richtung Gang. Da kommt jemand. Und wir verschwinden hinter den unserem Geschlecht zugedachten Türen.

Täusche ich mich, oder hat das Essen schon besser geschmeckt? Vielleicht liegt es bloß daran, dass ich weiß: Manninger ist nicht hier. Erinnert mich an eine seiner Lieblings-Geschichten über Bocuse. Ein Gast hat bemerkt, dass der Ausnahmekoch erst gegen Ende des Dinners seinen Sterne-Tempel betreten hat, und fragt: Maître, wer kocht, wenn Sie nicht da sind? Bocuses Antwort war: Dieselben, die sonst auch kochen!

Jedenfalls ist das Kalbsschnitzel knusprig und saftig, Vesnas Lammstelze schwimmt vielleicht in etwas zu viel Tomatensauce, ist aber aromatisch und zart. Und den Wildhasenrücken könnte man nicht besser zubereiten. Was macht ein gutes Lokal zu einem besonderen? Wohl nicht nur die Qualität des Essens. Auch wenn die jedenfalls stimmen muss.

Esat Al Sayed habe ich kurz gesehen. Er hat der Kellnerin, von der ich inzwischen weiß, dass sie Nicole heißt, beim Servieren geholfen. Er macht kein Hehl daraus, dass er in der Küche das Sagen hat. Er hat auf Küchenchefart gelächelt und gefragt, ob es schmeckt. Warum sollte er sich auch verstecken? Esat Al Sayed ist mittelgroß und schlank, mit dichten dunklen Haaren, die ihm bis über die Ohren reichen. Bartlos. Selbstbewusst. So als ob er sich hier zu Hause fühlen würde. – So als ob? Er ist hier daheim. Er hält Manninger den Rücken frei.

Vesna will ganz genau wissen, was mir Nemecek erzählt hat. Ihre Analyse danach: „Der weiß nicht mehr als wir."

Viel weniger kann man allerdings auch nicht wissen. Klar ist, dass er trotz allem einen besseren Zugang zu den Ermittlungen hat. Dafür kann ich einfacher in die Küche. Zeit, mich als Hilfe anzudienen. Ich hole tief Luft und winke Nicole.

„Der Chef hat erzählt, aber ich habe gedacht, Sie sind nicht gekommen", sagt Al Sayed und mustert mich unschlüssig. Begeistert scheint er über die Unterstützung nicht gerade zu sein. Wir stehen bei der Arbeitsfläche aus Edelstahl, auf der auch angerichtet wird. Das hat sich in den letzten zwanzig Jahren nicht verändert, allzu viel lässt sich in einer alten Küche wie dieser nicht umbauen.

„Ich bin eine Freundin von Günter Manninger. Ich habe hier schon ausgeholfen, auch wenn das lange her ist."

„Vielleicht ist es momentan ein bisschen … ungunstig", murmelt er.

„Manninger hat mir erzählt, was passiert ist. Schrecklich. Aber ich fürchte mich nicht, falls Sie das meinen."

„Nein. Nur weil man nicht weiß, wie weiter."

„Es ist bloß Probearbeit. Und vielleicht kann ich ja auch sonst helfen."

Al Sayed wirft mir einen Blick zu, den ich nicht deuten kann. „Vielen Dank, das wird nicht notwendig sein."

Erst jetzt merke ich, dass die Kellnerin Nicole offenbar mitgehört hat. „Sei doch froh, Esi, wir können alle Hände gebrauchen."

Er schenkt mir ein höfliches Lächeln. „Natürlich Sie sind uns willkommen. Chef weiß, was er tut."

Ich lächle zurück, strecke ihm meine Hand entgegen, ziehe sie in der nächsten Sekunde wieder zurück. Man gibt einander nicht die Hand in arabischen Ländern. Und Berührungen zwischen Männern und fremden Frauen ...

Der Syrer scheint sich zu amüsieren und streckt mir seinerseits die Hand entgegen. „Esat."

„Ich wollte nicht unhöflich sein."

„Wir sind hier in Österreich. Ich habe kein Problem mit anderen Gewohnheiten. Ich habe sie schon früher gelernt, da ich halbes Jahr in Paris war. Mit achtzehn, bei meiner Schwester, die lebt dort. Unsere Familie ist international." Der Stolz in der Stimme ist nicht zu überhören.

„Bei deinem Kollegen war das anders, nicht wahr?", frage ich. „... soviel Günter Manninger mir erzählt hat."

Esat Al Sayed sieht zu Boden. „Er hat anders gelebt. Er war ein guter Mann."

Nicole nickt. „Das war er, ein anständiger Kerl. Ich kapiere total nicht, was da passiert ist. Und bei einem können Sie sicher sein: Wir waren es nicht, die unseren Khaled abgemurkst haben. Nicht mal Frau Gruber. Bei dem Mitarbeitermangel wären wir auch schön blöd. Jetzt fehlt noch einer mehr ..."

[2.]

Als ich am nächsten Morgen um zehn das „Apfelbaum" betrete, wischt Nicole den Boden rund um die Schank. „Sie ist tatsächlich gekommen!", ruft sie fröhlich.

„Gab es Zweifel?", frage ich und wundere mich einmal mehr über ihre gute Laune.

„Tja, Sie haben es nicht gerade nötig, oder?"

„Mira."

„Okay, Nicole."

„Ich … brauche Abwechslung. Und ich arbeite einfach gerne in der Küche."

„Mit Khaled hat das nichts zu tun, oder?"

„Ganz schlimmer Zufall", murmle ich.

„Sie wissen … du weißt, dass du hier aber richtig was arbeiten musst?"

„Wo ist Esat?"

„Noch nicht hier."

Ich sehe sie erstaunt an. Ich kann mich erinnern: Billy war üblicherweise um neun im Lokal, der Rest der Truppe je nach Arbeitsanfall, aber spätestens um zehn.

„Is' nicht so viel los momentan", sagt Nicole. „Und Frühaufsteher ist unser Esat keiner. Der kommt aus ziemlich guten Verhältnissen, er hat nicht gelernt, früh auf den Beinen zu sein."

„Und du?"

„Ich komm von einem Hof in der Nähe von Bamberg, Schweine, Gänse, Hühner, sagt alles, oder?"

„Was hat dich ins Weinviertel verschlagen?"

„Das Leben? Manninger hat mich in einem Lokal in Berlin aufgegabelt. – Nich' so, wie du meinst. Als Servierkraft. Ich hab gute Nerven. Und ich wollte weg von dort. Ich mag es nicht zu lange an einem Platz, weißt du? Schau dir meine Schwägerin an und du weißt, wozu das führt."

„Wozu führt das?"

„Drei Kinder, ein Mann, der immer langweiliger wird, Stall und Kredite und Freundinnen, die fett werden, und ..."

Ich lache. „Das hier ist auch nicht gerade der Nabel der Welt. Zumindest was Action angeht."

„Is' mir momentan sehr recht. Ich brauch mal eine ruhige Phase. Vielleicht hatte ich es ein wenig übertrieben und hier findet mich keiner so schnell."

„Du ... wirst gesucht?"

„Mann, doch nicht so, aber da war ein Lover und da war eine Frau und ..."

„Und sie verfolgt dich mit Eifersucht."

„Beide, meine Süße, sie tun es beide."

„Die ist bi. Das ist jetzt ganz normal." Ich fahre herum. Hinter mir steht eine ältere Frau in weißer Schürze, dicke Brillengläser, knallgelbe Handschuhe. Akzent: aus der Nähe. Weinviertel.

„Frau Gruber", sagt Nicole und verdreht die Augen. „Sie ist das Gefährlichste hier. Sie kann dich totreden. – Ich muss mal weitertun."

So ist Khaled trotzdem nicht gestorben.

Wenig später weiß ich, dass Frau Gruber an der Abwasch steht, manchmal auch Salate anrichtet und eigentlich überhaupt alles kontrolliert. Dass sie „ganz von Anfang an" hier gearbeitet hat, kaufe ich ihr trotzdem nicht ab.

„Wie die Zeit vergeht", sagt sie unerschüttert. „Vor zwanzig Jahren, da bin ich gekommen, also war ich immer schon dabei."

Besondere Logik. „Sie sind von hier?"

„Hört man das nicht?"

Ich nicke. „Und … Sie sind gerne da?"

Frau Gruber sieht mich prüfend an. „Ich sage nur so viel: Ich muss aufpassen. Das habe ich Herrn Manninger versprochen. Es ist schwer, heutzutage gute Leute zu bekommen."

„Ich bin eine Uralt-Freundin von Manninger."

Wieder ein prüfender Blick. „Sie haben auch schon mehr als sechzig Jahre auf dem Buckel, oder? Was haben Sie angestellt, dass Sie immer noch arbeiten müssen? Regen bringt Segen? Oder sind Sie pleite?"

„Ich … arbeite gerne in der Küche. Und auch ich will Manninger helfen. In dieser schlimmen Situation umso mehr. – Nicole ist nett, ist sie immer so fröhlich?"

„Sie meinen, weil doch der Khaled tot ist? Die ist immer so fröhlich. Meistens."

„Immer oder meistens?"

„Was? Ich sage nur, der Glücklichen schlägt keine Stunde."

„Kapier ich jetzt nicht ganz."

„Die hat schon geweint, als die Polizei da war und die Sachen vom Khaled mitgenommen hat. Aber die lacht lieber. Humor ist, wenn man trotzdem lacht, oder?"

Ich helfe ihr Salat waschen und zehn Minuten später weiß ich, dass sie vier Enkel, drei verheiratete Töchter, einen unverheirateten Sohn und eine Katze namens Minki hat. Außerdem Gicht und einen Gemüsegarten, der sehr groß ist, weil sie dem lieben Chef Manninger gerne wirklich Frisches bringt. „Eine Hand wäscht die andere", fügt sie hinzu und ich beginne zu verstehen, was Nicole mit ‚die kann dich totreden' gemeint hat. Schade nur, dass die Versuche, über Khaled zu sprechen, wenig gebracht haben. „Nichts Schlechtes über Tote", hat sie abgeblockt und auf meine Frage, ob es denn Schlechtes über ihn zu erzählen gäbe, kam die Gegenfrage: „Warum? Das ist doch nur ein Sprichwort."

Dafür wollte sie so viel wie möglich über mich wissen. Inzwischen ist es halb elf, der Salat ist gewaschen, die Karotten sind geschält. Esat ist immer noch nicht da. Wie lange kann ich warten, bevor ich Nemecek informiere?

„Sie hören mir gar nicht zu", sagt Frau Gruber strafend.

„Doch, aber am Vormittag rede ich selten viel", antworte ich. Der zweite Teil stimmt.

„Das Leben erzählt die besten Geschichten."

Ich muss hier dringend raus. Und Nicole fragen, ob es normal ist, dass Esat immer noch fehlt. Was, wenn die ersten Gäste kommen? Außer mir ist nur Frau Gruber in der Küche. Zwanzig Jahre her, dass ich hier mitgearbeitet habe. Für einen ganz anderen Fall. Und weil es mich immer schon interessiert hat, wie man in einer Profiküche arbeitet. Was ich damals, unter anderem, gelernt habe: Privat kochen ist etwas anderes. Man weiß, wer wann kommt, man bestimmt das Menü. Und ist etwas nicht ganz zeitgerecht fertig, auch egal. Hier gibt's eine Speisekarte, es geht um Logistik, um Abläufe, um die berühmte Mise en Place. Viele Grundzutaten müssen da sein, vorbereitet: Zwiebeln geschnitten, Kartoffeln gekocht, Fond fertig, Fleisch von den Sehnen befreit, Gemüse gewaschen und geputzt, und, und …

„Hat Khaled die Mise en Place gemacht?", frage ich Frau Gruber.

„Er war brav. Er hat nicht viel verstanden, aber er hat alles getan, was gegangen ist. Und ich hab ihm gelernt, dass Sauberkeit ganz wichtig ist. ‚Sauberkeit ist das halbe Leben', habe ich ihm immer gesagt. Daheim haben die sicher noch mit offenem Feuer gekocht. Er hat ja nichts erzählt von daheim, leider."

„Warum?"

Frau Gruber sieht mich an, als ob ich schwachsinnig wäre: „Na, weil er nicht gut Deutsch kann. Konnte. Schon traurig, das mit ihm."

Wahrscheinlich um dem nächsten Sprichwort zu entgehen, sage ich: „Apropos offenes Feuer: Ich hab einen neuen Holzherd. Verrückt, wie heiß der werden kann."

„Ein Holzherd ist das Beste zum Kochen, das sage ich Ihnen. Ich habe vor zwei Jahren eine neue Einbauküche bekommen, es gibt oft alles um fünfzig Prozent, auch die Geräte. Aber die sind dann auch danach. Da war so ein Herd mit Ceranfeld dabei, das Backrohr … eine Katastrophe. Ich habe meinem Mann gesagt, dass ich sofort unseren Holzherd zurückwill, also hat er ihn wieder aufgebaut, Platz haben wir genug, und ich koche nur darauf. Eigener Herd ist Goldes wert. Und backen geht sowieso nur mit so einem Rohr. Ich backe …"

„Wie viel Holz gibt man rein?"

Wieder ein Blick für eine Schwachsinnige. „Ich hoffe, Sie haben das Holz nicht ins Backrohr gegeben."

„Natürlich nicht."

„Ein paar Spanln, also Späne, dünn gehacktes Holz, wenn Sie verstehen. Darauf dann Anzünder aus Holz mit Wachs und wenn alles angebrannt ist, ein Scheitl, also ein Scheit Holz."

„Das reicht?"

„Wenn es groß genug ist, schon. Wenn es durchglüht, legt man wieder eines nach, solange man eben backen möchte. Oder kochen. Wenn es ganz heiß sein soll, dann nehmen Sie zwei. Hat Ihr Backrohr keine Temperaturanzeige?"

„Hat es."

„Also. Die Leute sind nur nicht mehr gewohnt, zu schauen. Für die kommt der Strom aus der Steckdose. Zu unserer Zeit …"

„Sie sind doch nicht älter als ich, Frau Gruber!"

Ein meckerndes Lachen. „Ich bin sechsundsechzig. Aber ich sehe jünger aus, ich weiß." Zum ersten Mal spüre ich so etwas wie Wohlgefallen auf mir ruhen. Kann es sein, dass Frau Gruber mit ihren dicken Brillen, dem weißen Kittel und den grauen, aufgesteckten Haaren eitel ist?

„Mit sechsundsechzig Jahren …", sage ich unbedacht.

„… da fängt das Leben an!", ruft sie. „Udo Jürgens, der war ein ganz Großer. So schade, dass auch er schon gestorben ist."

„Apropos …"

„Wegen Khaled, die Polizei hat uns alle schon befragt. Nur dass wir so wenig wissen über ihn. Aber natürlich können wir auch im Gasthaus die Weisheit nicht mit dem Löffel essen. Ich habe Khaled gefragt, nach der Familie und nach allem. Ist nur höflich, außerdem will man Bescheid wissen. Ich habe nichts gegen Ausländer, wenn sie brav sind. Aber er hat wenig sagen können. Wegen der Sprache. Obwohl …"

Ich sehe Frau Gruber fragend an.

„Ich bin mir nicht sicher, aber … er hat vielleicht nicht alles erzählt."

„Und Freunde? Er hat hier im Gasthaus gewohnt. Hat er nie Besuch gehabt?"

„Ab und zu ist einer gekommen, so einer mit Bart, ich habe zu Esat gesagt, der schaut aus wie ein Mufti, wie ein Radikaler, aber er hat gesagt, Muftis sind keine Radikalen und der Mann war mit Khaled auf der Flucht, mehr weiß er auch nicht. Er war höflich, auch wenn dieser dichte dunkle Bart schon ein wenig entrisch war."

„Entrisch?"

„Gruselig. Jetzt muss ich schon für Nicole alles übersetzen, ich hab gedacht, Sie verstehen mich."

Ich grinse. „Ich probier es. Ich mag den Weinviertler Dialekt."

„Haben Sie eine Ahnung. Wenn ich Dialekt rede, so wie meine Mutter – Gott hab sie selig – es getan hat, dann würden Sie gar nichts verstehen. Ui-Mundart heißt das unter Kennern. Ich lese gerne Gedichte in Mundart, müssen Sie wissen. Der ‚Bua' ist auf Weinviertlerisch ein ‚Bui', das heißt, auf Österreichisch wär das an sich ein ‚Bub' und dann versteht mich die Nicole immer noch nicht. Da muss ich ‚Knabe' sagen. Und das alles ist unsere deutsche Sprache. Da braucht man sich nicht wundern, dass der Khaled nicht so viel erzählt hat. Wenn ‚Knabe' auch ‚Bui' heißt. Wichtiger war, dass er brav gearbeitet und aufs Haus aufgepasst hat. Außerdem gut, dass so einer keinen Alkohol trinkt, wenn man Tage und Nächte da ist und überall Wein und Stärkeres herumsteht."

„Aber Esat kann gut Deutsch."

„Der hat studiert. Der hat daheim zu den oberen Zehntausend gehört, die gibt es überall. Nur dass dort die armen Leute noch mehr sind. Nicht erst seit dem Krieg."

„Hat er mit Khaled geredet?"

Frau Gruber schenkt mir einen zweifelnden Blick.

„Esat? Schon, aber nicht so viel. Khaled war aus einer ganz anderen Gegend. Und jünger. Und vom Land. Außerdem … Esat fühlt sich als was Besseres. Ich sage jetzt nicht hochnäsig, man weiß ja: Unter den Blinden ist der Einäugige König. Er könnte mir ruhig mehr zuhören. Stattdessen schafft er mir an, so als ob er der Chef wäre."

„Ist er das momentan nicht auch?"

Eine wegwerfende Handbewegung, die beinahe die Karottenschalen auf den Boden gewischt hätte. „Mein Chef ist Günter Manninger. Und, damit Sie das gleich wissen: Die Karottenschalen werden nicht weggeworfen, auch die anderen Gemüsereste nicht. Daraus machen wir unseren Gemüsefond. So wie Herr Manninger es uns gelernt hat. Da wird nichts weggeworfen, aus dem was Gutes werden kann! Es gibt nichts Gutes, außer man tut es!"

Ich flüchte zu Nicole.

„Du hast Frau Gruber kennengelernt", sagt sie. „Mühsam, aber ein Herz aus Gold. Was sich nicht auf ihr Schweigen bezieht, du weißt schon: Reden ist Silber, Schweigen ist …"

„Bitte!", sage ich und lache.

„Echt, von der kannst du alles haben. Und Khaled hat sie immer Süßigkeiten mitgebracht, damit er nicht im vollen Gasthaus verhungert."

„Ist es üblich, dass Esat so spät kommt?"

„Nein", murmelt Nicole. „Eigentlich nicht. Man kommt auf blöde Ideen, was?"

„Kannst du ihn anrufen?"

„Hab ich schon, er ist nicht drangegangen."

Wir hören es gleichzeitig. Die Tür. Ich atme erleichtert auf. Aber es ist bloß ein älterer Mann, der im Eingang zur Gaststube steht.

„Schönen Mittag, Herr Berger", sagt Nicole. „Ein Stammgast", flüstert sie mir zu. „Unproblematisch."

„Und ich soll jetzt kochen?"

„Na ja. Siehst du noch wen hier? Ich hab in der Küche zwei linke Hände. Frau Gruber hilft dir. Üblicherweise isst er eine Gemüsesuppe und danach unser Mittagsgericht."

„Und was ist das?"

„Kann ich nicht wissen, Esat ist ja nicht hier. Wir legen es jeden Vormittag fest."

Ich schlucke. So, lieber Manninger, war das nicht ausgemacht. Ich starte Richtung Küche. Nicole hält mich am Ärmel zurück. „Ist nur ein alter lieber Mann, no Stress."

Er ist ein Gast. Und ich bin mit Frau Gruber allein in der Küche. Was sie wohl sagen wird? Wer anderen eine Grube gräbt, fällt selbst hinein? Ich pruste los. Nicole und Herr Berger sehen mich fassungslos an.

„Wer anderen eine Gruber gräbt, fällt selbst hinein!"

Ich höre ihr lautes Lachen noch, als ich die Gasflammen am Herd zünde. „Frau Gruber, haben wir irgendwo Gemüsefond?"

Natürlich kommt heute nicht bloß Herr Berger, kurz vor zwölf sind auch drei Herren von der örtlichen Bank erschienen. Erkennt man am Anzug und am Schlips. Danach der Blumenhändler samt Frau und Tochter und dann noch zwei Mal zwei Gäste, die Nicole nicht kennt. Ich versuche mein Bestes zu geben und hoffe, es fällt nicht auf, das ich anstelle von Kalb ein Schweinsfilet paniert habe. Ich konnte das blöde Kalb einfach nicht finden. Zum Glück nehmen zwei der drei Bankleute den Wildhasen, den habe ich gestern Abend selbst gegessen und weiß daher, wie er aussehen soll. Ungefähr. Aber wo sind die Rüben? Das Kraut habe ich in einem der vielen Gastronorm-Gefäße in den gekühlten Auszugsladen entdeckt. Einfach weglassen?

„Frau Gruber, die Rüben für Kraut & Rüben – wo sind die?"

Frau Gruber steht am Gardemanger-Posten und gibt geräucherten Fisch auf ein Salatbett. „Ich glaub, die sind aus. Aber

Radieschen sind da, das sind eh die besseren Rüben." Sie legt mir einen Bund hin. „Schon gewaschen."

Nicht einmal sie spricht mehr viel.

Auf jeder der sechs Gasflammen steht ein Topf, eine Sauteuse. Hab ich sie unter Kontrolle? Fast. Hoffentlich. Die riesige Dunstabzugshaube aus Edelstahl brummt, sie saugt die Dämpfe nach oben. Salamander! Ich muss dieses wunderbare Gerät, mit dem man weit mehr als bloß überbacken kann, einschalten! Wenn ich mich recht erinnere, braucht er eine gewisse Zeit, um auf Temperatur zu kommen. Jedenfalls scheint er die letzten zwanzig Jahre überstanden zu haben.

Okay, einen Gemüsewok für die Tochter des Blumenhändlers krieg ich hin. Dafür hab ich vergessen, die Entenbrust für Bankmensch drei auf den Grill zu legen. Mist! Die Serviettenknödelscheiben! Die sind schon ziemlich dunkel! Runter damit und zum Warmhalten. Wie vor zwanzig Jahren. Nur dass ich damals um zwanzig Jahre jünger war. Mir rinnt der Schweiß über das Gesicht.

„Morgen bring ich Ihnen eine Küchenschürze mit", ruft Frau Gruber. „Die zum vorne Knöpfeln sind am besten."

So weit will ich es doch nicht kommen lassen. Irgendwo hab ich alte Kochjacken. Von damals. Ob ich noch reinpasse? Für heute hatte ich nichts Besonderes mit, es ging ja erst einmal ums Reinschnuppern. Und um … Eigentlich bin ich wegen etwas ganz anderem hier. Egal. Jetzt heißt es, Gäste zu füttern. Und nicht total zu scheitern.

Nicole steht im Kücheneingang und räuspert sich. Offenbar nicht zum ersten Mal. „Ich will dich ja nicht stören, du machst das … super, wenn man bedenkt, dass …"

„Aber?"

„Na ja, die Banker, die wollen immer alles sofort. Als ob sie dann nach dem Essen nicht stundenlang sitzen und schwatzen würden."

Ich hetze zum Salamander und prüfe die Hasenrücken. Sie sind gerade richtig. Nach einigen Minuten Rasten innen zartrosa, aber nicht mehr blutig. Kraut & Rüben stehen in einer Sauteuse bereit, ich hab mir erlaubt, etwas Koriandersamen drüberzumahlen, das gibt einen eigenen würzigen Touch. Und so dunkel sind die gegrillten Knödelscheiben auch wieder nicht, sie passen schon. „Die Ente", keuche ich und sehe, dass der Jus gerade dabei ist, überzukochen. Ich ziehe die kleine Stielpfanne zur Seite. Letzter Moment.

„Mach die Hasen fertig. Ich sag dem dritten, dass die Ente ein wenig später landet."

Ich grinse. „Ich hab was für ihn!" – Wie hat Billy das gemacht? Schnell irgendwas aus dem Hut gezaubert … zum Überbrücken … Ich nehme ein paar Löffel vom ohnehin üppig geratenen Gemüsewok. Aber ob der Bankmensch so der Gemüsefreak ist? „Frau Gruber, bitte! Können Sie mir drei Scheiben Rohschinken schneiden?"

Die Hasen noch mit einem Zweig frischen Thymian garnieren, sieht richtig hübsch aus, die Radieschenspalten im Kraut geben dem Ganzen eine fröhliche Farbe.

„Cool", sagt Nicole. „Hätt ich dir gar nicht zugetraut."

„Wenn das nun mal kein Kompliment ist", will ich sagen und mache den Mund wieder zu. Im Durchgang steht Esat Al Sayed.

Gemeinsam haben wir es geschafft, auch die restlichen Bestellungen abzuwickeln. Esat hat übernommen. Er weiß, was er tut. Seine Bewegungen sind rasch und ökonomisch. Er scheint es zu genießen, die Kontrolle zu haben. „Nur ein paar Essen", sagt er und lächelt mir zu. „Hast du gut gemacht, danke vielmals."

Ich paniere und Frau Gruber zeigt mir, wie man Nougatpofesen zubereitet. Einen Viertelliter Obers mit einem Ei mixen. Mit etwas Nougat gefüllte Mini-Milchbrotscheiben darin eintauchen, mit einem Löffel in eine heiße befettete Pfanne geben, auf beiden Seiten langsam goldbraun werden lassen. Ich bin ja nicht so fürs Süße, aber das werde ich daheim ausprobieren. Beim nächsten Mal, wenn wir Gäste haben. Oder wenn Vesna bei uns isst. Ein rasches und doch besonderes Dessert.

„Danke", sagt Esat noch einmal, als wir an einem Ecktisch in der Gaststube sitzen.

„Was war los?", fragt Nicole.

„Sie wollten wieder mit mir reden", murmelt Esat. „Die Leute von Polizei. Ich habe alles noch einmal gesagt."

„Und du konntest nicht anrufen?"

„Sie waren nicht sehr freundlich. Ich habe gedacht, es geht mehr schnell."

„Gibt es neue Anhaltspunkte?", frage ich.

„Anhaltepunkte?"

„Hinweise, Ideen, was passiert sein könnte."

„Ich verstehe. Nein. Ich glaube nicht. Sie haben nichts gesagt."

„Na, und was hast du ihnen dann erzählen müssen?", fragt Nicole.

„Du hast keine Arbeit?"

Nicole klopft ihm auf die Schulter. „Passt schon, Esi. Mach bitte nicht auf Boss. Ich weiß, was ich zu tun habe."

„Ich bin Chef", antwortet Esat und lächelt ein wenig.

„Ja, in der Küche. Abgesehen davon, dass der echte Chef Frau Gruber ist, Kleiner."

„Sag nicht Kleiner."

Nicole lacht. „Ist ein Kosename, wenn man jemand mag, Esi. Mira ist okay, hat sie heute Mittag gezeigt. Brauchst keinen Stress zu haben wegen Autorität und so, zahlt sich nicht aus, bei der Belegschaft. Und ich gebe mal schnell die letzten Gläser in den Spüler."

„Danke", wiederholt Esat, den Blick gesenkt.

„Alles in Ordnung?", frage ich.

„Ist nichts in Ordnung, wenn Kollege erstochen ist."

„Ich meine … mit der Polizei."

„Ich bin hier, also sie haben mir geglaubt, oder?"

Ich zucke mit den Schultern.

„Es ist gar nichts in Ordnung. Ich bin nahe an österreichischer Staatsbürgerschaft. Ich habe alles dafür beisammen. Ich habe fünf Jahre ohne einen Tag arbeitslos hier gearbeitet. Ich habe Kochprüfung gemacht. Ich habe den Deutschkurs B2 abgeschlossen. Ich habe Wohnung und ich verdiene genug. Ich kann alle Fragen im Skript über Österreich beantworten. Sogar das über die Revolution achtzehnhundertachtundvierzig. Und dann habe ich mit Polizei zu tun."

„Trotzdem. Es ist Khaled, der tot ist."

„Geht Sie nicht an, oder? Sie haben ihn gekannt?"

„Nein. Aber ich habe Jus studiert. Rechtswissenschaften."

„Sie sind Anwalt? Der Chef hat etwas am Telefon gesagt."

„Anwalt ist mein Mann. Aber nicht für Mord, sondern für Wirtschaft."

„Mein Vater hat Wirtschaft studiert."

„Was macht er jetzt?"

„Wir haben Unternehmen, aber jetzt ist alles nur mehr auf dem Papier. Nichts wert. Ich schicke ihnen Geld. Wenn Strom funktioniert in Damaskus, dann telefoniere ich mit meiner Mutter. Es ist nicht gut. Alles ein bisschen schwierig."

„Ein bisschen?"

„Man sagt so, oder?"

„Ein bisschen ist untertrieben. Es ist wohl sehr schwierig."

„Man muss eher weniger sagen als ist, nicht noch Drama. So wie Nicole gerne hat." Er lächelt.

„Du magst sie."

„Ja, aber nicht so, wie Sie denken."

„Mira. Wir waren per du."

„Entschuldigung. Nicole ist ein … verrucktes Huhn, man sagt so, oder?"

„Verrücktes Huhn", sage ich und lache. „Das trifft es gut, aber sie ist nett."

„Ja, ist sie. Nicht immer ganz einfach. Der Chef vertraut mir, ich muss sehen, dass alles gut läuft hier. Und dann …"

„Dafür kannst du doch nichts", tröste ich ihn und denke: Weiß ich das? Oder rührt mich seine Geschichte? Weiß er, wie man das anlegt? „Wie war Khaled? Habt ihr euch gut verstanden?"

„Warum willst du wissen?"

„Weil wir gerade davon sprechen? Es ist gut zu reden, Esat." Was stimmt, aber gleichzeitig einigermaßen heuchlerisch ist.

„Er war brav."

„Das hat Frau Gruber auch gesagt."

„Ja. Weil er immer getan hat, was sie ihm gesagt hat. Wenn er verstanden hat. Er hat viel Heimweh gehabt."

„Nach Syrien?"

„Sage das nicht so. Es ist seine Heimat. Er hat eine Frau, er hat geheiratet und ist dann geflüchtet. Teil seiner Familie ist tot. Er ist weg, erst vor zwei Jahre."

„Warum so spät?"

„Er ist aus Nordwesten. Wie alles losgegangen ist, er war noch zu jung für Militär. Wo er her ist, man weiß nie, wer die Macht hat. Es war immer sehr armes Land, jetzt sind Rebellen dort, in der Nähe sind aber Taliban und die Regierung will mit Hilfe von Russen wieder siegen. Er ist geblieben, sie haben Landwirtschaft."

„Und dann?"

„Es war ein Überfall, er war in Lkw mit Vater. Danach ist er weg."

„Und davor hat er geheiratet?"

„Nach Scharia-Recht, weil er zivil nicht kann, weil eben nicht klar ist, wer Macht hat. In Österreich haben sie es nicht anerkannt, die Behörden. Sie haben gesagt, nur zivile Hochzeit zählt. Also kann seine Frau nicht nach. Sie ist immer noch in Syrien."

„Weiß sie, was Khaled passiert ist?"

„Weiß sie."

„Du hast Kontakt zu ihr?"

„Nein, habe ich nicht. – Warum willst du das alles wissen?"

„Sorry, immerhin ist hier vor einigen Tagen ein Mord passiert. Und ich bin mit deinem Chef befreundet."

„Ich habe Sie hier nie gesehen."

„Ich hatte viel zu tun in letzter Zeit."

„Ich bin hier seit fünf Jahren."

„Da warst du wohl in der Küche, wenn ich da war. Weiß Manninger von der Frau von Khaled?“

„Ja, natürlich. Er hat mit Anwalt geholfen, aber bei Fremdenamt ist das ein bisschen schwierig.“

„Hat er Khaleds Frau verständigt?“

„Nein. Ein Freund, er hat Kontakt. Er hat das gemacht. Die Polizei weiß das.“

„Und er war wirklich sein Freund?“

Esat sieht mich spöttisch an. „Frau Gruber hat schon erzählt, dass er einen verdächtigen Bart hat, oder?“

„Sie redet eben gerne.“

„Sie redet ein bisschen viel.“

Mir kommt ein unangenehmer Gedanke. Auch der Mörder könnte wissen, wie neugierig sie ist.

„Er ist kein guter Freund, glaube ich. Der Mann heißt Oman Yassin und war mit ihm auf der Flucht. Es war schwer für sie. Sie sind in Lkw mitgefahren. Khaled hat zwei Zehen verloren, es war ein Kühl-Lkw. Er redet nicht viel.“ Esat hebt den Kopf und starrt mich an. „Ist vielleicht auch besser so. Man lebt hier, nicht in Vergangenheit.“

„Er ist tot.“

„Er war ein guter Mann, ich habe es der Polizei gesagt. Er war in nichts gewickelt.“

„Verwickelt.“

„Er hat schwergetan mit deutscher Sprache. Ich habe Französisch und etwas Englisch gelernt in der Schule, ich habe mit Deutsch nicht so viel Probleme, auch wenn ich muss noch lernen.“

„Du bist ganz anders aufgewachsen als er.“

„Ja, und ich bin neun Jahre älter. Khaled war erst dreiundzwanzig. Auch wenn er älter ausgesehen hat. Ich habe ihn gemocht.“

„Ihr wart Freunde?“

Esat macht eine ungeduldige Geste. „Dann hätte ich so gesagt. Wir waren … zu anders.“

„Du hast die Filmhochschule in Damaskus abgeschlossen.“

„Ist lange her."
„Wolltest du nicht mehr beim Film arbeiten?"
„Ich will nicht unhöflich sein, aber das ist sehr dumme Frage."
„Ich meine nicht dort, ich meine hier."
„Esi, ich geh jetzt und komm um halb sechs wieder", ruft Nicole zu uns herüber.
Esat hebt zum Einverständnis den Daumen. „Bis dann!"
„Nennen dich alle Esi?"
„Nur sie tut es. Und darf auch nur sie."
„'tschuldigung, war ja nur eine Frage."
„Du fragst so viel als Frau Gruber redet."
„Wie."
„Was wie?"
„So viel wie Frau Gruber redet."
„Ja, das ist schwer." Esat lächelt. „Ich muss jetzt auch weg, einkaufen."
„Du bist gerne Koch?"
Esat steht auf, geht zur Schank. Dann nimmt er zwei Gläser, öffnet eine der Laden, nimmt eine Flasche Wein heraus. Sieht das Etikett an, schenkt langsam ein. Stellt die Flasche wieder zurück, stellt die beiden Gläser auf ein kleines rundes Tablett und kommt damit zum Tisch. „Du trinkst Wein?", fragt er.
Ich lächle. „Klar. Du auch?"
„So etwas du hättest einen österreichischen Mann nie gesagt."
„Ist richtig."
„Mein Großvater hat Wein gemacht. Das war nie so streng in Syrien. Das ist ein leichter Veltliner, gut, um Speisen zu begleiten, oder als Aperitif. Man kann ihn auch tagsüber gut vertragen."
„Du hast viel gelernt."
„Ich lerne gerne." Er prostet mir zu und nimmt einen kleinen Schluck.
Der Wein ist tatsächlich leicht, aber trotzdem würzig, nahezu elegant.

„Mein Liebling momentan", sagt Esat und schwenkt die Flüssigkeit im Glas. „Ja, ich bin gerne Koch. Außerdem ich brauche etwas, von dem ich leben kann. Etwas, das fix ist. Ich will hierbleiben. Ich will Staatsbürgerschaft. Es gibt in Österreich nicht viele Jobs im Film oder bei Medien. Dafür gibt es ganz viele Jobs in der Gastronomie. Ich habe Praktika gemacht, bei Film, auch bei Fernsehen, bei Zeitungen. Das war nicht oder schlecht gezahlt. Und keine Chance auf Anstellung. Ich habe wegen Geld im ‚Apfelbaum' angefangen, ich habe immer schon gerne gekocht. Für Feste, für Familie, für Freunde. Ich bin hier wirklich gerne. Es ist eine gute Arbeit, man kocht und dann essen sie und es ist vorbei. Du musst gut und schnell sein. Du bist Chef und nicht wie bei Film oder Medien mit so vielen Menschen, die wichtig sind und mitreden wollen. Und: Du hast immer einen Job."

„Ich koche privat auch sehr gern", sage ich und lächle.

„In Österreich ist kein Krieg. Wie bei uns keiner war, ich habe auch gedacht, ich koche privat. Hobby. Ich bin sehr dankbar, Chef hat mir diese Chance gegeben. Ich habe alles getan, gelernt ..."

„Das hat er mir erzählt. Du hast die Kochprüfung zum erstmöglichen Termin bestanden."

„Ja, und fast mit Auszeichnung. Nur dass ich einen von den Prüfern nicht gut verstanden habe, er hat so Dialekt geredet, und ich habe etwas falsch gesagt. Aber egal. Wichtig, ich bin österreichischer Koch. Damit kannst du viel tun. Österreich hat sehr großen Ruf in der Welt für seine Küche."

„Und Khaled? Hat er gerne hier gearbeitet?"

„Er war noch mehr dankbar wie ... als ich. Er hat wenig Chancen. Sein Deutsch ist zu schlecht für schwierige Prüfung, aber er ist noch nicht zwei Jahre da. Er war gut. Ruhig. Kein Kampf."

„Gestritten wird in einer Küche doch immer."

Esat nimmt noch einen Schluck. „Du meinst, wir streiten, weil er den Salat zu sauer macht, und ich komme am nächsten Tag, wenn Gasthaus zu ist, und stoße ihm Messer in den Rücken?"

„Natürlich nicht."

„Ich habe ihn gerne gehabt. Aber wir haben ganz andere Leben gehabt. Früher. So wie in Österreich, es gibt Unterschiede."

„Und er? Hat er dich auch gemocht? Er war … religiöser, nicht wahr?"

„Das ist bei vernünftigen Menschen wenig wichtig. Wo er gelebt hat, es ist anders als in Damaskus. Er ist auf Bauernhof aufgewachsen, nicht international wie ich. Er hat mich auch … gemocht. Er hat gesagt, ich bin sein Vorbild. Er war stolz, dass er in dieser guten Küche ist. Er ist sogar in der Freizeit gerne mit Kochjacke herumgegangen. Ich hatte mich mehr um ihn kümmern … wie heißt es – ah, ist jetzt nicht wichtig! So fürchterlich, es ist zu spät. Ich mache mir Vorwurf …"

„Es gab Anzeichen?"

„Was für Anzeichen?"

„Dass etwas nicht passt, dass er Angst hatte, Sorgen hatte …"

„Er hat immer Sorgen, seine Frau ist dort, er da. In Syrien man weiß nie, was passiert. In der Gegend, wo er her ist, noch weniger. Und Strom gibt es bei ihnen auch ganz oft nicht."

„Das klingt so, als ob er im Kopf noch mehr dort als hier gelebt hätte. – Wenn du verstehst, was ich meine."

Esat sieht mich prüfend an. Dann hebt er eine Braue und verzieht den Mund. „Man lebt hier und denkt an dort, das lasst sich nicht einfach abstellen, so wie man möchte. Du bringst mit, wer du warst. Leider kann ich das nicht gut auf Deutsch sagen. Wahrscheinlich man kann es gar nicht richtig sagen."

Mein Telefon. Ich schrecke hoch. „Sorry."

Esat stützt die Arme auf den Tisch, steht auf. „Wird eh Zeit."

Es ist Nemecek. Ich gehe rasch vors Gasthaus. „Ja?"

„Wo bist du?"

„‚Apfelbaum'."

„Du bist allein?"

„Da hört keiner mit. Was gibt's?" Gleich sagt er, hinter dem Haus ist noch eine Leiche. Eine ältere Frau in weißer Kochschürze. Sie soll sehr neugierig gewesen sein. Ob ich sie kenne?

„Hallo!“

„Ja?“

„Du hast mich gehört?“

„Was?“

„Mira: Ich will dich sofort sehen. Jetzt, damit das klar ist.“

„Was ist los?“

„Komm. Wir treffen uns bei der U-Bahnstation Leopoldau. Vor dem Eingang zum Park & Ride.“

„Klingt wie … in einem Spionagethriller.“

„Mach keine Witze. Komm einfach.“

„Sie gehen davon aus, dass ich ihnen im ‚Apfelbaum‘ helfe …“

„Komm!“

Es dauert, bis ich Esat hinter dem Gasthaus finde. Er schiebt eine große Mülltonne und murmelt vor sich hin.

„Ich dachte … da ist abgesperrt“, sage ich. „Da ist doch …“

„Sie haben alles untersucht. Es war um die Ecke. Dort ist noch ein Band. Jetzt muss ich mit Mist um das ganze Gasthaus, weil ich dort nicht hinunter zur Straße kann. Wegen dem Band.“

„Und den Müll haben sie nicht untersucht?“

„Warum?“

„Weil er offenbar nahe beim Tatort war.“

„Du siehst zu viele Krimi.“

„Ist doch logisch.“

„Ich weiß es nicht.“

„Du warst doch hier. Du hast ihn gefunden.“

„Woher weißt du …“

„Frau Gruber?“

„Ich habe nicht genau gesehen. Ich war nicht ganz klar. Ich habe Toten gefunden. Kollegen.“

„Warum warst du eigentlich im ‚Apfelbaum‘ an deinem freien Tag?“

„Weil ich verantwortlich bin? Weil ich am freien Tag einkaufen gehe? Ich weiß nicht, was …“

„Sorry, Esat. Ich muss leider weg. Ich habe … noch eine andere Stelle, wo ich zur Probe arbeite."

„Wirklich?" Esat sieht mich forschend an. Zwei dunkle braune Augen, ein Blick, den ich nicht entschlüsseln kann.

„Tut mir leid. Ich komme morgen wieder."

„Wer weiß, was morgen ist."

[3.]

Ich stehe im Lift der Parkgarage. Neben mir zwei kichernde Mädchen – dürfen die schon Auto fahren? Vielleicht hat sie auch jemand abgesetzt. Nicht mein Problem. Wäre wohl klüger gewesen, weiter mit Esat zu reden. Vielleicht hätte er mir doch etwas Relevantes erzählt. – Hätte er? Kann sein, dass er nicht mehr weiß. Kann auch sein, dass er mir nicht alles erzählen möchte. Das macht ihn noch nicht verdächtig. Wir sind eben keine kichernden Teenager, die einander ständig mitteilen müssen, was in ihrem Leben passiert. Die beiden machen das wenigstens analog. Social Media. Wir sollten nachsehen, ob Khaled Accounts hatte. Dass Esat welche hat, nehme ich an. Ich stoße die Tür zum Foyer auf.

Nemecek.

„Gleich wieder zurück", sagt er und schiebt mich an den beiden erstaunten Mädchen vorbei Richtung Parkhaus.

„Alles okay?", fragt die eine und bleibt in der Tür stehen.

„Alles bestens", sage ich so beruhigend wie möglich.

„Wenn Sie Hilfe brauchen … wir haben so einen Kurs … Selbstverteidigung …"

„Wirklich nicht. Der da ist Polizeikommandant."

„Wow, dann werden Sie verhaftet!"

„Quatsch", sagt Nemecek. „Brav, dass ihr euch kümmert, wenn ein böser Mann zugreift, aber das ist eine gemeinsame verdeckte Ermittlung."

„Wow“, wiederholt die Zweite. „Dürfen wir ein Selfie mit euch machen?“

„Sicher nicht“, antwortet Nemecek ungerührt. „Geheimmission, ihr versteht?“

„Auffälliger wäre es kaum mehr gegangen“, beschwere ich mich, als wir am Treppenabsatz im Stiegenhaus sitzen.

„Weiß ich, dass du nicht alleine kommst?“

„U-Bahn-Stationen sind öffentlich, das sollte auch einem Mistelbacher klar sein.“

„Da jedenfalls sind wir ungestört.“

„Charmanter Platz“, kontere ich. Schmutzig weiße Wände mit Kritzeleien, deren Inhalt ich gar nicht entziffern möchte. Betontreppe, braungrauer Dreck in den Ecken, einen Halbstock unter uns Metalltüren zu Wirtschafts- und Wartungsräumen. „Wozu die Heimlichtuerei?“

„Ich hab draußen ein paar Leute gesehen, die mich kennen.“

„So scheu bist du sonst gar nicht.“

„Mira. Ich glaube, du hast noch nicht kapiert, dass die Angelegenheit gefährlich sein könnte. Und dass wir mittendrin sind. Ohne Ahnung, ob noch was passiert. Es gibt Menschen, bei denen ist die Hemmschwelle vor Gewalt etwas niedriger.“

„Sonst gäbe es keine Verbrecher und du …“

„Glaube mir, ich koordiniere lieber die blödeste Baustellenumleitung, als dass ich unberechenbaren Typen hinterher bin.“

„Ist auch nicht dein Job, wie du immer sagst. – Warum sollte ich so schnell kommen?“

Der Bezirkspolizeikommandant hockt neben mir, die Knie fast in Kinnhöhe. Cordhose, braune Lederjacke. Sie hat einen kleinen Riss am rechten Ärmel. „Ich sollte dir das nicht sagen, aber … ich mache mir Sorgen. Ich kenne dich. Du darfst dich auf nichts einlassen. Es könnte dir über den Kopf wachsen.“

„Indem ich in einem renommierten Landgasthaus mitarbeite? Das ‚Apfelbaum‘ hat sogar eine Haube.“

„Indem du in Dingen herumschnüffelst, die dich erstens nichts angehen und zweitens eskalieren könnten."

„Ich dachte, du hast mit den Ermittlungen nichts zu tun."

„Du fällst in mein Ressort. Und ich sage dir: Halte dich fern."

„Ich falle in dein Ressort? Und was heißt das jetzt? Ich bin nicht einmal zu schnell gefahren, ich schwöre."

„Tatortsicherung. Das machen meine Leute. Und ich will nicht, dass sie schon wieder Arbeit kriegen, nur weil man dich als Nächste mit einem Messer im Rücken findet."

„Das Messer war im Rücken?"

„Habe ich nicht gesagt. Nur: Du sollst dich fernhalten. Die Sache ist gerade eine Stufe nach oben gewandert, vom LKA zum BKA."

„Hat Esat deswegen heute noch einmal aussagen müssen?"

„Ach, du bist schon per Du mit Al Sayed."

„Ist so üblich in der Küche. War Esat beim BKA?"

„War er nicht im Gasthaus?"

„Er ist erst zu Mittag gekommen, nach den ersten Gästen."

Nemecek grinst. „Und du hast aufgegeigt."

„Es war eher stressig, aber es ging. Lenk nicht ab: Was wollte das BKA von ihm?"

„Hat er es dir nicht erzählt?"

„Ich habe ihn nicht gefragt. Weißt du, dass Khaled eine Frau hatte? Und dass das Fremdenamt sie nicht ins Land gelassen hat?"

„Nein. Weiß ich nicht. Ich weiß, dass er ermordet wurde."

„Sie haben dich offenbar informiert."

„Sehr beschränkt. Sie machen sich wichtig mit ‚Umfeldanalyse' und so Zeug, da dürfen wir ihnen assistieren."

„Umfeldanalyse?'"

„Du hast das nicht von mir. Ich sage es dir nur, weil ich will, dass du kapierst. Dein Esat scheint etwas mehr als bloß ein guter Koch zu sein. Er soll in einem ziemlich radikalen Moscheeverein in Wien verkehren."

Ich lache auf. Es hallt eigenartig wider in diesem Stiegenhaus aus Beton. „Er trinkt sogar Wein."

„Wie naiv bist du?"

„Du meinst, er tut das zur Tarnung?"

„Warum nicht? Wenn es um ein höheres Ziel geht, wird Allah ihm verzeihen."

„Sein Großvater hat in Syrien Wein gekeltert."

„Mein Großvater hat Vanillekipferl gebacken – nicht weitersagen. Das war damals gar nicht männlich."

Ich schüttle den Kopf. Ich kann mir das nicht vorstellen. Es passt nicht zu unserem Gespräch. – Es passt nicht? Ich kenne Esat Al Sayed kaum. Ziemlich überheblich zu glauben, ich könnte ihn durchschauen.

„Mira, das sind Fakten. Sie haben dokumentiert, dass er dort ein und aus geht. Klar sagt das noch nicht alles, aber es ist ein Hinweis."

„Was soll das mit dem Mord zu tun haben?"

„Das eben weiß niemand. Deswegen: raushalten!"

„Er ist stolz darauf, dass er ‚international' aufgewachsen ist, wie er das nennt. Er war mit achtzehn ein halbes Jahr bei seiner Schwester in Paris. Er hat in der Schule Fremdsprachen gelernt."

„Er kann sich radikalisiert haben. Und sage nicht, dass man davon nichts merkt. Er ist intelligent, anpassungsfähig. Er muss keinen langen Bart tragen und wirres Zeug murmeln. – Sieh es einmal so: Sein ganzes Leben ist durch diesen Krieg aus den Fugen geraten. Vor ihm lag eine freundliche Zukunft: Eltern wohlhabend, er nach der Filmhochschule Regisseur oder Produzent oder was weiß ich, Damaskus, eine Stadt voller Leben, und dann …"

„Deswegen ist er geflüchtet."

„Sein Alibi stimmt auch nicht."

„Er war in Wien. Dann wollte er einkaufen und ist ins ‚Apfelbaum'. Kein gutes Alibi, das ist schon wahr."

„Hat er dir das erzählt? Zu Protokoll hat er etwas anderes gegeben: Er war angeblich im KI."

„Und was ist das? Der nächste Islamisten-Treff?"

„KI? Werdet ihr als Foodies wohl kennen. ‚Kitchen Intelligence': das neue Lokal von Oliver Busch."

„Du meinst das mit den Robotern?"

„Da rennen jetzt alle hin, hab ich mir sagen lassen."

„Wir sind keine Foodies, wir essen nur gerne gut. Vielleicht waren wir genau deswegen noch nicht dort. Ich glaube nicht an Roboter, die kochen."

Nemecek sieht mich spöttisch an. „Es gibt welche, die sagen: besser künstliche Intelligenz in der Küche als gar keine."

Ich lache. „Ich nehme es nicht persönlich!"

„Du bist ohnehin nur Aushilfe. Jedenfalls: Er war nicht dort."

„Was hätte er auch dort gemacht?"

„Er kocht dort. Oder was immer die dort tun, neben den Robotern. Er ist zehn Stunden in der Woche angestellt, ganz ordnungsgemäß. Er hätte da sein sollen, aber er war nicht da."

„Davon hat er nichts erzählt."

„Du hast mit ihm bisher ein einziges Mal geredet, oder?"

„Warum?"

„Weil du ihn eben noch nicht so lange kennst?"

„Warum hat er dort gearbeitet? Das ‚Apfelbaum' ist komplett anders … und er ist stolz darauf, Manninger zu vertreten. Er geht am freien Tag einkaufen, er …"

„Er wird mehr Geld gebraucht haben. Oder er wollte sich anderswo umsehen. Busch ist sehr bekannt. Die Sache ist schick, und in Wien. Nicht bei uns am Land."

„Ich dachte, Busch ist in Konkurs."

„Kann ich mir nicht vorstellen, das KI floriert."

„Mit seinem Fine-Dining-Tempel. Dem ‚HochHaus'."

„Dem Lokal im Vienna2Tower? Keine Ahnung. Aber darum geht es auch nicht. Sein Alibi ist geplatzt."

„Weil ihn ein Roboter verraten hat?"

„Im Hintergrund arbeiten wohl doch ganz reale Menschen."

„Er haut ab, um seinen Kollegen zu erstechen, und die ganze Küche kann bestätigen, dass sein Alibi falsch ist. So blöd ist er nicht."

„Ich kenne keine Details. Offenbar war er am Computer und hat den Einkauf gemacht. Ich habe ja einen Einkaufszettel, aber ich bin auch nur ein schlichter Polizist."

„Was hat Busch gesagt?"

„Angeblich war er auch nicht da, sondern in dem anderen Lokal. – Ich nehme mal an, dein Oskar kennt Busch, oder?"

„Wir waren vor Jahren bei ihm essen. Oskar ein paar Mal öfter, beruflich. Aber kennen …"

„Jedenfalls weißt du jetzt, was los ist. Und warum du dich fernhalten sollst. Wenn du schon neugierig bist, dann könnt ihr ja mal bei Busch vorbeischauen."

„Weil auch du mehr wissen willst?"

„Meine liebe Mira, ich habe einen Polizeibezirk zu verwalten. Und ich will, dass es da so ruhig wie möglich zugeht. Das Letzte, was ich brauche, sind irgendwelche radikalen Umtriebe. Oder auch nur Gerüchte darüber."

„Warte nur, bis die Roboter die Brünner Straße hinaufmarschieren und die Weltherrschaft übernehmen. Oder zumindest die Herrschaft übers Weinviertel. Angelernt vom Islamisten Esat Al Sayed, der sich schon als Kind als verwestlichtes Mitglied der Oberschicht von Damaskus getarnt hat."

„Du solltest Fantasy-Romane schreiben. Oder Science-Fiction."

„Was sagt Busch über Esat?"

„Weiß ich nicht. Soviel ich gelesen habe, kannte er ihn kaum. Oder er behauptet das zumindest. In der Zeugenaussage steht, dass Al Sayed bei den sogenannten ‚Ameisen' mitgearbeitet hat, aber dann quasi aufgestiegen ist und den Einkauf vorbereitet hat. Irgendwas ist am Computer schiefgelaufen und sein Administrator hat gemerkt, dass Esat gar nicht da ist. Oder so."

„Glaubst du, kann ich diese Zeugenaussage sehen?"

„Glaubst du wirklich, dass es Sinn hat, mich das zu fragen?"

„Ameisen … Administrator … klingt alles sehr seltsam."

„Er macht sich wichtig und spielt rum, dieser Busch. Ein anderer Typ Koch, keiner wie unser Manninger."

„Die ‚Ameisen' sind wer oder was?"

„Offenbar die Mitarbeiter im Hintergrund. Und was ein Administrator ist? So ein Computertyp, wenn lauter Roboter arbeiten, dann braucht man so einen wohl auch in der Küche. Mir ist jeder Würstelstand, jede Buschenschank lieber, nur damit das klar ist."

„Diese ‚Ameisen': Haben die Ermittler mit ihnen geredet?"

„Es sind Ausländerinnen, für einfache Tätigkeiten. Putzen, vorbereiten. Sie kennen Esat kaum und haben ihn zur fraglichen Zeit nicht gesehen."

„Nicht sehr menschenfreundlich, sie so zu nennen."

„So menschenfreundlich, wie die Gastronomie eben ist."

„Das ist ein blöde Verallgemeinerung."

„Ha, du Foodie, jetzt hab ich dich doch getroffen!"

„Manninger ist jedenfalls nicht so."

„Ob Al Sayed ihm das dankt? Noch einmal: Halte dich fern."

„Haben sie eigentlich schon diesen Freund von Khaled überprüft? Esat hat gesagt, die Polizei weiß von ihm. So einer mit Bart."

Nemecek sieht mich spöttisch an. „Wer bei uns einen Bart hat, ist hipp, wer als Araber einen Bart hat, verdächtig. Wer ist da rassistisch?"

„Er hat Khaleds Frau verständigt. Sie sind gemeinsam geflüchtet. Und, ganz vorurteilsfrei: Könnte doch sein, dass ursprünglich er im Moscheeverein war. Und dass sich Esat Sorgen gemacht hat, er könnte auf Khaled zu viel Einfluss nehmen. Daher hat er nachgesehen."

„Der syrische Koch hat dir den Kopf verdreht, liebe Mira."

„So ein Quatsch. Er könnte mein Sohn sein."

„Ist ja noch nie vorgekommen so was."

„Lenk nicht ab: Habt ihr den Freund auf dem Radar?"

„Ich bin bloß ein kleiner Bezirkspolizeikommandant. Ich weiß es nicht. Wäre da etwas, hätten sie es mir aber wohl gesagt. Zwecks Umfeldsondierung."

„Und? Gibt's Radikale in deinem Bezirk?"

„Versuche einmal zu klären, welche Muslime wen kennen und wo sie sich treffen. Solange sie nicht öffentlich auffallen, hast du ein Problem."

„Vielleicht solltet ihr nicht nur an Islamisten, sondern auch an Ausländerfeinde denken. Im ‚Apfelbaum' kochen zwei Geflüchtete. Könnte doch sein, dass das ein paar Ureinwohnern auf den Magen geht. Wegen sogenannter ‚Umvolkung', womöglich haben sie Angst, die wollen ihnen Schweinsbraten und Schnitzel wegnehmen. – Jetzt, wo sogar die niederösterreichische Landesregierung Prämien für heimatverbundene Küche zahlen will."

Nemecek zwinkert mir zu. „Frag mich nicht, was ich davon halte. Es gab einen Brief an die Wirte, in dem verdeckte Kontrollen angekündigt wurden. Und dass man für eine hohe ‚Panierquote' Pluspunkte bekommt. Nur dass sich das Ganze dann doch als Fake herausgestellt hat."

„War echt lustig. Die Rechten waren trotzdem sauer, sie haben die Urheber im ‚links-grünen Veganer-Milieu' vermutet, dann die Satirezeitung ‚Tagespresse' als Urheber enttarnt und weil sie wenig Spaß verstehen, tatsächlich Klage erhoben. Du siehst also: Das heilige Schnitzel ist für manche eine todernste Angelegenheit."

„Tod würde ich weglassen. Aber ich werde mal checken, ob da wirklich wer einen Kreuzzug fürs Sonntagsschnitzel plant."

„Wer ‚wer'?"

„Bevor die Fantasie mit dir durchgeht: Das Radikalste, was wir – abgesehen von den sozusagen ‚Offiziellen' – haben: erstens ein paar ‚Alte Herren' einer schlagenden Verbindung, die blöd bis saublöd reden und unangenehme Lieder singen. Sie werden periodisch verwarnt und angezeigt. Darauf lege ich Wert, auch wenn sie immer wieder jemanden finden, der für sie interveniert. Zweitens: die ‚Liga wehrhafter Christen', einen eigenartigen rechtsnationalen Verein, der sich hin und wieder mit nicht so christlichen Menschen prügelt. Das letzte Mal bei einem Weinfest in Schrattenberg. Sie mögen es nicht, wenn man sie mit ‚WC' abkürzt, allerdings hat man sie, so das Protokoll, auch

‚Scheißhäusl' genannt und länger konnten sie sich nicht provozieren lassen, wehrhaft wie sie sind."

Ich grinse. „WC. Wehrhafte Christen. – Klingt aufs Erste lächerlich. Aber: Weißt du wirklich, wie weit die gehen? Oder Einzelne von ihnen?"

Nemecek steht auf und streckt sich. „Ich habe sie am Radar und ich habe es auch gemeldet, zufrieden? – Apropos melden: Dir könnte noch etwas anderes gefährlich werden."

„Etwas anderes?"

„Na, du bist doch sicher nicht angemeldet im ‚Apfelbaum'."

„Muss ich nicht sein. Klassischer Fall von ‚Probearbeit', wo ich mehr oder weniger zuschaue und frei entscheide, was und wann ich es tue. Vergiss nicht, mein Mann ist Wirtschaftsanwalt."

„Ob das auch die Ermittler wissen? Du willst Al Sayed doch nicht schaden, und Manninger schon gar nicht."

Bevor ich Genickstarre bekomme, weil ich weiter zum Mistelbacher Polizeikommandanten aufsehe, versuche ich auch wieder auf die Beine zu kommen. Den Stich im Rücken verberge ich so gut es geht. Nemecek ist ein paar Jährchen älter als ich, aber verdammt fit. Man würde ihm den verdeckten Ermittler beinahe zutrauen.

Apropos: „Für den Fall, dass es wirklich blöd läuft, ist klar, warum ich im ‚Apfelbaum' bin: Undercover-Recherche für ECCO. Das kannst du deinen lieben Kollegen doch bestätigen."

[4.]

Ob Manninger weiß, dass Esat an seinen freien Tagen bei Busch arbeitet? Erzählt hat er nichts davon. Gar nicht so lange her, dass ich Oskar vorgeschlagen habe, ins KI zu gehen. Automatisation in der Küche gibt es schon länger, vor allem in der Gemeinschaftsverpflegung, und ab und zu tauchen putzige Servierroboter in Social Media auf. Das „Kitchen Intelligence“ ist angeblich das erste Roboter-Lokal auf Hauben- und Sterneniveau. Muss ich Nemecek ja nicht auf die Nase binden, dass ich trotz aller Skepsis doch neugierig darauf war. Oskar ist weniger interessiert gewesen. „Essen ist analog“, hat er zu mir gesagt. „Und so soll es bleiben.“

Fran. Wer, wenn nicht Vesnas Sohn, kann einschätzen, was tatsächliche oder angebliche künstliche Intelligenz in der Küche bringt. Er war schon als Halbwüchsiger ein Computergenie, hat Computational Logic studiert und sein Können zum Beruf gemacht. Wir sollten unsere Talente zusammenlegen, um mehr Licht in diese Sache mit Administrator, KI, Ameisen und einem bekannten Koch zu bringen.

Zuerst aber werde ich Manninger anrufen. Wie spät ist es in der Karibik? Hier Nachmittag, dort Vormittag. Eine karibische Insel … diese wunderbare Wärme, die Palmen, das Meer. Kann ich allerdings auch weniger weit weg haben. Nicht genau so, aber mindestens gleich schön. Sardinien. Seit einiger Zeit haben wir eine Freundin dort. Sofern sie tatsächlich noch im Hinterland von Cagliari ist und das Hotel im ehemaligen Kloster führt. Oder hat man sie längst wieder zu dieser Europol-Sondereinheit einberufen, die es offiziell gar nicht gibt? Islamismus. Terrorismus. Damit kennt sie sich aus. Und mit sardischer Küche. Wir fahren Elena besuchen und … Ich tippe auf Manningers Telefonkontakt. Er geht nicht dran, ich bitte um Rückruf. Wie gut kennt er Esat? Was weiß er von Khaled?

Ich hätte beinahe den Ausfahrtsschranken des Park-&-Ride-Geländes touchiert. Im letzten Moment kommt mein Wagen zum Stehen. Ich schiebe zurück. „Journalistin durchbricht nach Geheimtreffen Absperrung". Klingt wild und es wäre doch viel banaler. Einfach Unachtsamkeit. „Euer Ehren, ich war in Gedanken …" – Wer sagt, dass die Informationen über Esat nicht auch auf andere Art interpretiert werden können? Wobei: Manchmal ist das Offensichtliche eben richtig. Er hat gelogen, was sein Alibi angeht. Eigentlich hat er sogar doppelt gelogen: Den Behörden hat er vom KI erzählt. Mir hat er gesagt, dass er in Wien war und dann fürs „Apfelbaum" einkaufen wollte. Das stimmt. Er hat bloß etwas ausgelassen. Fakt ist: Esat Al Sayed wurde mehrfach bei einem radikalen Moscheeverein gesehen. Nur: warum?

Zwei Stunden später stehe ich in der Küche. In meiner Küche. Ich habe noch einen kleinen Umweg gemacht und knackfrischen Weinviertler Spargel und Erdbeeren gekauft. Wie schön, wenn man weiß, wer zum Essen kommt. Und dass ich selbst entscheiden kann, was gekocht wird. Auf Dauer wäre mir die Arbeit in einer Profiküche zu stressig. Weiß ich allerdings schon seit mehr als zwanzig Jahren. Ich sehe auf mein Mobiltelefon. Manninger hat sich noch immer nicht gemeldet. Er hat anderes zu tun. Vielleicht ist sein Akku leer. Oder er hat sein Handy nicht dabei. Soll vorkommen. Trotzdem. Ich hätte ihn zu gerne einiges über Esat und Khaled gefragt. Unter anderem, ob er weiß, dass sein Chefkoch auch im KI arbeitet. Fran hingegen habe ich sofort erreicht. Ist eben eine andere Generation. Er will mögliche Accounts der beiden Köche checken. Er und Vesna werden in Kürze da sein und mit uns essen. Allein das erzeugt ein wohliges Gefühl in meinem Magen. Gemeinsam essen und reden. Mit Menschen, die ich mag und denen ich vertraue.

Ich experimentiere mit einem Buttermilch-Blitzbrot. Ich bin keine besonders gute Bäckerin. Aber ich konnte mich erinnern, irgendetwas über einen Brotteig in nur einer Stunde im Internet gelesen zu haben. Sinnlos, das auf den abertausenden Food-Seiten wiederfinden zu wollen. Vielleicht war es ja auch auf WhatsApp. – Gibt es irgendwo eine Statistik, ob mehr Katzen- oder Essensfotos gepostet werden? Ich habe mich bei meiner raschen Nachsuche darauf beschränkt, bei welcher Temperatur Germ optimal aufgeht. Die Antworten der Suchmaschinen haben sofort zu „Hefe" gewechselt. Österreichische Ausdrücke waren gestern. Im analogen Leben. Genaues habe ich über Hefe trotzdem nicht erfahren. Die Auskünfte lagen zwischen fünfundzwanzig und siebenunddreißig Grad. Ab vierzig Grad scheinen die Hefebakterien jedenfalls abzusterben. Hat es nicht immer geheißen, handwarm verarbeiten? Oder doch zimmerwarm? Ich habe mich für fünfunddreißig Grad entschieden, die doppelte Menge wie angegeben von der Trockengerm genommen und sie gemeinsam mit der Buttermilch und einem halben Kilo Pasta-Mehl im Backrohr auf Temperatur gebracht. Dafür ist so ein Hightech-Elektroteil mit gradgenauer Einstellung perfekt.

Dann alles vermischen, einen Esslöffel Salz, einen Löffel Olivenöl dazu, in der Küchenmaschine kneten. Ich brauche noch zwei Handvoll Mehl, damit der Teig schön glatt wird. Die Teigkugel rundherum bemehlen, zurück in die Schüssel, ein Tuch drüber und hoffen.

Meinen Holzherd habe ich diesmal nicht aus den Augen gelassen. Und ich habe tatsächlich nur ein Scheit, und dann später noch eins eingelegt. So wie Frau Gruber es gesagt hat. – Sie ist eine, die mehr als gerne redet. Ich werde es nutzen. Morgen. Bei meinem nächsten Probetag im „Apfelbaum". Natürlich wird das eine oder andere, was sie mir erzählt, eine sehr persönliche

Färbung haben. Aber das ist wohl bei den meisten so. Ob sie schon von den „Wehrhaften Christen“ gehört hat? Ob ihr noch etwas zum Freund von Khaled einfällt? „Entrisch“ hat sie seinen Bart genannt. Nemecek hat recht: schon seltsam. Männer mit Bart gelten bei uns als modisch, außer es handelt sich um Muslime. Da sind Bärtige verdächtig. Der Wunderherd hat bei meinem Brachial-Einstand nichts abbekommen und strahlt wohlige Wärme ab. Ich stelle die Schüssel mit dem Brotteig auf einen Hocker davor.

Dann hole ich den Laptop aus unserer kleinen Arbeitswohnung. Oskar hat sie vor geraumer Zeit gekauft, um mir mehr Platz zu schaffen. Weil ich nicht mehr fix in einer Redaktion arbeite und mir auch kein eigenes Büro leisten könnte. Es ist eine Geldanlage, hat er erklärt. Und außerdem wisse man nie … – „Wenn du mich rauswirfst, dann kann ich nebenan wohnen?“, habe ich gescherzt. Er hat mich bloß lächelnd angesehen. So viel Sicherheit. So schön. „In Österreich ist kein Krieg“, hat Esat zu mir gesagt. Begreife ich eigentlich, was das bedeutet? Manchmal, wenn die fürchterlichen Bilder aus der Ukraine im Fernsehen gezeigt werden. Was in Syrien passiert, was in verschiedenen Staaten des afrikanischen Kontinents passiert, sehen wir ja kaum. Vielleicht ein Glück. Wie viel können wir aushalten? Ab wann stumpfen wir ab? Wie ist es, in einem Krieg zu leben? Ich hätte meine Großmutter viel mehr fragen müssen. Sie hat davon erzählt, wie sie allein mit meinem Vater im Wald gekauert ist, als die Bomben gefallen sind. Er war damals ein kleines Kind. Trotzdem: alles nicht so lange her. Und womit beschäftige ich mich? Ob das Buttermilchbrot gelingt.

Ich stelle den Laptop auf den Esstisch. Ein Blick zum Holzherd. Jetzt steht die Temperaturanzeige auf zweihundert Grad. Ein vorsichtiger Blick auf den Brotteig. – Er geht tatsächlich auf! Er ist definitiv um die Hälfte gewachsen! Und das in einer knappen halben Stunde. Ob ich noch ein kleines Scheit Holz nachlegen soll? In zehn Minuten werde ich den Teig aus der Schüssel nehmen, ihn vorsichtig von den Seiten her zusammenschlagen und in eine runde, bemehlte Form geben. Noch einmal kurz gehen lassen. Okay, noch ein Scheit. Aber kein großes. Die Flammen durchs Sichtfenster. Ich liebe offenes Feuer. Wie gut es mir geht. – Mir geht es gut und Khaled ist tot. Erstochen hinter dem „Apfelbaum". Was hat Esat mit der Sache zu schaffen? Allein diese Sache mit dem KI. Ich sollte die Zeit nutzen, um ein wenig mehr über künstliche Intelligenz in der Küche herauszufinden.

Schließlich will ich Fran gezielte Fragen stellen können. Mein Laptop. Jetzt hockt Vui darauf, als wollte er ihn ausbrüten. Noch lieber hat er es, wenn der Computer geöffnet ist und er auf der Tastatur liegen kann. Dann schreibt er mir geheimnisvolle Botschaften. Oskar und ich, wir sind beide überzeugt davon, dass Vui in einem früheren Leben Reporter oder Schriftsteller war. Einer der ganz großen. Egon Erwin Kisch vielleicht. Oder Franz Kafka. Auch wenn er auf keinen dieser Namen hört. Allerdings hört er auf Vui ebenso wenig. Außer es gibt etwas zu fressen. Da hört er dann auf jeden Namen. Die Brotvorbereitungen haben ihn nicht sonderlich interessiert. Ich weiß, dass es Menschen gibt, die das möchten: aber Katzen sind keine Vegetarier. Ich hebe die zehn Kilo Kater vom Laptop, er sieht mich aus einem blauen und einem braunen Auge an und stakst dann davon, zu seinem anderen Lieblingsplatz. Dem Korb mit den alten Zeitungen.

„Künstliche Intelligenz Küche" tippe ich in meine Suchmaschine. Und bekomme Hinweise zu smarten Backöfen einer bekannten Luxusmarke. Jetzt sind auch die schon intelligent? Ein ziemlicher Stress für unsereins. Wer will schon von seinem Backrohr intellektuell überflügelt werden? Ich werfe meinem Holzherd einen liebevollen Blick zu. Er heizt. Er bäckt. Wenn ich mich dumm anstelle, wird er zu heiß. Aber das ist es auch schon. Die einfachen Dinge. Ich liebe sie. Es folgen weitere „intelligente" Küchengeräte. Der vernetzte Kühlschrank, bei dem ich via App sehe, was drin ist. Und der automatisch nachbestellen kann, was aus ist. Also bestimmt er, dass ich immer dasselbe nachkaufen und mir liefern lassen soll? Ich denke nicht dran. Halte ich außerdem nicht für besonders raffiniert. Weiterscrollen. Werbung, Werbung, Werbung.

Beinahe hätte ich die Zeit übersehen. Der Brotteig ist auch in der Form eindrucksvoll aufgegangen. Das Feuer im Herd knistert, die Temperatur steht auf zweihundertzwanzig Grad. Ob das zu viel ist? Ich riskiere es. – Wenn es nicht mehr gibt, das es zu riskieren gilt. Den Teig mit etwas Olivenöl beträufeln und mit meinem Lieblingsmeersalz bestreuen. Ab ins Rohr. Auf keinen Fall mehr nachlegen. Mein Buttermilch-Blitzbrot soll wie in den alten großen Öfen bei absteigender Temperatur gebacken werden.

Ich starre in das beleuchtete Backrohr. Erst als ich einen pelzigen Kopf in meiner Kniekehle spüre, bemerke ich, dass Vui neben mir steht.

„Viel schöner als Fernsehen", sage ich zu unserem Kater. Er schnurrt zur Bestätigung und drückt seinen Kopf erneut gegen mein Bein. Er will gefüttert werden. Er ist smart, ganz ohne Mikrochips. Wenn ich koche, fällt auch für ihn etwas ab. Das hat er gelernt.

Unser Menü ist fix. Es wird Spargel, Spargel und Spargel geben. Zuerst als rohen Spargelsalat mit Bottarga, dann als Essenz, dann überbacken. Und weil sie so gut dazu passen, Eier in zwei Varianten. Die Spargelschalen ziehen mit einer halbierten Zwiebel, etwas veganer Gemüsewürze, einem Chili und einem guten Schuss Olivenöl am Herd. Ich habe sie knapp mit dem Salz-Zucker-Kochwasser der dicken Spargelstangen bedeckt. Der Fond soll eine halbe Stunde ganz leicht perlen. Mise en Place. Die kann man auch privat gut brauchen. Die knackig gekochten Spargelstangen stehen in einer feuerfesten Form bereit, ein bisschen Olivenöl, etwas vom großartigen natürlichen Meersalz aus Sardinien darunter. Mir würden der überbackene Spargel und Buttermilchbrot als Hauptgang reichen, aber bei Oskar und Vesna ist das anders. Fran ist wie seine Schwester schon aus Klimaschutzgründen Beinahe-Vegetarier. Der Beinschinken im

Kühlschrank. Ich werde ihn in dicke Scheiben schneiden, vielleicht etwas wärmen oder anbraten … Ich sehe zu Vui. Er ist beim Herdbeobachten eingeschlafen.

Die Chance, mich zum Laptop zu schleichen. Recherche, zweiter Versuch. Ich tippe „Künstliche Intelligenz Gastronomie" und lese den ersten Eintrag:

Wie Künstliche Intelligenz die Gastronomie retten kann! Geht das überhaupt? Lies unseren Blog und erfahre, wie mit KI in der Gastronomie dein Team so geplant wird, dass Umsatz und Personaleinsatz perfekt zusammenpassen. Probier es aus!

Es folgen Hinweise auf automatische Warenbestellsysteme, automatische Reservierungssysteme und eine Beratung vor Ort, die klären soll, wie viele *„nicht optimal eingesetzte Mitarbeiter"* es gibt. Offenbar geht es wieder einmal darum: Menschen sollen durch Maschinen ersetzt werden. Arbeitskräftemangel hin oder her. Wer wird eingespart werden? Der Küchenchef? Oder Leute, die weniger leicht einen Job finden, weil sie über keine gute Ausbildung verfügen? Esat hat Chancen. Er hat sich Möglichkeiten erarbeitet. Wollte er ins KI wechseln? Und wenn, warum? Er scheint sich mit dem „Apfelbaum" zu identifizieren.

Ich klicke zum nächsten Eintrag: *„Technologie versus Fachkräftemangel":*

Vor uns liegt die totale Küchen-Revolution. Bestellen, Bezahlen, Reservieren: das alles ist im Lokal 2.0 längst digital. Nun rückt die Küche in den Mittelpunkt. Schließlich ist es kaum mehr möglich, geeignetes und williges Personal zu finden. Die Lösung, an der eifrig geforscht wird: Artificial Intelligence – Also: Künstliche Intelligenz. Einige Beispiele:

Der Pizza-Roboter aus den USA: Er funktioniert auch außerhalb eines Restaurants und soll den Gewinn bei der Produktion durch die Einsparung von Personal- und Produktionskosten einer herkömmlichen Pizza verdoppeln. Einige große Kunden in den USA und Asien sind bereits unter Vertrag. Ein Boom-Markt!

Ich scrolle und sehe ein Ding, das wie ein überdimensionaler Getränkeautomat aussieht. Man soll auch *„mittels Sprachbefehl"* seine Pizza bestellen können. Das ging analog auch schon. Das, was deine Worte aufnimmt und sie überwiegend fehlerfrei an die Küche weitergibt, nennt man Servicekraft, Ober, Kellnerin. Wo die Pizza bei dem Kasten rauskommt, kann ich nicht entdecken. Muss ich auch nicht. Künstliche Intelligenz stelle ich mir jedenfalls anders vor. Vom kulinarischen Aspekt einmal abgesehen. Wie wäre es mit einem Vergleich: ein guter Pizzaiolo mit Holzofen gegen dieses Automatenteil?

Als nächstes Beispiel preist man mir einen Roboter an, der *„italienische oder asiatische Gerichte produziert, direkt abfüllt und etikettiert. Sogar eine Spülmaschine für die Töpfe ist integriert."* Auch noch nicht direkt Fine Dining. Erinnert mich eher an die Industrieküche im großartigen Film „Brust oder Keule". Der stammt allerdings aus den Siebzigerjahren des vergangenen Jahrhunderts.

Dann das Foto eines Glaskastens, in dem ich einen Roboterarm, zwei Pfannen und einige, eher steril anmutende, Zutaten sehe. Die helfende Hand kommt aus Deutschland und soll *„innerhalb von vier Minuten zwei Gerichte zubereiten können"*. Ich denke an heute Mittag im „Apfelbaum". Ich hatte mindestens sechs Töpfe und Pfannen auf dem Herd.

Oh, und da der Roboter namens „Goodfellow": Er kann *„Köchen wieder mehr Zeit für die kreativen und wertschöpfenden Tätigkeiten geben. Er beobachtet mit seinen Sensoren die einzelnen Kochprozesse und soll vom Küchenmitarbeiter lernen."* Bisher hat man so jemanden Lehrling genannt. Ob ein Roboter besser und schneller lernt? Jedenfalls hat er keine Launen. Wobei: Nicht einmal das ist sicher. Bei ihm sind es dann eben nicht die Hormone, sondern die Synapsen, Platinen und Mikrochips, die verrücktspielen.

Ein Kopf gegen mein Bein. Vui ist aufgewacht und will nicht warten, bis es Katzenfütterroboter gibt. Ich stehe auf und gebe den Inhalt eines dieser Beutelchen, die gesunden Fisch in zarter Sauce versprechen, in seine Schüssel. – Wer hat das zubereitet? Mit ziemlicher Sicherheit ist es vollautomatisch über eine Produktionsstraße gelaufen. Wie auch viele Fertiggerichte für Menschen. – Das auszuweiten soll intelligent sein? Nein, smart sind die KI-Systeme. Smarter sind Unternehmen, die mit dem Versprechen von Personal-, Zeit- und anderen Einsparungen Gewinn machen. Und was sind wir, die so etwas essen? Vui hat seinen dicken Kopf in die Schüssel getaucht, der weiße buschige Schwanz zeigt kerzengerade nach oben, die Schwanzspitze vibriert vor Freude. Ihm schmeckt es. Wer weiß, vielleicht können Roboter tatsächlich fehlende Arbeitskräfte ersetzen und, gut programmiert, Hilfsdienste leisten. Mehr aber auch nicht. Beim Kochen geht es um Geschmack, um Individualität, um dieses gewisse Etwas, das Nahrungsaufnahme von Genuss unterscheidet. Ein Luxusthema, Mira. In einer Zeit der sogenannten multiplen Krisen. Trotzdem …

Das Telefon. Manninger. „Gibt es Neuigkeiten?“, fragt er.

„Ja, auch wenn dadurch alles nur verworrener wird.“

„Den Eindruck habe ich schon jetzt. Ich hatte eine Videokonferenz mit zwei Ermittlern.“

„Worum ging es?“

„Sie wollten mir nichts sagen und haben absurde Fragen gestellt. Als ob unser Gasthaus eine islamistische Hochburg wäre. Ich war einigermaßen sauer und habe das auch deutlich gemacht.“

„Esat soll bei einem radikalen Moscheeverein ein und aus gehen.“

„So ein Schwachsinn.“

„Haben sie dir das nicht gesagt?“

„Nein. Sie haben nur nach Arbeitspausen gefragt und mit wem sich Esat im ‚Apfelbaum‘ getroffen hat. Und ob meine Köche den Ramadan einhalten. Haben die wirklich geglaubt, Esat rennt raus, um Richtung Mekka zu beten? Ausgerechnet er?“

„Weißt du, dass Esat im KI gearbeitet hat?“

„Im KI? Was ist das?“

„‚Kitchen Intelligence‘, das neue Lokal von Busch.“

„Du liebe Güte."
„Das heißt jetzt was?"
„Hat sich auf das Lokal bezogen. Ich war bei der Pre-Opening-Party. Auf solche Sachen versteht sich Busch. – Esat hat bei ihm gearbeitet? Muss ein Irrtum sein. Er arbeitet bei mir."
„Du weißt es also nicht."
„Nein. Und es ist Blödsinn."
„Er ist für zehn Stunden pro Woche angestellt."
„So etwas muss er dem Dienstgeber melden."
„Sag du ihm das."
„Was wollte er dort?"
„Keine Ahnung, ich habe es von Nemecek. Übrigens sehr nett, dass du uns beide gebeten hast, nachzusehen."
„Ich … tut mir leid. Ich mache mir eben Sorgen. Ich habe gedacht, dass Infos und Wahrnehmungen aus zwei so unterschiedlichen Blickwinkeln mehr … Erkenntnis bringen."
„Man könnte es auch Manipulation nennen."
„Sei nicht sauer, Mira. Übrigens habe ich mit ihm seither noch gar nicht geredet."
„Nemecek hat mich gewarnt. Offenbar ist Esats Alibi falsch."
„Sein Alibi? Er hatte keins. Er hat mir gesagt, er war in Wien und ist ins ‚Apfelbaum', um einkaufen zu fahren. Dann hat er Khaled gefunden."
„Hat er mir auch gesagt. Er hätte im KI sein sollen, aber er war nicht dort."
„Sagt wer? Busch?"
„Steht offenbar in den Zeugenaussagen. Der Administrator hat bemerkt, dass Esat fehlt. Busch meint, er kennt ihn kaum. Esat war eine von den ‚Ameisen', wie er die Menschen, die hinter den Robotern arbeiten, offenbar nennt."
„Esat als Ameise? Du hast ihn kennengelernt, oder? Das passt nicht."
„Das passt auf keinen Menschen."
„Schon klar. Aber er … er kann etwas. Er ist ein guter Koch. Und er ist selbstbewusst. Warum sollte er Hilfsdienste

machen? Er verdient gut bei mir. Über dem Kollektivvertrag. So, dass es sich für seine Staatsbürgerschaft locker ausgeht. Er ist es wert."

„Den Eindruck hatte ich auch. Nur …"

„Nur?"

„Es sind Fakten: Er ist öfter in einem radikalen Moscheeverein. Er arbeitet im KI. Er hat in seiner Zeugenaussage angegeben, dass er am Vormittag, als der Mord passiert ist, dort war. Das stimmt nicht."

Stille in der Leitung.

„Günter?"

„Blöderweise bin ich mit Busch nicht besonders gut. Sonst hätte ich ihn fragen können."

„Kann Busch versucht haben, Esat abzuwerben?"

„Unwahrscheinlich. Außerdem: Im KI gibt's keinen Job für einen richtigen Koch. Busch … er war einer meiner Lehrlinge, damals im ‚Chez Trois'. Er war beflissen, das schon. Ehrgeizig, aber einer, der sich selbst überschätzt. Der an allen Wettbewerben teilnehmen will, dafür trainiert, doch nie locker genug ist, der einfach nicht den Spirit hat, der es ausmacht, wenn du mich verstehst. Der daher nicht gewinnt und sauer ist, weil ihn angeblich alle übervorteilt haben. Und weil ich seinen Kollegen und Konkurrenten besser vorbereitet habe."

„Alte Geschichten."

„Uralte sogar. Er ist erfolgreich, auch wenn er lange so etwas wie ein Wanderpokal war."

„Ein ‚Wanderpokal'?"

„Man hat ihn zuerst als Sous und dann als Küchenchef in angesagte Lokale geholt, aber nach spätestens einem Jahr war er wieder weg. Er sagt, weil man ihn nicht ausreichend unterstützt hat, weil das Personal schlecht oder zu wenig war, weil er einen interessanteren Posten bekommen hat. Seine Arbeitgeber, und davon kenne ich einige, sagen: weil er es nicht gebracht hat. Die Gäste waren nicht zufrieden. Viel Mache, weniger Substanz. Damit bringst du vielleicht neue Leute ins Lokal, aber sie kommen nicht wieder. Du lebst von denen, die wiederkommen. Darauf musst du aufbauen."

„Was ist mit dem ‚HochHaus' – stimmt es, dass er damit in Konkurs gegangen ist?"

„Ich kenne bloß die Gerüchte. Angeblich gehört es gar nicht oder nicht mehr ihm. Details weiß ich nicht. Fine Dining ohne Investoren, Banken oder Ähnliches an Bord gibt's fast nicht mehr. Mit ein Grund, warum ich unser ‚Apfelbaum' so liebe. Ich will unabhängig sein."

„Plus Auswärtsgastspiele in der Karibik."

„Erstens muss ich ab und zu raus, das ist einfach so. Und zweitens ist das leicht verdientes Geld. Damit kann ich die eine oder andere gastronomische Flaute durchtauchen."

„Wem gehört das KI?"

„Keine Ahnung, aber auch wenn er beim Opening so getan hat, als gäbe es nur ihn: Da sind sicher welche im Hintergrund. War ein richtiger Ego-Auflauf. Mit Medien und Gastrokritikern ist er ziemlich gut. Und ein paar von denen kenne ich ja immerhin auch."

„Die kommen zu dir essen. Öfter als einmal."

„Du sagst es, bei mir brauchen sie sich nicht zu stressen. Sie geben mir eine Gnaden-Haube, ein Besteck für langes Überleben, und das reicht mir."

„Gnaden-Haube? Du bist einer der Besten."

„Liebste Mira, ich kann schon einschätzen, was wir im ‚Apfelbaum' tun. Jedenfalls fehlt der ganze Schnickschnack, den Gewisse mit Qualität verwechseln. Und den der dümmste Kritiker, der nicht einmal Rotweinjus von geschmolzener Schokolade unterscheiden kann, versteht: Silberbesteck, aufwendiges Amuse-Gueule, am besten gleich mehrere davon, fünf Brotsorten, all das Zeug."

„Wie ist das bei dir in der Karibik?"

Ich höre Manninger lachen. „Da mache ich genau das. Liebevoll, mit möglichst wenig Fake. Insgesamt servieren wir vier Grüße aus der Küche, das lässt sich super vorbereiten. Dafür ist die Karte klein, die Preise sind hoch und unser Servicepersonal ist schön."

„Schön?"

„Ich schwöre. Sie haben sie gecastet. Sie haben nur richtig schöne Menschen genommen, ehemalige Models, die können sich auch bewegen, wir haben einen, der Film-Double von Richard Gere war. Dazu allerdings einen Superprofi als Sommelier. – Im KI servieren Roboter. Quasi das andere Extrem. Neu. So bringt man Menschen dazu, dass sie über ein Lokal schreiben. Lange nicht nur in den herkömmlichen Medien. Die traditionelle gute Presse ist wichtig, für so ein Konzept sogar lebensnotwendig, aber sie ist nicht mehr genug."

„Du meinst Social Media."

„Klar. Bloggerinnen, Influencer. Alle, die neugierig sind, müssen dorthin wollen. Alle, die über Essen mitreden möchten, sollten schon dort gewesen sein. So funktioniert es. Zumindest eine Zeit lang."

„Bis man draufkommt, dass es in erster Linie heiße Luft ist."

„Weiß ich nicht. Zumindest ist ein Roboterlokal tatsächlich neu. Passt eigentlich zu Busch."

„Und wenn in Wirklichkeit ein paar gute Köche, so wie Esat, die Arbeit machen? Und die Roboter mehr oder weniger Fake sind?"

„Keine Ahnung, dann wäre er nicht bloß ein paar Stunden pro Woche dort. – Ich bin stinksauer, dass er mir nichts davon gesagt hat. Ich kapier es nicht."

„Vielleicht weiß er, dass du nicht besonders viel von Busch hältst."

„So ist das nicht. Er ist … ein umtriebiger Gastronom. Eben nicht ganz auf meiner Linie, aber Geschmäcker sind bekanntlich verschieden. Und er hört es nicht so gern, dass ich einmal sein Chef war."

„Warum? Das ‚Chez Trois' war das beste Lokal in Wien."

„Eines der besseren, mit allen Sternen und Hauben, die ich damals dringend für mein Ego oder für sonst was gebraucht habe. Ich glaube, er mag den Gedanken nicht, dass überhaupt jemand sein Chef war. Und er hat vielleicht Angst, dass ich erzählen könnte, weswegen er die Lehre anderswo abgeschlossen hat."

„Du hast ihn rausgeworfen? Warum?"

„Erzähle ich auch dir nicht. Es waren ohnehin nur Lächerlichkeiten, im Nachhinein betrachtet. Er hat einen gewissen … Geltungsdrang. Hatte er schon damals. Da gibt's allerdings mehr davon in unserer Branche. So wie in anderen auch. – Roboter in der Küche. Er hat einen Riecher für Trends, der Busch, das muss man ihm lassen."

„Inwiefern?"

„Du weißt, wie sich Redzepi, der vom ‚Noma', jetzt sieht? Als Forscher im ‚Lab', er will mit Hightech-Unterstützung neue Geschmäcker und Konsistenzen erfinden. Für Gäste soll das ‚Noma' nur noch ab und zu, pop-up, geöffnet haben."

„Er hat gesagt, dass sich sein Lokal nicht mehr rechnet, oder? Schon irre. X-mal als Nummer eins in der Welt gefeiert, Gourmets müssen monate- oder jahrelang auf einen Tisch warten, und das rechnet sich nicht."

„Der Aufwand ist enorm. Du musst eben mehr bieten als alle anderen. Weißt du, dass er naturgetreue Käfer aus einer Fruchtmasse basteln hat lassen?"

„Und das schmeckt?"

„Ich habe sie nicht gekostet. Eine Person macht nichts anderes als diese Käfer vorbereiten, die dann ein Detail auf einem der circa zwanzig pro Gast servierten Teller sind. So viel zum Aufwand."

„Unnötig."

„Für mich auch. Übertrieben. Aber: Ab wann ist besonderes Essen unnötig? Satt werden wir auch von … zum Beispiel industriell gefertigtem Zeug. Mit oder ohne künstliche Intelligenz."

„Habe ich gerade überlegt, bevor du angerufen hast. – Jedenfalls darf es kein Luxus sein, seine Leute fair zu bezahlen. Was Redzepi und andere seiner Kollegen offenbar nicht tun."

„Macht sich eben sehr gut im Lebenslauf, das ‚Noma'. Auch wenn es bloß einige Monate als ‚Stagiaire' zum Käferbasteln oder Muschelputzen waren. Die Leute, die in diesen sogenannten weltbesten Lokalen mitarbeiten, wissen, warum sie es tun. Die leisten sich das."

„Trotzdem unfair."

„Schon, aber im Einvernehmen, egal, was Medien schreiben. Die gleichen, die ‚Geiz ist geil' schreien, sind empört, wenn Redzepi jemanden nicht zahlt, der gar nicht um Geld, sondern um einen Platz in seiner angeblich weltbesten Küche gebeten hat. – Am Ende hat er seine Praktikanten dann ohnehin entlohnt. Auf den öffentlichen Druck hin. Schlechtes Image: Das will sich heute keiner mehr leisten. Es ist einfach unberechenbar, was übers Netz losgetreten werden kann."

„Hast du auch solche Praktika gemacht?"

Ich höre Manninger lachen. „Damals waren selbst in den prominentesten Sterne-Lokalen in Frankreich weniger Leute in der Küche. Du bist ganz schwer auch nur in die Nähe dieser heiligen Herde gekommen. Ich war kurze Zeit im ‚Meurice' in Paris. Eindrucksvoll. Einschüchternd. Du durftest kaum ein Wort reden. Du hättest dich auch nicht getraut. Das Irrste, an das ich mich erinnere: In der Pause sind wir mit einem der Sous hinters Haus und haben mit einer Pumpgun die Salatkisten zerschossen. Stell dir vor, was heute los wäre, wenn jemand so etwas täte."

„Ist aber auch krass."

„Es war einfach witzig, wie sich die Kisten in nichts zerlegt haben. Zumindest haben wir es damals so gesehen. Es war wohl auch so etwas wie Stressabbau. Wenn Esat Ähnliches machen würde, hätten sie ihn längst als Terroristen verhaftet."

„Vielleicht kommt das noch."

„Unsinn. Und eines sag ich dir auch: Zu viele junge Köche halten nichts mehr aus. Keine Disziplin und keinen Stress und auch nicht, dass sie eben mal mehr tun müssen, als im Vertrag steht. Ohne Struktur geht's nicht in der Küche. Es kann nur einen geben, der anschafft. Leider haben nur mehr wenige das Feuer, das Ziel, den Fokus: gut zu werden, zu lernen, was zu schaffen. Und sich bis dahin durchzubeißen. Wir können froh sein, dass es neue Leute anderswoher gibt. So wie unseren Esat."

„Nicht besonders freundlich. So …"

„Ich war nie einer, der in der Küche rumgeschrien hat. Ich habe es erlebt und gewusst, dass ich es nicht mag. Ich zahle meine Leute fair und ich unterstütze sie. Aber sie müssen auch wollen. Warum, glaubst du, dass wir zu wenige Leute in der Gastronomie haben?"

„Weil sie bessere Jobs finden."

„Weil sie zu bequem sind. Sei schauen ein paar Kochsendungen und glauben, das ist das Leben. Sie sind zu satt."

„Wenn du jetzt noch sagst, ‚ein Krieg muss her', dann lege ich auf."

Stille. „Du weißt, so hab ich das nicht gemeint. Aber dieses ewige Geraunze geht mir auf die Nerven. Und auf der anderen Seite schikanieren die Behörden Leute, die was tun und was werden wollen, wie eben Esat."

„Und Khaled?"

„Er hat sich sehr bemüht. Esat hat ihm geholfen. Weil er es noch viel schwerer gehabt hat als er. Wahrscheinlich auch, weil er ihm eben … in gewisser Weise überlegen war. So was gibt es, Mira, auch wenn du das nicht so gerne hörst."

„Trotzdem hat ihn jemand erstochen."

„Vielleicht … hat er den Konflikt von daheim mitgebracht."

„Der Freund mit Bart, der von der Flucht?"

„Keine Ahnung, ich hab ihn nie gesehen. Irgendwelche Typen, denen irgendwas nicht gepasst hat. Vielleicht war Esat deswegen in dieser Moschee. Weil er Khaled schützen und mehr wissen wollte."

„Habe ich auch schon überlegt. Aber warum hat er dir nichts davon erzählt? Und warum hat er ein falsches Alibi angegeben?"

„Ich bin vor allem sauer, dass er mir nicht gesagt hat, dass er im KI arbeitet."

„So toll sind die harten Hunde von anderswo also doch nicht."
„Harter Hund? Passt nicht wirklich zu Esat. Er hat ein Ziel und dafür ist er bereit …"
„Wozu bereit?"
„Zu arbeiten, liebe Mira. Er will Fuß fassen. Sich ein neues Leben aufbauen."
„Mein Brot im Ofen, ich muss weitertun. Wir kriegen Gäste."
„Dann will ich dich nicht länger stören."
„Ich kann nichts dafür, dass dein Esat etwas verschwiegen hat."
„Ich werde mit ihm reden. Danke."

Er hat mir noch einen schönen Abend gewünscht und gemeint, dass mein Essen sicher großartig werden würde. Trotzdem. Nicht abzustreiten, dass unser Telefonat mit einem gewissen Misston geendet hat.

Bin auch ich zu verweichlicht, um das, was Manninger von sich gegeben hat, gut zu finden? Sicher gibt es ein Körnchen Wahrheit. Aber wahr ist eben auch, dass genug Gastronomen ihre Leute ausnützen, ausbeuten. Und nicht ausreichend wertschätzen. Würde Manninger wahrscheinlich ohnehin unterschreiben. Ich habe es nicht so sehr mit Hierarchien. Er hat sie von Lehrlingstagen an erlebt.

Besser, ich konzentriere mich auf mein Menü.

Das Brot duftet, inzwischen ist die Temperatur im Backrohr auf hundertvierzig Grad gesunken, das Holz brennt nicht mehr, es glüht noch.

Die Spargelessenz seihe ich durch ein feines Sieb und drücke die Schalen gut aus. Ich sehe auf die Uhr. Eigentlich sollte Oskar schon da sein. Aber als Anwalt arbeitet man nicht nach Stechuhr. Auch ein Punkt, warum in der Gastronomie Leute fehlen: unübliche Arbeitszeiten, am Abend, am Wochenende. Muss man wirklich ein Freak sein, um das in Kauf zu nehmen? Oder würde Kreativität der anderen Art helfen? Keine Computerrechenmodelle, sondern individuell abgestimmte Vereinbarungen zwischen Wirt und Köchin und Kellner und Hilfspersonal. Womit wir beim gegenseitigen Respekt wären. So ein Superstar wie Redzepi: Sieht der überhaupt jemanden neben sich und seinen Ideen? Müssen Menschen wie er Megaegos haben oder ginge es sogar noch einen Tick besser mit echter Teamarbeit? Busch nennt die Küchenhilfen „Ameisen".

Vesna und ihr Sohn Fran werden gegen halb acht kommen. Kein Grund, dass schon alles auf dem Tisch stehen muss. Die Sache mit Redzepi interessiert mich.

„Es ist unhaltbar. Finanziell und emotional, als Arbeitgeber und als Mensch, es funktioniert einfach nicht", lese ich in einem deutschen Magazin. Klingt nicht nach einem beleidigten Rückzug, weil er jetzt auch für alle, die ein Praktikum machen wollen, zahlen muss. Wirkt eher so, als hätte er das ganze hierarchische und auch kulinarisch übertriebene Getue satt.

Ich gehe auf den Original-Artikel der „New York Times". Der Titel: *„Noma, Rated the World's Best Restaurant, Is Closing Its Doors"*. Interessant ist, dass Redzepi das Wort *„unsustainable"* verwendet hat. Das heißt mehr als bloß „unhaltbar". Es bedeutet genauso gut „nicht nachhaltig". Ich bin keine Expertin seiner Küche, aber ich weiß, dass er einer der Ersten war, die nach originalen nordischen Produkten gesucht haben. Manchmal waren das auch Moose im Wald. Von Konservativeren belächelt, ein wenig auch von mir. *„We have to completely rethink the industry. This is simply too hard."* Wir müssen unser Business total überdenken. Es ist einfach zu hart. So würde zumindest ich das übersetzen. Geläutert vom Küchenwahnsinn, inklusive Fruchtkäferbasteleien.

Wie leicht man missverstanden wird. Wie schnell Urteile und Vorurteile funktionieren. Die Käfer-Sache. Nur noch zwei Minuten. – Fünf vor halb acht. Aber ich brauche zum Glück niemandem etwas beweisen. Es ist kein Tasting-Menü, dem die Gäste monatelang entgegenfiebern. Dieser Druck muss wirklich enorm sein.

Namrata Hegde heißt die Frau, die der „Times“ wenig freundlich über ihre Zeit bei Redzepi berichtet hat: *„Eine unbezahlte Arbeitskraft, die in seiner Kopenhagener Küche für drei Monate Fruchtkäfer gemacht hat.“*

Jeden Tag hätte sie Fruchtmasse aufgestrichen, sie antrocknen lassen und dann mithilfe von Schablonen in verschiedene Formen geschnitten. *„Sie fügte die Formen zu täuschend echten Käfern zusammen: glänzenden, dreidimensionalen Kreaturen aus Fruchtleder. An den meisten Tagen hat sie 120 perfekte Exemplare gefertigt und in einer gläsernen Box aufgesteckt, fertig fürs Dinner-Service. Die ganze Zeit über, so sagte sie, sei es verboten gewesen zu lachen.“*

Das wirkt allerdings so, als hätte Redzepi eine Läuterung dringend notwendig gehabt. Und seine Arbeit im Labor statt in der Küche? Seit der Molekularküche nichts Neues, eher schon wieder ein wenig alt. Oder folgt jetzt die nächste Stufe: gesteuert durch künstliche Intelligenz, mit perfekten Algorithmen, dem Geschmacks-Kick auf der Spur?

Schön, sich Greifbarerem zu widmen.

Fran teilt mir zur Begrüßung feixend mit, dass er als Gastgeschenk ziemlich schräge Rechercheergebnisse habe.

„So schräg wie Käfer aus Fruchtgelee?“

„Ich kenn nur Gummibärli. Man kann nicht aufhören“, antwortet Vesna.

Wir müssen nicht immer gleich ticken. Wir stoßen mit einem Glas Weißburgunder von Eva Berthold an. Oskar kommt fünf Minuten später. Ich gehe zurück in unsere offene Küche. Mit Blick auf meine liebste Tischgesellschaft richte ich die Vorspeise an: ein paar zarte Blätter bunten Pflücksalat auf die großen Teller, zwei dicke Stangen geschälten Spargel schneide ich mit dem Sparschäler der Länge nach in hauchdünne Streifen und drapiere sie darauf. Jetzt kommt der Clou: Bottarga, getrockneter Rogen von der Meeräsche. Eigenimport aus Sardinien. Ein würzig-salzig-intensiver Fischgeschmack, der sein Aroma dann am besten entfaltet, wenn auch er so dünn wie möglich geschnitten wird. Für jemanden wie Redzepi und seine Jünger wäre das banal, klar. Und doch könnte es eine neue, spannende Geschmackskombination sein. Nur mehr mit dem besten Olivenöl und einigen Tropfen weißem Zitronen-Balsamico würzen. Dazu das noch warme Buttermilchbrot.

Ich genieße die Ovationen. – Vielleicht quälen die Großen der Küche sich und andere genau dafür? Lob, Anerkennung, Bewunderung. Aber man kann auch stressfrei kochen. Zumindest zu Hause.

„Was ist jetzt mit deinen Recherchen?", frage ich Fran.

„Dass Esat auf Facebook und Instagram ist, wirst du ja wissen."

Ich schüttle den Kopf. „Ich hatte noch keine Zeit."

„Unauffällig. Er postet vor allem Essen, das meiste aus dem ‚Apfelbaum', immer wieder auch Fotos von ihm, zum Beispiel mit einem großen Fisch. Das Gewalttätigste ist ein Bild von einem halben Lamm, er steht daneben und schwenkt ein großes Messer. Übrigens so gut wie alles auf Deutsch oder Englisch. Arabisch sind nur einige Kommentare. Aber auch da: nichts Auffälliges, freundliche Worte, Grüße, dergleichen."

„Das kannst du feststellen?"

„So etwas schaffen inzwischen auch schlechte Übersetzungsprogramme. Ganz abgesehen davon, dass man Posts nach Schlagworten, auch in Arabisch, durchsuchen kann. Was glaubst du, was die Polizei macht? Araber beschäftigen? Dabei wäre das keine dumme Idee. Die könnten besser einschätzen, wer was wie meint."

„So dumm, dass er auf seinem offiziellen Account Radikales postet, ist er sicher nicht", wirft Oskar ein.

„Ich habe keinen anderen Account gefunden – klar hatte ich nicht sehr viel Zeit und sicher nicht alle seine Daten. Wenn er dafür einen eigenen Rechner hat, wird es schwieriger."

„Und das ist schon schräg? Das mit dem halben Lamm?", murmle ich einigermaßen enttäuscht.

„Das Schräge kommt erst noch. Hat mit Busch zu tun. Und mit einem Auftrag von Mam."

Vesna sieht mich an, als wäre sie das Orakel von Delphi. So etwas liebt sie: anteasern und dann nichts sagen. Offenbar färbt es auf ihren Sohn ab. Sie sollen bloß nicht glauben, ich bettle um die besonderen Nachrichten.

Ich gehe zurück zum Herd. Die Spargelessenz köchelt. Ich würze sie mit einem guten Schuss weißem Wermut. Als Einlage gibt's pochierte Eier. In einer Variante, die immer funktioniert: Minischüsseln mit einem großen Stück Klarsichtfolie auslegen, einen Tropfen Olivenöl, ein vorsichtig aufgeschlagenes Ei darauf und die Klarsichtfolie zu einem lockeren Säckchen zusammenbinden. Ist längst vorbereitet. Das mit einem Schuss Essig gewürzte Wasser kocht, die Eier einlegen, Hitze zurückdrehen und vier Minuten garen. Ich richte die Spargelessenz in mitgewärmten heißen Tassen an und lasse in jede ein gerade gestocktes Ei gleiten. Petersilienblättchen zerzupfen, fertig.

„Und Khaled?", will ich wenig später wissen.

„Er ist offenbar nur auf Facebook gewesen. Da ist das meiste auf Arabisch, deswegen kann ich es auch nicht so gut einordnen. Ich muss erst einen Freund fragen. Aber fürs Erste: harmlos. An Feiertagen ein paar Koransprüche, das ist schon das Äußerste. Offenbar sind die meisten von Freunden geschickt worden und er hat sie dann weitergepostet."

„Und seine Frau?"

Fran wiegt traurig den Kopf. „Fotos der beiden, offenbar kurz bevor er weg ist. Sie sehen glücklich aus. Sie postet kaum etwas, aber sie likt alles, was er schickt. – Und jetzt die wirklichen Neuigkeiten. Eher schräg, wie gesagt …"

„Es gibt noch einmal Spargel?", unterbricht meine Freundin.

„Überbacken. Supersimpel. Nix Fine Dining. Und dazu für die Fleischfresser Beinschinken."

„Brauche ich nicht", meint Vesna. „Wenn noch genug vom Brot da ist."

„Du hast Fran einen Rechercheauftrag gegeben?"

Er nickt.

„Zuerst lasse uns dein köstliches Essen genießen“, erwidert meine Freundin.

„Du hast ja so recht.“ Ich stehe auf und lächle. Nicht mit mir. Ich mixe zwei Eier mit Crème fraîche, geriebenem Parmesan, Salz, einer Prise Chili und überziehe die vorbereiteten Spargelstangen damit. Das Backrohr hat zweihundert Grad. Passt.

„Ich habe Fran gesagt, er könnte in dieses KI gehen, dem Chef erzählen, dass er Arbeit über künstliche Intelligenz in der Küche schreibt und dafür gerne alles ansehen will“, ruft Vesna herüber.

Oh, jetzt ist sie es, die ungeduldig wird.

Ich schiebe die Form ins Rohr. Hätte ich mehr Zeit gehabt, ich hätte meinen Holzherd noch einmal auf Temperatur gebracht. „Fran ist seit zehn Jahren mit dem Studium fertig.“

„Redet nicht über mich, als wenn ich nicht da wäre“, ruft Fran.

„Er schaut jung aus und außerdem gibt es auch ältere Studenten. Er war dort.“

„In der Küche des KI?“ Ich sehe meine Freundin verblüfft an. Auf diese Idee hätte ich selbst kommen können.

„Fast“, antwortet Fran.

„Sicher, dass ihr keinen Schinken wollt?“

„Nein!“

„Nein ja oder nein nein?“

„Nein nein!“

Ich schneide trotzdem einige Scheiben auf und bringe sie zum Tisch.

„So du hörst auf uns“, kommentiert Vesna.

„Du warst wahrscheinlich nur zu bescheiden.“

„In feinen Restaurants kann uns das nicht passieren.“

„Du meinst, du kriegst nur, was du bestellst? Da täuschst du dich. Manchmal sind die ‚Grüße aus der Küche‘ gar nicht zu stoppen.“

„Ich meine, ich kriege nicht mehr, sondern weniger. Vielleicht ein Kunstwerk, aber nichts zum Sattwerden.“

Oskar lächelt. „Das ist ein Mythos, seit Bocuse damit angefangen hat, kleiner und elegant anzurichten. Die Deutschen haben es dann übertrieben und jetzt gibt's abgesehen von ein paar Spinner-Lokalen überall genug bis mehr als genug. Außerdem: Wenn du zehn, fünfzehn, zwanzig Gänge isst, dann darf jeder einzelne nicht zu groß sein."

„Vielleicht ist mein Jugo-Geschmack nicht fein genug."

„Du warst mit Hans in mehr schicken Lokalen, als wir es je gewesen sind. – Wie geht es ihm eigentlich?", frage ich.

Vesnas Gesicht wird mit einem Mal ernst. Ihr „Mann fürs Leben", wie sie ihren Hans Tobler nennt, hatte vor einiger Zeit einen Herzinfarkt. Sein großes Autohaus, die Zeit der Pandemie, dann der Krieg gegen die Ukraine samt Sanktionen, Lieferschwierigkeiten – auch wenn er immer entspannt wirkt, irgendwas ist ihm wohl zu viel gewesen. „Er hat sich in Rehabilitation gestürzt wie auf ein neues Projekt. Voller Einsatz. Er sagt, es geht ihm gut, aber ..."

Fran sieht seine Mutter liebevoll an. „Es geht ihm gut. Und du kannst nicht von ihm verlangen, dass er alles sein lässt und nur noch vor dem Fernseher hockt."

„Will ich auch nicht, wäre fürchterlich! Ich habe ihm geraten, er soll wieder mehr Musik machen. Alte Kumpels von der Band mobilisieren, eine Combo mit Jazz und etwas Rock und so. Diese Kubaner waren über achtzig, als sie durchgestartet sind. Er ist super am Schlagzeug."

Ich lache und gehe zum Herd. Das Gratin hat sich appetitlich goldgelb verfärbt. Ich bringe die Form zufrieden zum Tisch.

„Was ist eigentlich diese Sauce auf dem Spargel?", fragt Vesna einige Minuten später. „Ist ganz besonders gut. Hans mag Spargel sehr, ich könnte das für ihn kochen."

Ich zwinkere meiner Freundin zu. „Klar, Hans startet eine völlig stressfreie Karriere als Musiker und du mutierst zur Köchin. – Allerdings, ich kann dir versprechen: Diesen Überzug schaffst du."

„Als ob ich nicht kochen kann."

„Bisher ging es vor allem ums Nicht-kochen-Mögen."

„Ich habe Kinder großgezogen. Sieh Fran an: Es ist etwas geworden aus ihm!"

„Weil Kinder widerstandsfähig sind."

„Na und? Sie haben auch Mayo und Ketchup bekommen, dafür nicht so viel Fleisch. War zuerst zu teuer für uns."

„Die ‚Sauce', wie du das Gratin nennst, besteht aus Crème fraîche, Ei und Parmesan. Du kannst allerdings auch tatsächlich mit Mayonnaise überbacken. Einfach aus der Tube großzügig auf den Spargel drücken. Schmeckt gar nicht übel."

„Blödsinn."

„Wenn du meinst? Es funktioniert aber nur mit gekaufter. Da ist Stärke drin, die hält die Struktur."

„Warum war Fran ‚fast' in der Küche des KI?", mischt sich Oskar ein, offenbar bemüht, eine der freundschaftlichen Auseinandersetzungen zwischen Vesna und mir rechtzeitig zu stoppen.

„Weil er mich nicht reingelassen hat", erzählt Fran.

„Du bist zu ihm und hast gesagt, du schreibst an einer Arbeit über künstliche Intelligenz in der Küche?"

„Ich wollte mich nicht via Telefon oder Mail abwimmeln lassen, also bin ich unangemeldet hin. Das Lokal hatte gerade aufgesperrt, aber es waren noch keine Gäste da. Zwei Serviceroboter in einer Ecke, nicht in Betrieb. Ich habe gerufen und als ich schon gehen wollte, ist ein Asiate gekommen und hat mir gesagt, ich solle mich setzen, das ‚Programm' fängt dann gleich an. So als ob ich im Kino wäre."

„Aber leider Fran hat nicht so viel Zeit gehabt", fällt Vesna ihrem Sohn ins Wort. „Manchmal man braucht mehr Geduld."

„Weil das genau deine Stärke ist", murmle ich.

„Ich habe gesagt, dass ich an einem internationalen Forschungsprojekt über KI mitarbeite und dass ich den Chef sprechen möchte. Er hat begonnen, mich auszufragen: warum, wer ich sei, von wem ich geschickt wurde, ob ich etwas verkaufen wolle. Er sei der ‚Administrator' und zuerst müsse ich mit ihm reden."

Ich nicke. „Von dem hat mir Nemecek erzählt. Offenbar so eine Art Stellvertreter, vielleicht auch Dompteur der Roboter."

Fran lacht und nimmt sich noch eine Stange Spargel. „Sehr nette Beschreibung. Ich bin dann etwas bestimmter geworden. Er etwas verunsicherter. Wenn Busch nicht da sei, dann solle er mich eben in die Küche lassen. Ich möchte für unser Forschungsprojekt evaluieren, ob das ‚Kitchen Intelligence' in unser Konzept passt und miterfasst werden kann. Dazu müsse ich aber erst einmal sehen, wie die Systeme laufen. Der Typ ist ziemlich kommentarlos verschwunden. Ich hab in der Zwischenzeit versucht, mit einem Serviceroboter zu kommunizieren. Ich dachte mir, vielleicht haben sie ihn ähnlich konfiguriert, wie gewisse menschliche Kellner ticken. Steht einfach in der Ecke auf Stand-by. Wenn du ihn nicht direkt anredest, schaut er an dir vorbei."

„Und?", will ich wissen.

„Der Roboter hat mir mit weiblicher Stimme mitgeteilt, dass er gerade außer Dienst sei. Ich hab ihn gefragt, wie er heißt. Das ist das Simpelste. Die Antwort war: ‚Ich bin eine weibliche Servierperson und du darfst mir einen Namen geben.' Als ich zurückgefragt habe, was denn ihr letzter Name gewesen sei, hat sie durchgedreht und ‚Susi, Natascha, Süße, Hermi, Go-Go' und immer noch mehr Namen rausgelassen, bis ich Stopp gesagt habe. Die haben noch etwas Programmierbedarf. Aber dann ist ohnehin Busch aufgetaucht."

„Der war nicht begeistert, dass du mit seiner Kellnerin rumspielst", rate ich.

„So etwas in der Art. Ich hab ihm alles noch einmal erzählt, der Administrator ist neben ihm gestanden und hat gewirkt, als würde er im Geiste mitschreiben. Man kann nicht einfach so in die Küche, hat Busch gesagt. Das alles sei topsecret, zu neu, um nicht mit Betriebsspionage rechnen zu müssen. Ich habe genickt und gemeint, er könne ja meine Uni-Adresse checken. Zum Glück halte ich auf der Informatik wieder meine Gastvorlesung. Dann hat der Administrator Busch zur Seite gezogen, ich habe nicht verstanden, was sie miteinander geredet haben. Busch hat gestresst gewirkt. Der Administrator eher unbeteiligt. Dann hat sich Busch ziemlich knapp vor mir aufgepflanzt. ‚Ich bitte Sie zu gehen', hat er gesagt. Es hat ziemlich aggressiv geklungen. Und ich: ‚Es geht nur um eine kurze Vorprüfung, ob Sie überhaupt in das Setting der Studie passen.' Da hat er sich zum Administrator umgedreht und ihn angebrüllt: ‚Da kann nicht jeder kommen und blöde Geschichten erzählen! Sie müssen sich darum kümmern, dass das nicht passiert! Ich falle darauf nicht mehr rein, du Wichser!' Und der Administrator, total ruhig, aber irgendwie gefährlich zu ihm: ‚Sie nennen mich nicht so.' Und zu mir: ‚Sie gehen rasch. Eine schriftliche Anfrage wird geprüft und beantwortet.'"

„Was haben die zu verbergen?", murmle ich.

Fran zuckt mit den Schultern. „Es wird schon so sein: Busch fürchtet sich, ausspioniert zu werden."

„Und wenn es mit Mord an Khaled zu tun hat?", überlegt Vesna. „Es gibt Zeugenaussage von Busch und von Administrator, dass Esats Alibi falsch war."

Ich schüttle den Kopf. „Khaled scheint keine Verbindung zum KI gehabt zu haben. Zumindest weiß auch Nemecek nichts davon."

Fran fasst zusammen: „Jedenfalls war Busch ziemlich gestresst, dass ich in die Küche wollte."

„Weil das meiste Fake ist", werfe ich in den Raum.

„Vielleicht. Wobei … es hat eher so gewirkt, als würde er mir nicht glauben."

„Fran, der Spion", murmelt Oskar. „Vielleicht war Busch schon vorher nervös. Das hat sich dann entladen."

„Du hättest besser Gast gespielt", sagt Vesna zu ihrem Sohn. „Gast hätte er nicht so behandelt."

„Als Gast hätte ich ihn gar nicht gesehen, sondern nur mit der weiblichen Serviermaschine kommuniziert. – Finde ich übrigens ganz schön sexistisch. Du darfst die Robo-Kellnerin nennen, wie du magst, auch ‚Süße'. Wenn ich das Jana erzähle …"

Vesna grinst. „Deine Zwillingsschwester lasst sich von jemand wie Busch nicht stoppen. Du bist zu freundlich. Warst du immer schon."

Fran seufzt. „Was ist das für eine Familie, in der einem die wenigen guten Eigenschaften vorgehalten werden? – Mira, was gibt's als Dessert? Kann dein Wunderholzherd auch Kuchen?"

„Du hast Familie, die dich kennt und trotzdem liebt", antwortet Vesna.

„Zum Glück ist sie nicht groß", kontert Fran.

„Es gibt Pofesen", verkünde ich mit angemessenem Stolz. „Im ‚Apfelbaum' waren sie mit Nougat gefüllt, ich habe mich für eine leichtere Variante entschieden: mit zerdrückten und gewürzten Erdbeeren zwischen den Milchbrötchenscheiben."

„Du solltest öfter im ‚Apfelbaum' kochen", befindet meine Freundin.

[5.]

Was, wenn Khaled hinter Esat Al Sayeds Nebenjob gekommen ist und Manninger davon erzählen wollte? Ich parke meinen E-Soul vor dem „Apfelbaum". Sollte ich heute nichts Neues herausfinden, kann ich zumindest besser kochen lernen. War jedenfalls Vesnas Idee. Auch wenn sie es nicht so gemeint hat. Sie lobt meine Küche regelmäßig. Und bei Desserts habe ich wirklich Defizite. Es lebt sich deutlich einfacher, wenn man nicht gleich eingeschnappt ist.

Esat will so rasch wie möglich österreichischer Staatsbürger werden. Weil er sich erst dann sicher fühlt. Sein Ziel ist es, hier Fuß zu fassen. Er hat Khaled offenbar unterstützt, ihm geholfen, ihn betreut. Wenn Khaled trotz alledem findet, Manninger hätte ein Anrecht zu erfahren, dass sein Stellvertreter fremd arbeitet, könnte Esat das als Vertrauensbruch verstanden haben. Als Missachtung dessen, was er für seinen jüngeren Landsmann getan hat. – Aber ersticht man deswegen jemanden? Oder ticken Araber anders? Spielen Stolz und Ehre eine größere Rolle? – Weil es „die" Syrer gibt, genauso wie „die" Österreicherinnen: dumme Verallgemeinerungen, Mira. Andererseits: Der Krieg verändert die Menschen. Eine sehr engagierte Freundin hat mir mit Entsetzen von minderjährigen Flüchtlingen aus Afghanistan erzählt, die ein Messer unter dem Kopfkissen haben. Sie seien dankbar, vertrauensvoll, wollten ganz viel lernen, aber als ihnen der Sozialarbeiter die Messer abgenommen hat, konnten sie nicht schlafen. Hatten Albträume, Angstzustände. Sie haben eben immer mit einem Messer geschlafen. So fühlen sie sich sicherer.

Ich schaue auf das schöne alte Gasthaus, auf seine hohen Kastanienbäume, denen wie durch ein Wunder auch die Miniermotte bisher nichts anhaben konnte. Menschen reagieren unterschiedlich. Ganz abgesehen davon: Esat ist aus seiner Heimat geflüchtet, weil er weder töten noch getötet werden wollte. Warum unterstelle ich gerade ihm besondere Aggression?

Khaled hingegen habe ich nicht gekannt. Die Buben mit dem Messer unter dem Kopfkissen. Würden sie es verwenden? Und wenn, nur zur Verteidigung oder auch zum Angriff? Wann fühlen sie sich in die Enge getrieben? Vielleicht war das Mordmotiv deutlich einfacher: eine Auseinandersetzung zwischen dem jungen, vielleicht traumatisierten Syrer und einem zweiten, den keiner kennt. Weil auch niemand viel über Khaled weiß. Was ist seine Geschichte? Wer kennt sie? Vielleicht hat er versucht, seine Position im „Apfelbaum" zu verteidigen. Hier hat er sich wohlgefühlt. – Aber dann hätte wohl eher er jemanden ermordet. Sicherer Hafen. Esat ist im „Apfelbaum" angekommen. Er ist inzwischen ausgebildeter Koch und Manninger vertraut ihm. – Vertraut er ihm immer noch restlos? Seit er von seinem Zusatzjob im KI weiß? Esat könnte genau davor Angst gehabt haben. Dass sein Chef ihn nicht mehr will, dass er ihm kündigt, dass er in der Folge ohne ausreichendes Einkommen alles, auch die Chance auf die baldige Staatsbürgerschaft, verliert?

Manninger war sauer, als er die Sache mit dem KI erfahren hat. Aber er hat auf mich nicht den Eindruck gemacht, als würde er Esat Al Sayed deswegen fallen lassen. Bloß: Kann der das richtig einschätzen? Gar voraussehen? Wenn Khaled vom KI erfahren hat und Manninger davon erzählen wollte, dann … Ich sollte Esat erst einmal fragen, warum er im KI gearbeitet hat. Und ob er weiß, warum Busch so gestresst reagiert, wenn ein Außenstehender in seine Küche möchte.

Alles kompliziert. Wie schön wäre es, im „Apfelbaum" einfach zu kochen. Von mir aus auch Gemüse zu putzen. Ohne viel zu denken. Weil es ein gutes Gefühl ist, etwas Praktisches und Essenzielles zu tun. Es muss nicht einmal besonders kreativ oder neu sein. Einfache Vorgänge. Menschen satt machen, hoffentlich zufrieden, vielleicht sogar glücklich. Kleine feine Genussmomente. Für Menschen, die gerne kochen, und für Menschen, die gerne essen. Genau so werde ich es heute anlegen. Nicht viel fragen, einfach tun. Würde Manninger gefallen. Und vielleicht gibt's, quasi als Nachschlag, zusätzliche Erkenntnisse. Ein Rezept für Pannacotta zum Beispiel. Oder ein bisschen mehr Gefühl dafür, wie Esat wirklich tickt.

Manningers syrischstämmige Zukunftshoffnung zieht ein Messer am Wetzstahl ab und nickt mir freundlich zu.

„Sage ich ja, die kommt wieder", lässt sich Frau Gruber in seine Richtung vernehmen.

Jetzt ist sein Blick weniger freundlich.

„Hast du geglaubt, ich komme nicht mehr?", frage ich Esat.

„Frau Gruber hat eigene Ideen. Immer. Sie redet viel."

„Blödsinn", kommt es zurück. „Ich hab dich gefragt, ob unsere Hilfe heute da sein wird, und du hast gesagt, ‚kann keiner wissen' – also was?"

„War mir auch nicht ganz sicher", sage ich und lächle beruhigend. Esat mag es nicht, wenn man ihn vorführt. Aber wer mag das schon? – Wie wäre das, wenn er wüsste, warum ich hier bin? Oder ahnt er es ohnehin?

„Was soll ich tun?", frage ich Esat mit einem möglichst unschuldigen Blick. Kochen, nicht viel reden oder denken. Einfach Küchenhilfe sein.

„Ich muss Enten teilen", sagt er. „Wir bekommen Enten immer ganz, so haben wir nicht nur Brust und Keule, sondern auch sehr guten Jus. Und aus Kleinzeug machen wir eine Sauce wie Sauce bolognese."

„Sie soll den Vorspeisenplatz durchsehen und alles auffüllen“, mischt sich Frau Gruber ein. Offenbar ist es ihr ziemlich egal, wenn Esat sauer reagiert. Oder merkt sie es nicht? – Jedenfalls ist sie munter und am Leben.

Ich habe gerade die Salatbar aufgeklappt, als Nicole mit einem Mann in die Küche kommt. Scheint hier nicht so ein Problem zu sein wie im KI. Warum auch? Keinerlei Roboter-Geheimnisse.

Esat starrt die beiden an. Ein Fremder in der Küche. Doch ein Tabu?

Der Mann nickt kurz. „Herr Al Sayed“, sagt er. „Mit Ihnen rede ich später. Zuerst darf ich Sie bitten.“ Das ging eindeutig in meine Richtung. Nemecek hat mich gewarnt. Ich bin nicht angemeldet.

Nicole zuckt mit den Schultern und sieht Esat entschuldigend an.

„Kein Problem“, sage ich so entspannt wie möglich. „Worum geht es?“

Ich sitze mit dem Mann, der sich als „Chefinspektor Klein“ vorgestellt und mir einen Ausweis hingehalten hat, den ich ohnehin nicht entziffern konnte, im zweiten Gastraum. Er wird nur mehr für Veranstaltungen geöffnet. Die leeren Holztische, die Sessel mit den aufgeklappten Sitzpolstern, die Regale mit Flaschen, Kochbüchern, Fotos, Erinnerungsstücken: alles sauber, und doch würde ich am liebsten die Fenster aufreißen. Gaststube ohne Gäste. Wie Suppe ohne Salz.

„Können Sie mir genau beschreiben, welche Aufgabe Sie hier haben?“, will Klein wissen.

Ich sehe ihn möglichst ausdruckslos an. „Sie nehmen unser Gespräch auf?“

„Sollte ich nicht?“

„War bloß eine Frage.“

„Nein, ich will mir erst mal ein Bild machen. Wenn das möglich ist.“

„Können Sie mir beschreiben, was Sie hier für eine Aufgabe haben? Befragen Sie mich als Zeugin?“ Vielleicht sollte ich verbindlicher auftreten, aber irgendwas an ihm reizt mich.

„Noch nicht. Nennen Sie es Sondierung.“

Ich schweige. Wen, was sieht er vor sich? Eine Frau, nicht dünn, aber auch nicht dick, etwas größer als der Durchschnitt, in schwarzen Stoffhosen und einer Kochjacke, die um die Hüften spannt. Vor zwanzig Jahren ist sie noch locker gesessen. Alter: Richtung Pensionierung, aber einigermaßen gut erhalten. Souverän. Hoffentlich.

„Was ist?“, fragt er irritiert.

„Ich dachte, Sie wollten sich ein Bild machen.“

Hüsteln. Oder ist es seine Art zu lachen?

„Seit wann arbeiten Sie im ‚Apfelbaum‘ – seltsamer Name übrigens.“

„Ich arbeite nicht hier. Ich habe meinen Probetag. Sie suchen eine Küchenhilfe.“

„Angeblich sind die ausgestorben. Arbeitskräftemangel.“

„Ich lebe.“

„Seit wann sind Sie wirklich hier? Es geht nicht um Schwarzarbeit, ich verspreche es.“

Ist mir schon klar, dass sich ein Chefinspektor kaum darum kümmern wird. Außerdem rücken die Anti-Schwarzarbeit-Trupps im Team an. Aber er braucht ja nicht zu wissen, dass ich das weiß.

„Vor kurzem hat hier … ein Tötungsdelikt stattgefunden.“

„Fürchterlich. Ich war noch nicht da. Außerdem war das Lokal, als es passiert ist, geschlossen. Soviel ich gehört habe.“

„Das ist richtig. Können Sie mir dennoch sagen, wo Sie zu diesem Zeitpunkt waren?“

„Da müssen Sie mir schon sagen, wann genau es war.“ Lieber Herr Chefinspektor, so plumpe Fallen umschifft der dümmste Täter. Zumindest einer, der zwei bis drei Fernsehkrimis gesehen hat.

„Vergangenen Mittwoch, sagen wir, acht Uhr bis elf Uhr.“

„Ich war zu Hause. Mein Mann kann das bis zehn Uhr bestätigen. Danach war ich allein, allerdings in Wien."

„Ein Ehemann ist kein besonders gutes Alibi. Ich komme darauf zurück. Es ist ohnehin nur Routine." Er lächelt mir beruhigend zu. Schaffe ich es wirklich, ihm die potenzielle Küchenhilfe vorzuspielen? Was sagt das über mich aus? Was über ihn?

„Herr Esat Al Sayed: Hat er sich in der letzten Zeit stärker … zurückgezogen? Hat er sich … verändert?"

„Warum?"

„Ich frage Sie. Denken Sie nach."

„Ich war erst einmal hier. Gestern. Zum Probearbeiten."

Klein sieht mich milde an und schüttelt den Kopf. „Es geht wirklich nicht um Schwarzarbeit. – Wobei: Wenn Sie gar nicht kooperieren, muss ich vielleicht doch mit der Sozialversicherung …"

„War Herr Al Sayed früher anders?"

„Wissen Sie von Frauengeschichten? Das könnte wichtig sein. Es kann ihn auch entlasten. Sie müssen ihn nicht ‚beschützen', was immer Sie darunter verstehen. Er ist ein attraktiver junger Mann, so jemand hat Freundinnen, oder?"

Klein hat die Ellbogen auf den Tisch gestützt. Er ist wohl älter, als er aufs Erste gewirkt hat. Ich tippe auf Mitte fünfzig. Ich sehne mich nach meinem alten Freund Zuckerbrot, ehemals Chef der Gruppe Leib und Leben im Bundeskriminalamt. Auch wenn wir uns öfter ermittlungstechnisch in die Haare gekriegt haben, er hatte Profil.

„Warum? Ich verstehe nicht …"

„Ich nehme an, Sie kennen Luzia Feichtinger. Haben Sie die Frau in letzter Zeit gesehen?"

„Kenne ich nicht." – Wer ist sie? Wie bringe ich das aus ihm heraus? – „Vielleicht", setze ich dazu und sehe ihn möglichst irritiert an.

„Na, die Ex von Al Sayed, sie hat hier bisweilen im Service ausgeholfen. Hat Frau Sanders bereits bestätigt."

„Sanders?“, sage ich. „Und wer ist das?“

„Jetzt reicht es aber mit dem Dummstellen, Frau Valensky. Frau Sanders hat mich gerade zu Ihnen in die Küche gebracht.“

„Ach, Nicole. Ich kannte ihren Nachnamen nicht. Sorry.“

Er sieht mich an, als überlegte er, ob er mich wegen Blödheit oder Aufsässigkeit festnehmen soll. „Schluss mit den Spielchen.“ In seinen Mundwinkeln bilden sich böse Falten.

Wenn ich ihm sage, dass sie ihn älter machen, habe ich endgültig verspielt. Warum nur kann ich mit beamteter Autorität noch schlechter umgehen als mit anderer? „Günter Manninger, der Besitzer dieses Lokals, wird Ihnen bestätigen, dass ich gestern zum ersten Mal da war. Zum Probearbeiten.“

„Das wird er sicher. Vor allem, weil er in der Karibik ist. Oder wissen Sie das auch nicht?“

„Das weiß ich.“

„Was tun Sie hier?“

„Ich koche sehr gerne. Ich kann noch eine Menge lernen. Gestern zum Beispiel habe ich zum ersten Mal Pofesen zubereitet. Mit Nougat gefüllt. Deswegen möchte ich mitarbeiten.“

Klein sieht mich mit zusammengekniffenen Augen an. „Sie sind also so ein Kochfreak – keine Küchenhilfe.“

„Dürfen sich Küchenhilfen nicht fürs Kochen interessieren? Dürfen Kochfreaks keine Küchenhilfen sein?“

„Haben Sie einen Ausweis dabei? Führerschein, Personalausweis, Pass, irgendetwas davon.“

„Was ist Ihnen am liebsten?“, frage ich beflissen.

Nachdem er meinen Führerschein fotografiert und mir versichert hat, dass wir voneinander hören werden, holt er Esat zum „Gespräch“, wie er das nennt.

„Mitten in den Vorbereitungen für Mittag“, schimpft Frau Gruber. „Mit mir hat er auch schon geredet, ich habe ihm gleich gesagt, ich habe keine Geheimnisse. Ich sage immer: Reden ist Silber. Mein Neffe ist auch Polizist, allerdings in Wiener Neustadt. Ich kenne mich da aus.“

„Was hat er Sie gefragt?“

„Na das, was der andere auch schon gefragt hat. Wie Khaled war, wie Esat ist. – Was soll man sagen? Sie sind brav, auch wenn Esat etwas hochnäsig ist. Hochmut kommt vor dem Fall. Das muss man schon sagen. Wenn du kommst, dann musst du dich zuerst hinten anstellen. So ist das bei uns."

„Das haben Sie Klein gesagt?"

„Natürlich. Aber er wollte gar nicht mehr viel wissen, obwohl ich gerne mit den Behörden zusammenarbeite. Eine Hand wäscht die andere."

Superstrategie, muss ich mir merken. Ermittler totreden.

„Nach der Luzia hat er mich noch gefragt. Schade, dass sie nicht mehr da ist. Sie war zwar keine Kellnerin, aber zwei Hände sind zwei Hände, sag ich immer. Sie hat uns trotzdem geholfen, wo die jungen Leute heute lieber Computer spielen als servieren."

„Sie ist die Ex von Esat, oder?"

„Ich schaue doch nicht durchs Schlüsselloch. Aber es sieht danach aus."

„Hat er von Ihnen wissen wollen, ob sich Esat in letzter Zeit ‚zurückgezogen' hat?"

„Ich habe ihn gefragt, wohin sich Esat in der Küche zurückziehen soll. So groß ist die nicht. Natürlich, Platz ist in der kleinsten Hütte, aber warum? – Hoffentlich ist der Inspektor fertig, bevor die Mittagsgäste kommen, sonst haben wir wieder den Stress. – Haben Sie schon nachgesehen, ob genug Spargelgabelbissen da sind? Die hat Khaled noch gemacht, Gott hab ihn selig – oder auch Allah, ich bin da nicht so, aber die halten. Die Gabelbissen."

„Spargelgabelbissen?"

„Spargel in einem selbstgemachten Spargelgelee. Sie stehen im Kühlraum. Irgendwo. Bei der Ordnung hapert es bei den Syrern. Aber der Willi war auch nicht besser, und der war aus dem Nachbarort. Eigentlich hapert es da bei allen Männern."

Ich fliehe ins Kalte. Links und rechts Metallregale, Vorratsbehälter, Gemüse- und Obststeigen, Weinflaschen. An einem

Haken hängt ein halbes Tier ohne Kopf. Lamm? Reh? Ich hätte wirklich noch eine Menge zu lernen. Das Thermometer zeigt zwei Grad an. Wo könnten die Spargelgabelbissen sein? Ich stelle mich auf die Zehenspitzen. Ganz oben liegen verpackte Schinken, Lardo. Sieht köstlich aus. Die Tür. Ich fahre herum. Wenn mich hier jemand einschließt … Es ist Nicole, die hinter mir steht, zwei Weinflaschen in der Hand.

„Hast du Stress, eingesperrt zu werden?"

„Warum?"

„So, wie du zusammengezuckt bist? No problem. Geht mir dauernd so, da herinnen. Gibt eben zu viele Geschichten über erfrorene Kellnerinnen. – Was wollte der Typ von dir wissen?"

„Nichts Besonderes. Er wollte vor allem nicht glauben, dass ich erst seit gestern hier bin."

Nicole lacht. „Tja, danach hat er mich auch gefragt. Ich habe es bestätigt."

„Könnten wir hier raus?"

„Klar. Wird frisch. Aber dafür ist man super ungestört."

Ich nicke langsam. „Esat … hat er sich in letzter Zeit verändert?"

„Ach, ich weiß nicht. Ich mag Esi. Wir haben eben alle unsere Phasen."

„Er hat sich von seiner Freundin getrennt, oder?"

„Keine Ahnung. So was frag ich ihn nicht. Obwohl … er findet sicher was Besseres."

„Warum? Wie war sie?"

„Ach, nett. Hübsch."

„Aber?"

„Für ihn wäre viel besser eine vom Fach. Damit er wen hat, mit der er ein Lokal aufbauen kann, verstehst du?"

„Also … so jemanden wie dich."

„Quatsch, Mira. Ich bin keine fürs Stete."

Ich zittere vor Kälte. Ich muss raus hier. Nicole bemerkt es. „Rauchpause", sagt sie lapidar, legt den Finger an die Lippen und navigiert mich möglichst lautlos am improvisierten Polizeiquartier vorbei zum Hinterausgang.

Die Sonne strahlt. Wie gut das tut. Ich strecke ihr mein Gesicht entgegen. Nicole zündet sich eine Zigarette an. „Du auch?"

Ich schüttle den Kopf. „Kann ich dich etwas fragen, das unter uns bleiben muss?"

„Klingt spannend, klar. Hast du was mit dem Manninger? Hat er dich zum Aufpassen geschickt?"

„Unsinn!", rufe ich.

„Okay, der ist noch ein paar Jährchen älter als du. Aber ich weiß nicht … irgendwie passt das nicht mit der Küchenhilfe."

„Ich koche eben gern."

„Das glaube ich dir sofort. Hast du gestern bewiesen. War cool zum Einstieg. So eine wie du will nicht Kartoffeln schälen. Haben wir hier immer wieder, bei all den Leuten, die der Manninger kennt. Kochfreaks."

„Weißt du, dass Esat auch im KI arbeitet?"

„Was?"

„‚Kitchen Intelligence'. Angesagtes Lokal, in dem angeblich Roboter kochen und servieren."

„Ist er ein Roboter? Nein. Hat dieser Klein dich danach gefragt?"

„Sozusagen."

„Ich hab vom KI gehört. Ist ein schräges Lokal, wird viel darüber geredet in der Branche. Ich treffe mich mit ein paar Freundinnen ab und zu in Wien, damit ich hier nicht verlande, wenn du verstehst. Aber ich kenne niemanden, der dort angeheuert hat."

„Esat arbeitet also nicht dort?"

„Abseits vom ‚Apfelbaum' weiß ich total wenig über Esi. Er ist ziemlich auf sein Privatleben bedacht. Deswegen checke ich auch nicht, ob das mit Luzia vorbei ist. – Irgendein Geheimnis hat er, da bin ich mir sicher."

„Könnte doch seine Arbeit im KI sein."

„Passt irgendwie nicht. Und, nur damit du das nicht falsch einordnest: Ich denke nicht an ein dunkles Geheimnis, bloß was, über das er nicht redet. Ich hab mir schon überlegt: Vielleicht ist er eigentlich schwul? So hübsch wie er ist?"

„Und Luzia?"

„Mann, bist du oldschool. Es gibt eine Menge Varianten."

Ich lasse mich weiter von der Sonne wärmen, die Augen geschlossen. „Hat sich auch bis zu mir herumgesprochen."

„Das KI … apropos Varianten: Da servieren Robo-Schlampen, haben meine Freundinnen erzählt."

„Arbeitskräftemangel."

„Na klar. Die sind rund um die Uhr einsatzbereit und reden nur zurück, wenn man sie so programmiert. Ein Traum für unsere Herren in der Küche. Und wenn man ihnen auf den Arsch greift, dann kichern sie."

Ich lache. „Unsinn!"

„Tatsache. Bei ihnen ist es eben dieses Blechteil hinten. Die Japaner haben es gerne lustig. Ich hab mal in einem richtig feinen Lokal gearbeitet, du hast keine Ahnung, was da abgegangen ist, wenn Japaner getrunken hatten."

„Ein Freund hat erzählt, dass die Gäste den Servierrobotern Namen geben können. Und sie hören dann …"

„Sag ich ja, Schlampen. Die wollen noch nicht mal Trinkgeld."

„Du würdest dir für ein Trinkgeld …"

„… auf den Hintern greifen lassen? – Soll einer probieren. Ich schlage zurück. Ein schneller Griff oder Tritt und es tut ihnen das sauweh, womit sie denken. Danach nehme ich Trinkgeld. Von den anderen. Funktioniert, ich schwör es dir. Kleiner Einblick ins reale Leben, Mira."

„Den ich sonst nicht habe?"

„Nicht diesen."

„Und Luzia? Die war auch … so wehrhaft? Oder hat Esat …"

„Quatsch. Ich rede nicht von hier, sondern von Wien, Berlin, den Lokalen, wo die hingehen, die glauben, dass sie sich alles leisten können. Wenn hier im ‚Apfelbaum' einer ein wenig zu nahe kommt, reicht schon ein Blick und das Stierchen trabt brav zurück zur Herde. Luzia … bei der hätten die eher Angst haben können, dass sie darüber schreibt. MeToo, all das. Finde ich total richtig. Nur manchmal ein wenig spaßbefreit. Macht doch Freude, zurückzuschlagen. Mehr, als Opfer zu sein."

„Nicht alle Opfer können sich wehren."

„Deswegen ist es eben richtig, das MeToo."

„Was hast du gesagt? Luzia würde darüber schreiben?"

„Na, weil sie doch Journalistin ist."

„Luzia, wie noch?"

„Feichtinger."

„Kenn ich nicht." Das ist mir so herausgerutscht.

„Ist auch keine berühmte Journalistin. Sie arbeitet beim ‚Magazin', das kennst du sicher."

Kann man so sagen. Luzia hat wohl nach meiner Zeit begonnen. Ich versuche, mir meine Verblüffung nicht anmerken zu lassen. „Und … die haben sich also getrennt?"

„Weiß ich nicht, hab ich doch schon erzählt. Aber könnte sein. Vielleicht war Esi eifersüchtig, wo er selbst auf der Filmhochschule war. Er war mitten in seinem ersten Dokumentarfilm, als er wegmusste. Hat ja auch bei uns eine Reihe von Praktika gemacht, aber ist nichts Fixes daraus geworden. Er wäre sicher total gern Filmemacher, oder eben Reporter oder so …"

„Hat er das gesagt?"

„Nein. Da würde er sich eher die Hand abhacken lassen. – Blöder Spruch, eigentlich. Aber sagt man so. Wobei … in den muslimischen Ländern gibt's das ja noch. Vielleicht war er trotzdem sauer, dass sie was macht, das eher in sein Fach fällt. Jetzt ist er Küchensklave und sie … Er ist echt nett, aber Esi kann schon ziemlich dominant sein."

„Küchensklaven sehen jedenfalls anders aus."

„Tja, immer wie man sich fühlt. Ein wenig Macho ist in jedem Mann, ein wenig mehr davon in jedem Araber. – Shit. Das klingt nach Frau Gruber. Das wäre das Letzte, dass die auf mich abfärbt."

Zu Mittag kommen bloß fünf Gäste. Ist Esat deswegen so kurz angebunden oder hat es mit dem „Gespräch“ zu tun, das Klein mit ihm geführt hat? Frau Gruber bombardiert uns mit Allgemeinplätzen.

Bei „wie gewonnen so zerronnen“ fragt Esat: „Was bedeutet das?“

„Ist doch klar. Gestern haben wir viele Gäste gehabt und Geld verdient. Heute haben wir ganz wenige Gäste und da verdient Manninger nichts, da kostest du ihn Geld.“

„Warum ich?“, fragt Esat.

„Ich habe mich schon rentiert, mich kann man gar nicht mit Gold aufwiegen, sagt der Chef immer – und ich bin auch billiger“, gibt Frau Gruber schonungslos zurück. Esat schaut finster, sagt nichts und klingelt nach Nicole. Die Lammvariationen. Raus auf Tisch vier.

Mein Plan, in Ruhe mit ihm zu reden, scheitert. Kaum ist die letzte Bestellung serviert, wischt er energisch die Edelstahlflächen, räumt alles in die Laden und sagt: „Muss weg. Danke schön, Mira.“

„Ich sage es dir ja, er hat ein Geheimnis“, bekräftigt Nicole. „Aber sicher nichts Schlimmes. Dieser Inspektor hat ihn genervt. Kein Wunder.“

Also Planänderung. Ich kläre bei Cornelia, der Redaktionssekretärin, ob Luzia wirklich fürs „Magazin“ arbeitet.

„Seit du weg bist, ist viel passiert. Es gibt fast nur mehr freie Mitarbeiter, die reden weniger zurück.“

„Ich war auch nie angestellt.“

„Aber du hast zurückgeredet. Du wolltest das so und du warst trotzdem Chefreporterin. Dazu hat Luzia nicht das Zeug. Die anderen Freien auch nicht. Das macht jetzt Philipp, aber der …“

„Weißt du, woran Luzia momentan arbeitet?“

„Wird dich kaum interessieren. Eine Story über Versicherungen gegen alle möglichen Katastrophen. Zwischen Haarausfall und Atomkrieg. Kann nur Zufall sein, dass wir ein paar fette Inserate der Branche im Heft haben."

„Kennst du ihren Freund?"

„Nein, was ist mit dem?"

„Das wüsste ich auch gerne."

Luzia ist wohl der feuchte Traum für Männer aus dem Orient: schlank, großer Busen, lange blonde Haare, blaue Augen. Na gut. Sie ist wohl der feuchte Traum so gut wie aller Männer. Nicole würde hinzufügen: von denen, die besser schauen als denken können. Ich bin ungerecht. Sie ist nett und wirkt … gar nicht dumm. Wo kommen wir hin, wenn Blondinen weiter als bis drei zählen können? Muss man sich jedes gepflegte Vorurteil zerschlagen lassen?

Ich finde keinen besonders guten Draht zu ihr. Hat nichts mit ihrem Äußeren zu tun. Es kann mir egal sein. – Auch etwas Positives, wenn man in die Jahre kommt: Konkurrenz spielt weniger Rolle. Zumindest, wenn es um äußere Werte geht. Ich sitze mit ihr beim Türken um die Ecke vom „Magazin". Der Besitzer hat mich mit großer Wiedersehensfreude begrüßt. Warum war ich so lange nicht mehr hier? Noch dazu, wo seine Böreks Weltklasse sind. Viel, zu viel hat sich verändert. Hier habe ich mit Droch, dem einzigen wirklich anerkannten Journalisten unserer Wochenzeitung, meinem besten Freund im „Magazin" und auch darüber hinaus, beraten, gescherzt, meine Kämpfe ausgefochten, gut gegessen. Letztes Jahr ist er gestorben. Ganz plötzlich. Ganz böser Krebs. Ich habe es noch immer nicht verwunden. Zuckerbrot, sein bester Freund, schippert seither auf einem Boot um die Welt. Wenn man ihn fragt, ob er wieder mal in Wien ist, antwortet er: Seit wann liegt Wien am Meer?

Für all das kann Luzia nichts. Ich versuche sie freundlich anzusehen. Zumindest hat sie eine große Vorspeisenplatte bestellt und futtert kräftig. Keine, die bloß an einem Salatblatt nagt. Wie sie trotzdem so schlank bleibt? Offenbar hat sie auch noch tolle Gene. Und: Sie ist einige Jahrzehnte jünger als ich.

Ich erzähle ihr den Teil der Wahrheit, der für unser Gespräch hoffentlich von Vorteil ist. Esats Arbeitgeber, Günter Manninger, hätte mich gebeten, das „Apfelbaum" und natürlich auch Esat in dieser schwierigen Situation zu unterstützen.

„Und warum reden Sie dann mit mir?"

„Weil Ihr Name gefallen ist. Bei einem der Ermittler. Er wollte wissen, ob ich Sie kenne. Wie Sie zu Esat stehen. Keine Ahnung, warum. Manninger will Bescheid wissen, ist doch verständlich."

„Ja, verständlich", wiederholt sie und nimmt eine Gabel Riesenbohnen in Tomatensauce.

Ich ärgere mich, dass ich bloß Börek bestellt habe. Ich hätte Börek plus den Vorspeisenteller nehmen sollen.

„Ich kann nicht viel sagen. Wir sind nicht mehr zusammen."

„Also stimmt das."

„Ja. Die Polizei weiß es ohnehin. Das heißt, der vom BKA. Klein. Ich musste es ihm erzählen. Auch dass sich Esat verändert hat."

„Hat er?" Nicole und Frau Gruber haben das anders gesehen.

„Ja. Ich bin mir sicher, dass er … nichts Böses getan hat, das habe ich auch gesagt, aber ich dachte, ich kann es nicht verschweigen. Er war in letzter Zeit eigenartig. Er hat sich zurückgezogen."

„Und dann hat er Sie verlassen?"

„Vielleicht war auch einfach die Luft draußen."

„So jemand wie Sie wird üblicherweise nicht verlassen."

Luzia lächelt und wirkt mit einem Mal noch viel jünger. „Haben Sie eine Ahnung. So toll bin ich auch nicht …"

„… wie Sie aussehen."

„Danke. Dafür kann ich nichts."

Sie könnte auch kurze rot gefärbte Haare haben und anstelle der engen Lederjacke einen XXL-Sweater tragen. „Warum hat er Sie verlassen? Haben Sie eine Ahnung, weswegen sich Esat verändert hat? Und warum die im ‚Apfelbaum' davon nichts gemerkt haben?"

„Dort muss er funktionieren. Er weiß, dass er den Job braucht. Er braucht ein fixes Einkommen und, und, und – eine ganze Menge, damit er die österreichische Staatsbürgerschaft bekommt."

„Aber privat ..."

„Hat er sich zurückgezogen. Er hat gemeint, ich würde nicht mehr in sein Leben passen."

„Hat er das so gesagt?"

„Das geht jetzt doch schon ziemlich ins Private. So viel braucht sein Chef nicht zu wissen. Ja, aber so ungefähr hat er es gesagt."

„Er kann sehr gut Deutsch."

„Ja, und er ist klug. Trotzdem tut er manchmal nur so, als würde er alles verstehen. Er hasst es, unwissend zu wirken. Und wenn er nicht die Kontrolle hat. Er ist sehr ehrgeizig, was seine Ziele angeht. Da sieht er nichts rechts und nichts links."

„Ein guter Koch. Fokussiert."

Luzia nickt und verputzt die letzte Melanzanischeibe. „Er kocht echt gut. Und ich esse so gern. Schade."

„Nur seltsam, dass er nebenher im KI gearbeitet hat."

Bilde ich mir das ein, oder ist ihr Blick jetzt deutlich konzentrierter?

„Er hat mir davon erzählt", lüge ich.

„Ich habe von Anfang an gemeint, dass er es seinem Chef sagen soll. Gut, dass Manninger es jetzt weiß – er weiß es doch, oder?"

„Ja, Manninger weiß davon."

„Ist auch nicht illegal."

„Eben. Warum hat er es dann verschwiegen?"

Luzia lächelt. „Jetzt weiß ich, warum Sie wirklich mit mir reden wollten. Manninger ist sauer."

„Er will bloß Bescheid wissen."

„Es war lächerlich. Manchmal steigert sich Esat total hinein. Einfach so."

„Kann das mit seinem ... angeblichen Rückzug zu tun haben?"

„Das war was anderes, denke ich. Möglich. Aber keine Ahnung."

„Sie haben noch Kontakt zu ihm?"

„Ab und zu über WhatsApp oder Mail. Treffen will er mich nicht."

„Könnte es sein, dass seine Arbeit im KI nur eine Tarnung für etwas anderes ist? Eine Ausrede? Dass er deswegen, abseits seiner Arbeit im ‚Apfelbaum', anders ist?"

„Woher soll ich das wissen? Einfach zu durchschauen war er nie."

„Könnte er … religiös geworden sein?"

„Früher hätte ich ganz klar Nein gesagt. Jetzt … keine Ahnung."

„Und Khaled?"

„Ich habe mit ihm kaum geredet. Er konnte sehr schlecht Deutsch."

„Esat hat ihn unterstützt. Könnte im Gegenzug Khaled dafür Esat im KI geholfen haben?"

Luzia reißt ihre blauen Augen auf. „Aber sicher nicht. Der war nur im ‚Apfelbaum', der hätte anderswo nicht viel Chancen gehabt."

„Vielleicht hatten die beiden in letzter Zeit privat mehr miteinander zu tun."

„Kann ich mir nicht vorstellen. Und überhaupt: Ich begreife nicht, warum Sie das alles wissen wollen."

„Weil Manninger sich Sorgen macht."

„Braucht er nicht. Egal was sonst ist, Esat bleibt ganz sicher ein verlässlicher Mitarbeiter."

„Es wäre mir recht, wenn Sie ihm nichts von unserem Gespräch erzählen."

„Warum?"

„Er … wird es nicht so gerne haben, dass wir sein Leben besprechen."

„Das kann sein. Er war immer schon leicht angerührt."

Oskar hat eine Überraschung für mich. Er hat im „Kitchen Intelligence" reserviert. Im ersten Moment weiß ich nicht, ob ich mich darüber freuen soll. Vielleicht wäre es besser, mehr zu wissen, bevor wir hingehen. Über Busch. Über Küchen- und Serviceroboter. Über künstliche Intelligenz. Auch wenn mir Fran klargemacht hat, dass es ohnehin keine einheitliche Definition gibt, was darunter zu verstehen ist. Die einen rechnen schon alles dazu, was programmierte Aufgaben erledigen kann. Da fallen dann auch angeblich smarte Küchengeräte darunter. Die anderen verstehen darunter nur Prozesse, die dem menschlichen Hirn nachgebildet sind. Die sich also selbst weiterentwickeln, lernen, kommunizieren und womöglich sogar Gefühle nachvollziehen können. Buschs Küchenroboter werden wohl irgendwo dazwischenstehen, hat Fran gemeint.

Außerdem wollte ich mit Sam reden. Eine Reportage für ECCO über Arbeitskräftemangel in der Gastronomie und die angebliche Lösung: Roboter. Nur: Ich weiß auch so, dass ich sie dafür begeistern kann. Oder ist sie sauer wegen des Frontalangriffs der Autolobby nach meiner letzten Reportage?

Andererseits: Gemeinsam mit Oskar kann ich mehr herausfinden. Der angesehene Wirtschaftsanwalt mit den tadellosen Manieren, dem niemand so leicht etwas abschlägt. Und die Journalistin, die sich für das neue Gastro-Konzept interessiert. – Was, wenn das bei Esat und Luzia ähnlich war? Wenn sie im KI zusammengearbeitet haben? Unsinn. Nicht zu vergleichen.

Ich sehe auf die Uhr. Ich habe noch eineinhalb Stunden Zeit.

Beinahe sehnsüchtig sehe ich zu unserem Holzherd hinüber. Wir könnten daheimbleiben und ich probiere das nächste Gericht aus. Im Ganzen gebackenen Karfiol. Oder doch eine geschmorte Lammkeule? Rückzug kann viele Gründe haben, und er kann richtig schön sein.

Vui stelle ich mit zwanzig Deka faschiertem Hühnerfleisch ruhig. Faschiertes hat er am liebsten. Wahrscheinlich, weil es am bequemsten zu essen ist. Man muss nicht so viel kauen. Oder doch, weil es ihm irgendeinen Kick gibt? Meine frühere Katze

Gismo war verrückt nach schwarzen Oliven. Da ging es eindeutig um etwas anderes als um bloße Nahrungsaufnahme oder ums Sattwerden. Gibt es offenbar auch im Tierreich. Was hat sie so angeturnt? Gismo war die klügste Katze, die ich je gekannt habe. Auch nach ihrem Tod rede ich ab und zu mit ihr. Was hätte sie geantwortet? Vielleicht: Wie willst du Ekstase beschreiben, liebe Mira? Diesen einen Moment, der auch mit Sex zu tun haben kann, aber lange nicht ausschließlich. Diesen Augenblick, in dem du nur eines wahrnimmst, mit allem, was du bist? In dem du da bist. Sie konnte nicht sprechen. Und wenn, hätte sie wohl viel eher gesagt: Sie riechen einfach irre gut, die Oliven. Und sie schmecken nach optimaler Belohnung.

Ich sehe durch die Terrassentür auf Wien in der Abenddämmerung. Magisches Licht. Ein kleiner Campari zum Aperitif. Nach einem bereits wirklich langen Tag. Der noch nicht zu Ende ist. Pur, mit Eis. Ich setze mich an den Esstisch und drücke die Kurzwahltaste für Sam Mayer, Chefredakteurin von ECCO.

Einen Drink später weiß ich, dass sie die Idee mit der Reportage über Roboter in der Gastronomie liebt. Und wofür sie meine ausführliche Dokumentation zum Artikel über fette Plug-in-SUVs gebraucht hat: weil sie alles, wirklich alles, in einer der nächsten Ausgaben von ECCO veröffentlichen wird. Jede Intervention. Alle Drohungen. Und eben auch meine Faktensammlung. So geht Journalismus. „Die haben bei uns noch nie ein großes Inserat geschaltet“, hat sie trocken gesagt, als ich ihren Mut gelobt habe. „Schon weil unsere Anzeigenpreise so günstig sind, dass sie davon ausgehen, es bringt sowieso nichts. Weder Reichweite noch Wohlwollen unseres ohnehin unwichtigen Mediums.“

Wieder ein Blick auf die Uhr. In spätestens zehn Minuten muss ich los. Ich habe mit Oskar vereinbart, dass wir uns vor dem Lokal treffen.

Noch eine Minirecherche vorab. Sam hat mich motiviert. Ich tippe „Ameisen“ und „Küche“ in die Suchmaschine. Ich hätte es mir denken können. Tausend Angebote für Mittel gegen Schädlingsbefall. Tipps gegen Ungeziefer. Zusätzliches Schlagwort „künstliche Intelligenz". *„Künstliche Intelligenz lernt von Ameisen"*, lese ich. Dann etwas über *„Schwarmintelligenz"*. Bezieht sich aber nicht auf die Küche. Ich versuche es auf Englisch. Sieh an. Eine Website, die damit wirbt, dass *„biometrische Roboterameisen"* die Arbeit in der Hightech-, High-End-Gastronomie revolutionieren werden.

Stelle dir eine Welt wunderbarer kulinarischer Erlebnisse vor, in der AI-Technologie die ultimative Vereinigung von fine dining und interaktiver Gastronomie schafft. Willkommen in unserem Universum von Geschmack und Texturen, geschaffen von AI-Chefs, AI-Lebensmittelchemikern, AI-Kritikern.

Kann doch bloß eine Fake-Seite sein. Roboter in Ameisenform, wie soll das gehen? Und schlau sollen die künstlichen Tierchen auch noch sein. … Ich lese weiter:

Die biometrischen AI-Roboterameisen sind ein innovatives neues Küchenwerkzeug, mit dem man köstliche Rezepte ganz einfach umsetzen kann. Mit ihrer Spitzentechnologie berechnen die AI-Roboterameisen komplexe biometrische Gleichungen, um die chemische Zusammensetzung von Lebensmitteln und ihre Wechselwirkung mit verschiedenen Zutaten zu analysieren. So können die Benutzer mit verschiedenen Geschmacksrichtungen und Texturen experimentieren und einzigartige Gerichte kreieren, die traditionelle und moderne Kochtechniken verbinden und zu aufregenden Ergebnissen führen. So beeindrucken Sie selbst die anspruchsvollsten Feinschmecker.

Leider kann ich nirgendwo auf der Homepage ein Bild dieser Wunderameisen finden. Nur Fotos von Gerichten, die kunstvoll aus ganz vielen kleinen Teilchen zusammengesetzt wurden. Bläschen, die wie Ameiseneier aussehen. Blättchen, die mich an Blutplättchen erinnern, Schäume, mit denen man vielleicht Feuer … jedenfalls alles sehr artifiziell. Könnte auch aus Kunststoff sein. Ich sehe auf die Uhr. Ich werde zu spät kommen. Ich speichere die URL. Völlig absurd. Roboterameisen sollen gemeinsam an komplexen Gerichten basteln ... eben Fake. – Oder doch nicht? Allerdings: Bei den „Ameisen“ im KI geht es um Menschen, solche, die im Hintergrund arbeiten. Oder habe ich auch da etwas nicht verstanden? Der Administrator programmiert Roboterameisen. Esat hilft ihm dabei. Er war auf der Filmhochschule, er ist jung. Er wird sich gut mit Computern auskennen. – Ob das in diesem Fall reicht?

Oskar wartet schon vor der Tür des KI auf mich. Üblicherweise bin ich pünktlich.

„Ameisen“, ist meine Erklärung nach dem Begrüßungskuss.

„In der Küche?“, lautet seine beunruhigte Gegenfrage.

„Ja, aber nicht so, wie du vermutest. Und ganz sicher nicht bei uns daheim. Ich erzähle es dir später.“

Ein Foyer mit hellem Marmorboden, ein üppig-bunter venezianischer Kronleuchter. Ein Roboter, der auf uns zugleitet. Größer als mein Liebling aus „Star Wars“, der witzige R2-D2, kleiner als durchschnittliche Servicekräfte. „Herzlich willkommen im ‚Kitchen Intelligence‘. Darf ich Sie auf Deutsch ansprechen?“, fragt er mit einer eher hellen Männerstimme. Bass hätte auch eigenartig gewirkt. Noch eigenartiger.

Wir sehen ihn beide an und sagen nichts.

„Would you prefer me to take you to your reserved seat in English?“

„Wie bringt man jemanden ‚auf Englisch‘ zum Tisch?“, flüstere ich Oskar zu.

„Bitte sagen Sie Ihren Namen. Und dann folgen Sie mir. Wir freuen uns, dass Sie unsere Gäste sind.“

Offenbar hat der Begrüßungsroboter ein gutes Gehör.

Wenig später sitzen wir an unserem Tisch. Das alte Kellnergetue mit Sesselrücken ist natürlich flachgefallen, aber damit kann ich leben. Es ist offensichtlich, dass wir uns nicht in einem Automatenbistro, sondern in einem gehobenen Restaurant befinden.

Marmorboden auch hier, weiß gedeckte runde Tische, unterschiedlichste Spiegel mit antiken Gold- oder Silberrahmen. Im großen Gastraum verteilt Topfpflanzen von beachtlicher Größe: Palmen, Ficus benjamini, Gummibäume. Dazwischen wuseln Serviceroboter, die unserem Empfangsroboter ausgesprochen ähnlichsehen. Nur dass ihre Augen groß und blau sind. Und dass ihr Oberkörper aus einer gewölbten Vorderfront mit einer großen aufgemalten rosa Masche und dahinter vier Regalfächern besteht, in die offenbar die Teller kommen. Der Unterkörper ist kompakt, weiß, mit einem rosa Schürzchen samt Schleife am Heck.

Die meisten Tische sind besetzt.

Unsere Speisekarten sind ultraflache Pads, auf denen „Womit dürfen wir Sie heute verwöhnen?" steht. Berührt man sie, poppt das Menü auf.

Groß ist die Karte nicht. Ein Menü mit Fleisch, das andere ohne. Die Beschreibung der Speisen so, wie man sie von anderen Lokalen der gehobenen Gastronomie kennt. Verspielt bis geschwätzig. Jedes der Gerichte kann man einzeln bestellen. Auch die Preise entsprechen denen von Toprestaurants.

Angenehm viel Platz zwischen den Tischen. Aber wahrscheinlich brauchen die Serviceroboter doch etwas mehr Manövrierfläche als eine wendige Kellnerin. Ich versuche trotzdem zu enttarnen, was die vier am Nebentisch auf ihren Tellern haben. Da würde eine Brille helfen. Das ganz in Rot ist wohl „Lady in Red – Rote Rübe und mehr mal acht". Sieht kunstvoll aus. – Das machen Roboter? Oder vielleicht gar AI-Ameisen? Der Mann mit dem Dreitagebart und dem etwas zu engen karierten Sakko hat wohl so etwas wie ein Steak vor sich. Allerdings mit Aufbauten, irgendwelchen Chips oder auch Brotteilen, die kühn nach oben ragen. Könnte „Ein Strauß mit knusprigem Genussgipfel" sein. Oder doch „Die Metamorphose der Erbse und ihrer Freunde"?

„Eigentlich ziemlich cool", sage ich zu Oskar.

Der sieht skeptisch drein. „Viel Mache", lautet sein Urteil.

„Wir werden es herausfinden – wir nehmen beide Menüs: ich das mit Fleisch, du das ohne: okay?“

„Warum ich das ohne?“

„Weil du letztes Mal gemeint hast, gefülltes Hendl ist dir lieber als ein Steak. Und dass das an der Fülle liege.“

„Siehst du hier irgendwo gefülltes Hendl?“

„Hat es auch bei uns nicht gegeben.“

„Was für eine Logik. – Wir knobeln.“

Es war klar, wie das ausgeht. Ich habe keine Ahnung, wie er es anstellt, aber bei Schere, Stein, Papier gewinnt Oskar immer.

„Man soll sowieso nicht so viel Fleisch essen. Schon wegen des Klimas. Und wegen der Gesundheit“, sage ich zu ihm.

„So viel wird es nicht sein“, antwortet er ungerührt. „Natürlich lasse ich dich kosten.“

Wir tippen auf unser Pad. „Danke für Ihre ausgezeichnete Wahl. Unser Robo-Küchenteam freut sich, Sie verwöhnen zu dürfen“, sagt eine sanfte Frauenstimme. Das Teil kann sogar sprechen. Dabei hat es weder große blaue Augen noch ein Schürzchen um.

„Und Wein?“, murmelt Oskar. Es geht ihm wie mir. Irgendwie fühlt man sich unter Beobachtung.

Wie gerufen nähert sich ein anderes Robotermodell. Schwarze Fliege, braune Augen, nur eine Servieretage hinter der Vorderfront. Darauf einige Flaschen, Gläser und eine durchsichtige Eisbox. „Guten Abend, Doktor Kellerfreund. Ich freue mich, Ihr Sommelier zu sein. Wollen Sie einen Aperitif, so darf ich Ihnen unseren fünfzehnjährigen Sherry aus Jerez empfehlen. Unser Rosè-Vermouth stammt aus der Provence, möchten Sie ihn mit Eis? Bedienen Sie sich. In unserer Special-KI-Flasche ist der Drink des Tages: Gin, Tonic, Tamarindeninfusion und Cedri-Raspel. Füllen Sie Ihr Glas zuerst mit Eis und gießen Sie dann meine einzigartige Kreation darüber.“

„Ich hätte gerne einen weißen Gespritzten“, sage ich zum Sommelier. Damit habe ich auch schon menschliche Sommeliers aus der Fassung gebracht.

„Entschuldigen Sie, ich habe Sie nicht verstanden."

„Gibt es gespritzten Weißwein?", versuche ich es erneut und etwas langsamer.

„Natürlich. Möchten Sie ihn mit Soda oder Leitungswasser oder Sprite? Soll es kalt oder zimmerwarm sein? Sie können aus den Sorten Gemischter Satz, Veltliner, Welschriesling, Riesling, Chardonnay, Sauvignon blanc wählen."

„Riesling passt nicht für einen Gespritzten", teile ich dem Robo-Sommelier mit.

„Entschuldigen Sie, ich habe Sie nicht verstanden. Welche Sorte Wein und welche Sorte Wasser möchten Sie?"

„Welschriesling und Soda. Kalt."

„Ich bin sofort wieder bei Ihnen." Und schon hat er umgedreht und ist davongefahren.

„Ich wollte eigentlich den Drink des Tages kosten", mault Oskar.

„Er ist sicher gleich wieder da. Eindrucksvoll", antworte ich.

„Ein guter Kellner kann mehr."

„Ein guter."

„Ich habe hier noch keinen Menschen gesehen", fährt Oskar fort.

„Glaubst du, das sind alles Avatare?", frage ich und deute zu den anderen Gästen.

„Bin ich mir nicht sicher."

„Bei der mit der lila Rüschenbluse hast du wahrscheinlich recht."

„Der mit dem Dreitagebart ist nicht viel besser."

„Eigentlich hätte ich mir die Gäste jünger vorgestellt", überlege ich. „Technikaffin."

„Bei den Preisen?"

„Es gibt auch Junge, die gut verdienen."

„Aber gehen die in ein Fine-Dining-Restaurant?"

„Wenn, dann in ein solches, habe ich gedacht. Wenn es stimmt, was du sagst, stirbt die gehobene Gastronomie aus. Durch natürliche Abgänge."

Oskar lacht. „Hier hat ‚Abgang' wohl eher mit gutem Rotwein zu tun. Außerdem: Die einen sterben weg, aber die anderen werden älter."

„Und kommen dann hierher. Noch dazu, wo sie mit dem Computer- und Roboterzeug aufgewachsen sind."

Oskar sieht sich um. „Busch sollte eigentlich da sein. Ich habe über einen Kollegen, so einen Foodie, der ewig über die besten Lokale, die besten Küchenchefs, die besten Kochkurse, die besten Kochbücher, die besten Zutaten redet und jeden in der Branche kennt, nachfragen lassen. Er hat gemeint, Busch wird uns persönlich begrüßen. Natürlich sind die beiden alte Freunde."

Mein ordinärer Gespritzter kam in einer Karaffe in einem durchsichtigen Hightech-Kühler. Ich habe ihn und ein Glas quasi aus dem Sommelier genommen. Oskar findet den Aperitif des Tages ganz gut. Ich habe ihn gekostet. Ich glaube, insgeheim beneidet er mich um den Gespritzten. Allerdings mag ich Tamarinde in keiner Form besonders. Warum muss man das Zeug in einen Gin Tonic tun? Nur damit er anders ist? Auf Oskars Frage nach Flaschenwein wird uns höflich mitgeteilt, man möge doch auf das Menü-Pad sehen.

„Haben Sie keine Empfehlung für uns?", sage ich langsam.

„Natürlich freue ich mich über eine Empfehlung."

„Ich will dich niemandem empfehlen, ich hätte gerne eine Empfehlung. Welchen Wein sollen wir trinken?"

„Darf ich Ihnen die auf unsere Menüs abgestimmte Weinbegleitung empfehlen?"

„Wir hätten gerne eine Flasche Wein", antworte ich.

„Die Weinliste finden Sie auf Seite zwei des Menü-Pads. Wir freuen uns, beste Weine aus Österreich und dem Rest der Welt anbieten zu können."

„Und was soll ich zu den Roten Rüben trinken?"

„Wollen Sie einen Aperitif, so darf ich Ihnen unseren fünfzehnjährigen Sherry aus Jerez empfehlen. Unser Rosè-Vermouth stammt aus der Provence …"

„Stopp! Wir hatten schon einen Aperitif."

„Die Weinliste finden Sie auf Seite zwei des Menü-Pads. Wir freuen uns, beste Weine aus Österreich und dem Rest der Welt anbieten zu können."

Früher hat man Computer Blechtrottel genannt.

Ein Mensch nähert sich unserem Tisch. Maître Busch persönlich. „Herr Doktor Kellerfreund, so schön, Sie hier zu sehen!"

Oskar nickt ihm zu, ganz wichtiger Wirtschaftsanwalt. „Eindrucksvoll, was Sie auf die Beine gestellt haben. Neu. Wirklich. Wobei ja eher meine Frau die Technikbegeisterte von uns beiden ist."

Busch sieht auf den verstummten Sommelier-Roboter neben uns.

„Er wollte uns keine Weinempfehlung geben", erkläre ich so harmlos wie möglich.

Busch tappt auf die Innenseite seines künstlichen Mitarbeiters, der dreht sich um hundertachtzig Grad und fährt wortlos davon. „Sie werden noch vieles lernen", sagt Busch in die Richtung von Oskar. „Sie lernen von uns und wir lernen von ihnen."

„Was zum Beispiel?", frage ich.

„Sie merken sich alles. Sie sind immer höflich."

Ich schlucke meine Replik gerade noch hinunter. Ich will mehr erfahren. Ich will in die Küche. Da ist nicht Konter, da ist Bewunderung angesagt. „Wirklich toll!"

Oskar verdreht die Augen. Aber Busch gefällt es sichtlich. „Sie haben schon gewählt?"

„Haben wir, natürlich wollen wir beide Menüs probieren."

„Eine gute Wahl, die beste", antwortet Busch.

Die einzige, hätte ich gerne gesagt. Mehr als die beiden Menüs gibt es ja nicht. Ein Glück, dass Oskar ausreichend Geld verdient.

Busch schenkt uns ein breites Lächeln. „Es läuft … autark. Ich muss nicht wissen, was wer bestellt. Sie arbeiten in der Küche mit höchster Präzision. Das ist überdies deutlich hygienischer. Ich bespreche die Menüs mit ihnen und kann mich dann auf das Wesentliche konzentrieren: meine Gäste!"

„Sie besprechen die Menüs mit Robotern?“ Da konnte ich mich nun doch nicht zurückhalten.

„Es ist keine Menübesprechung der herkömmlichen Art, wie sie viele von uns in der Gastronomie über Jahrzehnte ertragen mussten. Wir kommunizieren ihnen, was sie wissen müssen. Den Rest machen sie selbstständig.“

„Sie programmieren die Roboter?“

„Für die Detailarbeit habe ich natürlich einen Experten. Dann übernimmt unsere Brigade und erledigt ihre Aufgaben.“

„Das funktioniert? Gibt es da keine Irrtümer? Abstürze?“, will Oskar wissen.

Busch lacht jovial. „Ich habe bei meiner internationalen Erfahrung als Küchenchef schon einige Abstürze von Kollegen oder Mitarbeitern erlebt. Ein paar waren böse, aber alle waren hausgemacht. Meine neuen Arbeitskräfte sind immer gut drauf. Immer bereit. Sie geben automatisch ihr Bestes. – Automatisch. Das trifft es.“

„Zu gerne würde ich sie bei der Arbeit sehen.“ Ich sehe Busch möglichst harmlos an. „Aber ich habe gehört, in die Küche darf niemand. Das ist … ein großes Geheimnis.“

Der Maître runzelt ein wenig die Stirn. „Nur weil dieser … ich nenne seinen Namen lieber nicht … geschrieben hat, dass wir … intransparent wären? Das ist lächerlich. Es geht um etwas anderes: Das ist alles so neu, dass wir extrem vorsichtig sein müssen. In Ihrem Fall …“ Er nickt Oskar zu. „Ihr Mann hat, wie soll ich sagen, beste Referenzen. Ein ganz lieber Freund hat ihn angekündigt.“

„Wir dürfen also tatsächlich einen Blick ins … Allerheiligste werfen?“, spielt Oskar mit. Guter Mann. Liebster Mann.

Busch lächelt salbungsvoll. „Ich muss nur rasch sehen, was sie gerade zu tun haben. Sie lernen von uns. Also könnten sie auch irritiert sein, wenn … Fremde in die Küche kommen. Ganz wie in einer echten … in einer althergebrachten Küche.“

„Wir sind ganz still.“

„Ich sehe nach und hole Sie dann. Sie müssen bitte in der Tür stehen bleiben, damit die Interaktion nicht beeinflusst wird. –

Ich würde Ihnen übrigens zu unserer auf die Menüs abgestimmten Weinbegleitung raten."

„Klar, die ist schweineteuer und kein Roboter geniert sich dafür", sage ich, als Busch außer Hörweite ist. Er macht gerade noch Honneurs bei einem, der mir bekannt vorkommt. „Wer ist das?"

„Solltest du kennen. Unser Sozialminister."

„Besser, der kümmert sich um ordentliche Arbeitsbedingungen in der Gastronomie."

„Bei Robotern?"

Und dann nickt uns Busch aus dem Durchgang für die Serviceroboter zu. Wir dürfen.

Flächen aus Edelstahl, nicht viel anders als in herkömmlichen Küchen. Sehr sauber, beinahe steril. In der Mitte der Herd. Wird wohl mit Induktion oder etwas noch Innovativerem betrieben. Jedenfalls scheint er keine Hitze abzustrahlen. Zwei sehr humanoide Roboter. Sie sind größer als die Servicekräfte, schlanker, sie haben Greifarme, eine Art von Kopf, anstelle des Gesichts eine dunkle bildschirmartige Fläche, ab und zu blitzt ein rotes, gelbes, blaues Licht auf. Sie sind auf Schienen montiert. Köche, die nie abhauen können. Null Rauchpausen. Keine überlange Auszeit auf der Toilette. Sie haben Töpfe vor sich, sie rühren um. Etwas ruckartig, Esats Bewegungen sind weitaus eleganter. „Alles ganz transparent", sagt Busch. Es klingt überlaut. Aber nur, weil in dieser Küche niemand redet. Gar niemand. Da gibt es auch keinen Mitarbeiter, keinen Chef, der annonciert und ruft, welche Bons reingekommen sind, wer was bestellt hat, wer was wann wie schnell fertig machen muss, damit die Essen pro Tisch gemeinsam rausgehen. Ich flüstere es Oskar zu.

„Wo geht ein Tisch raus?"

„Heißt so. Eine Bestellung. Die Essen für die Gäste an einem Tisch sollten gemeinsam serviert werden."

„Klar."

„Volle Konzentration", sagt Busch.

Können, müssen Roboter sich konzentrieren?

Neben dem Herd eine Grillplatte. Der eine Robo wendet ein Steak und etwas nicht Identifizierbares in Dreiecksform. Einfach so mit seinem Greifarm. Klar, der verbrennt sich nicht. Womöglich misst er dabei gleich die Temperatur des Grillguts. Dahinter eine Wand mit eigenartigen, in Vertiefungen eingelassenen Trommeln. So wie Miniwaschtrommeln. Oder Mischmaschinen. Zutaten werden bewegt, offenbar auch erhitzt. Darunter eine Arbeitsplatte aus Edelstahl. Teller tauchen aus einer Versenkung auf, sie fahren die Fläche entlang, bleiben vor einer der Mischmaschinen stehen. Die kippt etwas auf den Teller, das von hier aus wie sautiertes Gemüse aussieht. Nicht besonders innovativ. Die Teller fahren weiter, ums Eck, zu der von uns abgewandten Seite der Küche, hinter dem Herd. Auf eine flexible Schiene an der Arbeitsplatte sind Roboterarme montiert. Kein Kopf, kein Körper, nur Arme, so groß wie die von einem Baby. Oder einer Puppe. Aus Boxen, die bei Annäherung aufklappen, geben sie weitere Komponenten auf die Teller. Ein Arm schichtet hauchdünne, offenbar knusprige Teile, ein anderer füllt etwas dazwischen, sieht aus wie Wurstbrät, ist aber sicher exotischer. Zwei weitere Arme rollen eine Substanz in exakt gleiche kleine Kugeln. Die letzte Babyhand scheint ohne Greifer, dafür mit scharfen Messern ausgestattet zu sein. Rote Rüben kommen in eine Haltevorrichtung und in einigen Sekunden teilt sie der Arm in exakt gleich kleine Würfelchen. Sieht blutig aus.

Ein Ton, kaum hörbar. Eine Art von Klingel. Busch sieht sich irritiert um. Die Puppenarme formen, füllen, schneiden weiter. Die humanoiden Roboter fahren ihre Arme auf Überlänge aus, setzen das Steak auf einen Teller, dieses dreieckige Dings auf einen anderen. Alles liefert, alles platziert. Aus dem Hintergrund taucht ein Mann auf. DER Roboter der Zukunft? Komplett in Menschengestalt? Wäre womöglich nicht futuristisch, sondern ein Auslaufmodell. Jedenfalls ein Asiate. Der Administrator? Woher ist er gekommen? Es gibt einen Durchgang, aber dahinter nichts zu sehen. Alles irgendwie dunkel, aber auch wieder nicht. Der Koch, der aus dem Nichts erscheint? Wohl ein Spiel mit Licht. Er sieht auf die angerichteten Teller, verändert mit zwei Stäbchen Komponenten, richtet alles exakter aus. Legt, ebenfalls mithilfe der Stäbchen, Kräuter auf, finalisiert mit irgendeiner Sauce.

„Er muss sehr konzentriert sein, meine Robos lernen von ihm. Da darf er keinen Fehler machen. Sonst lernen sie Unsinn", flüstert Busch. „Noch geht es nicht ganz ohne Menschen, aber das kommt noch. Als Letztes werde ich ersetzt. Alle meine Rezepte, alle meine Kombinationen in einem großen Rechner. Und er erfindet, so wie ich es tue, neue Variationen, neue Geschmäcker, neue Konsistenzen."

Die fertig angerichteten Teller fahren durch eine Luke davon.

„Die Arbeitsplatte ist auf der jeweils exakt richtigen Temperatur", flüstert Busch. „Jetzt sind die Teller im Serviceraum, dort werden sie unseren Susis zugewiesen."

„Susis?", frage ich.

„Wir nennen sie so, unsere Serviereinheiten. Ist irgendwie persönlicher."

„Eine herkömmliche Küche ist auch ... persönlicher."

Busch lächelt. „Ich liebe die Hitze, ich liebe das tolle, krasse, verrückte Küchenballett. Aber ich sehe auch die Zukunft. Das ist sie. Oder ein Teil davon. – Jetzt wissen Sie wohl, warum ich nicht jeden hier hereinlassen kann."

„Warum?"

„Dumme Meldungen, weil man sich nicht auskennt. Vor allem aber Betriebsspionage. Wir sind einzigartig in Europa. Beispiel gefällig? Erst gestern war einer da, der sich als Teil eines Forschungsteams ausgegeben hat. Als Universitätsmitarbeiter, der eine Studie über künstliche Intelligenz in der Küche vorbereitet. In Wirklichkeit hat der Typ eine Software-Firma. Muss ich mehr sagen?"

„Woher wissen Sie das?"

Busch lächelt. „Information ist alles, liebe Frau Valensky." Er weist uns in einen Nebenraum. Bar aus Glas und Edelstahl, dahinter beleuchtete Regale mit exquisiten Getränken. „Darf ich

Ihnen etwas anbieten? Vielleicht doch noch einen Tropfen von unserem Vermouth?“

„Ich habe keine Bildschirme gesehen, keine … Steuerungseinheit, so wie man es …“

„… aus den Science-Fiction-Filmen kennt? Willkommen in der Zukunft. Die Steuerung braucht keine Lämpchen und keine flimmernden Rechenzeilen, die niemand versteht.“

„Die beiden großen Roboter haben anstelle von Gesichtern so etwas Ähnliches wie Monitore. Da hat ab und zu etwas geleuchtet“, mischt sich Oskar ein.

„Da geht Chef A oder Chef B ein Licht auf, ist doch innovativ, wenn ich da an frühere Küchenmitarbeiter denke. – Im Ernst: Das sind Sensoren. Ein Teil von ihnen arbeitet optisch.“

„Ich finde das faszinierend“, sage ich. „Ich möchte mehr darüber wissen. Mehr sehen.“

Busch sieht mich an. Gönnerhaft. „Mehr geht nicht. Ich weiß, dass Sie eine überaus interessierte Journalistin sind.“

„Ich würde gerne ein Porträt über Sie machen. Über Ihre … mutigen Wege in die Zukunft. Während andere Gastronomen über Arbeitskräftemangel klagen, finden Sie neue Möglichkeiten.“

„Das kann nicht jeder. Ganz abgesehen davon, dass ich natürlich auch noch mein anderes Lokal habe. Quasi oldschool. Wenngleich, fine oldschool.“

„Ich weiß, Oskar liebt Ihr ‚HochHaus‘. Ich war natürlich auch schon einige Male zu Gast. Ich esse gerne gut.“ Mehr Verbeugen und Verbiegen geht nicht mehr.

„Für wen arbeiten Sie?“

„Oh, ich arbeite frei. So kann ich schreiben, was mich interessiert. Das meiste veröffentliche ich bei ECCO, dem wohl besten und seriösesten Onlinemagazin. Wir haben auch eine englischsprachige und eine italienischsprachige Ausgabe. Es ist ein europäisches Projekt. Ich kann mir gut vorstellen, dass ein Porträt über Sie international interessant wäre. Wir sind neu und aufgeschlossen, wie … Sie!“

Busch hat die durchsichtige Flüssigkeit in seinem Glas längst geleert. „Wasser, nur falls Sie an etwas anderes denken."

„Was meinen Sie? Ich begleite Sie einige Tage und schreibe dann darüber. Natürlich bekommen Sie den Text vor der Veröffentlichung zur Freigabe. Das ist bei uns Standard."

„Hm, klingt schmeichelhaft, liebe Frau Valensky. Ich gebe zu, gute Presse kann man immer brauchen, schon gar in dieser verrückten Branche. Aber ... mehr Internes vom KI kann ich Ihnen nicht zeigen. Das wäre zu gefährlich. Ich kann Sie vielleicht für einen Abend in unsere Küche im ‚HochHaus' einladen. Inside fine dining kitchen, wenn Sie verstehen. Natürlich dann, wenn ich selbst koche. Mit meinem Team aus Fleisch und Blut. – Jetzt muss ich aber ... Die Drinks gehen aufs Haus!"

Wir hatten gar keine. Ist ihm das nicht aufgefallen?

Kaum haben wir uns wieder gesetzt, gleitet eine von Buschs „Susis" mit dem ersten Gang heran. Susi ... es klang irgendwie ... herabwürdigend. Aber Roboter, auch Roboterinnen, kann man wohl schwer beleidigen.

„Ich wüsste zu gerne, ob sie wirklich reagiert, wenn man ihr auf den Hintern greift", flüstere ich Oskar zu.

„Was?" Er sieht mich entgeistert an.

„Nicole hat behauptet, sie kichert dann."

„Nicole?"

„Nein, die schlägt aus. Dieser Servierroboter."

„Ich freue mich, wenn Sie den ersten Gang genießen", mischt der, die oder das sich ein.

Wir haben ganz vergessen, unsere Teller aus ihrem Gestell zu nehmen. Das müssen wir selbst tun, weil Arme hat sie keine. Noch nicht.

„Das in der Küche war seltsam", sagt Oskar, „wie aus einem Film und ich glaube nicht ..."

Ich lege den Finger auf die Lippen, so, dass es mögliche Sensoren unserer Servierkraft nicht wahrnehmen können. Hoffe ich.

Oskar sieht mich irritiert an.

„Wie heißen Sie eigentlich?", frage ich unsere Bedienung.

„Sie können mir einen Namen geben und ich höre dann darauf. Mit viel Vergnügen."

„Wie soll ich Sie nennen?"

„Sie können mir einen Namen geben."

Bevor sich ihre Synapsen verstricken, sage ich „Danke" und sie macht sich davon.

„Was sollte das?", fragt Oskar.

„Bei all dem Spionage-Gerede von Busch: Bist du dir sicher, dass es nicht umgekehrt ist, und die hören mit?"

„Jetzt spinnst du aber."

„Sie haben Sensoren. Warum sollten sie nicht auch was aufnehmen?"

„Wozu? Sie servieren Essen. Als Nächstes behauptest du, das KI sei eine Filiale des chinesischen Geheimdienstes."

„Darauf wäre ich nicht gekommen, aber klingt gut."

[6.]

Ich scrolle durch Seiten mit Servierrobotern. Ein paar Dinge haben fast alle gemeinsam: Sie sind weiblichen Wesen nachgebildet, haben übergroße runde Augen und neckische Namen wie „BellaBot". Ihre Anbieter überschlagen sich darin festzuhalten, dass es keinesfalls um den Ersatz von Arbeitskräften geht, sondern nur um zusätzliche Hilfe, damit sich das Team wieder auf Wichtiges und Wesentliches konzentrieren kann. Interessanterweise folgen dann trotzdem Hinweise auf Personalnot und Zukunftskonzepte, die Probleme wie Krankenstände, Kündigungen, Arbeitszeiten einfach überwinden können – mit der Hilfe intelligenter und anspruchsloser Roboter.

Zu KI-gesteuerten Küchen gibt es weniger, aber die Begeisterung, wie viel man damit sparen würde, ist ähnlich groß. *„Mit wenig Personalaufwand"* könne man ihren Küchenroboter *„kosteneffizient"* betreiben, lese ich auf einer dieser Seiten: *„Unser KI-Chef stellt alle Gerichte in ca. 5 Minuten vollautomatisiert zusammen. Ihre MitarbeiterInnen werden damit rasch und unkompliziert versorgt – rund um die Uhr."* Ob sie wollen oder nicht. Jedenfalls keine Chance mehr, sich beim Küchenteam übers Kantinenessen zu beschweren. – Oder gibt's auch dafür bald ein Programm?

Dann bin ich wieder bei meinen biometrischen Roboterameisen. Die Internetseite könnte allerdings tatsächlich auch purer Fake sein. Warum gibt es kein einziges Bild von ihnen?

Oder hat der Typ, der angibt, das „einzige menschliche Wesen" in seinem Unternehmen zu sein, so viel Angst wie Busch? Wovor? Geht's tatsächlich um Spionage oder doch eher darum, dass auffliegt, wie wenig hinter dem Robo-Geklingel steckt?

Ich habe mit Oskar nach unserem Ausflug in die angebliche gastronomische Zukunft noch einen Drink an der wunderbar analogen Intermezzo-Bar des Wiener Intercontinental genommen. Gut essen, schön trinken: Dazu bedarf es Menschen. Nicht nur auf der einen, auch auf der anderen Seite. Interaktion, die nicht einmal besonders intelligent sein muss und die doch auch der schlaueste Algorithmus nicht hinbekommt. Zusammenspiel. Augenblicke. Genuss. Viel mehr als bei einer Fertigungsstraße zur industriellen Lebensmittelerzeugung haben sie uns im KI auch nicht gezeigt, hat Oskar gemeint.

Fran. Am Telefon. Er will wissen, was wir gestern gesehen haben. Er fragt mich nach Details, wie die Screens der humanoiden Roboter ausgesehen haben, ob die Teller auf Schienen im Kreis gefahren sind oder ohne sichtbare Lenkung. Es ist erstaunlich, wie wenige Einzelheiten ich mir gemerkt habe.

„Das ganze System war so … anders", erkläre ich, „Irritierend. Und wir haben bloß einen kleinen Ausschnitt gesehen. Da waren die Zutaten schon in den Pfannen und Trommeln, auch die Babyarme haben immer dasselbe getan. Könnten sie auch was anderes tun? Auf Befehl? Oder weil sie es so entscheiden? Was meinst du?"

„Schwer zu sagen. Klar gibt es inzwischen genug Settings, bei denen KI-Rechner variabel agieren. Oder zumindest das, was sie tun, auf Zuruf ändern. Aber Buschs Küche scheint eher so etwas wie gehobene Automatik zu sein."

„Dann ist sein Gerede über künstliche Intelligenz also Unsinn."

„Erstens weiß ich nicht, was seine Roboter wirklich können. Und zweitens hab ich dir ja schon gesagt, dass es keine klare Begriffsdefinition gibt. Vieles, was als KI bezeichnet wird, sind in

Wirklichkeit automatisierte Abläufe. Man füttert die Einheiten mit den entsprechenden Daten. Sie erledigen dann, mehr oder weniger selbstständig, die aufgetragenen Arbeiten. Sie haben klare Aktions- und Reaktionsmuster. Für mich hat das wenig mit KI zu tun. Da können noch so viele Teller im Kreis fahren und befüllt werden. Wenn ein System weiß, dass nichts aus einer Pfanne fallen darf, und es entsprechende Sensoren gibt, dann wird es seine Bewegungen entsprechend anpassen. Das ist ganz geschickt, aber noch nicht sehr komplex."

„Und wann geht es dann in Richtung künstliche Intelligenz?"

„Hm. Um in der Küche zu bleiben: Wenn der Roboter zum Beispiel eigenständig checkt, dass ein Stück Fleisch anders ist als das davor, und es entsprechend behandelt, also zum Beispiel länger oder kürzer gart. Erst wenn Maschinen selbst Abläufe variieren, erkennen, was richtig und falsch ist, und daraus lernen, würde ich den Begriff einsetzen. Aber auch das erreicht noch lange nicht das Ziel, ein menschliches Gehirn annähernd künstlich nachzubilden."

„Klingt für mich ohnehin gespenstisch."

Ich höre Fran lachen. „Dabei wird daran schon seit den Dreißigerjahren des vergangenen Jahrhunderts geforscht. In den Fünfzigern gab es dann die sogenannte Dartmouth-Konferenz. Eigentlich ein Forschungsprojekt, das einen ganzen Sommer lang gedauert hat. Die klügsten Köpfe haben damals sehr klar definiert, worum es bei *artificial intelligence* geht: um Maschinen, die komplexe Probleme eigenständig lösen und sich selbst weiter verbessern können. Sie haben übrigens auch über die Verwendung von Sprache durch AI-Systeme nachgedacht. Reden kann heute beinahe jedes Programm. Ist offenbar weniger kompliziert als das eigenständige Denken."

Ich lache.

„Gequatscht wird mehr als klug gedacht, und das hat sich seit Social Media potenziert", fährt Fran fort. „Trifft übrigens auch auf die neuen Chatbots zu. Mehr einigermaßen logisch aneinandergereihte Wörter als innovativer Inhalt – aber Gutgläubigkeit,

Aufgeregtheit oder Bequemlichkeit können sie trotzdem gefährlich machen. Ganz abgesehen davon, dass man ihre Datenbasis transparent machen muss."

„Mir ist gerade Frau Gruber, die Küchenperle im ‚Apfelbaum', eingefallen. Sie redet nicht nur viel, sie schmeißt auch mit Sprichwörtern nur so herum. – Was ist mit Würzen: Glaubst du, dass ein Roboter gut würzen kann?"

„Das ist eine spannende Frage. Man kann ihm sicher beibringen, dass er soundso viel Salz oder Pfeffer oder auch andere Gewürze in eine Sauce gibt."

„Aber er kann nicht schmecken, ob es wirklich passt", ergänze ich.

„Schwierig ... Dafür müsste er wohl alle Bestandteile der Sauce analysieren und Daten dazu haben, was wie gewürzt am besten schmeckt."

„Aber Geschmack ist subjektiv", setze ich zufrieden nach. Ein Blechtrottel schafft das nicht. Wird es nie schaffen.

„Du könntest komplexe Profile erstellen – ein Südostasiate empfindet scharf anders als eine Wienerin. Aber du hast recht, spätestens dann wird es schwierig. Da geht's schon in Richtung Big Data und auch um diversifizierte Daten. Die sind momentan übrigens ein großes Thema: Es gibt bei vielen sogenannten KI-Systemen, zum Beispiel auch bei diesen Chat- und Kommunikationsprogrammen, einen deutlichen Überhang an Input von weißen Männern aus der Ober- und Mittelschicht. Die sind am häufigsten im Netz unterwegs und liefern daher auch am meisten Daten. Dazu kommt, dass viele Programmierer auch wieder Männer sind. Was die Algorithmen dann basteln, fördert häufig Stereotype."

„Kann es sein, dass wir unsere Welt gerade unnötig verkomplizieren? Würzen war in den vergangenen Jahrtausenden einfacher."

„Es ist immer die Frage, wofür man Fortschritt nutzt – banal, aber richtig. Übrigens, was KI-Systeme auch ganz schlecht können: Ironie erkennen und damit umgehen. Oder tollen Jazz spielen."

„Also alles, was einen Tick anders erst richtig gut wird, wie eben beim Würzen."

„Keine üble Erklärung. Beim Jazz geht's um diesen unmessbaren Moment der Verzögerung, sozusagen um die Geschichte, die die Musik erzählt, den Subtext. Brav abgespielt funktioniert so ein Stück gar nicht. Auch, wenn man einem Musikprogramm lernt, was irgendjemand irgendwann einmal um eine Zehntelsekunde anders als notiert gespielt hat: Es klappt nicht. – Vielleicht auch bloß noch nicht."

„Feeling."

„Yes, Mira. Feeling."

Ich speichere einige der Infos von US-amerikanischen und asiatischen Seiten über die schöne neue Küchenwelt in einem Dokument. Feeling. Das, was uns von Maschinen unterscheidet. Verwandt mit Gefühlen und Emotionen, die Robotern angeblich schon antrainiert werden. Aber Feeling ist … Es fängt schon damit an, dass man es eben nicht definieren kann. Ich schließe die Augen.

Das „Apfelbaum", der Hof mit den Mülltonnen. Ein Koch mit einem Messer im Rücken. Etwas, das ich so gar nie gesehen habe. Man kann sich seine Assoziationen nicht aussuchen. Jedenfalls ist die Szenerie für mich deutlich realer als Buschs Roboterreich.

Noch ein Problem, das künstliche intelligente Mitarbeiter lösen könnten? Sie ermorden einander nicht. Außer: Man bringt ihnen auch das bei. Den rüden Ton in der Küche, die Übergriffe, das Testosterongetue. Aber das kenne ich in erster Linie aus Filmen. Manninger hat hinter einem Pariser Sterne-Tempel Salatkisten mit der Pumpgun zerschossen. Lange her. Trotzdem: Es gibt nichts Verrücktes, das es in der Küche nicht gibt. Menschlich. Allzu menschlich. Wir können lernen. Ganz ohne dass man uns programmiert. Durch Denken, durch unsere Sensoren für die Welt, die Menschen rund um uns. Allerdings gibt's bei Robotern auch keinen Hass. Keine Wut. Keine Verzweiflung. Keine Angst.

Werden wir Roboter lehren können, wie erfüllend es sein kann, zu kochen? Die Freude, Menschen satt und unter Umständen sogar glücklich zu machen? Den Kick eines Geschmacks zu spüren, der für diesen Moment perfekt ist? Werden sie je begreifen können, dass Essen Teil des Lebens ist? Und gutes Essen ein Teil des guten Lebens? Wer bestimmt, was jetzt und hier gutes Essen ist? Sicher kein Algorithmus. Die Gastronomiekritiker? Bloggerinnen? Irgendwelche Schwarmwesen, die im Netz herumschwurbeln? Nein. Es sind alle, die noch die Leidenschaft haben, Nahrungsmittel in mehr zu verwandeln. Egal, ob daheim oder in der Profiküche. Natürlich gibt es beim Kochen viele rationale, erfahrungsbasierte und wissenschaftlich erforschbare Zusammenhänge. Aber was es letztlich ausmacht, ist mehr als das. Vielleicht ist es sogar genau das Gegenteil: irrationales Feuer statt rationale Pflichterfüllung. Das Jazz-Moment.

Ich bin versehentlich auf der Seite eines Nachrichtenportals gelandet. Der harte Boden der Realität. Zum Runterkommen aus meinem Paralleluniversum. Es gibt anderes auf der Welt, das die Menschen beschäftigt. Das essenziell ist. Nicht, ob Roboter kochen oder es vielleicht sogar lieben lernen können.

Erschreckend Gleichbleibendes aus der Ukraine.

Inflation gesunken, aber immer noch hoch.

Das nächste Extremwetterereignis, diesmal in Fernost: Land unter, ganze Städte unter Wasser.

Vier-Tage-Woche für bessere Work-Life-Balance. – Wann nur haben wir angefangen, unsere Existenz in Arbeit und in Leben aufzuspalten? Natürlich bin ich als Journalistin privilegiert.

Der russische Patriarch Kyrill soll in den 1970ern KGB-Agent gewesen sein. Trollfabriken und Fake gibt es nicht nur bei den Russen. Oh, es kommt aus dem Schweizer Bundesarchiv. Jetzt fällt er vor allem durch seine Treue zu Putin auf. Passt doch. Der war ja sogar mal Chef des Geheimdienstes. Und er hat seine

Dissertation über die strategische Bedeutung von Rohstoffen für das künftige Russland geschrieben.

Sternschnuppen – der neue Michelin: Donnerschlag in der Welt der Spitzengastronomie.

Das will ich genau wissen.

In der neuen Ausgabe des Restaurantführers verlieren zwanzig Köchinnen und Köche ihren Stern. Es trifft auch das oberste Ende der Gourmetskala: Spitzenkoch Guy Savoy, seit mehr als zwei Jahrzehnten durchgängig mit drei Sternen ausgezeichnet, wird einer aberkannt. Wie stets gab Michelin keine Begründung für diese Entscheidung an. Man habe sich nach „zahlreichen Besuchen unserer Inspektorinnen und Inspektoren über das Jahr hinweg" entschieden, so der Chef des Restaurantführers.

Anders scheint das „La Liste" zu sehen, die Savoy sechs Mal in Folge zum besten Koch der Welt gekürt hat. Dort zeigte man sich überrascht. „Weder Kommentare der Gäste noch Restaurantkritiken haben darauf hingewiesen, dass sich die Qualität des Restaurants Guy Savoy verschlechtert habe."

Im Jahr 2003 hat der Dreisternkoch Bernard Loiseau Suizid begangen. Er war bekannt für seine fanatische Liebe zum Detail und sein frenetisches Arbeitsethos. Bis zu seinem Tod war er der einzige Küchenchef, dessen Firma an der französischen Börse gehandelt wurde. Sein Unternehmen veröffentlichte zahlreiche Bücher, handelte mit Tiefkühlprodukten und eröffnete drei weitere Restaurants.

Um die Jahrtausendwende stand die eher traditionelle Küche von Loiseau unter dem Druck neuer Strömungen wie Molekularküche und Fusion. Loiseau war hoch verschuldet und litt unter Depressionen. Gault Millau hatte kurz vor seinem Tod sein Restaurant von 19 auf 17 Punkte herabgestuft. Zudem gab es Gerüchte, der Guide Michelin plane, ihm einen Stern zu streichen. Das Restaurant behielt die drei Michelin-Sterne dennoch auch nach seinem Tod bis 2016.

Die Bewertung im Michelin-Führer stützt sich nach wie vor auf Inkognitobesuche seiner Mitarbeiterinnen und Mitarbeiter, sie müssen eine Fachausbildung und langjährige Erfahrung vorweisen können.

Die Macht der Restauranttester – ist sie wirklich noch so groß? Auch das ist im Umbruch. Influencerinnen brauchen keine Expertise, sondern bloß viele Follower. Jede und jeder testet, schnüffelt herum, bewertet, alle können alles ins Netz stellen. Spione unterschiedlichster Art … Kyrill, Putins Patriarch mit dem Kreuz auf der Kopfbedeckung, das mich immer an einen Blitzableiter erinnert, irgendwie verwandt mit den Robotern mit Babyarmen in Buschs Küche, wahrscheinlich nennt er seine Servicedame Olga. Die spioniert auch. In welchen Diensten steht der Administrator? Fine Dining ohne Investoren wird immer seltener. Es geht ganz schnell und weg bist du. Mit oder ohne Selbstausbeutung, mit oder ohne Selbstmord. Die Russen sind in Syrien die neuen starken Herren. Wo ist ihr Geld hin? Gehen sie inkognito essen? Oder haben sie alles längst aufgekauft? Der Mann mit dem Blitzableiter befiehlt, dass die Puppenarme tanzen, aber sie verstehen keinen Jazz …

Ich schrecke hoch.

Ich muss wohl eingenickt sein. WhatsApp-Signal. Investoren … Manninger glaubt, dass Busch Hintermänner hat. Vielleicht sind es Russen? Dass Wien eine Drehscheibe russischer Cyberspionage ist, weiß man. Ich habe es recherchiert, vor einigen Jahren. Womöglich ist Busch nur ein kleiner Fisch. Das „Kitchen Intelligence“ gehört anderen. Die hören mithilfe ihrer willfährigen Roboterdamen die betuchten Gäste ab. Irgendwas Interessantes findet sich immer. AI-Temp, der Konzern, der die Roboter produziert, ist allerdings in Japan registriert. – Spioniert eher China? Aber die haben doch ohnehin TikTok. Und andere Möglichkeiten.

Noch einmal WhatsApp. Auch kein sicherer Message-Kanal. Ich habe nichts zu verbergen. Das sagen sie alle.

Ich beutle den Kopf und befehle mir, endgültig wach zu werden. Dieses Roboterzeug schlägt mir aufs Hirn. Vielleicht haben sie meine Schaltkreise manipuliert.

Ich kenne den Absender nicht und will die Nachricht schon löschen. Aber die angezeigte erste Zeile

Apfelbaum-Alarm: Bitte kommen Sie + Vesna

lässt mich innehalten. Fran hat mir ein Virenprogramm aufs Handy gespielt. Es sollte anschlagen. Was kann schon passieren. Klingt nicht nach Busch oder bösen Russen. Das „Apfelbaum" hat ursächlich mit mir zu tun. Ich halte die Luft an und tippe auf den Chat.

Apfelbaum-Alarm: Bitte kommen Sie + Vesna an die Donaumarina. Bei der Kaiserin Elisabeth wartet jemand.

Funktioniert Spionage nicht genau so? Die haben mich ausgehorcht und jetzt locken sie mich in die Falle. Weil ich Busch nicht auf die Finger sehen soll. Weil sie über geheimnisvolle Umwege mit dem Mord an Khaled zu tun haben. Esat und er sind Syrer. Dort haben sich die Russen breitgemacht. – Quatsch. Aber was ist das dann? Wir gehen hin und finden es heraus.

Vesna sieht das auch so. Sie war immer schon die Abenteuerlustigere von uns beiden. Als wir aus der U-Bahn steigen, klopft mein Herz etwas zu laut und etwas zu schnell. Es gibt gar nicht so wenige Frauen um die sechzig, die einen Herzinfarkt kriegen. – Aber wohl nicht, weil sie einer geheimnisvollen WhatsApp nachgehen. Gemeinsam mit Vesna. Meine Freundin sieht sich konzentriert um.

Die „Kaiserin Elisabeth" ist eines der Donau-Ausflugsschiffe. Das war einfach herauszufinden. Wir schlendern in Richtung Pier. Lachende Touristen, sie steigen aus und kommen uns entgegen. Eine Fremdenführerin, die den Schirm in die Höhe reckt, um ihre Schäfchen zu sammeln. Drei Asiaten in diesen Jogging-Klamotten, in denen man jetzt angeblich überallhin gehen kann. Ich höre Italienisch, Englisch. Drei Frauen reden russisch miteinander. Sie sehen harmlos aus. – Wie kommen diese Menschen, die für ihre russische Herkunft genauso viel oder wenig können wie ich für meine österreichische, dazu, dass man ihnen mit Misstrauen begegnet? Vielleicht sind sie vor Putins Krieg geflüchtet. Wie Oligarchengattinnen wirken sie jedenfalls nicht. Woran erkennt man die? Zu viel Goldschmuck? Zu enge Klamotten? Klischees, Klischees.

„Fremdenverkehr boomt wieder", stellt meine Freundin fest. „Hast du Russinnen gesehen?"

„Was sollen die mit dem ‚Apfelbaum' zu tun haben?"

„Wenn du zu ihnen gehst und sagst ‚Apfelbaum', sie halten es für einen Code."

„Würden vielleicht auch andere dafür halten."

Ein Mann um die fünfzig im klassischen Business-Anzug, langärmeliges weißes Hemd, Stecktuch. Er kommt auf uns zu. Ich bleibe stehen.

„Was ist? Komm!", zischt mir Vesna zu.

„Besser, wir …"

„Wir sollen jemanden treffen, oder? Du bleibst bei mir."

Ich sehe, dass sie in ihre Tasche greift. Was immer sie drin hat, ich will es nicht wissen. Der Mann fokussiert auf mich, streckt die Arme aus. Ich halte die Luft an.

„Freut mich", sagt Vesna. Sie hat sich zwischen ihn und mich gedrängt. Er lächelt breit und küsst sie auf beide Wangen. Dann kommt er mit ausgestreckten Armen auf mich zu. Okay. Vesna ist nichts passiert. Außer, dass sie vor Überraschung stocksteif dasteht. Oder ist das ein seltenes Gift? Radioaktive Substanz? Erstarrt man da? Bevor ich mich groß wehren kann, hat der Fremde auch mich geküsst.

„Ich freue mich sehr, dass Sie sich unser kleines Boot ansehen wollen, Frau Valensky." Sein Deutsch ist akzentfrei, leicht österreichisch gefärbt. „Kommen Sie mit! Ich zeige Ihnen alles." Er macht eine einladende Geste. Wir gehen hinter ihm über den Landesteg, ins Innere der „Kaiserin Elisabeth": dieses angenehme, ganz leichte Schwanken, wenn man auf einem Schiff ist. Es ist ein bisschen wie schweben. Tische, eine Bar, Holz, etwas Messing, viele Fenster mit einem großartigen Blick aufs Wasser. Ganz hinten – nennt man das jetzt Heck oder Bug? Heck, das

Heck ist hinten, zwei Frauen, die sauber machen. Unser Gastgeber manövriert uns zum Bug und antwortet nicht auf Vesnas Fragen. – Was, wenn das Schiff abfährt und er uns zum Schwarzen Meer entführt?

Er rückt für uns Sessel zurecht. Das, was der beflissenste Serviceroboter nicht lernen kann. Weil ihm die Arme fehlen. Während die Baby-Robos in der Küche nur aus Armen bestehen. Optimierung. Alle haben nur das, was nützt. Hässliche neue Welt. Zwei Schwäne schwimmen auf der Donau, weiß und majestätisch und echt.

„Tut mir leid, dieser eigenartige Auftritt", sagt unser Gastgeber leise. „Ich bin Thomas Kowalsky, ein alter Freund von Günter Manninger."

„Ist was mit ihm?", frage ich besorgt.

„Nicht mit ihm."

„Warum wir sollen auf das Schiff kommen?", will Vesna wissen.

„Weil wir hier ungestört sind. Ich habe vor vielen Jahren mit Günter gearbeitet, seither sind wir befreundet. Jetzt bin ich der Geschäftsführer dieses wunderbaren Unternehmens."

„Von Kaiserin Elisabeth?", sagt Vesna.

„Der DDSG – Blue Danube Schiffahrt GmbH, Nachfolgegesellschaft der berühmten Donau-Dampfschifffahrts-Gesellschaft."

„Sie haben mit Günter gearbeitet?", frage ich und sehe weiter hinaus zu den Schwänen.

„Ja. Damals war er ein aufstrebender Koch, sehr ehrgeizig, sehr gut, fokussiert. Ich war zuerst auch in der Küche, bin dann aber im Service gelandet. Eine lange alte Geschichte."

„Wir wollen neue Geschichte", stellt Vesna wenig höflich fest.

„Ich erzähle es nur, damit Sie wissen, mit wem Sie es zu tun haben."

Ich lächle. „Identität klar. Ich habe mitbekommen, dass Sie die DDSG übernommen haben. Einer der Österreicher mit internationaler Karriere in der Gastronomie. Sie waren Direktor eines dieser imposanten Luxushotels in Dubai, oder?"

Er nickt. „Sehr spannend, aber auf Dauer für mich die falsche Umgebung. Jedenfalls: Günter hat mich angerufen, weil es leider schlechte Nachrichten gibt. Sie haben für Esat Al Sayed einen Haftbefehl ausgestellt. Man hat Günter kontaktiert, nachdem man seinen Koch nirgendwo gefunden hat."

„Warum? Weiß er den Grund für Haftbefehl?"

„Was wohl? Dringender Tatverdacht, dass er seinen Kollegen erstochen hat."

Ich schüttle den Kopf. „Kann ich nach wie vor nicht glauben, auch wenn es sogenannte Indizien ..."

„Günter glaubt es eben auch nicht. Ihm ist klar, dass Esat nicht viel Unterstützung hat. Und er will natürlich die Kontrolle übers ‚Apfelbaum' und das, was dort passiert, behalten."

„Was sollen wir tun?", fragt Vesna.

„Günter bittet Sie, nach Esat Al Sayed zu suchen."

„Wenn wir ihn finden, müssen wir das der Polizei mitteilen", werfe ich ein.

„Wenn Sie ihn finden, dann bittet Günter Sie, mit ihm zu reden. Und, je nachdem, was er zu sagen hat, können Sie dann entscheiden, ob Sie die Polizei informieren oder ihn ... verstecken."

„Ihn verstecken? Wie stellen Sie sich das vor?"

„Vielleicht auf Schiff", überlegt meine Freundin.

„Hat er zuerst auch gemeint, aber das kann man vergessen. Es gibt zu viele Leute hier und ein Syrer fällt immer noch auf. Man sieht ihn anders als einen Österreicher."

„In der Küche?", frage ich ihn.

„Natürlich auch in der Küche, selbst wenn die österreichischen Köche von der Zahl her längst die Exoten sind."

Ich schüttle den Kopf. „Ihn verstecken."

„Ich glaube, Günter hat große Hoffnung auf seinen Al Sayed gesetzt. Er braucht ihn. Er überlegt wohl auch, ob der Syrer nicht irgendwann das ‚Apfelbaum' übernehmen könnte. Günter ist deutlich über sechzig. Selbstausbeutung in der Gastronomie funktioniert nur bis zu einem gewissen Alter."

„Sind eher Mitarbeiter, die man ausbeutet", stellt Vesna fest.

„Kommt leider auch vor. Aber manchmal ist die Selbstausbeutung noch schlimmer, liebe Frau Gewerkschafterin."

„Das nützt doch nichts", sage ich. „Esat macht sich bloß zusätzlich verdächtig, wenn er abtaucht. Im Schnitt funktionieren unsere Behörden ganz gut. Vielleicht sollte man ihm das klarmachen."

Kowalsky seufzt. „Falls Sie annehmen, dass ich weiß, wo er steckt: leider nein. Keine Ahnung. Ich war einige Male im ‚Apfelbaum' essen, ich liebe Manningers entspannte Küche, ich habe Al Sayed gesehen und mit ihm ein paar Worte gewechselt, aber das war es auch schon."

„Wir sollen herausfinden, was Manninger der Polizei nicht zutraut", fasst Vesna zusammen.

„Er war immer schon für Eigeninitiative."

Ich nicke. „Warum helfen Sie ihm? Kann für Ihr Renommee gefährlich werden, wenn Sie ihn unterstützen, einen verdächtigen Syrer zu verstecken."

„Es geht erst einmal darum, ihn zu finden. Dann, mit ihm zu reden. Und dann kann man entscheiden, was weiter passiert. Manninger traut Ihnen und Ihrer Freundin offenbar mehr als den Strafverfolgungsbehörden. Er hat gesagt, leider gibt es dort zu viele ‚Scharfmacher', die von oben gedeckt werden."

„Das hat er nicht kulinarisch gemeint", murmle ich.

„Wissen Sie, dass es Günter sogar in den internationalen Chili-Klub geschafft hat? In seiner Zeit in Japan?"

„In Japan war er auch?" Ich staune und überlege: Zusammenhang mit japanischstämmigen Küchenrobotern? Wohl kaum.

„Manninger hat irgendeine Idee, wo Esat sein kann?", fragt Vesna.

„Warum hat er mich nicht einfach angerufen?" Ich sehe die beiden Schwäne langsam und entspannt Richtung Ufer schwimmen.

„Weil er sich nicht sicher ist, wer wen wie überwacht. ‚Kaum sehen die einen Syrer, denken sie an Islamismus und knallen durch', hat er zu mir gesagt."

„Wissen Sie, was mir Esat gesagt hat? Jeder bringt mit, was er war. Man kann nicht alles zurücklassen und vergessen."

„Ist aber auch kein Indiz dafür, dass er seinen Kollegen umgebracht hat."

„Natürlich nicht."

„Günter … Eine leise Idee hatte er schon, wo sein Esat vielleicht stecken könnte. Sehr viele Möglichkeiten gibt es nicht, außer er vergräbt sich im Wald."

„Der Moscheeverein", fällt mir ein. „Aber wie sollen ausgerechnet wir da rein? Und in der syrischen Community, so es die überhaupt gibt, fallen wir auch ziemlich auf."

„Moscheeverein? Wie kommen Sie darauf?"

„Offenbar war er in letzter Zeit in Kontakt mit einem, der als radikal gilt."

Kowalsky sieht mich nachdenklich an. „Davon hat Günter nichts erzählt. Ich hoffe, er geht nicht zu weit, um einen guten Koch zu behalten."

„Bei der Personalknappheit, wer weiß es", stellt Vesna nüchtern fest.

„Günter hatte eine andere Idee. Er kocht immer wieder Charities. Unter anderem in der Gruft. Dem bekannten Obdachlosenprojekt, wo …"

„Kennen wir natürlich", falle ich ihm ins Wort.

„Sorry, klar. Esat war dabei. Er war überrascht, dass es auch in Österreich arme Menschen gibt. Und dass sie in der Gruft, zumindest auf gewisse Weise und für kurze Zeit, einen sicheren Hafen haben. Ich denke, dass Sicherheit für ihn wichtig ist. – Wie auch nicht?"

„Er will so rasch wie möglich die österreichische Staatsbürgerschaft", erkläre ich.

„Nur die Frage, wie viel er dafür riskiert", überlegt Vesna.

Kowalsky nickt. „Sie müssen natürlich selbst entscheiden. Das mit dem Moscheeverein wusste ich nicht. Weiß vielleicht auch Günter nicht. – Wobei … mit dem Ziel der Staatsbürgerschaft passt das nicht gut zusammen, oder?"

Ich schüttle den Kopf. „Eigentlich gar nicht. Obwohl es ungerecht ist. Warum sollte nicht jeder seine Religion haben dürfen?“

„Religion macht Schaden, auch politisch. Und zwischen den Menschen“, fällt mir Vesna ins Wort. „Man sieht es bis heute in meiner alten Heimat Jugoslawien.“

Ich sehe meine Freundin an. Ich kann mich nicht erinnern, dass sie Ex-Jugoslawien je als „alte Heimat“ bezeichnet hat. Kommt da was hoch? Wie viel verdrängt man, wenn man fliehen muss? Um anderswo leben und neu durchstarten zu können?

„Jedenfalls: Günter hat erzählt, dass Esat einmal gesagt hat: Wenn er scheitert, würde er in die Gruft gehen. Vielleicht könnte er ja dort kochen und dürfte bleiben.“

[7.]

Wie Obdachlose sehen wir offenbar nicht aus. Auf mein „Wir wollten nur mal schauen“ meint der bärtige Mitarbeiter lapidar: „Dazu ist die Gruft nicht da.“

„Mira Valensky ist Journalistin“, ergänzt Vesna. Was die Sache nicht besser macht.

„Warten Sie bitte. Ich hole jemanden, der dafür zuständig ist.“

Wir haben durch die Scheiben nach drinnen gesehen. Nicht viel Betrieb, die meisten der langen Tische waren leer. Strahlendes Wetter. Das trägt wohl dazu bei.

Es dauert, bis eine Verantwortliche kommt.

„Wie kann ich helfen?“

„Kann sein, dass ein Freund von uns hier ist. Können wir kurz nachschauen?“

Die rundliche Frau lächelt. „Sie sind Journalistin?“

Ich werfe Vesna einen wütenden Blick zu. „Ja, aber ich bin nicht beruflich hier. Für einen Artikel würde ich mich an die Pressestelle der Caritas wenden, so wie sonst auch.“

„Worum geht es?“

„Wir wollten mit einem Freund reden, man hat uns gesagt, dass er wahrscheinlich hier ist.“

„Im Tageszentrum?“

Ich lächle auch, möglichst beruhigend. „So genau weiß ich das nicht. Früher hätte ich meine Freundin Ingrid Rachbauer anrufen können. Sie hat super Caritas-Projekte gemacht. Nur: Jetzt ist sie in Guatemala."

Die Referenz scheint zu wirken. „Sie kennen Ingrid?"

„Seit ewig. Eine tolle Frau."

„Ja, das ist sie. – Sagen Sie mir, wen Sie suchen, und ich schaue, ob er da ist."

Ich werfe ihr einen flehenden Blick zu. „Wir sollten auf alle Fälle mit Esat reden. Vielleicht …"

„Esat? Der Koch von Manninger?"

„Genau der."

Sie sieht uns noch einmal prüfend an.

Ich hole meinen Presseausweis aus der Tasche und halte ihn ihr unter die Nase. „Nur damit klar ist, dass wir wirklich die sind, für die wir uns ausgeben."

„Ich bin … Freundin", fügt Vesna ungewohnt zurückhaltend hinzu.

„Na okay, wir sind an sich ein offenes Haus. Kommen Sie mit!"

Vesna hält sich etwas hinter mir. Vielleicht überlegt sie, wie man Esat den Weg abschneiden kann, falls er zu fliehen versucht. Der Speisesaal ist hell und gut gelüftet, für meine Begriffe ein wenig kühl. Alles zweckmäßig und freundlich. Auf der langen Theke aus Edelstahl stehen große Behälter, ebenfalls aus Stahl, aus denen man Kaffee oder Tee ablassen kann. Einige Menschen an einem Tisch in der sonnigsten Ecke des Raumes. Sie könnten auch in einem herkömmlichen Lokal sitzen. Vielleicht nicht im KI, aber im „Apfelbaum" sicher. Oder im Beisl ums Eck, so es das noch gibt. Vielleicht sind sie auch zu lange dort gesessen. Viele der Menschen, die hier warmes Essen oder Obdach suchen, haben Alkoholprobleme. Das weiß ich von einer früheren Reportage. Andere hat das Leben anders überrollt. Scheidung, Delogierung, psychische Krankheiten, um die sich niemand kümmern wollte. Falsche Männer, falsche Freunde, falsche Frauen. Die Sucht nach mehr, nach Glück oder dem, was die Umgebung dafür hält. Oder einfach Pech hoch drei.

Durch einen blankgeputzten Gang geht's in die Küche. Langgestreckt, Arbeitsflächen, an denen Menschen stehen, die Essen vorbereiten. Zwei jüngere Frauen mit diesen vorgeschriebenen Kopfbedeckungen, die wie Duschhauben aussehen, schneiden einen Berg Broccoli. Dahinter stehen zwei, die Zwiebeln schälen und dabei gleichzeitig weinen und lachen.

„Die heutige Kochgruppe", erklärt unsere Begleiterin. „Zum Glück haben wir fast jeden Tag Freiwillige, die Lebensmittel spenden, kochen und dann das Essen ausgeben. Diesmal ist es der Klub Minerva – ein Lesezirkel. Natürlich bekommen sie Unterstützung von uns."

Jetzt habe ich Esat entdeckt. Er steht vor einer großen Wanne aus Stahl. Er brät Hühnerfleisch. Noch hat er mich nicht gesehen. Ich komme langsam näher.

„Esat?" Ich lächle so beruhigend wie möglich. „Können wir kurz mit dir reden?"

Er starrt mich an. Sieht sich gehetzt um.

„Denke gar nicht daran, dass du davonlaufst", sagt Vesna.

„Manninger hat uns geschickt", füge ich hinzu. „Er weiß Bescheid und macht sich Sorgen. Er will dir helfen."

Esat schaut vom Hühnerfleisch zu uns und wieder zurück. „Ich kann nicht weg hier."

„Du kannst dich nicht verstecken."

„Das weiß ich. Ich wollte … helfen. ‚Apfelbaum' hat heute zu."

„Esat, sprich mit uns. Bitte. Es ist Manninger wichtig. Er hat versucht, dich anzurufen. Aber du …"

„Ich habe Telefon abgeschaltet. Weil ich hier helfen will. Sonst nichts. Ich will tun, nicht denken."

„Denk an Manninger. An das ‚Apfelbaum'. An deine … Zukunft."

„Was für Zukunft?", faucht er.

„Wir reden, okay?" Ich versuche so ruhig wie möglich zu bleiben.

„Ich muss Hühner anbraten, das ist eine Kippbratpfanne, ich kann hier Essen für zweihundert Personen kochen. Gleich kommen Zwiebel und Broccoli dazu."

Es müssen hunderte Hühnerteile sein, Verpflegung für sehr viele Menschen, die nicht hungrig bleiben sollen. „Wir warten so lange", sage ich.

„Ich kann Esat ablösen", sagt die Frau, die uns hereinbegleitet hat.

Esat sieht sie wenig freundlich an. „Ich muss fertig machen. Ich mache immer fertig."

„Wir warten", wiederhole ich.

Vesna nickt.

„Ich könnte … in der Zwischenzeit mithelfen", biete ich an.

„Ich hoffe, Sie machen Esat keine Probleme. Er ist nett. Und klug. Er hat uns auch geholfen, als der Laptop abgestürzt war."

„Er ist öfter hier?"

„Manninger kommt ab und zu mit Kochgruppen, oder auch, wenn es um Promotion-Fotos geht. Wir brauchen Öffentlichkeit, das ist eben heutzutage so. Manninger weiß das, er kann super mit Medien, ist gut drauf und hat keine Allüren. Esat war immer dabei. Heute ist er allein gekommen und hat gesagt, dass er Zeit hat. Er wohnt hier gleich ums Eck."

Ich sehe Vesna an. Ich habe mir noch gar nicht überlegt, wo Esat Al Sayed wohnt. „In Wien", hat es geheißen. Wenig präzise.

Die Frauen, die sonst offenbar in ihrem Klub über Bücher reden, kippen eine große Schüssel mit in Spalten geschnittenen Zwiebeln, zwei Schüsseln mit Broccoli über die Hühnerteile. Esat rührt mit einem großen Spatel aus Edelstahl um. Er lächelt die Frau mit dem blonden Pagenkopf an. „Jetzt kommen Gewürze dazu", höre ich ihn sagen. „Das ist ganz wichtig. Ich nehme Koriander und schwarzen Pfeffer und natürlich Salz. Man kann auch etwas Paprika und Kreuzkümmel dazugeben."

„Wie hast du davon erfahren?", frage ich ihn leise, als wir endlich in einer ruhigen Ecke des Speisesaals sitzen, möglichst weit von den Fensterfronten entfernt.

Esat schüttelt den Kopf. „Ich kann nicht glauben. Es ist wahr, oder?"

„Was heißt das?"

„Luzia hat gewarnt. Ich habe Adresse bei ihr, aber ich wohne dort nicht mehr. Sie hat gesagt, die Polizei sucht mich und will mich haften."

„Verhaften."

„Auch egal." Er starrt auf die blankgeputzte Tischplatte, versucht sich zu sammeln. Dann sieht er mir ins Gesicht. „Ich bin kein Mörder!"

„Deswegen sind wir hier", sage ich und lege ihm beruhigend eine Hand auf den Arm. Er zuckt zurück.

„Was ist los?", mischt sich Vesna ein. „Die machen nicht einfach so Haftbefehl. Und sage nicht, bei Flüchtling ist das anders. – Ist es vielleicht, aber nicht viel anders. Sie brauchen einen Grund."

„Sie glauben, ich habe Khaled erstochen. Dabei … Ich habe ihm immer geholfen. Er war Kollege. Ich …"

„Esat, es gibt Indizien gegen dich. Du weißt, was Indizien sind?"

„Natürlich. Aber ich habe nichts getan."

„Dein Alibi ist falsch."

„Ich bin nicht falsch!" Das hat er jetzt zu laut gesagt. Zwei Männer in Joggingjacken sehen interessiert zu uns herüber.

„Nicht du bist falsch. Alibi, das bedeutet: Wenn du beweisen kannst, dass du zum Zeitpunkt, in dem Khaled ermordet wurde, anderswo, nicht am Tatort, warst."

„Er war schon tot, als ich gekommen bin."

„Ja, aber es geht um die Stunden davor. Du hast der Polizei gesagt, dass du im KI warst."

Er sieht mich mit aufgerissenen Augen an. „Es … es stimmt. Es … Der Chef darf davon nicht erfahren!"

„Du meinst Manninger?"

„Wen sonst? Ich habe nur einen Chef!"

„Offenbar hast du zwei. Warum hast du ihm nicht gesagt, dass du dort arbeitest?"

„Ich habe nur einen Chef … Ich will nur im ‚Apfelbaum' kochen. Es ist alles anders."

„Alibi", führt ihn Vesna zurück. „Du hast der Polizei gesagt, du hast im KI gearbeitet. Aber die im KI haben zu Protokoll gegeben, du warst gar nicht da."

„Das ist Lüge!"

„Ich weiß über einen Freund bei der Polizei, dass es so war. Der ‚Administrator': Er hat etwas von einem Computerproblem ausgesagt und dass er so gemerkt hat, dass du weg bist."

„Stimmt nicht! Der lügt! Der ist selbst verdächtig!"

„Was hat er mit Khaled zu schaffen? Hat Khaled auch im KI gearbeitet, nebenbei?" Ich rate einfach.

„Nein, natürlich nicht. Nichts mit Khaled. Er ist verdächtig, was im KI passiert. Ich habe … dort nicht gearbeitet."

Ich seufze. „Hast du, Esat. Du warst sogar angemeldet. Es gibt die Belege der Sozialversicherung."

„Ich war dort, aber du musst Chef sagen, dass ich nicht echt dort gearbeitet habe. Es war anders."

„Manninger will wissen, was wirklich los ist."

Esat starrt mich mit seinen dunklen Augen an. „Du warst … Spion. Du bist nicht wegen Küchenhilfe gekommen, ich habe es gleich gedacht. Aber Nicole hat gesagt, es gibt Frauen mit sehr viel Zeit und ich soll nichts sagen, weil wir alle Hilfe brauchen. Sonst geht sie auch."

Langsam werde ich wütend. Ob ihm klar ist, dass wir einiges riskieren, wenn wir uns mit ihm treffen, obwohl er gesucht wird? Und was es für die Leute von der „Gruft" bedeutet, wenn bei ihnen jemand verhaftet wird? Jedenfalls keine gute Presse.

„Ich bin keine Frau mit sehr viel Zeit. Ich habe mehr als genug zu tun. Aber ich bin eine Freundin deines Chefs. Habe ich dir gesagt. Er macht sich Sorgen. Kapiert?"

„Da muss er niemand schicken. Ich mache das!"

„Ja, sieht man! Khaled ist tot, du sollst verhaftet werden. Das ‚Apfelbaum' muss zusperren!"

Esat krallt sich mit beiden Händen am Tisch fest. Seine Fingerknöchel treten weiß hervor. Dann verschränkt er mit einer ruckartigen Bewegung die Arme vor der Brust.

Vesna räuspert sich. „Du sagst, was war. Danach wir reden weiter. Es ist nicht einfach. Ich war auch … Flüchtling. Vor dreißig Jahren. Du wirst es nicht wissen, aber da war Krieg in Jugoslawien. Bürgerkrieg. Das, woher ich komme, heißt jetzt Bosnien. Es gibt auch Slowenien und …"

„Ich weiß. Ich habe für Staatsbürgerschaft gelernt. Angrenzende Staaten."

„Das müsst ihr auch wissen?", staune ich.

„Ich habe mehr gelernt, als in Manuskript steht. Weil es mich interessiert. Und zur Sicherheit." Er sagt es in Richtung Vesna. Ungewöhnlich, dass sie die Sanftmütige von uns ist. Dreißig Jahre ist es schon her, dass sie geflüchtet ist?

„Vesna ist damals mit ihren Zwillingen gekommen. Ihr Sohn Fran ist inzwischen Weltklasse bei allem, was mit IT zu tun hat. Was war mit diesem Administrator und dem Computer?"

„Wie alt sind die Zwillinge?"

Vesna sieht ihn verwirrt an. „Dreiunddreißig. Jahrgang 1990."

„So wie ich. Meine Eltern sind daheim. Ich muss selbst schaffen."

„Das müssen alle", werfe ich ein.

„Erzähle uns, was du im KI getan hast", sagt meine Freundin.

„Es ist meine Sache."

„Nein, ist es nicht", widerspreche ich. „Es ist jetzt auch unsere Sache. Wir hätten der Polizei sagen müssen, wo du bist."

„So meine ich nicht. Ich habe geheim gehalten. Weil … es ist undercover."

Jetzt sehen wir ihn beide fassungslos an. Was versucht uns Esat einzureden? Absoluter Schwachsinn. Spionage. Ich habe mit der Idee gespielt, aber …

„Es geht um großen Report, ein Buch, vielleicht später auch um einen Film."

„Über Roboter in der Küche?", frage ich. „Busch will so wenig wie möglich herzeigen, das weiß ich."

Esat verzieht spöttisch den Mund. „Roboter? Da funktioniert viel nicht. Es geht um Menschen, die man nicht sieht."

„Ameisen?“, sage ich leise.

„So nennt er sie. Man darf sie nicht sehen, aber sie machen fast alle Arbeit. Sie sind wichtiger Teil vom Report. Aber es geht auch um andere Lokale. Es gibt zu wenige Arbeitskraft in Gastronomie, das weiß jeder. Und es gibt Chefs, die nützen alle aus, die sich schlecht wehren. Es gibt gute Betriebe. Aber es gibt auch schlimme.“

„Wie ist das bei Busch?“, fragt Vesna.

„Vorne ist alles schön, wie sagt man? Auslage, da passt es. Die Gäste kommen wegen *artificial intelligence* und weil das neu ist und viel darüber in den Medien ist. Hinten arbeiten elf Frauen und drei Männer. Die soll keiner sehen. Es gibt zweite Küche. Sie bereiten alles vor. Sie kochen teilweise. Sie decken die Tische, sie machen alles. Es gibt eine Art Lichtsperre. Man sieht nicht dahinter und: Wenn jemand durchgeht, der nicht darf, dann kommt ein Alarm.“

„Du bist bei ihm angestellt. Das sind sie nicht? Schwarzarbeit?“, überlege ich.

„Nein, sie sind angemeldet. Aber nur ein bisschen. Geringfügig. Das ist Zauberwort. Jede ist so viel angemeldet, dass er eine Ausrede hat, wenn Sozialversicherung kommt. Aber sie arbeiten den ganzen Tag, auch am Abend, wenn er sie braucht. Manchmal zehn, zwölf Stunden. Er zahlt, aber er zahlt wenig. Und wie ein König: manchmal mehr, manchmal nichts. Wie die Laune ist.“

„Wie bist du draufgekommen?“

„Luzia. Sie hat recherchiert über Ukrainerinnen, die in Wien arbeiten. Aber das ‚Magazin‘ hat gesagt, es ist nicht interessant. Wir haben beschlossen, wir machen richtig großen Report über Arbeitssituation von Migrantinnen, danach auch ein Buch. Und ein Drehbuch für einen Dokufilm. Investigativ – Sie wissen, was das ist?“

„Ja. Weiß ich glatt.“

„Warum ‚glatt‘?“

„Sagt man so. Ich dachte, du hast Luzia verlassen.“

„Ich habe sie verlassen? Sie hat mich verlassen! Jetzt mache ich das alleine. Sie hat keinen Mut? Ich schon."

„Mir hat sie etwas anderes erzählt", sage ich möglichst ruhig. „Du hast dich zurückgezogen. Du hast dich verändert. Du hast gesagt, sie passt nicht mehr in dein Leben."

Esat schüttelt wild den Kopf. „Das ist Lüge! Sie hat verändert! Alles!"

„Und warum hast du mir das im ‚Apfelbaum' nicht erzählt?"

Esat senkt den Kopf. Denkt er nach? Sucht er nach einer Strategie? Ich habe keine Ahnung. Als er aufsieht, hat er Tränen in den Augen. „Weil ... es ist privat. Warum sollte ich es neuer Küchenhilfe erzählen? Und es ist ... Schande."

„Für einen Mann, verlassen zu werden?"

„Nein. Nicht das. Dass ich nicht begriffen habe ... so dumm war ... Sie hat mich ausgenützt. Weil sie undercover gebraucht hat für Report. Und dann war das nicht mehr wichtig. Sie hat jemand kennengelernt. Die will nicht mit einem Syrer, ich war dumm. Das ist die Schande."

„Was hat sie gesagt, als sie dich verlassen hat?", fragt Vesna noch immer erstaunlich sanft. Irgendwelche Flüchtlings-Vibes?

„Dass ... ich mich hineinsteigere. Dass sie das nicht will, auch nicht den großen Report. Aber ich glaube ihr nicht. Für sie ist Geflüchteter nicht gut genug."

„Und warum hat sie dich dann gewarnt? Davor, dass dich die Polizei sucht?", fällt mir ein.

„Ich weiß es nicht. Vielleicht, damit ich nicht zu ihr komme und die finden mich dort."

„Du hast nicht mehr bei ihr gewohnt."

„Das nicht. – Ich weiß es nicht!"

„Noch einmal", sage ich langsam. „Die Polizei glaubt, dass dein Alibi falsch ist. Du warst nicht im KI."

„Doch, war ich! Der Administrator lügt. Man kann ihn nicht durchsehen! Nie!"

„Was hat er durchgesehen? Hast du etwas durchgesehen?"

„Ich will Recherche nicht verraten."

Vesna sieht ihn mütterlich an. „Esat, du musst erzählen, wenn wir dir glauben sollen."

„Durchsehen? Was durchsehen? Man kann nicht sehen, was er denkt."

„Man kann ihn nicht durchschauen!"

„Ja! Er ist aus Sudkorea. Asien. Da kann man nie wissen, wie sie denken. Was sie tun."

Ich will jetzt nicht mit ihm über Vorurteile reden. – Mit einem Syrer über Vorurteile reden, na super. Oder ist das auch rassistisch?

„Wie heißt der wirklich?", will Vesna wissen.

„Keiner weiß, alle sagen Administrator. Und er hat zweiten. Moon. Er kann kochen. Gut, ich muss es zugeben. Der leitet auch die echte Küche. Das ist sein Bruder. Oder er sagt nur so zu ihm. Kann keiner wissen."

„Was hast du dort gemacht?"

„Die beiden Männer, einer aus Afghanistan, einer aus Irak, und ich, wir waren auch Ameisen. Ich habe getan, als ob ich kann nicht gut kochen. Moon teilt alles ein. Sie nennen ihn Ameisenkönig. Dann haben sie gemerkt, dass ich gut bin am Computer. Ich habe auch Einkauf geschrieben, das geht alles über Programme."

„Sie haben dich an ihre Rechner gelassen?", frage ich ungläubig.

„Das ist getrennt. Die Computer für die Steuerung von Küche und Roboter. Und die Computer für den Betrieb: Einkauf, Buchhaltung, Ausgaben, Einnahmen. Ich habe das alles für Kochprüfung gelernt. Und mehr. Für Konzessionsprüfung, wenn ich Staatsbürgerschaft habe."

„Du willst ein eigenes Lokal aufmachen?"

Er schüttelt langsam den Kopf. „Natürlich bleibe ich im ‚Apfelbaum'. Ich bin Chef alles schuldig. Aber ich lerne gerne."

„Warum sollte der Administrator behaupten, du seist nicht da gewesen?"

„Er hat mir gesagt, ich soll Einkauf machen. Am Computer. Ich habe gemacht. Aber schneller. Ich habe ausgecheckt, Laptop genommen, mich hinter Lager versteckt und mit andere Passwort eingecheckt. ‚Kellnerin 3' heißt es. Aber es gibt keine Kellnerin. Ich habe Passwort entdeckt."

Ich schüttle den Kopf. „Klingt nicht besonders logisch."

„Es ist logisch! Ich habe Personalakte durchgesehen. Habe immer wieder, wenn Zeit war, kopiert. Damit ich Beweise habe, wie sie mit Frauen aus Ukraine umgehen. Wie sie Mitarbeiter und Sozialversicherung betrügen."

„Und warum haben sie von dir nicht verlangt, dass du länger arbeitest?"

„Ich habe manchmal lange gearbeitet. An Tagen, wo in ‚Apfelbaum' zu war."

Er hat sich zurückgezogen, behauptet Luzia. Klar hat er keine Zeit, wenn er quasi doppelt arbeitet. Aber sie hat davon gewusst. „Und die anderen Lokale, in denen du warst?"

„Ich habe Unterlagen zur Recherche. Ich kann es zeigen."

„Und Busch?"

„Der redet nicht mit Ameisen. Er hat getan, als gibt es uns gar nicht. Aber er ist der Chef."

„Was, wenn in Wirklichkeit der Administrator der Boss ist und Busch bloß vorne steht?", überlege ich.

„Nein. Ich glaube es nicht. Administrator und Bruder Moon sind von der Company, die Gastro-Roboter produzieren. Wenn etwas nicht funktioniert, sie haben Stress. Ich habe recherchiert. AI-Temp. Sitz in Japan. AI bedeutet *artificial intelligence.* Temp …"

„Steht für Zeit", vermute ich.

„Nein, sie sagen für Tempura. Das ist so ganz dünner knuspriger Teig, in den …"

„Ich kenne Tempura." Das ist jetzt schärfer gekommen, als ich wollte. Ist ja eigentlich auch egal, wofür das steht.

„Es ist interessant, was sie tun. Und wahr ist, es fehlen Köche und Service. Nur es funktioniert noch nicht so gut. Aber darum geht es nicht in Report. Ich will aufdecken, wie ausgebeutet wird. Alle sollen es wissen. Es ist gut für ehrliche Unternehmer, sagt Chef immer. Die schwarzen Schafe sollen fliegen … auffliegen."

Fliegende schwarze Schafe. Wenn Manninger da nur recht hat. „Aber er hat nichts davon gewusst."

„Nein, gar nichts. Ich glaube … Zuerst ich wollte den Report machen, damit ich vielleicht wieder Filme machen kann. Oder Reportagen. Ich habe so viele Praktika gemacht. Sie haben mich nicht genommen. Ich muss beweisen, dass ich es kann. Mit Report, der berühmt wird."

„Und dann?"

„Ich weiß nicht. Man muss es zeigen, die Ungerechtigkeit. Aber Chef kann sich immer auf mich verlassen. Bitte! Sag ihm das!"

„Hat Khaled davon erfahren?"

„Khaled? Sicher nicht! Und er ist nicht ausgenutzt, wirklich nicht! Er muss viel arbeiten, aber er will auch. Ich habe ihm gelernt. Chef hat immer gesagt: Er ist so langsam, aber ich habe viel Geduld. Sogar Frau Gruber. Sie hat ihm Kuchen gebracht. Und geholfen, wenn viel los war."

„Du hast dich zurückgezogen, sagt die Polizei – du verstehst, was das heißt?"

„Ich bin kein Idiot!"

„Das hat auch keiner behauptet. Aber niemand kann eine Sprache nach ein paar Jahren perfekt, außer er ist ein Genie!"

„Ich lerne sehr leicht!"

„Dann, Mister Superschlau: Was bedeutet, du hast dich ‚zurückgezogen'?"

„Dass ich nicht da war. Aber ich war immer pünktlich im ‚Apfelbaum'!"

„Zurückgezogen bedeutet: dass du nicht mehr das tust, was du früher getan hast. Dass du weniger Menschen triffst, dass …" Ist verdammt schwer, das zu umschreiben.

„Du kümmerst dich nicht mehr um die Welt um dich. Du machst vielleicht etwas ganz geheim und nur das ist wichtig, alle anderen sind dir egal", fällt mir Vesna ins Wort.

Ich nicke.

„Ich mache geheim, weil ich Report mache. Niemand ist mir egal."

„Du warst einige Male in einem Moscheeverein, der als radikal gilt. Es gibt Beweise", erkläre ich.

Ich kann seinen Blick nicht deuten. Er sitzt einfach da und schüttelt langsam den Kopf. „Ganz anders. Ich bin Moslem, aber nicht … religiös. Die ganze Familie ist nicht gläubig, bis auf eine Tante. In Syrien, es war früher kein Problem. In Damaskus gar nicht. Jetzt musst du dich vor Geheimdienst, vor Russen, vor Radikalen fürchten. Vor alle. Ich war im Haus, das ist richtig. Aber nicht in Moschee. Im Haus ist auch eine Arbeitsvermittlung. Sie vermitteln Geflüchtete, auch Ukrainerinnen. Sie bekommen einen Job und dann werden sie ausgenützt."

„Passiert nicht nur in der Gastronomie", werfe ich ein. Als ob es jetzt darum ginge. Das denkt offenbar auch Vesna. „Du hast dich dort registriert? Das sollten die Ermittler wissen. Das entlastet dich."

„Nein, habe ich nicht. Nur Vorgespräche. Ich habe auch über andere Kontakte bekommen. Man muss für guten Report an verschiedenen Quellen recherchieren. Damit alles passt. Zusammenpasst. Ein Bild gibt."

Ich sehe Vesna an. Sie scheint ihm zu glauben.

„Ich begreife nicht, die Polizei hat mich gefragt. Verschiedene Beamte. Niemand kann glauben, ich habe Kollegen erstochen!"

„Du hast sehr viel nicht erzählt", stelle ich fest.

„Aber man braucht Beweise für Haft in Österreich, oder? Gründe?"

„Dringender Verdacht reicht aus."

„Es gibt kein dringende Verdacht!"

„Stell dich der Polizei, erzähl ihnen von deinen Recherchen, gib ihnen das Material. Das kann helfen!"

„Kann? Ist zu wenig. Kann? Was heißt es für Staatsbürgerschaft, wenn ich im Gefängnis bin?"

„Hättest du dir früher überlegen sollen. Auch, was das für Manninger und sein Renommee bedeutet."

„Er wird es überleben", sagt Vesna trocken. „Das Blöde ist: Ohne Vorurteil sind Ermittlungen nicht immer. Nicht alle mögen Ausländer oder Flüchtlinge. Dazu kommt: Du hast gelogen."

„Ich werde fliehen!"

„Superidee für die Staatsbürgerschaft", stelle ich fest.

„Dein Chef hat gesagt, wir sollen dich verstecken und mehr herausfinden."

Ich sehe meine Freundin böse an.

Esat strahlt auf. „Ich weiß, ich bin ihm immer dankbar!"

„Von ‚mehr herausfinden' habe ich nichts gehört", zische ich Vesna zu.

„Du bleibst hier!", befehle ich Esat. Ich ziehe meine Freundin ein paar Schritte zur Seite. „Er hat zu viel gelogen."

„Wir müssen ihn verstecken. Du bist es, die sonst immer von Gerechtigkeit redet."

„Seit wann bist du so gutgläubig? Er war auf der Filmhochschule. Er versteht was von Schauspiel. Ein paar Tränen – die schafft er schon, wenn es wichtig ist."

„Ich habe Menschenkenntnis. Und ich habe viel mehr erlebt, als du, liebe Mira Valensky, dir vorstellen kannst in bequemem Österreich."

„Du bist eine österreichische Unternehmerin!"

„Ja, jetzt. Und du weißt, warum? Ich habe immer ein Ziel gehabt: ein sicheres Leben und für Jana und Fran alles, was sie brauchen. Ich habe hart gearbeitet. Ich habe …" Sie sieht mich an. „… und ich habe gute Freunde gehabt, auch Freundin, die mich unterstützt hat, und mich mag."

Keine Ahnung, warum jetzt auch ich die Nummer mit den Tränen ausprobiere.

Der Neuhof: ein etwas eigenartiges übergroßes Gebäude, inmitten von Feldern und Weingärten. Betrieben von einer Gruppe Menschen, die das Ihre gegen den drohenden Klimakollaps beitragen möchten. Indem sie biologisch hochwertige resistente Bohnen und andere Gemüsesorten züchten und möglichst ressourcenschonend ihre eigene Vorstellung vom guten Leben umsetzen. Alles hilft, sagen die, die es wissen müssen. Ich kaufe seit einigen Jahren dort ein. Auch das „Apfelbaum“ bezieht von dort, was gerade angeboten wird. Der ehemalige Mastermind, Martin Prager, ist nicht mehr dabei. Wie es ihn von der Columbia-Universität hierher ins Weinviertel und dann weiter nach Brüssel verschlagen hat, ist eine andere Geschichte. Trotzdem: Das Projekt geht weiter.

Ich habe mit Gerti telefoniert und ihr das Wesentliche erzählt. Sie sind keine Staatsverweigerer, aber sie leben ein bisschen … außerhalb. Wie erwartet, hatte sie kein Problem damit, Esat aufzunehmen. „Ich muss ja nicht alles wissen“, hat sie gesagt. „Wenn er okay ist, unsere Regeln akzeptiert und mithilft, kann er bleiben. Ansonsten muss er gehen.“

„Du musst tun, was sie sagen“, habe ich es für Esat zusammengefasst. Er hat bloß genickt. Weder er noch wir haben viel geredet, als wir durch Wien raus aufs Land gefahren sind. Esat mit einer Baseballkappe, tief ins Gesicht gezogen. Er hat ausgesehen wie ein Rapper auf Inkognito-Trip. Die Anspannung war greifbar. Unwahrscheinlich, dass wir auffallen. Dass jemand von der Polizei uns entdeckt. Trotzdem. „Was ist, wenn …“, habe ich einmal angesetzt.

„Dann man wird sehen“, hat Vesna geantwortet.

Das Setting ist klar: Esat hält sich von Menschen außerhalb des Neuhofs fern. Wenn ihn doch jemand sieht, wenn doch jemand Fragen stellt: Er ist ein Geflüchteter, der am Neuhof mithilft, weil er gerade keinen Arbeitsplatz hat. Was ja auch in gewisser Weise stimmt. Für Notfälle hat Vesna ihm ein Mobiltelefon gegeben, das auf eine ihrer Mitarbeiterinnen registriert ist. Sie ist momentan in Australien, Schwester besuchen. Ansonsten soll der Kontakt über Gerti laufen. Offiziell weiß niemand im Neuhof von dem Haftbefehl: Esat ist hergekommen, weil er schon öfter Bohnen geholt hat und verzweifelt war, über all das, was im „Apfelbaum“ geschehen ist. Er hat nicht mitbekommen, dass er gesucht wird. Solange sein Fall nicht groß in den Medien auftaucht, müssen Gerti und ihre Freundinnen nichts von der Sache erfahren haben. Zumal sie wenig Zeitung lesen und keinen Fernseher besitzen. Sollte es notwendig sein, dann kommen wir und kaufen Bohnen. Das ist nicht verdächtig.

Esat und Gerti stehen in der Tür zum Verkaufsraum. Die untergehende Sonne gibt den Feldern einen besonderen, beinahe magischen Glanz. Esat Al Sayed wirkt in diesem Licht jung und verletzlich.

[8.]

Vesna hat versucht, mehr über Khaled Shaheen herauszufinden. Aber da scheint es fast nichts zu geben, jedenfalls sehr wenig, das in Österreich aufscheint. – Weil er etwas zu verbergen hatte? Weil sein Leben hier reduziert aufs Wesentliche war? Fuß fassen. Hoffen, dass er seine Frau nachholen darf. Er hat über engagierte Menschen ein Zimmer in einer Sozialeinrichtung bekommen, nach vier Monaten wurde er als Flüchtling anerkannt. Das Rote Kreuz hat ihn dabei unterstützt. Sein Betreuer ist zurzeit bei einem Einsatz in Uganda. Aus den Akten geht hervor, dass sein Vater mit dem Lkw auch Transporte für UNO-Hilfsprogramme durchgeführt hat. Im Nordwesten Syriens waren und sind die Machtverhältnisse unklar. Der Lkw wurde angegriffen, wahrscheinlich von IS-Kämpfern. Sein Vater wurde ermordet, Khaled war dabei und konnte fliehen. Die zuständige UNO-Vertretung hat bestätigt, was passiert ist. Das hat wohl dazu beigetragen, dass Khaled in Österreich so rasch Asylstatus bekommen hat. Er hat den Wertekurs absolviert, aber keinen Sprachkurs abgeschlossen. Ist nie polizeilich aufgefallen. Der bärtige Mann, der ihn ab und zu besucht hat, war wohl kein enger Freund. Oman Yassin scheint gläubiger Moslem zu sein, er hat den viel jüngeren Khaled unterstützt, seit sie gemeinsam auf der Flucht waren.

Sein erster fixer Job: im „Apfelbaum“. Manninger hat mir erzählt, ein Stammgast habe ihn um Arbeit für seinen Schützling gefragt. Khaled soll gesagt haben: „Mache alles." Übersiedlung ins „Apfelbaum", wo er auch gemeldet war.

Vesna will nach weiteren Kontakten suchen. „Bei uns jammern sie, wenn irgendeine Kleinigkeit nicht passt. Die sollen sich solche Leben anschauen", hat sie gesagt. Ihr geht die Angelegenheit nahe. Ich habe meine Freundin gefragt, ob sie an ihre eigene Flucht, ihre ersten Jahre in Österreich erinnert wird. Sie hat abgeblockt. „Habe ich vergessen, du weißt, ich lebe nicht in Vergangenheit. Habe mit Gegenwart genug zu tun."

Vesna war noch nicht lange im Land, als wir einander kennengelernt haben. Ich habe sie unternehmenslustig, aktiv, positiv gestimmt erlebt. Selbstbewusst. Natürlich ist es einfacher, aus einem Nachbarstaat nach Österreich zu wechseln als aus einem anderen Kulturkreis. – Wie anders ist es wirklich, wenn man das ganze bisherige Leben zurücklässt, weil es keine andere vernünftige Möglichkeit mehr gibt?

Jedenfalls ist Vesna entschlossener denn je, herauszufinden, was hinter dem Tod von Khaled steckt. Ich hoffe, sie erlebt keine böse Überraschung. Esat ist charmant, er ist klug. Er hat viel gelogen. Dass er so alt ist wie ihre heiß geliebten Zwillinge, scheint ihr Urteilsvermögen zu trüben. Irgendein erweiterter Mutterinstinkt?

Wir sind uns jedenfalls einig, dass bei dieser Luzia Feichtinger viele Fäden zusammenlaufen. Sie war Esats Freundin. Sie hat der Polizei erzählt, dass er sie verlassen und sich zurückgezogen hat. Es war aber auch sie, die Esat vor dem Haftbefehl gewarnt hat. Ich werde mich im „Magazin" umhören – bei den wenigen Kontakten, die ich dort noch habe.

Fürs Erste aber mache ich mich fertig fürs „HochHaus". Chef Oliver Busch wird heute Abend am Herd stehen. Im KI hat er mir angeboten, ihm in der Küche seines anderen, analogen, Lokals über die Schulter zu schauen. Gute Presse könne er immer brauchen. Ich habe ihn zum richtigen Zeitpunkt daran erinnert. Sein Lokal hat momentan pop-up geöffnet. Passt zu unserer

Zeit: Nichts ist mehr fix. Alles im Umbruch, wie eben auch die Gastronomie. Die Gourmettempel der Welt rechnen sich nicht mehr. Das Dorfgasthaus sperrt zu, weil der Wirt keine Arbeitskräfte findet. Früher hat die Familie mitgeholfen. Heute haben sie neben ihren Jobs keine Zeit mehr. Oder keine Lust. Und seit der Covid-Pandemie scheinen etliche gemerkt zu haben, dass man auch ohne oder mit weniger Arbeit leben kann. Auf der anderen Seite werden Menschen nach wie vor ausgebeutet. Nicht alle können sich wehren und gehen. – Glaube ich Esats Geschichte? Für einen Moment war ich sauer, dass ich nicht selbst auf diese Idee gekommen bin. Eine Reportage über die Arbeitsbedingungen von Migrantinnen. Undercover. Würde ich wohl kaum schaffen. Vesna könnte es vielleicht. Esat ist jedenfalls glaubwürdig. Was hat Luzia gesagt? Er habe sich total hineingesteigert, wie auch sonst in alles.

Ich werde mich auf meine eigene Recherche konzentrieren. Vielleicht werde ich Busch und dem, was er tut, über die „HochHaus"-Küche näher kommen.

Das Lokal ist im letzten Stock eines der schicken Bürotürme, die auch in Wien in die Höhe geschossen sind. Vienna2Tower. Das „HochHaus" war jahrelang Location der österreichischen Promi-Szene und ihrer Spiegelung in einschlägigen Medien. Dann ist es ruhiger um das Lokal geworden. Das Letzte, was ich mitbekommen habe, waren die Gerüchte über den Konkurs. Ich habe nachgesehen. Den hat Busch offenbar abwenden können. Es gab eine Einigung mit der Hausbank. Kein Wunder, dass sie ihre High-End-Events noch immer dort macht. Wahrscheinlich gehört ihr der Laden längst. Oder es gibt Gegengeschäfte, weil sie Busch gerettet haben. – Wer ist eigentlich Eigentümer des Büroturms? Ich hoffe, Oskar kann mir da weiterhelfen. Jetzt freilich werde ich ins „Allerheiligste" gerufen, wie es der Typ, der mich abholt, ausdrückt. Ich kippe den letzten Schluck meines Kir royal – total retro, aber wirklich gut – und stelle das Glas auf die Bar.

Anders als im „Apfelbaum" werde ich hier nicht mitarbeiten. Ich darf zusehen. Ob die Inszenierung des Küchenteams für mich ist? Jedenfalls stehen alle aufgereiht beim Pass, der Arbeitsfläche, von der aus die Teller serviert werden. Sechs Männer, zwei Frauen. Alle in gleichen roten Kochjacken mit „HochHaus"-Emblem. Einer hat sogar am Hals zwei Tattoos: roter Kussmund auf der einen, Skorpion auf der anderen Seite. Vor ihnen Oliver Busch. Er trägt eine ähnliche Jacke, aber aus erkennbar feinerem Material. Die kleinen Unterschiede, die offenbar sein müssen.

„Wir begrüßen in unserer Mitte Frau Mira Valensky, Journalistin des Magazins ECCO", teilt er der Mannschaft mit. – Ob sie wirklich erst jetzt davon erfahren? „Sie wird, wie mit mir vereinbart, unsere Abläufe, unser Menü, ich möchte sagen, unser Ballett – auch wenn Mario noch immer nicht aussieht wie ein Tänzer" – Gelächter, Mario, offenbar der dickliche kleine Mann mit kurz geschorenen hellen Haaren und einer tätowierten Meerjungfrau auf dem Unterarm, lacht mit und greift sich auf den Bauch –, „die also unser Ballett verfolgen darf." Er nickt mir zu.

„Für Sie gilt, was für alle gilt: internationale Spitzengastronomie-Etikette. In der Küche wird nicht gesprochen. Außer: Ja, Chef! Nein, Chef! – wobei Nein keine Auflehnung bedeutet, ihr Kerle!" Wieder Lachen. „Und: Schweigen der Lämmer – also unseres Servicetrupps. Sie werden dort stehen, wo Sie niemandem im Weg sind. Wenn Sie nicht mehr können oder mögen, ist für Sie ein Platz an der Bar reserviert. Und: Wir reden danach." Er nickt mir wieder zu. Ich entdecke, dass er ein Doppelkinn hat.

Es gibt bloß ein fixes Menü, auch einer der Vorteile, die man sich pop-up offenbar leisten kann. Ich habe es mir bereits angesehen. Gebeizte Leber von der glücklichen Gans mit Tamarindengelee – offenbar schmeckt ihm das Zeug, oder es ist gerade angesagt. Consommé double vom Wagyu-Rind. Selbst das Edelrind hat Knochen und Abschnitte, die man sonst nicht verwenden kann. Eine gute Idee, auch wenn Consommé kaum anders schmecken wird als eine andere intensive Rindsuppe. Sellerie-Trilogie mit dreierlei Trüffel, geflämmter Kabeljau aus Sylt, Kalbsfilet Maître Oliver.

Es klingt nach Fine Dining weltweit. Oder: internationaler Einheitsbrei auf hohem Niveau. Die Küche ist hell, aber ohne natürliches Licht. Auf den Monitoren an den Wänden steht bloß: „HochHaus – wir wollen hoch hinaus!“ Köche müssen keine Lorbeeren als Dichter gewinnen. Bei ihnen kommt der Lorbeer in die Suppe. Vielleicht.

Ich stehe in der Ecke zwischen dem Platz von Gardemanger und Saucier. Der Typ, der mich von der Bar geholt hat, ist der Souschef. Er ist hager, sein Alter schwer zu schätzen. Sicher einiges über fünfzig. Vielleicht so alt wie Busch. Er hat die selbstverständlichen, beinahe selbstvergessenen Bewegungen eines Kochs, der seit Jahrzehnten weiß, was er tut. Ein Roboter wird das nie lernen. Feeling. Jazz-Moment. Die Patisseuse wirkt unsicher, sie bereitet das Dessert vor und bleibt auch beim Anrichten abseits. Alle anderen helfen dabei zusammen. Jeder gibt eine Komponente auf den Teller, immer wird von derselben Seite aus angefangen. Zehn Teller, wieder zehn Teller. Das geht tatsächlich, ohne zu reden. Es ginge, so habe ich den Eindruck, auch ohne Busch. Der „finalisiert“, legt das letzte Etwas auf. Mit Pinzette. Ein grünes Blättchen. Bei der Sellerie-Trilogie ist es eine kandierte Scheibe schwarzer Trüffel.

Seine Befehle sind eher allgemeiner Natur. „Wir starten mit dem nächsten Gang. Jus heiß. Das Gelee darf erst im letzten Moment aus dem Kühlschrank!“

Lauter wird er zum ersten Mal, als in die heißen Tassen für die Consommé kleine Würfelchen rohes Rindfleisch gelegt werden. Die Servicekräfte warten schon.

„Was ist das?“, fragt eine.

„Sie kennen das Menü nicht?“, donnert Busch.

„Ich habe … nur gefragt. Das steht nicht drauf.“ Ihr Akzent ist ungarisch, vielleicht auch slowakisch.

„Sie wissen, was hier gilt?“

Sie sieht ihn an, Tränen in den Augen. „Ja.“

„Sagen Sie es! Laut!"

„Das Schweigen der Lämmer", flüstert sie.

„Weitermachen!" Jetzt brüllt Busch seine Küchenmannschaft an. Einige haben das Anrichten unterbrochen und der Hinrichtung gespannt zugesehen. Sofort bewegen sich die Hände wieder.

„Lauter!" Das geht wieder Richtung Service-Lamm.

„Das Schweigen der Lämmer", sagt sie lauter. Ihr rinnen die Tränen über das Gesicht.

„Abtreten! Weitermachen!"

Abgesehen von allem anderen: bemerkenswert, dass er kein Problem damit hat, mir so etwas vorzuführen. Und dass ihn auch Personalnot nicht daran hindert, jemanden derart mies zu behandeln. Der Souschef und Mario schöpfen heiße Consommé in Krüge, stellen sie auf den Pass. Andere Köche schütten sie über die Fleischwürfelchen. Das Ballett geht weiter. Selbst die Dunstabzugshaube brüllt nicht wie im „Apfelbaum". Sie flüstert, ist beinahe lautlos.

Ohne etwas zu tun, ist es ganz schön anstrengend, mehrere Stunden in einer Ecke zu stehen. Zeit für eine Pause. Ich will nicht riskieren, von Busch dumm angeredet zu werden, und sage lieber nichts. – Wirkt dieses Diktatorengehabe sogar bei mir? Egal, ich gehe schweigend Richtung Durchgang zum Foyer mit der Bar.

Busch stoppt mich mit einem Blick. Offenbar habe ich blödsinnig verunsichert dreingesehen. Er zwinkert mir gönnerhaft zu. „Genug gesehen?"

Das Spiel kann er haben. „Nein, Chef", sage ich, und allen, die es mitbekommen, muss mein spöttisch verzogener Mundwinkel auffallen. Zumindest hoffe ich, dass ich das gut sichtbar hingekriegt habe. Mir tut der Rücken weh. Ich koche lieber, als dabei zuzusehen. Ich mag ja auch die meisten Kochsendungen nicht.

Er lacht überlaut. „Seht ihr! Sie hat begriffen! An Frau Valensky könnt ihr Rabauken euch ein Beispiel nehmen!"

Und jetzt, was sage ich jetzt? Ich beschränke mich aufs Deuten: Auszeit. International gebräuchliche Geste. Aufgestellte Hand unter flacher Hand. Nichts wie raus. Busch folgt mir. „Und?“, fragt er.

„Eindrucksvoll“, erwidere ich.

„Pause? Sind Sie erschöpft?“

„Vom Nichtstun?“

„Ein Freund hat mir erzählt, dass Sie privat sehr gut kochen. Unerschrocken.“

Was immer das jetzt heißen soll. Und woher immer er das weiß.

„Ein Glas Champagner?“

Ich nicke.

„Ich leiste Ihnen kurz Gesellschaft.“

„Das geht?“

„Die Truppe ist gut dressiert. Das Menü haben sie drauf. Ich muss bloß aufpassen, dass kein Schlendrian einreißt. Und zum Kalbsfilet muss ich zurück. Es ist eine Kreation, die einzigartig ist, das ist gar nicht so einfach in der Haute Cuisine. Ganz kurz ganz heiß gebratene dünne Scheiben Kalbsfilet und dazwischen besonders mariniertes Kalbstatar. Die Kunst ist: Das Innere muss kalt, das Äußere muss warm bleiben. Da müssen alle perfekt zusammenarbeiten. Der Dreh – ich verrate Ihnen den Dreh.“

Ich habe inzwischen an der Bar Platz genommen, auf ein Nicken kommen zwei Gläser Champagner. Offenbar wissen sie, was der Chef will, und Szenen wie diese gibt’s nicht zum ersten Mal. Ich proste ihm wortlos zu. Nichts sagen hat seine Vorteile. Man kann sich nicht verraten.

„Der Dreh ist: Der Teller muss an der Stelle, auf die das untere Filet kommt, glühend heiß sein. Und im allerletzten Moment wird der Deckel des Filets, also der obere Teil, mit einem geölten Brûlée-Eisen gebrannt. Das gibt dann auch eine zusätzliche Maillard-Reaktion, also Röstaromen, Röstaromen.“

Der Champagner hat mir neuen Esprit gegeben. Interessiert sehe ich wenig später zu, wie sie in einen Anrichtering den exakt dafür zugeschnittenen Kalbsfiletteil legen, darauf das kalte Tatar, darauf wieder Kalb. Sie ziehen den Ring vorsichtig ab und gehen dann mit einem Ding, das aussieht wie ein Brandeisen für Rinder, drauf. Jus. Aus Broccoli und Karfiol wurde nur der Mittelteil ausgeschnitten, sie sehen aus wie kleine Bäumchen. Noch etwas Knuspriges, Langes darauf, es könnte ein Chip aus Süßkartoffel oder Pastinake sein. Nicht übel, muss ich zugeben.

Ich halte durch und lasse auch noch den „dekonstruierten Apfelstrudel" über mich ergehen: Apfelstrudel-Espuma, hauchdünne Strudelteigblätter, die vor dem Backen mit einer Zuckerlösung bestrichen wurden, Apfelperlen – als Gruß aus der Molekularküche. Eine dickliche Sauce aus Rum und Rosinen. Zerkleinerte Zimtstangen werden in einem Wok geröstet, warm gemörsert und im allerletzten Moment als Pulver darübergestreut. Ein tatsächlich köstlicher Duft, der bis zu mir herüberweht.

Ein Mann in einem teuer aussehenden Anzug ohne Krawatte steht im Kücheneingang. Sakrileg. Wer hat ihn so weit kommen lassen? Aber Busch eilt mit ausgestreckten Armen auf ihn zu, sein Doppelkinn unter dem eher schmalen Gesicht wabbelt.

„Maître", sagt der Mann. „Sie haben sich wieder selbst übertroffen!"

„Bei solchen Gästen", sülzt Busch. „Da kann ich nur das Beste vom Besten aus meiner Truppe rausprügeln! – Nicht wahr, Jungs?" Die beiden Frauen sind offenbar mitgemeint. Sie klopfen ebenso begeistert wie ihre Kollegen mit irgendetwas, das sie gefunden haben, auf Töpfe oder Edelstahlplatte. „Champagner, darauf sollten wir ein Glas Champagner trinken, nicht wahr, Karl?"

Mich hat Busch offenbar vergessen. Und die anderen scheinen sich auch nicht groß mit mir zu beschäftigen. Sie räumen weg, sie reden. Klar. Der Abend ist gelaufen, der Diktator ist zu seinen wichtigen Freunden emporgestiegen.

Der Souschef sieht mich zweifelnd an. Offenbar hat er für diese Situation keine Direktive.

Ich lächle ihn an. „Die putzen aber schnell, ich habe geglaubt, jetzt essen alle noch etwas gemeinsam. Familienessen, sozusagen."

Er schüttelt den Kopf, grinst ein wenig. „Wohl zu viele Kochserien gesehen? Das Leben ist nicht so. Die wollen weiter. Heim. Oder fortgehen. Was auch immer. Wir kriegen nach dem Menüende noch genau eine halbe Stunde bezahlt. So trödelt keiner rum und alle geben Vollgas. Wer nicht mittut, den trifft der Zorn der andern."

„War eine tolle Vorstellung."

„Ja, geht so. Die haben schon was drauf. Und Busch ist gut. Neider gibt's immer."

„Klar. Schon gar in der Gastronomieszene. Und wo er jetzt auch das KI hat."

Sein Gesicht verschließt sich. „Dazu sag ich nichts."

„Ist schon hart, dass dort Köche durch Roboter ersetzt werden."

„Gibt ohnehin zu wenige Köche. Damit habe ich kein Problem."

„Sondern?"

„Es gibt kein Problem. Ist einfach nicht mein Bereich. Ich regle das da."

„Solange es gut läuft – heute war das Lokal voll besetzt, nicht wahr? Leider war ich nicht im Gastraum, nur an der Bar."

Jetzt grinst der Sous wieder. „Ja, pop-up funktioniert top. Alles planbar. Und gute Zahler. Meist exklusive Gruppen, es ist für alle geöffnet, an sich, das steht auch so auf der Homepage und den Reservierungsplattformen. Aber die haben eben Pech, wenn schon jeder Platz besetzt ist. Und andersrum: Wenn die Gruppe, die kommt, es schafft, dass sie jeden Platz füllt, dann dürfen sie auch unter sich sein. Den meisten ist es lieber so. Die kriegen das hin oder sie zahlen für die leeren Plätze. Gastronomie ist nicht nur gut kochen, das ist auch gut rechnen."

„Sie arbeiten schon lange mit Busch?"

„Seit ewig."

„Sie haben nie überlegt, etwas Eigenes aufzumachen?"

„Warum sollte ich? Das ist Stress pur. Dagegen ist der ganz normale Kochstress nichts. – Vielleicht als ganz Junger einmal. Aber man schminkt sich das ab."

„Sonst sind Sie im KI?"

„Hören Sie auf damit, ich weiß nicht, was Sie wollen."

„Ist doch logisch. Das ‚HochHaus' ist nur pop-up geöffnet. Manchmal bloß an zwei, drei Tagen im Monat, ich habe nachgesehen. Sie müssen doch woanders arbeiten. Und Ihre Truppe ebenso."

Er lacht. „Ich heiße übrigens Rainer. Wir arbeiten auch sonst hier."

„Und … bereiten vor?"

„Wir machen die Kantine."

„Wie bitte?"

„Das da ist ein großes Bürohaus. Sie haben so eine Art von Gemeinschaftsverpflegungsfraß, den gibt's im Keller. Und sie haben eine bessere Kantine. Die ist hier oben. Für die Bosse und für alle, die zahlen und einen Platz kriegen."

„So hat Busch den Konkurs abgewendet."

„Die Kantine hat mit Busch nichts zu tun. Wir sind bei der Betreiberfirma des Vienna2Tower angestellt. Er kriegt das ‚HochHaus', wenn er es am Abend braucht, so oder so ähnlich ist der Deal. Er zahlt uns dann einfach extra."

„Ihnen ist egal, dass Sie sonst in einer Kantine kochen? Sie sind gut, das habe ich gesehen."

„Es ist mir nicht egal, ich liebe es. Wir kochen richtig frisches Essen, alles ist überschaubar, alles klar, Bezahlung fix, keiner jammert rum. Ich habe am Wochenende und an den Abenden frei – abgesehen von den Pop-up-Events, aber die sind nicht so häufig, da haben Sie recht. Besser geht's nicht."

„Und Busch? Wenn er kommt und sich … doch etwas diktatorisch aufführt?"

„Liebe Mira Valensky. Ich kenne ihn seit mehr als zwanzig Jahren. So ernst muss man das nicht nehmen. Außerdem:

Disziplin in der Küche muss sein, sonst gewinnen die Irren, die es immer bei uns gibt, die Oberhand und alles versinkt im Chaos. Jeder muss klar wissen, was er tut. Und es dann auch tun."

„Aber … das ‚Schweigen der Lämmer' …"

„Ist eine Stilfrage. Schon klar. Er ist eben noch … oldschool. Aber Busch ist okay. Das sage ich Ihnen. Und ich kenne mich aus in der Szene."

„Also sagen auch Sie brav ‚Ja, Chef'."

„Wenn es ihm gefällt? Sein Traum waren immer die französischen Sterneküchen, in denen du eine Stecknadel fallen hörst. Da spielen wir mit. Bricht uns nichts ab."

„Wenn niemand zuschaut, läuft es auch so?"

„Er ist der Chef. Wenn er es verlangt, ja."

Mario, der Pummelige, der auch ein wenig Spott abbekommen hat, greift dem Sous auf die Schulter. „Wir sind es gleich, Rainer."

„Wer waren die heutigen Gäste?", frage ich den Sous noch rasch.

„Ist uns egal. Ich bring Sie raus, okay?"

Als ich das „HochHaus" verlasse, ist es gegen Mitternacht. Busch hat mir die Welt der Gastronomie, den „Küchenkosmos" erklärt und nur unterbrochen, um die Honneurs der Gäste in Empfang zu nehmen. Auch dafür liegt die Bar strategisch gut: Am Weg zum Ausgang muss man an ihr vorbei. Inzwischen weiß ich, wen er hier pop-up beglückt hat: Teilnehmer eines Ärztekongresses, der gerade in Wien tagt. Früher, hat er mir „im Vertrauen" erzählt, seien die Pharmafirmen großzügiger gewesen. Dann wurde gespart, aber seit der Pandemie werde es wieder etwas besser. Das sei natürlich nicht zur Veröffentlichung gedacht, er wolle mir nur die Hintergründe liefern, damit ich verstehe, wie das läuft.

„Früher waren es die Russen und ihre Freunde, die viel Geld in den Gourmettempeln gelassen haben. Jetzt kommen immer mehr aus Fernost. Sie investieren auch in die Gastroszene, stimmt das?“, habe ich ihn so unschuldig wie möglich gefragt. Sofort hat er abgelenkt. Seine Gäste seien immer schon international gewesen. Genau wie seine Mannschaft. Und er hat eine Anekdote über einen philippinischen Koch erzählt: begnadete Hände, aber das Gulasch hat er mit Sachertorte gegessen.

Als ich daheim bin, schläft Oskar schon. Vui hebt nur kurz den Kopf aus dem Zeitungskorb. Das bedeutet: Oskar hat ihn viel zu viel gefüttert. Er ist sogar zu satt, um einen Begrüßungssnack einzufordern. Mit wird klar, dass ich zwar die große Küchenshow erlebt, aber nichts gegessen habe. Champagner mit etwas herkömmlichem Knabbergebäck. Mein Magen gibt eigenartige Geräusche von sich. Es fühlt sich an wie interner Seegang.

Whiskey. Unser guter alter Jameson. Essen wäre klüger. Etwas Warmes. Ich sehe in der Küche nach. Vielleicht hat mir Oskar etwas übrig gelassen. Oder hat er auswärts gegessen? Es war so viel los, dass wir nicht darüber geredet haben. Ich finde drei Verpackungen eines unserer Lieblings-Asiaten. Er hat bestellt. Und leider alles verputzt. Früher hat auch er gerne gekocht, das hat sich geändert. Oskar behauptet, ich mache es lieber und besser als er. Ich behaupte, er ist bequem geworden. Das Einzige, was schnell zu wärmen wäre, finde ich im Tiefkühler: zwei Paar Bio-Frankfurter, luftdicht verpackt. In der Mikro antauen und ab ins heiße Wasser. Oh, deliziös, Chef Mira!

Dann überlege ich: Wenn man Sous-vide garen kann, warum nicht auch die Frankfurter in der Folie? Mittlere Stufe Mikrowelle. Ich stelle drei Minuten ein, schneide eine dicke Scheibe Weißbrot ab und starre ins Gerät. Die Plastikhülle bläst sich auf. Wenn sie platzt, habe ich die Bescherung. Ich riskiere es. Etwas Flüssigkeit neben den noch immer dicht verschlossenen Würstchen. Sie perlt, sie scheint zu kochen. Küchenexperiment der anderen Art. Wie lange darf ich noch warten? Bei zwei Minuten fünfzig stoppe ich. Drei Minuten ziehen lassen und voilà!

Ich schneide die Verpackung auf, kippe die heißen Frankfurter auf einen Teller mit einem Klacks Dijon-Senf. Dazu ein kleiner Jameson. Es ist ein Festmahl. Die Würstchen schmecken großartig. Volles Aroma, nichts davon ist ins Kochwasser verschwunden. Und die Geschwindigkeit: unübertrefflich.

Eigentlich wollte ich wie üblich das Interview gleich in den Laptop schreiben. Solange alles frisch ist, geht das am besten. Aber ich merke, wie mir bereits bei den letzten Bissen die Augen schwer werden.

Ich schlafe für einige Stunden tief und fest, doch gegen sechs bin ich überraschend munter. Unruhig. Ich bin alles andere als eine Frühaufsteherin. Ich genieße das Privileg, üblicherweise bis acht im Bett zu bleiben. Oskar hat sich mir, außer an Gerichtstagen, angepasst. Das Beste, was ich tun kann: aufstehen und noch vor dem Frühstück das Interview durchhören. Abschreiben. Mir Anmerkungen zu dem machen, was Busch nicht erzählen wollte. Einen Plan ausarbeiten, wie wir weitertun. Ich sehe zu Oskar, er atmet tief und friedlich. Eine Falte im Mundwinkel, die ich bisher noch nicht entdeckt habe. Eine Welle von Zärtlichkeit. Ich kann mich gerade noch zurückhalten, ihn zu wecken. Liebe ist, ihn schlafen zu lassen.

Ich tappe hinaus, gehe aufs Klo und putze mir die Zähne, vorher geht gar nichts. Auch Vui schläft noch. Die Morgensonne malt Muster auf die Dächer der gegenüberliegenden Häuser. Ich ziehe einen Jogginganzug über, öffne die Tür, um mich in unsere Bürowohnung zu verdrücken. Mein Nachbar steht in Laufkleidung am Gang und starrt mich an.

„Guten Morgen", murmle ich und merke erst dann, dass ich barfuß bin.

„Sie sind auch dabei?", will er von mir wissen.

Was meint er? Bei den Frühaufstehern? Ich kenne ihn noch kaum. Wir waren froh, dass die früheren Nachbarn ausgezogen sind. Sie waren jung, aber sie hatten an allem was zu nörgeln.

„Na, Barefoot-Bewegung."

Ich versuche ein Lächeln. Sehr ungewohnt, um diese Uhrzeit. Ich mache eine vage Handbewegung.

„Jedenfalls einen schönen Tag, zum Glück gibt es bei uns vieles beim italienischen Greißler. Der ist nicht weit. Barefood eben."

Ist es üblich, dass man um diese Zeit solche Dialoge führt? Ich kann es nicht wissen. Und habe ich ihn recht verstanden? Barefood? „Schönen Lauf!"

Barfuß-Bewegung. Die gibt's? Und was hat sie mit Essen zu tun? Ich gehe ganz gerne barfuß, wenn der Boden nicht zu kalt ist, aber dass es da eine Bewegung gibt? Ich sollte mich um anderes kümmern. Zum Beispiel darum, dass meine Zehen eiskalt sind. Ich sperre unser Büro auf und schnappe mir die dicken Socken, die ich hier irgendwann habe liegen lassen.

Nur ganz kurz. Wozu gibt es die schlauen Suchmaschinen?

Barefood-Bewegung: Entstanden aus der Barefoot-Bewegung, die vor allem im Osten der USA ihre Anhänger hat. Barfuß zu gehen wird als Zeichen der Verbundenheit mit der Natur, als Protest gegen klimaschädliches Verhalten und als Statement der Gewaltlosigkeit verstanden. Auseinandersetzungen in großen Unternehmen, als man sich weigerte, bloßfüßige Mitarbeiter zu akzeptieren.

Die Jüngerinnen der Barefood-Bewegung, die dieses Konzept ausgeweitet hat, essen nur, was man bloßfüßig an Nahrung bekommen kann. Die Produkte müssen also aus der Nähe stammen und sollten selbst oder von Gleichgesinnten geerntet oder hergestellt werden. Große Tiere kann man nicht bloßfüßig töten. Ob es bei Hühnern in Freilandhaltung möglich sein soll, ist umstritten. Fische und Wassertiere passen ins Konzept – natürlich dann, wenn ein Teich, Bach oder Meer in der Nähe ist.

Die Bewegung findet inzwischen auch in Europa immer mehr Anhängerinnen und Anhänger. Da viele in Städten leben und es keinerlei hierarchische Strukturen oder Konzepte gibt, werden interne Meinungsverschiedenheiten vor allem übers Netz ausgetragen: so die Frage, ob Barfußschuhe unter gewissen Umständen erlaubt sind. Und ob der bloßfüßige Einkauf in Bioläden tolerabel ist, um die Exklusion der Stadtbevölkerung zu verhindern.

Ich kneife die Augen zusammen, öffne sie wieder und verbiete mir, in eines der Diskussionsforen der Barefood-Leute zu wechseln.

Interview. Busch. Er hat mir erklärt, wie der Hase läuft. Gastronomisch.

Eineinhalb Stunden später lese ich die Passagen durch, die er zur Veröffentlichung gedacht hat. „Es wird bei ein paar Besserwisserinnen für Aufregung sorgen, aber daran bin ich gewöhnt", hat er einigermaßen selbstgerecht angemerkt. Bei anderen Teilen unseres Gesprächs hat er gleich dazu gesagt, dass das „off records" sei, Hintergrundwissen für mich, damit ich die Zusammenhänge begreife. Ich habe eine Kopie der gesamten Unterhaltung auf einem Stick gesichert. Ich werde sie mir noch einmal durchhören. Dem Thema, das mich am meisten interessiert, ist er konsequent ausgewichen. Sagt auch etwas. Bringt aber wenig Erkenntnis.

Busch: Wer heute in der Spitzengastronomie überleben will, muss ständig Neues liefern. Die Konkurrenz ist hart. Leider geht es gewissen Leuten immer weniger ums Kochen, es geht um die Show.

ECCO: Die besten Köche und Köchinnen der Welt kochen also nicht am besten, sondern bieten die beste Show?

Busch: Zumindest wird die Show immer wichtiger. Heute kann jeder auf Social Media seinen Senf dazugeben. Bloggerinnen und Influencerinnen brauchen keine Ahnung zu haben. Hauptsache, sie haben Reichweite. Und im Fernsehen sind, nicht nur bei uns, sondern in ganz Europa, diese Blondies aufgetaucht, die einem in die Töpfe schauen, obwohl sie selbst bloß ein Salatblatt essen.

ECCO: Sie meinen Moderatorinnen von Kochsendungen?

Busch: Da gibt's tausend Formate. Es gibt Ahnungslose, die sogenannte objektive Reportagen aus dem echten Küchenleben machen, andere stolpern durch Küchen und tun so, als würden sie kochen, und welche, die angeblich ganz ohne Drehbuch in einem Lokal auftauchen und alles besser wissen. Eine Pest.

ECCO: „Blondies"?

Busch: Ich meine das nicht sexistisch. Es sind Blondies mit allen möglichen Haarfarben und beiderlei Geschlechts, manchmal haben sie vielleicht auch beide auf einmal – ist jetzt doch in, oder?

ECCO: Sind für Menschen, die in Gourmetlokale gehen, solche Beiträge überhaupt wichtig?

Busch: Keine Ahnung, aber sie benehmen sich so, als ob sie den Schrott zumindest heimlich sehen würden. Wie Lemminge rennen sie hierhin und dorthin und sagen alle dasselbe.

ECCO: Sie reden über Ihre Gäste?

Busch: Ich rede über die vielen, die hin- und herrennen. Ich habe zum Glück bessere Gäste, sie kommen wieder. Sie wissen, dass ich immer für Überraschungen gut bin.

ECCO: Das „HochHaus" wird nun pop-up betrieben: Ist das eine Reaktion auf das Gerenne?

Busch: Man muss am Ball bleiben, immer wieder umbauen, Konzepte ändern, um vorne zu sein. Warum, glauben Sie, sperrt Redzepi sein „Noma" fürs Alltagsgeschäft zu?

ECCO: Redzepi und Alltagsgeschäft?

Busch: Für ihn ist es das. Er wird etwas machen, das ich bereits jetzt umsetze – mehr kann ich nicht verraten.

ECCO: Sie meinen Kochen mithilfe … künstlicher Intelligenz.

Busch: Womöglich auch das, ich traue es ihm zu, aber … ich rede von Forschung, den einen Schritt weiter zu gehen, tatsächlich Neues zu finden. Da geht es nicht ums herkömmliche Kochen, ums Leutefüttern, wenn ich so respektlos sein darf. Schon gar nicht ums Verdienen. Da geht es ums … Genie. Ich bin da … auf einem Weg, mehr darf ich nicht verraten. Ich sage nur: echte Geschmacksexplosion.

ECCO: Der Trend der Molekularküche ist am Abflauen, oder?

Busch (lacht): Man muss das Gute integrieren und das Schlechte sein lassen. Es ist wie in der Küche: Zumindest einmal im Jahr musst du den schwächsten Mitarbeiter rauswerfen, um Platz für einen zu machen, der besser sein könnte. Vielleicht besser als alle anderen.

ECCO: Kein besonders netter Umgang mit Mitarbeitern.

Busch: Eine Küche ist keine Wärmestube. Es geht um Leitung und um Leistung. Ich halte mich an alle gesetzlichen Bestimmungen, das kann Ihnen von der Gewerkschaft bis hin zu den Mitarbeitern jeder bestätigen. Meine Truppe muss wissen, dass sie sich nicht zurücklehnen darf.

ECCO: Werden nicht überall Köche gesucht? Können Sie sich das erlauben?

Busch: Die Besten gehen zu den Besten. Der Druck ist auf beiden Seiten groß. Das ist Teil des Küchenwahnsinns, wenn Sie so wollen. Oder glauben Sie, ich will enden wie einer der allerbesten Köche, dieser eine, der sehr viel dazu beigetragen hat, dass die österreichische Küche auf Gourmet-Niveau gekommen ist? Sie haben ihn in einem Gastro-Report hingerichtet. Anders kann man das nicht nennen. Sie haben gezeigt, wie er in seiner Küche Wein sauft und Hundefutter zubereitet. Sein Hund sitzt am Tisch und frisst, was er gekocht hat. Ihm ging es nicht besonders gut, aber so wie sie ihn dargestellt haben: Das war einfach nur mies. Einige Wochen später ist mein Kollege dann gestorben. Und wie blöd gewisse Gastro-Journalisten sind, hat sich auch da wieder gezeigt. Sie haben berichtet, dass er als Erster in Österreicher vier Hauben gehabt hat. Stimmt nicht, das war das „Steirereck". Sie haben einfach von Wiki abgeschrieben. Und dort war es falsch. Jedenfalls: Will ich so enden? Es geht ganz schnell. Da muss man dagegenhalten.

ECCO: Zum Beispiel mit Robotern?

Busch: Haben Sie schon einen Roboter saufen gesehen? An dem prallt alles ab. Die liefern immer das Optimum. Die haben keinen schlechten Tag, weil die Freundin Stress macht. Die meckern nicht über Arbeitszeiten. Und wenn ich sie austausche, hab ich nicht einmal die Gewerkschaft am Hals.

ECCO: Ist das die Zukunft der Gastronomie?

Busch: Es gibt vieles gleichzeitig. So wie mein „HochHaus“ und das KI. Ich bin stolz darauf, als Erster gemeinsam mit dem Entwicklungsteam von AI-Temp künstliche Intelligenz in der Küche und Fine Dining zusammenzuführen. Die Reaktion der Gäste und der Medien gibt uns recht. Die klassischen Gourmet-Führer werden daran nicht vorbeikommen. Man hat mir zugetragen, dass bald schon ein Sternchen blinken könnte. Und das bekomme ich nicht für gutes Betragen.

Ich sehe auf. An dieser Stelle habe ich gefragt, wie viel denn wirklich von Robotern zubereitet wird. Er war verärgert. Sollte ich auf seinen Mitarbeiter, den ich beim Anrichten gesehen habe, anspielen: Das seien die Dinge, die er nicht veröffentlicht haben möchte. Die Roboter lernen von ihm. Aber all das falle unter Geheimhaltung – und wenn ich mich nicht daran hielte, müsse er sich leider wehren. Ich habe brav genickt. „Und im Hintergrund?“, habe ich gefragt. „Wer deckt die Tische? Oder geht das auch automatisch?“ – „Ach, das meinen Sie, okay, das können Sie schreiben.“

ECCO: Gibt es etwas, das die Roboter in Küche und Service noch nicht können?

Busch: Erstens werden sie Köche wie mich nie ersetzen können. Die Masterminds also. Außerdem: Noch können sie keine Tische decken, zumindest nicht so exakt wie es sich meine Gäste verdienen. Und eigenartigerweise kann meine KI-Küchenbrigade zwar jede feine Arbeit verrichten, aber Gemüse perfekt zu putzen und vorzubereiten gelingt ihnen nicht so gut. Es geht bei uns eben um extreme Produktselektion und um sehr kleine Mengen. Also …

Ich habe mich gerade noch zurückhalten können, um nicht „Ameisen“ einzuwerfen. Es hätte nichts gebracht. Auch wenn er den unkorrekten Ton offenbar liebt, das hätte unser Gespräch wohl doch abgewürgt.

Busch: … hat mir ein guter Freund mit einer großen sozialen Ader dabei geholfen, Frauen zu helfen, die dringend Beschäftigung brauchen. Vor allem Ukrainerinnen. Ich bin froh, dass auch ich etwas beitragen kann. Krieg … ist das Gegenteil von dem, was wir wollen: Genuss, positive Erlebnisse.

ECCO: Und doch sagen Leute aus der Gastroszene gerne: „Kochen ist Krieg."

Busch: Bei uns wird viel blöd geredet, das gehört dazu. Ich mache es auch gerne, es wirkt entspannend. Aber darum geht es nicht. Wir müssen zurück zum Essenziellen. Neu anfangen, dort, wo wir den puren Geschmack finden, die unverwechselbaren Aromen. Jedes Gericht muss ein Feuerwerk sein.

ECCO: Werden das die … „Blondies", wie Sie sie nennen, verstehen? Und die Foodies in den sozialen Medien?

Busch: Es braucht immer Vorreiter, die anderen galoppieren hinterher. Das beziehe ich nicht auf gewisse Food-Moderatorinnen im Fernsehen. Ich habe an sich großen Respekt vor ihnen. Kann schon sein, dass nicht alle kochen können, aber: Sie können sehr gut hübsch aussehen und das verkaufen.

ECCO: Sie brauchen die Medien, um das, was Sie tun, unter die Leute zu bringen.

Busch: Ich glaube, in gewisser Weise brauchen die Medien und wir uns gegenseitig. Die müssen das Publikum unterhalten. Ich kenne übrigens Blondies mit großer Disziplin. Das sieht man, wenn man wie ich in solchen Sendungen zu Gast ist. Was tun wir Küchenzampanos viel anderes? Letztlich geht es darum, die Leute zu unterhalten und davon leben zu können. Um satt zu werden, können sie auch ins Wirtshaus nebenan gehen. Oder Tiefkühlpizza fressen.

Mein Telefon. – Hat man Esat gefunden? Wir hätten ihn nicht verstecken dürfen. Aber es ist Oskar. Ich sehe verwirrt aufs Display. Warum ruft er an?

„Mira, wo bist du?"

„Ich bin da. Und du?"

Schweigen. „Wo ist ‚da‘? Ich bin daheim."

Ich fahre mir über die Augen. Woher soll er wissen … „Ich bin im Büro. Ich schreibe am Interview mit Busch. Er ist ziemlich sprunghaft, das macht es nicht einfacher. Einmal verteufelt er die ‚Blondies‘, dann wieder hat er großen Respekt vor ihrer Disziplin."

„Welche ‚Blondies‘? Bist du … okay?"

„Ja klar. Ich komme."

Oskars Blick ist so besorgt, dass ich beinahe gelacht hätte. „Nur weil ich ausnahmsweise früh aufstehe, heißt das noch nicht …"

„Wen meint er mit den ‚Blondies‘?"

„Moderatorinnen, Blogger, Journalistinnen, Gastrokritiker, mehr oder weniger die ganze Medienbranche. Einmal findet er sie inkompetent und ignorant, dann wieder hat er Respekt und sieht Parallelen zu seiner Branche."

„Hassliebe? Passt doch. Er liebt die Öffentlichkeit. Auf der anderen Seite fühlt er sich verkannt."

„Ist mir etwas zu viel Psychologie für die Uhrzeit."

„Kannst du dich an den Film ‚The Menu‘ erinnern? An den Maître, der sich an allen rächt, die seine Kunst nicht ausreichend gewürdigt haben?"

„So exzentrisch ist er nicht. Was er geliefert hat, war viel Gourmet-Wortgeklingel und Küchenchef-Klischee. So zwischen Geschmacksexplosion und Harter-Küchenkerl-Tour, natürlich samt politisch nicht korrektem Gerede. Er hat an der ‚HochHaus‘-Bar sehr viel Wasser getrunken, ich ein bisschen Champagner."

„Wirklich Wasser?"

„Woher soll ich das wissen? Jedenfalls war die Flüssigkeit durchsichtig. Und zwei Gläser Champagner waren auch dabei, Ex-Alkoholiker ist er also keiner."

„Hoffentlich."

„Du meinst, ich könnte Ex-Alkis dazu bringen, wieder zu trinken?"

„Quatsch, Mira. Ich … ich war echt besorgt, als ich dich nicht gefunden habe."

Ich sehe ihm in die Augen und umarme ihn lange und fest. Das tut gut. Mein Fels. Und er duftet so angenehm. Frisch geduscht. Was man von mir nicht sagen kann. „Ich springe ganz rasch unter die Dusche und dann …", gurre ich.

„Dann muss ich leider weg", murmelt mein Mann und streichelt meinen Rücken. „Du riechst wundervoll. Nach Mira. Und ein wenig nach Büro."

„Du musst gleich weg?"

„Gleich bald."

Als ich noch immer nicht geduscht bin, steht Oskar im Vorzimmer und schnappt sich seine Umhängetasche.

„Jetzt hast du nicht gefrühstückt", sage ich.

„Es gibt Schöneres als Essen", antwortet er mit einer Stimme, die noch ein bisschen tiefer ist als sonst.

„Ist eben nur die zweitschönste Nebensache der Welt."

„Zum Glück muss man sich nicht entscheiden."

„Was?", rufe ich mit gespielter Empörung. Da war was … etwas, worum ich ihn bitten wollte, bevor mein Hirn für eine gewisse Zeit so angenehm leicht und leer geworden ist. „Hoch-Haus". KI. „Er ist mir ausgewichen, als ich gefragt habe, wem seine Lokale gehören."

Oskar sieht mich mit gespielter Empörung an: „Du bist aber schnell von mir bei Busch!"

Ich lächle. „Er hält sich für den Größten. Oder er tut zumindest so. – Er hat gesagt, dass er bei ‚beiden Projekten die hundertprozentige Verantwortung' hat – und dass ich das nicht schreiben soll, so etwas interessiere keinen. Könntest du checken, ob es Investoren gibt? Wer wirklich das Sagen hat? Dann gibt's am Abend mehr …"

„Mehr von der zweitschönsten Nebensache?"

„Jedenfalls weiß ich jetzt, dass man aus tiefgefrorenen Frankfurtern in Windeseile ein super Essen machen kann. Geht aber vielleicht nur nach Mitternacht."

„Klingt berauschend. Du meinst, dafür soll ich mich anstrengen?"

„Vielleicht gibt's sogar noch Besseres ... oder wir gehen essen ..."

„Aber nicht noch einmal ins KI! Auch wenn das Lokal gut gemacht ist, irgendwie war es doch ... steril. Seelenlos."

„Ganz abgesehen davon, dass ich den Verdacht habe, dass die künstlich intelligenten Servierdamen im Nebenberuf wirklich spionieren."

„Du meinst, die Chinesen horchen mit?"

„Russen, Chinesen, oder einfach Busch und Co, keine Ahnung."

„Möglich, aber unwahrscheinlich. So wichtig ist das KI nicht."

„Aber ein Teil seiner Gäste. Jedenfalls sollte man herausfinden, wie das mit den Ukrainerinnen läuft."

„Den Ukrainerinnen?", Oskar sieht mich erstaunt an.

Liebe Güte. Das kommt, wenn man sein Hirn noch nicht ganz beisammenhat. Von den Ukrainerinnen hat uns Esat erzählt und Oskar weiß nicht ... Nein, auch Busch hat etwas gesagt ... nur was?

„Busch hat erzählt, dass es im Hintergrund Ukrainerinnen gibt, für die niederen Dienste sozusagen. Sortieren, Gemüse herrichten, all so etwas."

„Eigenartig, wo jeder mittelgroße Lebensmittelbetrieb automatisierte Wasch- und Vorbereitungsanlagen hat."

„Wer weiß, was die wirklich tun. Und ob sie ordnungsgemäß beschäftigt sind."

„Kann ich schwer überprüfen."

„Das kann Vesna versuchen."

Oskar seufzt. „Hast du ihn nach Esat Al Sayed gefragt? Und der Sache mit dem geplatzten Alibi?"

„Habe ich nicht. Ich hätte keine Antwort bekommen. Ich wollte ihn zum Reden bringen, zum Erzählen."

„Wie geht's ihm?"

„Busch? Er tut, als wäre er der Mittelpunkt des Kochuniversums. Redzepi imitiert ihn angeblich. Oder er ist ihm zumindest voraus."

„Esat Al Sayed."

„Esat? Keine Ahnung. Ich habe nur gehört, dass das ‚Apfelbaum' vorübergehend geschlossen ist. Geht sich offenbar nicht aus, ohne Khaled. Sie waren schon vorher am Limit."

„Gibt's Neues bei den Mordermittlungen?"

„Die sagen mir leider nicht, was sie wissen."

„Überraschend, dass ihr darauf wartet."

„Wir sind … am Recherchieren. Eben. Und deswegen wäre es wichtig zu wissen, wer hinter dem ‚HochHaus' und dem KI steht. – Und wem das Vienna2Tower gehört, in dem sein Pop-up-Laden ist."

Oskar salutiert. „Noch weitere Aufträge, Madame?"

Ich grinse möglichst entspannt. „Nein danke, Monsieur!"

Oskar zieht mich an sich. „Sei vorsichtig. Ich liebe dich."

Es ist schon eine ganze Zeit her, dass er das gesagt hat. „Ich dich auch", flüstere ich.

So kann es nicht weitergehen. Ich muss Oskar die Wahrheit sagen. Ich hätte sie ihm gleich sagen sollen. Kann gut sein, er findet ohnehin heraus, dass es einen Haftbefehl gegen Esat gibt. Und dass er verschwunden ist. – Idiotische Zwickmühle, in die ich mich da hineinmanövriert habe. Wenn ich ihm alles erzähle, muss er es den Behörden melden. Er ist Anwalt. Und Strafvereitelung ist ein Delikt. Es kann ihn die Zulassung kosten.

[9.]

In jedem echten Koch steckt etwas von einem Wilden, einem Urmenschen, ständig auf der Jagd nach dem besten Essen. Er will der Erfolgreichste sein. Das Alpha-Männchen."

„Und in jeder Köchin?"

„In jeder guten Köchin steckt etwas von einem Mann."

„He, das ist blanker Sexismus."

„Warum? Ich hab das positiv gemeint. Anerkennend. Es gibt Köchinnen, die schaffen es, mitzuhalten. Und vor denen habe ich höchsten Respekt. Sie haben es echt nicht leicht."

Ich telefoniere mit Manninger. Und ich frage mich wieder einmal, wie diese Szene tickt. Der Typ, der mir bisher soft, fast intellektuell, vorgekommen ist, schiebt solche Meldungen.

Wir reden nicht über Esat. Weil keiner weiß, wie weit die polizeilichen Ermittlungsmethoden reichen. Aber ich wollte ihm einige Fragen über Busch stellen. Zur Einordnung dessen, was er gesagt hat.

„Forschung? Er meint Geschmackslabors, nehme ich an. Sieht Busch ähnlich, dass er da aufspringt. Kann schon sein, dass Roboter dabei helfen können. Ist nicht neu, dass Produkte in ihre Komponenten zerlegt, chemisch analysiert und wieder zusammengesetzt werden. Gibt es im internationalen Weingeschäft seit Jahrzehnten. Deswegen sind gewisse Weine, vor allem solche von großen Marken aus Übersee, immer gleich. Die werden analysiert, fraktioniert und dann jedes Jahr chemisch ident zusammengebastelt. Schmeckt nicht übel, solange man nicht weiß, wie es gemacht wird."

„Weißt du, was künstliche Intelligenz ganz schlecht kann? Würzen."

Ich höre Manninger lachen. „Das kann man auch nur bedingt lernen. Das reicht weit über chemische Analysen hinaus. Da geht's um …"

„… Feeling. Das Jazz-Moment. Die Noten sind …"

„… nur so was wie das Grundrezept. Beruhigend, oder?"

„Weißt du, wer im KI in Wirklichkeit das Sagen hat?"

„Nein, keine Ahnung. Es sieht nach Investitionen aus, die Busch allein nicht stemmen könnte."

„Er ist auf einem eigenartigen Trip: Er will Öffentlichkeit, er umgarnt auch mich. Auf der anderen Seite spuckt er große Töne gegen Journalistinnen, selbst gegen Gäste. Und dann gibt's Themen, da blockt er total ab."

„Ist doch eine gute Strategie. Er erzählt, was er möchte."

„Und er lässt mich zusehen, wie er eine Servicemitarbeiterin zur Schnecke macht. ‚Schweigen der Lämmer' nennt er es: Niemand vom Service darf in der Küche ein Wort reden."

„Ist unangenehm und zudem veraltet. Auch wenn du schon darauf achten musst, dass sie keinen Wirbel schlagen und herumschnattern. Außerdem passt es zu seinem Image. Er zelebriert das, was viele von einem Küchenchef erwarten."

„Einigermaßen zynisch."

„Ja. Aber …" Er hüstelt. „… kein Hinweis."

„Leider nein. – Kennst du eigentlich Luzia?"

„Die schöne Blonde? – Sorry, Mira. Sie ist wirklich schön."

„Das ist Tatsache, lieber Günter."

„Sie ist die Freundin von Esat."

„Sie war seine Freundin."

„Keine Ahnung, ich wusste nicht, dass es aus ist. So etwas passiert eben. – Leider, ich muss Schluss machen. Lass unseren Freund schön grüßen, ich melde mich bei ihm, ich verspreche es."

Hat er jetzt von Esat geredet? Oder von Kowalsky? Hat es geheißen, er weiß mehr und erzählt es Kowalsky?

Ich sehe aus dem Fenster. Ich bin für Gespräche, die alles Wichtige ausblenden müssen, nicht geschaffen. Außerdem: Weiß ich, welche Rolle Manninger tatsächlich spielt? Eines ist wenigstens klar. Er war sehr weit weg, als der Mord passiert ist. – Oder doch nicht? Kann ich mir sicher sein, woher er anruft? – Ja klar, und das KI ist eine chinesische Spionagezentrale. Die Wirklichkeit ist verwirrend genug, kein Grund, sich in absurde Spekulationen zu verzetteln.

Telefon. Was will Manninger noch?

Es ist Oskar. Mein schlechtes Gewissen. Pur. Sozusagen die Essenz des schlechten Gewissens.

„Dein Hilfsrechercheur meldet sich zur Stelle." Er klingt aufgekratzt. „Du wirst dich morgen Abend anstrengen müssen, so oder so."

Ich versuche ein Lachen. „Morgen erst? Du hast … den Fall gelöst?" Zum Glück weiß er nichts über Esat. Also kann er auch nichts verraten. Nur falls ich doch abgehört werden sollte.

„Eins nach dem anderen, Liebste. Beim Vienna2Tower war nicht viel herauszufinden. Er gehört, wie üblich, einem Konsortium, hinter dem wieder andere stehen. Versicherungen sind beteiligt, eine Immobilienentwicklerin scheint dabei zu sein, Melia Markovic. Hinter anderen Anteilen könnten nach wie vor Oligarchen stecken. Russische. Die müssen jetzt natürlich besonders vorsichtig sein, um ihr Geld unerkannt zu halten. Und am besten in Bewegung."

„Wer steckt hinter dem KI?"

„Ich habe meinen Foodie-Kollegen befragt. Den, der sich damit brüstet, alle in der Gourmet-Szene zu kennen. Er kann dir stundenlang erzählen, was er vor fünfzehn Jahren im ‚El Bulli' bei Ferran Adrià gegessen hat, und flicht dann ein, dass der im ‚Geranium' in Kopenhagen neben ihm ganz sicher ein Tester vom Guide Michelin war – ein Mann allein, der alles ganz genau analysiert und verkostet hat. Er macht Kochkurse bei irgendwelchen Sterne-Franzosen, die ich zum Großteil nicht kenne, all das eben. Es gibt in Österreich einen erlauchten Kreis von Spitzenköchen und Feinschmeckern, sie nennen sich ‚Haute Gourmet': Sie gehen gemeinsam in die besten Lokale, man braucht Bürgen, um überhaupt testhalber dabei sein zu können. Und natürlich auch das nötige Kleingeld. Dagegen ist die Chaîne des Rôtisseurs eine Würstelstand-Gang. Jedenfalls ist er dabei und auch welche, die nach meinen ersten Recherchen möglicherweise Investoren sein könnten. Exakt heute haben sie eines ihrer Treffen, sie nennen sie ‚Saturnalien'."

„Und wir dürfen dabei sein?"

„Hm … ich … ich fürchte, in diesem Kreis erzählt man einem Anwalt eher etwas …"

„… als einer Journalistin? In bin deine Frau, ich brauche ja nicht mitzuschreiben."

„Es ist so", setzt Oskar ungewohnt umständlich an, „die möglichen Investoren, die reden wohl am ehesten, wenn sie den Leuten rund um sich vertrauen. Wie eben diesem Gourmet-Zirkel."

„Du bist auch zum ersten Mal dabei."

„Ja. Hm. Aber es ist auch … Ich bin alleine eingeladen."

„Du hast gar nicht gefragt, ob ich mitkommen kann, oder?"

„Ich … dachte, so wäre es besser. Für das, was du herausfinden möchtest."

Ich hole Luft. Andererseits: Ohne mich kommt er weniger in Versuchung, über Esat Al Sayed und den ermordeten Hilfskoch zu reden. Dass sich dieser Saturnalien-Klub von selbst in solche Niederungen begibt, ist unwahrscheinlich. Geht ja schließlich nicht um Sterne-Köche.

„Mira?"

„Passt schon." Er soll ruhig glauben, dass ich doch ein wenig gekränkt bin.

Ich brauche Bohnen. Ich rufe Vesna an. Sie will mich begleiten. Soll ich uns im Neuhof ankündigen? Lieber nicht. So wenig direkter Kontakt wie möglich. Ich fühle mich etwas neurotisch.

Auch, als ich Vesna vorschlage, dass wir lieber ihr Auto nehmen sollten. Nur für den Fall, dass man mich überwacht. Etwas, das ich aus mehreren Gründen sonst nicht mag: Erstens fährt meines mit Ökostrom. Und zweitens widerspricht Vesnas Fahrweise meinen Überlebensinstinkten.

Ich erzähle meiner Freundin vom Abend im „HochHaus" und sie meint, ich sei feige. Ihrer Meinung nach hätte ich die Servierkraft unterstützen müssen. „Genau so geht Unterdrückung: Die anderen sagen, man kann nichts tun", stellt Vesna fest.

„Du warst nicht dabei. Es war … eine eigenartige Stimmung. Alle spielen mit."

„Oder haben dir vorgespielt?"

„So wichtig bin ich auch wieder nicht."

„Wer so mit Menschen umgeht, der kann auch mehr anstellen", meint Vesna. Sie nimmt die Ausfahrt rasant, die Reifen quietschen.

„Busch bellt. Ob er auch beißt? Ich weiß nicht. Sein Sous sagt, er ist eben vom alten Schlag, aber letztlich okay. Ich glaube, Busch liebt das Image des politisch inkorrekten Koch-Haudegens. Vielleicht nicht sympathisch, aber …"

„Er nennt Menschen Ameisen, er macht Mitarbeiterin nieder – für dich ist das nur ‚vielleicht nicht sympathisch'? Klingt wie Entschuldigung. Schon interessant, dass du bei Köchen so mild bist."

„Es passt mir nicht, liebe Vesna. Ich versuche bloß, es zu erklären: sein Selbstbild, das Bild, das er von sich in der Öffentlichkeit sehen möchte: Er ist frauenfeindlich, aber eigentlich behandelt er Männer und Frauen gleich mies, wenn er meint, das muss sein. Damit sein Küchenkosmos funktioniert. Er sieht sich als Kämpfer im Dienst der Sache, als Zampano, der vor allen anderen weiß, wie der Hase läuft, als zu oft verkanntes Genie. Und alles immer nah am Feuer."

„Perfektes Klischee von Spitzenkoch", überlegt Vesna. „Stress, Ego, Kick."

„Geschmacksexplosion."

„Oder sonst eine, mit der man Truppe schrecken kann."

„Vesna, eine Geschmacksexplosion ist etwas …"

„Weiß ich. Der Wow-Effekt im Mund. Warum ich das brauche, weiß ich aber nicht."

„Weil es …"

„Weißt du, was ich glaube? Busch hat sein Image aus Filmen abgeschaut. Oder Büchern. – Aber dass er liest, kann ich mir eigentlich nicht vorstellen."

„Manninger ist ziemlich belesen und trotzdem …"

„Was, und trotzdem?"

„Und trotzdem schiebt er manchmal Meldungen, die auch zu diesem Macho-Küchengehabe passen."

„Vielleicht ist es umgekehrt?", fragt Vesna. Inzwischen sind wir auf der Landstraße, links und rechts Bäume mit jungem Grün. Nur dass sie viel zu schnell an uns vorbeisausen.

„Du meinst, er redet blöd, um dazuzugehören? Glaube ich nicht."

„Ich habe anderes gemeint. Vielleicht haben die Koch-Filme alles von Typen wie Busch abgeschaut."

„Hast du ‚The Bear' gesehen?"

„Was soll das sein? Bärenfilm?"

„Koch-Serie. Aber eine wirklich gute. Sehr echt, wenn du mich fragst. Ein junger Spitzenkoch übernimmt die Sandwichbude seines verstorbenen Bruders und will alles anders machen. Hat Witz und Tempo. Und das Sympathische: Da sagen alle zueinander ‚Chef'. Weil der Chef findet, es geht um gegenseitigen Respekt, nicht um Hierarchie. Bloß dass er sich dann nicht immer durchsetzt. Manchmal gibt's Chaos pur."

„Also hat Busch doch recht. Kann nur einer Chef sein."

„Die Serie zeigt, dass solche wie Busch trotzdem ein Auslaufmodell sind. Weil es besser werden muss."

„Deswegen er macht Fortschritt mit Robotern." Meine Freundin setzt an, um einen Traktor zu überholen.

Ich stemme die Arme gegen das Armaturenbrett. Das kann sich vor der Kurve nicht ausgehen.

„Was du gleich immer Stress hast", sagt sie mit einem Seitenblick auf mich. „Dir reicht schon Überholmanöver."

„Ich bin eben kein Adrenalinjunkie so wie du. Eigentlich würdest du gut in eine Profiküche passen."

„Ich? Sicher nicht. Habe es nicht so mit Testosteron-Sache. Was tun die in der Küche? Schnitzel panieren. Und sage jetzt nicht, sie machen Kunstwerke aus Gemüse und Fleisch. Ist alles dasselbe im Prinzip. Geht die Welt unter, wenn da was nicht gelingt?"

Ich lache. „Da hast du recht. Auf der anderen Seite: Der Druck ist schon real, gerade für Küchenchefs und Wirtsleute. Die Kosten steigen, das Team stellt höhere Ansprüche als früher, sonst kriegst du keine Mitarbeiter. Die Gäste möchten essen, und das schnell und gut, und der Preis muss auch passen. Gourmets wollen zu all dem noch etwas, das neu ist, ihnen einen Kick gibt, von dem sie anderen erzählen können."

„Und Bloggerinnen auf Instagram brauchen gute Geschichte."

„Vielleicht beschäftigen wir uns zu sehr mit dem Küchenwahnsinn", überlege ich. „Wir sollten auf die ‚Wehrhaften Christen' nicht vergessen. – Wie hast du gesagt? Wer Menschen so behandelt, der kann auch weiter gehen."

„War auf Busch bezogen. Aber stimmt schon. Die Wehrhaften sehen in Nicht-Christen Leute, die sie bekehren müssen. Und in Moslems Feinde. Bevor die Feinde in ihren heiligen österreichischen Küchen die Macht übernehmen …"

„… muss man das rechtzeitig verhindern. Nemecek hält sie allerdings für harmlos."

„Nemecek ist Polizist. Mit wem halten die? Mit Österreichern oder mit Flüchtlingen?"

„Du kannst das nicht verallgemeinern. Ich weiß, dass er eine Gruppe unterstützt, die sich um Geflüchtete kümmert. In seiner Freizeit. Ohne viel darüber zu reden."

„Weil das bei seinen Leuten nicht so gut ankommt. Klar, es gibt überall solche und solche. Aber eben nicht nur bei Polizisten und Flüchtlingen, sondern auch bei radikalen Christen. Warum sind die weniger verdächtig als radikale Moslems? Gibt sicher bei radikalen Moslems welche, die nur beten und Unsinn reden. Aber es gibt auch welche, die Feinde töten wollen."

„Sage ich doch. Wir sollten nicht auf die ‚Wehrhaften Christen' vergessen." Ich bin unruhig. Ich habe das Gefühl, uns läuft die Zeit davon. Esat kann nicht mehr lange im Neuhof bleiben, bald fliegt alles auf. Und dann? Und: Ich will Oskar nicht anlügen. Zumindest nicht auf Dauer. – Ist eine kurze Lüge eher zu tolerieren?

„Du murmelst", stellt Vesna fest.

„Lüge, es wird viel zu viel gelogen. Das macht alles nur komplizierter."

„Manchmal ist es einzige Möglichkeit. Damit man Schlimmeres verhindert. Ohne Lügen wäre ich nicht bis Österreich gekommen. Die Serben haben ‚ethnische Säuberungen' gemacht, so hat man es genannt. War aber nicht sauber: Die haben alles überrannt, bei uns in Dörfern hat es wenig Waffen gegeben. Außerdem wollten viele nicht schießen. Zuerst wir waren alle Jugoslawen. Dann haben Serben befohlen, dass nur Moslems bleiben. Der Rest soll weg. Sie haben Häuser genommen und Leute vertrieben und wenn du dich gewehrt hast wie mein Onkel, dann warst du tot. Ich habe schlecht gefälschten Ausweis gekriegt und bin mit den Zwillingen weg."

„Davon hast du noch nie erzählt."

„Alte Geschichten. Meine Brüder haben überlebt, das weißt du. Und ich auch."

Vesna sieht konzentriert nach vorne, flucht über einen Kleinwagen, der sich exakt an die vorgegebene Höchstgeschwindigkeit hält.

„Und … trotzdem hilfst du einem Moslem."

„Was kann Esat für Religion? Was kann ich dafür, dass Eltern orthodox waren? Aber wenn jemand im Namen von Gott mordet, dann werde ich zornig. Egal von welchem Gott."

Wir fahren bei meiner Freundin Eva vorbei, um Wein zu kaufen. So wie wir es schon oft getan haben. Eva ist im Stress, sie sollte eigentlich im Weingarten sein, aber sie hat eine große Bestellung fertig zu machen. Ihre Tochter Martina musste zu einer Weinpräsentation in Berlin und leider sind zwei ihrer Helfer krank. „Alles okay bei euch?“, fragt sie dann.

Wir nicken. Wieder eine Lüge. Oder zumindest eine halbe. Weil: Alles ist nicht okay, aber vieles gleichzeitig eben doch. Bevor Vesna und Eva anfangen, über ihre etwa gleich alten Enkeltöchter zu schwadronieren, eise ich meine Freundin los. Ich liebe die Kleinen und es ist ein Wunder, was Zweijährige schon alles können und verstehen und wahrnehmen und lernen wollen. Aber: Codewort Bohnen.

Wir stehen im Verkaufsraum und rätseln: Wie machen wir unauffällig auf uns aufmerksam? Im Neuhof funktioniert der Einkauf in Selbstbedienung. Bohnen in größeren und kleineren Säcken. Dazu köstlich duftende Erdbeeren in Pappschalen, Jungzwiebeln, Kartoffeln und einiges mehr. Gezahlt wird, indem man das Geld in eine Kassabox wirft. Allerdings ist der Raum videoüberwacht. Unsere mitgebrachten Taschen sind gefüllt. Der Ausflug hat sich jedenfalls gelohnt.

„Ich rufe“, beschließt Vesna.

„Lieber nicht“, murmle ich.

Wir gehen zurück ins Freie, sehen uns um.

Gerti. Auf einem Traktor, der eigentlich ins Museum gehört. „Ich dachte schon, ich verpasse euch“, ruft sie und steigt ab.

„Woher weißt du …“, frage ich.

„Bewegungsmeldung über die Kamera aus dem Verkaufsraum. Kommt direkt auf mein Handy.“

Ich sehe sie erstaunt an.

„Technik kann helfen, aber sie ist kein Selbstzweck“, erklärt sie uns. Ich erinnere mich: Angeblich hat sie vor Jahren eine App entwickelt und mit ihr richtig viel Geld verdient. Das hat sie dann in dieses Projekt gesteckt. Oder war das eine andere Frau aus dem Team?

„Ist Esat noch da?“, kommt Vesna zum Punkt.

„Ja, klar. Er ist wahrscheinlich in der Küche. Keine Sorge, da kommt keiner von außen rein. In der Landwirtschaft ist er leider völlig unbrauchbar."

„Warum?"

„Kein Zugang, ich glaube, auch keine Lust. Die Botanik beginnt für ihn erst dort, wo er das Zeug verkochen kann. Kommt mit."

Tatsächlich steht Esat an einem alten übergroßen Herd, Gasflammen wie im „Apfelbaum". Er sieht uns fragend an.

„Alles okay", beruhigt Vesna. Und schon wieder eine Lüge.

„Ich wollte bloß ein paar Dinge klären", füge ich hinzu.

„Es gibt Neuigkeiten? Man weiß schon, wer Khaled …"

„Nein", stoppe ich ihn. „Wissen wir nicht."

„Wir machen alles, was geht." Vesna schnuppert. „Riecht sehr gut."

„Ich koche Bohnen mit vielen Gewürzen und Zwiebel zu einer dicken Sauce und die geben wir dann in Vorratsgläser. Ich habe das Rezept aus dem Internet. Kommt aus Mexiko. Das bringt mehr Geld als getrocknete Bohnen."

„Internet? Du solltest nicht ins …"

„Er hat unseren Gemeinschaftscomputer verwendet. – Ich muss weiter. Ist noch viel zu tun, bevor es finster wird. Ich lasse euch allein." Gerti dreht sich noch einmal um. „Esat kann bleiben. Wir müssen von nichts wissen. In Zeiten wie diesen ist man für einen Freund, der kochen kann, sehr dankbar."

„Ich bin sehr dankbar", sagt Esat. „Ich werde immer helfen."

„Außer auf dem Feld", werfe ich ein.

„Auf dem Feld? Da helfe ich auch. Aber lieber hier. Ich habe lieber Feuer als Erde."

„Kannst du dir vorstellen, dass die Serviceroboter spionieren?", frage ich.

„Ich habe nicht verstanden."

„Spione. Die hören mit, was die Gäste reden."

Esat runzelt die Stirn. „Ich weiß, was Spione tun. Ich habe nicht verstanden, warum die Frage. Was sollen sie spionieren?"

„Hast du etwas mitbekommen, das darauf hindeuten könnte?“, ergänze ich.

„Nein, aber ich war nie vorne bei den Gästen.“

„Du hast gesagt, dass du Zugang zum Computer hattest.“

„Nur für die normalen Dinge für Restaurant. Die großen Rechner für die Roboter sind extra. Ich glaube nicht, es geht um Spione. Busch will mit dem KI viel verdienen und sehr viel Erfolg haben, das ist es. Er will einen Stern.“

„Es muss nicht Busch sein. Wäre doch möglich, dass andere dahinterstehen, vielleicht hat es mit dem Unternehmen zu tun, das die Roboter baut“, gebe ich zu bedenken.

„Japaner, Chinesen, oder sogar Russen“, fügt Vesna an. „Ich glaube es auch nicht, aber Mira meint, wer weiß.“

Ich werfe meiner Freundin einen bösen Blick zu.

„Russische Spione?“, fragt Esat. „Als Nächstes ich bin selbst Spion?“

Ich zwinkere. „Der Spion, der aus der Küche kam.“

„Was ist das? Ich finde nicht witzig.“

Vesna kostet das blubbernde Bohnenzeug. „Schmeckt hervorragend, Esat. Und: ‚Der Spion, der aus der Kälte kam‘ war ein berühmter Film.“

„Aber eben Film.“

„Wir müssen alle Möglichkeiten überlegen“, erkläre ich.

„Das heißt: Man weiß noch immer nichts.“

Das klingt beinahe vorwurfsvoll. Was sind wir? Seine Handlangerinnen? „Was die Behörden wissen, binden sie uns nicht auf die Nase. Und momentan ist es besser, wir halten uns, so gut es geht, fern von ihnen. Immerhin verstecken wir jemanden, der gesucht wird.“

„Aber was soll Spion mit Khaled zu tun haben? Khaled ist nicht wichtig, nur Mann aus einem Dorf mit einem Vater, der Lkw gefahren ist. Oder glaubt ihr, ich bin der Spion?“

„Glaubt keiner“, beruhigt Vesna.

Ich sehe Esat an. Daran hatte ich tatsächlich noch nicht gedacht.

„Ich spioniere für die Russen? Das ist das Letzte. Ich sage euch etwas: In Damaskus hörst du jetzt überall Russisch. Es ist die erste Fremdsprache an den Schulen. Meine Eltern fürchten sich. Es gibt nichts für Syrer, oft nicht einmal Strom. Die Russen haben das Land genommen. In der UNO stimmt Syrien für Russland. Warum soll ich für die spionieren?"

„Andere Idee", sagt Vesna. „Was, wenn im KI wirklich Leute ausgehorcht werden und jemand geglaubt hat, du bist dahintergekommen? Du hast Material gesammelt. Über Ukrainerinnen, aber das können sie falsch verstanden haben."

„Wie soll mit Khaled zusammenpassen?"

„Hast du uns alles, wirklich alles über Khaled erzählt?", frage ich. „Das ist wichtig."

Esat wischt die Hände an seiner Küchenschürze ab und streckt sie uns mit den Handflächen nach oben entgegen. Etwas theatralisch. „Alles. Ganz alles. Ich habe mir den Kopf zerbrochen, was ich nicht gesehen habe, aber ich habe alles gesagt. Man arbeitet gemeinsam. Man ist viel zusammen. Aber man redet fast nur über Küche. Jetzt denke ich: mehr Geduld, mehr Zeit. Aber ich habe sie nicht gehabt. Leider."

„Busch hat übrigens zugegeben, dass er Ukrainerinnen beschäftigt", erzähle ich ihm.

„Natürlich, ich habe es gesagt. Sie sind angemeldet. Aber nur wenige Stunden. Geringfügig."

„Sie haben auch die Tische gedeckt, oder?"

„Ja, haben sie erzählt. Diana kann ganz gut Deutsch. Und etwas Englisch. Mit ihr habe ich mehr geredet."

„Warum wehren sie sich nicht?", frage ich.

„Du fragst wirklich?" Esat schüttelt den Kopf. „Sie wollen keinen Ärger. Sie wollen nicht auffallen. Moon hat ihnen gesagt, Busch hat wichtige Freunde. In der Politik. Und es ist gut, wenn sie Geld verdienen. Sie dürfen in Österreich sein, aber sie bekommen wenig Geld vom Staat. Gespartes ist schon lange weg. – Wenn ihr nicht glaubt, dann redet mit Diana."

„Du weißt, wo sie wohnt?"

„Das leider nicht."

„Bist du in den anderen Lokalen, in denen du recherchiert hast, auf etwas gestoßen, das mit Khaled zusammenhängen könnte?"

„Wie meinst du?", fragt Esat verwirrt.

„Ist einfach eine Idee. Du hast etwas gesehen, von dem jemand nicht will, dass du es siehst. Oder vielleicht hast du es auch gar nicht gesehen und der andere glaubt das nur."

Esat starrt mich an.

„Ich habe keine Ahnung, was du da redest", fällt mir Vesna in den Rücken.

„Khaled hat nur in ‚Apfelbaum' gearbeitet", sagt Esat. „Und: In anderen Restaurants war nicht viel. Zu spät gezahlt. Schwarze Beschäftigung. Manchmal nicht gezahlt."

„Sag uns die Namen dieser Lokale", bitte ich ihn.

Esat geht zurück zum Herd und rührt kräftig um. Energisch. Sehr energisch.

„Ich war noch nicht überall dort."

„Wo warst du?"

„Direkt nur im KI."

„Und indirekt?"

„Was indirekt?"

„Mira meint, wie hast du gewusst, was in den anderen Lokalen los ist?", interpretiert Vesna.

„Ich kenne Leute, mit denen ich Vorbereitungskurs für die Kochprüfung gemacht habe. Und die kennen Leute. Und Luzia hat auch gewusst ..."

Ich sehe Esat an. „Die Sache mit dem Report stimmt also so nicht."

„Natürlich es stimmt!" Das kam jetzt ziemlich laut.

„Du hast uns erzählt, du warst auch in anderen Lokalen. Das KI ist nur ein Teil deiner Recherchen."

„Ich habe dort angefangen, weil es ist am wichtigsten. Am meisten bekannt! Alles stimmt!"

„Stopp!", sagt Vesna. „Esat, du musst uns wirklich alles sagen, wir wollen dir helfen."

„Ich weiß es nicht“, erwidert er und starrt mich an. „Vielleicht Mira will mir das stehlen.“

„Stehlen? Wir verstecken dich und du …“ Der Typ ist wohl übergeschnappt – oder zeigt er jetzt sein wahres Gesicht?

„Du bist Journalistin. Du hast es mir nicht gesagt.“

„Woher weißt du das? Von deinen angeblich nicht vorhandenen Freunden im KI?“

„Ich habe es von Gerti und den Frauen.“

Mir bleibt der Mund offen. Klar. Die wissen das.

Vesna hat ein Lächeln um den Mund, das mir gar nicht gefällt. „Daran sie hat nicht gedacht. Aber sie stiehlt dir sicher nichts, Esat. Sie hat nur auch nicht alles gesagt.“

„Was, wenn sie Khaled mit Esat verwechselt haben?“, fragt Vesna unvermittelt, als wir am Heimweg sind.

„Wer ‚sie‘?“

„Na eben Spione – oder so etwas Ähnliches. Er spioniert anders, aber eben auch. Er will Material und Beweise über ausgenützte Ukrainerinnen. Andere wollen anderes. Vielleicht Unterlagen über das KI. Vielleicht Infos von den Gästen. Sie glauben, er hat es herausbekommen. Du hast so etwas Ähnliches im Neuhof gesagt. Aber es war wirr.“

„Weil das weniger wirr ist?“

„Es hat manchmal ganz harmlosen Grund, wenn man nicht alles sagt. Ist nicht, weil man kriminell ist, zum Beispiel, weil man anderen Idee stehlen will, sondern weil man glaubt, es ist besser so. Jetzt ist auch klar, warum Esat mir mehr vertraut als dir.“

„Klar, weil du einfach vertrauenswürdiger bist. Immer ehrlich. Immer aufrecht.“

„Quatsch. Weil ich Lüge, wenn ich sie brauche, besser einsetze. Habe ich gelernt. In harter Schule des Lebens.“

Ich schrecke hoch und sehe auf die Uhr. Ich bin vor dem Fernseher eingeschlafen. Und das, obwohl ich eine Folge unserer Lieblings-Wohlfühl-Serie „Death in Paradise“ gestreamt habe.

Allein das karibische Feeling. Manninger hat Glück. Als Koch kommst du herum in der Welt. Nein, keine weitere Folge. Ich schalte das Standbild aus. Die Weinflasche auf dem Tisch. Sie ist fast leer. Das Glas halbvoll. Ich brauche ja nicht mehr zu fahren. Ich sollte wach bleiben, damit ich Oskar fragen kann, wie es war. Bei seinem Fine-Dining-Abend mit den Gourmets, die unter sich bleiben wollen.

„Mira?"

Offenbar war es die Eingangstür, die ich irgendwo im Hintergrund meines Bewusstseins gehört habe. Schlechter Geschmack im Mund. Ich nehme einen Schluck Wein. Er ist warm geworden.

„Schläfst du noch nicht?" Oskar wartet keine Antwort ab. Er geht zum Regal mit der Whiskeyflasche und schenkt sich reichlich ein.

„Es ist noch vor Mitternacht. Es ist auch noch etwas Wein da. Allerdings nicht mehr kalt. – Wie war es?"

„Ganz interessant. Das Essen ... Ich glaube, wir müssen nicht dorthin." Er bleibt stehen, lehnt sich an den Tisch, sieht durch die Terrassentüren auf die nächtliche Stadt.

„Ich glaube, ich hätte auch gern einen Whiskey. Einen kleinen", sage ich. Oskar benimmt sich eigenartig. Kein Begrüßungskuss. So ein großes Glas Jameson. Kein Glas für mich. Er sieht an mir vorbei. Was, wenn er nicht allein bei dem Gourmet-Gipfeltreffen war? Er ist ... das personifizierte schlechte Gewissen. Oskar trifft interessante und erfolgreiche Frauen. Das bringt sein Beruf so mit sich. Gar nicht wenige sind um einiges jünger als ich. Attraktiv. Ein gut erhaltener Wirtschaftsanwalt macht schon was her. Objektiv betrachtet. Subjektiv ...

Vui will sich im Zeitungskorb strecken, merkt, dass sich das nicht ausgeht, stelzt heraus, holt es auf dem Teppich mit Hingabe nach. Oskar beugt sich zu ihm und streichelt unseren Kater.

„Er hat Kalbsfaschiertes gekriegt und ist glücklich", sage ich.

„Da geht's ihm gut."

„Und ich kriege Whiskey?"

Oskar geht wortlos zurück zum Regal und schenkt ein zweites Glas ein. Da ist etwas nicht in Ordnung. Ganz und gar nicht.

„Waren sie da, die möglichen Investoren?", frage ich. Am besten so tun, als wäre alles normal. Vielleicht ist er bloß sehr müde.

Er bringt mir das Glas, geht zurück zum Tisch, setzt sich. Mehr als zwei Meter Entfernung zwischen uns. Jetzt sieht er mich an. So, als ob er überlegen würde, wie er es sagen soll. Ich halte die Luft an. Ich mag keine Geständnisse. Vielleicht ist es besser, nicht alles zu wissen.

„Ja", sagt er dann. „Also, was du von mir wolltest: Hinter dem KI stehen drei Investoren, offensichtlich hat Busch auch eigenes Geld drin. Zumindest aber hält er Anteile. Und er bringt seine Arbeit ein. Melia Markovic, die Immobilienentwicklerin."

„Vesna hat das auch schon vermutet."

„Fein."

„Sie … Markovic war in den Skandal rund um die Verbauung des Wienzeile-Areals verwickelt."

„Sie wurde freigesprochen. Wie die meisten anderen in diesem Prozess. Sie ist ein Profi."

„Und sie interessiert sich fürs KI?"

„Sie ist in diesem Gourmetzirkel. Sie geht wohl häufig teuer essen. Beruflich. Für sie ist dieses Investment Peanuts. – Die anderen Investoren: FJ Vogel …"

„Der Recycling-Typ? Der sein Gesicht in jede Society-Kamera hält?" Ich versuche zu lachen. Oskar bleibt ernst. Unbeteiligt.

„Genau der. Er war heute Abend mit am Tisch. Er hört sich selbst gerne reden. Offenbar hat er mit öffentlichen Aufträgen nicht nur in Österreich viel Geld gemacht. Der Dritte ist Christof Mader."

„Sagt mir nichts."

„Du kennst ihn sicher. Er ist einer der Juroren in dieser Fernsehshow: ‚Green Up The World' – erfolgreiche Unternehmer unterstützen erfolgversprechende Öko-Start-ups. Mit ‚SoPower' hat er Riesenprojekte für Solarenergie in einigen nordafrikanischen Ländern laufen."

„Ach der. Er dürfte ziemlich in Ordnung sein. Engagiert. – War er auch da?"

„Ja, war er. Gemeinsam mit seiner Freundin. Sie haben sich bei einem seiner Investments in Tunesien kennengelernt."

„Eine Tunesierin?", frage ich, um irgendwas zu sagen.

„Nein, eine offenbar sehr engagierte Journalistin."

„Oh, die durfte mit."

„Vielleicht, weil sie loyal ist?"

Schön langsam werde ich wütend. „Sorry, dass ich vor dem elitären Gourmet-Getue nicht sofort auf den Knien liege. Vogel? Ein neureicher Society-Affe. Melia Markovic? Sie kann froh sein, dass sie trotz ihrer dubiosen Geschäfte noch auf freiem Fuß ist. – Oder findest du sie vielleicht so toll, dass …"

„Oder finde ich was? Mit Urteilen über andere bist du richtig schnell. Vielleicht hat Mader seine Freundin mitgenommen, weil er sich bei ihr nicht davor fürchten muss, manipuliert zu werden?"

„Und das heißt jetzt was?"

„Tu nicht so. Du hast genau gewusst, dass es einen Haftbefehl gegen Esat Al Sayed gibt."

„Ich … ich wollte es dir sagen. – Wer hat davon erzählt?"

„Du meinst, du kannst mich aushorchen? Nur weil ihr euch einbildet, dass Investoren hinter dem Mord an einem syrischen Hilfskoch stecken? Merkst du nicht, wie lächerlich das ist?"

„Manninger …"

„Manninger!", höhnt Oskar. „Der will seinen Koch nicht verlieren. Und ihr spielt mit."

„Oskar: Ich verstehe, dass du wütend bist. Aber es ist wichtig: Wer hat von der Sache erzählt? Wer hat Bescheid gewusst?"

Oskar nimmt einen großen Schluck Whiskey. „Sie haben alle davon gewusst."

„Was interessiert die ein junger Syrer aus einem Landgasthaus?"

„Jeder kennt Manninger. Wie groß ist die Gourmet-Szene in Wien? Nicht sehr groß. So oft kommt es nicht vor, dass ein Koch erstochen wird. – Esat ist übrigens auf der Flucht. Aber das weißt du wohl auch. Luzia hat jedenfalls …"

„Luzia? Welche Luzia?"

„Lenk nicht ab!"

„Du meinst Melia."

„Ich weiß schon, was ich rede. Ich habe keine ganze Flasche Wein getrunken. Luzia. Die Freundin von Mader. Aber um die geht es jetzt nicht. Nicht jede Journalistin mischt sich in alles ein, was sie nichts angeht!" Oskar springt auf. Vui hüpft in seinen Korb und wirkt, als würde er am liebsten die größte Zeitung über den dicken Kopf ziehen.

„Die Freundin von Mader heißt Luzia. Luzia Feichtinger?", frage ich.

„Kann sein. Ja. Aber …"

„Sie ist groß, schlank, blond, schön …"

„Allein wie du das sagst!"

„Wie sage ich es?"

„Eifersüchtig! Herabwürdigend!"

„Weil Männer eben wirklich besser schauen als denken können!"

„Was für ein idiotischer Spruch!"

„Ach, ist es?" Ich stehe auf und pflanze mich knapp vor ihm auf. Wenn er einen Konflikt haben will, dann soll er ihn haben. „Luzia ist die Ex von Esat. Vielleicht auch nicht Ex. Ich wäre mir nicht so sicher, ob sie ihren neuen reichen Freund nicht doch manipuliert. Und euch gleich mit."

„Das ist Schwachsinn!"

„Oh, dann hat sie davon nichts erzählt? Spannend!"

„Weil es sicher bloß ein dummes Gerücht ist. Von dem sie wahrscheinlich gar nichts weiß."

„Es ist Tatsache. Esat und sie wollten gemeinsam einen Report über miese Arbeitsbedingungen in der Gastronomie machen. Auch darüber, wie Busch Ukrainerinnen ausbeutet. Bevor sie offenbar die Seiten gewechselt hat."

„Also was jetzt? Hat sie die Seiten gewechselt oder ist sie Mata Hari und horcht Mader aus?"

Wir stehen Nase an Nase.

Oskar dreht sich mit einem Ruck weg. „Vergiss es!" Er reißt die Tür zur Terrasse auf, stellt sich an die Brüstung. Sieht hinunter auf die Stadt.

Ich bleibe beim Tisch und nehme einen großen Schluck. Alkohol hilft nicht, um sich zu beruhigen. Theoretisch. Praktisch geht der Whiskey warm den Magen runter. Ich merke, wie ich trotzdem zittere. Es hat nicht mit der kalten Nachtluft zu tun, die hereinströmt. Ich muss nachdenken. Luzia. Sie ist die Freundin von Mader. Und der ist offenbar einer der Investoren von Busch. Wenn Busch so erfahren hat, dass Esat seine Betrügereien mit den Ukrainerinnen auffliegen lassen wollte ... Aber dann hätte er wohl Esat erstochen. Oder von seinem Administrator entsorgen lassen. Und warum hätte Luzia darüber reden sollen? Wirft ja auch kein gutes Licht auf sie. Besser, den Aufstieg in die High Society nicht zu gefährden. Und wenn alles ganz anders war ... Wenn sie mir etwas vorgespielt hat und in Wirklichkeit arbeitet sie weiter mit Esat an dem Report ... – dann hätte sie erst recht nichts gesagt.

Ich atme tief durch. Ich hätte Oskar ... Ich kneife die Augen zusammen. Beinahe hätte ich aufgeschrien. Er steht regungslos auf dem Geländer. Ich atme flach durch den Mund. Egal was ist, ich gehe langsam, Schritt für Schritt, in seine Richtung. Ich darf ihn nicht erschrecken. Dachgeschoß. Er ist nicht besonders geschickt. Er ist zu dick. Ich darf mir nicht vorstellen, was ist, wenn er fällt. Es ist alles meine ...

Oskar dreht sich um. Ich deute wortlos auf Vui. Jetzt hat sich unser Kater in Bewegung gesetzt. Langsam, so als müsste er sehr gut achtgeben, balanciert er ...

Mit einer vorsichtigen und gleichzeitig bestimmten Bewegung streckt Oskar die Arme aus, macht einen Schritt und hat unseren Kater geborgen.

Ich merke, dass mir Tränen die Wangen hinunterrinnen. Ich setze mich auf den kalten Terrassenboden, die Glaswand hinter mir.

Oskar streichelt Vui und trägt ihn hinein. Hebt ihn in den Korb, streichelt ihn wieder. Dann kommt er durch die Tür ins Freie, setzt sich mit einem leichten Ächzer neben mich. Ich hätte die Terrassensessel längst auspacken sollen.

So sitzen wir schweigend eine ganze Zeit lang. Ohne hinzusehen greife ich nach seiner Hand. Gefasst darauf, dass er zurückzuckt. Wie Teenager, die sich im Finstern, im Kino, vorsichtig annähern. Vor, unter uns die Kulisse der Stadt. Er lässt es geschehen, dann spüre ich einen leichten Gegendruck.

„Es tut mir leid", sage ich.

„Mira, mir tut es auch leid. Ich war bloß ... so enttäuscht. Dass du nicht mit mir redest. Mich dorthin schickst und mir nicht vertraust."

Geschickt hab ich ihn nicht, aber ich will nicht widersprechen. Nicht jetzt. „Wir haben vielleicht eine Ahnung, wo Esat ist. Aber sonst wird alles immer verworrener."

„Es deutet vieles auf ihn."

„Es ist zu viel."

„Manchmal sind die Verdächtigen tatsächlich die Täter."

„Ja. Ich weiß. Ich bin mir auch nicht sicher. Üblicherweise ist Vesna viel skeptischer. In diesem Fall scheint sie von Esats Unschuld überzeugt. Es könnte mit ihrer Lebensgeschichte zu tun haben. Üblicherweise nennt sie mich naiv, wenn ich Leute wie Esat, Geflüchtete, oder auch andere, die es schwer haben, in Schutz nehme. Aber diesmal ..."

„Kann es sein, dass sie mehr weiß als du?"

„Glaube ich nicht. Sie fängt an zu erzählen, wie es war, als sie hat fliehen müssen. Mit den dreijährigen Zwillingen. Ein Onkel wurde getötet, als die Serben gekommen sind. Und dann bricht sie wieder ab und sagt: Sie lebt jetzt und nicht in der Vergangenheit."

„Vielleicht hat Esat oder auch der Ukraine-Krieg bei ihr einiges hochgebracht."

Eine Sternschnuppe. Nein. Ein Flugzeug. Ich deute hin. „Für einen Moment hab ich gedacht, das ist eine Sternschnuppe", sage ich leise.

Oskar gluckst. „So kann man sich täuschen. Aber … darf ich mir etwas wünschen?"

„Wünsch es dir. Ich bin Mira, deine gute Fee."

„Genau so schaut's aus", erwidert Oskar trocken. „Ich wünsche mir einen wärmeren Platz für meinen Hintern. Und dass wir keine Verkühlung bekommen."

„Das waren zwei Wünsche."

„Das wirst du wohl hinkriegen."

Ich stehe auf und strecke Oskar meine Hand entgegen. „Hilfe beim Aufstehen. Und gegen die Verkühlung gibt's noch einen letzten Schluck Whiskey."

„Plant Luzia nach wie vor mit Esat diesen Report und ist sie nur mit Mader zusammen, um ihn auszuhorchen?", wage ich mich drei Schluck später vor.

„Das kann ich mir nicht vorstellen. So neu sind schlechte Arbeitsbedingungen in der Gastronomie auch wieder nicht. Warum sollte sie sich da reinsteigern?"

Reinsteigern. Luzia. Sie hat zu mir gesagt, dass sich Esat reingesteigert hat. Dass er sich in alles reinsteigert.

„Mader ist ein Mann, den sicher viele Frauen attraktiv finden. Erfolgreich, ganz gut aussehend, dazu soziales Gewissen", überlegt Oskar.

„Busch hat mir erzählt, dass ihm ein Freund mit sozialem Gewissen die Ukrainerinnen vermittelt hat."

„Busch kennt viele Leute. Mader macht keine Personalberatung. Das passt nicht in sein Portfolio."

„Esat hat gesagt, die Ukrainerinnen sind über eine Arbeitsvermittlung zu Busch gekommen. Sie ist im gleichen Haus wie ein Moscheeverein. Laut Polizei ist er dort ein und aus gegangen. Das ist eines der Indizien gegen ihn. Luzia behauptet, er hat sich zurückgezogen und sie verlassen."

„Da hast du doch deine Antwort auf die Frage, ob sie Mader bloß aushorcht. Esat hat sie verlassen. Jetzt ist sie mit Mader zusammen."

„Nur dass er sagt, sie hat ihn verlassen. Und dass er nicht im Moscheeverein, sondern bei der Arbeitsvermittlung war. Recherchieren."

„Und wie passt Khaled ins Bild?"

„Ich weiß es nicht. Vielleicht war auch er dort. Bei der Arbeitsvermittlung."

Oskar gähnt. „Es war ein langer und … ausführlicher Tag."

„Wir sollten mit Esat reden. Ihn fragen, was er zu dem sagt, was wir … was du inzwischen herausgefunden hast."

Jetzt ist sein Blick gar nicht mehr müde. „Falls du wissen solltest, wo Esat Al Sayed steckt, dann musst du das den Behörden sagen. Dein Jus-Studium ist eine Zeit lang her. Aber du weißt wohl, was Strafvereitelung ist?"

„Ja … das war auch der Grund, warum ich dir … erst etwas später davon erzählen wollte. Weil ich dich nicht in Schwierigkeiten …"

„Mira, stopp. Ihr müsst es melden."

„Ich habe eine andere Idee. Du könntest ihn vertreten. Anwaltliche Schweigepflicht: Dann musst du auch nicht sagen, wo er ist."

„Ich bin Wirtschaftsanwalt!"

„Vielleicht ist genau das der Punkt: Die haben ihr Geld ins KI gesteckt und dann stellt sich heraus, dass Esat undercover herausgefunden hat, wie dort Mitarbeiterinnen ausgebeutet werden und die Sozialversicherung betrogen wird. Sehr schlecht für ihr Image."

„Woher sollen sie davon wissen?"

„Wir haben überlegt, ob die Roboter nicht auch spionieren. Sie speichern, was gesprochen wird."

„Du hast das überlegt. Wer sollte das wie und warum so filtern, dass genau diese Infos an Busch oder an die Investoren gehen? Ganz abgesehen davon, dass Esat wohl mit niemandem im KI darüber geredet hat."

„Künstliche Intelligenz. Darum geht es ja. Fran sagt, nur wenn Roboter lernen und flexibel agieren, will er von echter KI sprechen, aber es gibt viele Vorstufen. Daten sammeln und verknüpfen können Maschinen schon sehr gut. Die Robos haben die Belegschaft unter Kontrolle, sie haben mitbekommen, dass Esat Material sammelt, und haben das gemeldet."

„Es gäbe einen viel einfacheren Weg", überlegt Oskar. „Luzia weiß doch Bescheid. Sie hat Mader erzählt, was sie vorhatten."

„Mader ist auf öffentliche Gelder, auf Spenden für seine Sozialprojekte, auf Partnerschaften angewiesen. Dafür braucht er eine saubere Weste."

Oskar schüttelt den Kopf und steht auf. „Wir haben nur eine Kleinigkeit vergessen: Esat ist der Verdächtige. Ermordet wurde Khaled."

„Und wenn man die beiden verwechselt hat?"

„Mira: Solltet ihr tatsächlich Kontakt zu Esat Al Sayed haben, müsst ihr ihn dazu bringen, sich der Polizei zu stellen. Alles andere macht es nur noch schlimmer."

„Er hat Angst um sein Staatsbürgerschaftsverfahren."

„Das hätte er sich wirklich früher überlegen sollen."

Ich sehe meinen Mann an. Er hat tiefe Ringe unter den Augen. „Hab ich vor einiger Zeit auch gesagt. Aber ... wenn er nichts dafürkann? Wenn er bloß Missstände aufdecken wollte, darf man ihn dafür belangen?"

„Du hättest Strafverteidigerin werden sollen. Du bist nicht von seiner Unschuld überzeugt und trotzdem ..."

„Ich weiß zu wenig."

„Mader hat es nicht nötig, krumme Geschäfte über eine Personalvermittlung zu drehen."

„Vielleicht ... ist Esat auf etwas gestoßen, das er selbst nicht erkannt hat?"

„Komm mir jetzt nicht mit Menschenhandel, Zwangsprostitution oder Ähnlichem. Und wo ist die Verbindung zu Khaled?"

„Sie entführen Köche. Sie zwingen sie, in Gasthäusern, in Sternelokalen und Gourmettempeln zu arbeiten. Weil es bei dem Arbeitskräftemangel die einzige Chance ist, billig an Mitarbeiter zu kommen. Das ist auch der wahre Grund, warum Redzepi sein

‚Noma' schließt und von unhaltbaren Zuständen spricht, die er nicht mehr verantworten kann."

Oskar starrt mich an.

Ich grinse. „Fast hättest du es geglaubt."

„Nicht den Inhalt. Nur dass du jetzt ganz durchgeknallt bist."

[10.]

Ich habe Vesna vor dem Schlafengehen eine Nachricht geschickt und sie um Informationen zu den drei Investoren gebeten. Kurz habe ich überlegt, ob das klug ist, falls die Ermittler mein Handy überwachen. Aber sollten sie wirklich mitlesen, dann führt es vielleicht dazu, dass sie sich nicht bloß auf Esat konzentrieren. – Was hat Oskar gesagt? Ich sei selbst nicht von seiner Unschuld überzeugt? Er kennt mich. Er kennt mich fast zu gut. Ich will herausfinden, was gelaufen ist. Und ob Esat, so oder so, das Bauernopfer geben soll.

Oskar hat heute Gerichtstag. Er ist trotz unserer kurzen Nacht rechtzeitig aufgestanden, ich habe weitergeschlafen. Vielleicht besser so. Um unsere Beziehung nicht unnötig zu strapazieren. – Wie belastbar ist sie? Wie der gestrige Abend gezeigt hat: doch ziemlich. Wann ist der Bogen überspannt? Ich sehe in den Spiegel und schließe die Augen. Nicht immer ist alles jedem zu jeder Zeit zumutbar. Solltest du dir merken, Mira.

Ohne Oskar frühstücke ich nie mehr als eine Tasse Cappuccino und danach ein Stück Brot mit dem, was im Kühlschrank vorne liegt. Aber nicht einmal darauf habe ich momentan Lust. Ohne Oskar … Es gibt vieles, das ohne Oskar halb so schön ist.

Ich scrolle am Mobiltelefon durch die neuesten Nachrichten. Vesna hat meine Message gelesen, aber noch nicht geantwortet.

Die italienische Premierministerin bezeichnet den Rinderwahn als Schaden für alle Frauen. Haben die nach Covid jetzt das nächste Seuchenproblem? Aber warum Frauen? Dann erst sehe ich, dass da „Genderwahn“ steht. Ist es Wahn, wenn Frauen gleichbehandelt werden wollen? Eher ist es Wahnsinn, eine solche Frau zu wählen. Frauensolidarität hat damit nichts zu tun. MeToo … Ich sollte mit Nicole reden. Aber wo finde ich sie? Das „Apfelbaum“ hat geschlossen. Nächste Nachricht. Eine Teilnehmerin von „Dancing Stars“ verlässt vorzeitig den Bewerb. Lässt mich kalt, ich weiß nicht, wer tanzt. Ich tanze lieber selbst, als zuzusehen. Ist so ähnlich wie beim Kochen.

Signalton. Diesmal hat sich Vesna selbst übertroffen. Aber es ist Sam, meine Chefredakteurin. Sie bittet um ein „Update“. Wie viel kann, wie viel will ich ihr erzählen? Ich vertröste sie. Sam nimmt es gelassen. Ist ihr die Story nicht wichtig? Geht so, meint sie. Ich werde sie überraschen. Hoffe ich.

Und schon wieder eine Nachricht. Wieder nicht Vesna. Nemecek. Lieber nicht öffnen. Noch eine. Nein! Ich öffne sie nicht! Aber jetzt ist es unser Donaudampfschifffahrtsgesellschaftskapitän.

Liebe Grüße von unserem Freund. Lust auf einen echt italienischen Kaffee im Buongustaio in der Singerstraße? Müsste aber gleich sein …

Mit „unserem Freund“ kann er wohl bloß Günter Manninger meinen. Hat er Neuigkeiten? Ich tippe meine Antwort:

Perfekt, ich hatte noch kein Frühstück. Antipasti und Caffè!! Ich freue mich. In 15 Minuten.

„Später!“, rufe ich Vui zu, der erwartungsvoll auf mich zukommt. Ein flotter Spaziergang durch die Innenstadt. Genau das, was ich brauche. Samt einer Auszeit in Italien. – Was mir Kowalsky wohl zu sagen hat? Egal. Mit hervorragendem Kaffee und richtig guten Antipasti kann es nicht so schlimm sein.

Thomas Kowalsky steht an der Bar und plaudert mit der Betreiberin. Sie scheinen einander gut zu kennen. Er kommt mir entgegen und küsst mich auf beide Wangen. Offenbar tut er das auch, wenn es nicht der Tarnung dienen soll. Oder … Ich sehe mich um.

Die beiden Männer mit dem Glas Prosecco wirken weder wie Ermittler noch wie Spione. Ich werde mich auf meinen Instinkt verlassen. Der hat mir gesagt, dass ich Oskar gleich alles erzählen hätte sollen.

Ich sehe verwirrt auf.

„Wir könnten gerne per du sein, wirkt unverdächtiger, habe ich gesagt. Aber wenn du … Sie nicht wollen, ist es natürlich auch in Ordnung", murmelt Kowalsky.

„Sorry. Ich … bin noch nicht ganz munter."

„Es ist elf."

„Eben."

„Glückliches Journalistinnenleben."

„Besser als Tourismus, sag ich immer."

Er lacht.

„Gibt's Neues?", frage ich, als er mich zum hintersten Stehtisch gelotst hat. Der Cappuccino ist so ausgezeichnet, wie ich ihn in Erinnerung hatte. Kowalsky, nein, Thomas, trinkt Espresso. „Ich habe noch nicht gefrühstückt", erkläre ich.

„Willst du zuerst etwas essen? Ich hab ein paar Antipasti bestellt, aber das dauert noch ein bisschen …"

„Großartig. Nein, wegen des Cappuccinos. Um die Uhrzeit trinkt man in Italien nur mehr Caffè. Also Espresso."

Er lächelt. „Eine Italienliebhaberin. Wie sympathisch. Ich hab mehrere Jahre in Rom gearbeitet."

„Weiß ich, steht in der Biografie."

„Heutzutage kann keiner mehr Geheimnisse haben."

Womit wir beim Thema wären. „Oder vielleicht doch. Wir sind leider nicht viel weitergekommen. Hat Manninger … Günter Neues?"

„In der Karibik? Nein, leider nicht. Er will so rasch wie möglich zurückkommen, soll ich dir ausrichten. Die Sache mit dem Haftbefehl lässt ihn natürlich nicht kalt."

„Ist sein einziger Koch. In Zeiten wie diesen ..."

Thomas sieht mich einen Moment zweifelnd an, dann lacht er. „Günter sagt, Esat soll selbst entscheiden, ob er sich der Polizei stellt."

„Das hat er wohl schon."

„Ich weiß nicht, wo er steckt, und ich will es auch gar nicht wissen. – Ihr seid mit ihm in Kontakt, oder?"

„Ja. Auf Umwegen, aber wenn es wichtig ist, können wir ihn relativ rasch erreichen."

„Günter meint, dass es für Al Sayed günstiger wäre, wenn sich die Sache zuerst aufklärt und er sein Verschwinden damit erklären kann, dass er nur so Licht ins Dunkel bringen konnte."

„Wie stellt er sich das vor?"

„Keine Ahnung. Tätige Mithilfe, gibt's so etwas nicht?"

„Ja, aber während eines Verfahrens. Nicht wenn man gesucht wird."

„Die Gründe des Untertauchens werden wohl gewertet?"

„Hoffen wir es."

Die Bedienung bringt eine Platte mit den Köstlichkeiten Italiens: Brötchen mit Prosciutto, Acciughe, Oliven, kleine knackige Paradeiser, gefüllte Pepperoni, Pecorino. Sie nickt Thomas zu. „Wie üblich."

Er nickt zurück und vor uns stehen zwei Gläser Prosecco. Ist nicht ganz meine Uhrzeit für Alkohol. Aber wir haben gestern sehr spät noch getrunken, warum nicht heute früh damit anfangen?

„Kennst du Mader?"

„Mader? Sagt mir etwas ..."

„Sozial engagierter Unternehmer. Green-Up-The-World-Show. Solarparks in Tunesien."

„Ach der. Flüchtig. Warum?"

„Er ist einer der Investoren, die hinter dem KI stehen."

„Würde passen. Soviel ich gehört habe, ist er ein passionierter Hobbykoch. Wir haben eine gemeinsame Freundin."

„Luzia?", frage ich fassungslos.

„Warum Luzia? Sie heißt Claudia."

Ich erzähle ihm von unserem Recherchestand.

„Die ganze Branche ist aufgewühlt. Alles im Umbruch", sagt er. „Das öffentliche Image wird immer wichtiger und gleichzeitig weniger leicht zu steuern. Aber eigentlich haben wir nur von Esat, dass die Beschäftigten im KI ausgenützt werden."

„Weil Busch keinen reinlässt."

„Er ist vielleicht ein wenig neurotisch."

„Oder abhängig von seinen Geldgebern. Oder dem Unternehmen, das die Roboter installiert hat."

„Abhängig von Geldgebern sind viele in der Branche. Wenn Spitzenlokale schließen, ist das oft nicht die Entscheidung des Kochs, der in der Öffentlichkeit steht."

„Also noch mehr Druck, auch von den Geldgebern", überlege ich.

„Es gibt wenige Branchen, bei denen der Stress so unmittelbar ist. Finanziell, und durch die gestiegenen Arbeits- und Energiekosten ist er weiter gestiegen. Und du hast ihn am Herd. Jeden Tag."

„Wie Spitzensportler."

„Die wenigsten von ihnen müssen so oft ihre Leistung abrufen."

„Sollte Busch da nicht zurückhaltender sein? Damit er niemanden verärgert?"

„Wie meinst du das?"

Ich erzähle ihm vom „Schweigen der Lämmer" und wie er mir die Demütigung der Servicekraft beinahe stolz vorgeführt hat. „Die Ukrainerinnen, von denen Esat erzählt hat, nennt Busch ‚Ameisen'. Er will mit ihnen nichts zu tun haben. Esat sagt, auch er hat Busch nur ein paar Mal kurz gesehen. Den Rest wickeln der Administrator und sein Bruder, ein Koch namens Moon, ab. Ihn nennen sie Ameisenkönig. Die beiden sind von AI-Temp, dem japanischen Roboterunternehmen."

Thomas Kowalsky schüttelt den Kopf. „In Japan sind sie nicht gerade für ihre Arbeitnehmerfreundlichkeit berühmt. AI-Temp. Noch nie gehört – aber warum sollte ich auch?“

„Wir haben wenig darüber im Netz gefunden. Sie bieten AI-Lösungen für Küche und Service an. Damit man Mitarbeiter hat, die rund um die Uhr arbeiten und nicht aufmucken.“

„Ich habe mit meinem Computer mehr Probleme als mit meinem Team. – Warte einmal: AI-Temp … *artificial intelligence.* Vielleicht hat Esat etwas falsch verstanden. Ameise heißt auf Englisch *ant.* Klingt ähnlich, vor allem wenn die Aussprache nicht ganz passt.“

„Ich weiß nicht … Ich glaube, sie sprechen Deutsch.“

„Frag mal. – Abgesehen davon: Diese Sache mit den Tiervergleichen. Nicht schön, nichts, was ich mag. Aber unüblich war das in der Küche nicht. Weißt du, was Manninger als Küchenchef gerne gerufen hat? ‚Ich mache aus Ackergäulen Rennpferde!‘ Ziemlich überheblich. Und herabwürdigend. Aber mich hat es damals nicht gestört. Seine Truppe hat es anders verstanden und sich sogar gelobt gefühlt: Er hält sie jetzt für Rennpferde, keine lahmen Gäule mehr … – die wenigsten Köche sind Intellektuelle. Und besonders korrekt zu sein gilt eher als Schwäche.“

Der Prosecco steigt mir zu Kopf. Warum wirkt Alkohol am Vormittag anders als am Abend?

Der Donaudampfschifffahrtsgesellschaftsoberkapitän sieht auf die Uhr. „Ich muss leider weiter. – Menschen, die so auftreten wie Busch, haben in Wirklichkeit oft ein Ego-Problem. Das ist unter Spitzenköchen gar nicht so selten. Sie quälen sich und andere, damit sie etwas gelten. Damit ihnen angeblich wichtige Menschen aus der Hand fressen. Ich kannte einen, für den war es das Höchste, dass ihn ein Minister als ‚Freund‘ bezeichnet hat. Ihm ist nie aufgefallen, wie gönnerhaft das war. Sie wollen geliebt werden.“

„Wer nicht? – Und Kellner?“

Er lacht. „Die dienen den Gästen. Sie wollen ihr Bestes … Deswegen heißt es ja auch Service.“

Ich sehe ihn zweifelnd an.

„Das Beste … ihr Geld!" Er lacht wieder. „Ist natürlich zynisch. Es gibt tatsächlich welche, die die Menschen mögen. Soziale Ader und Profit schließen einander nicht aus, die Frage ist nur: Was überwiegt?"

„Wie bei Mader?", überlege ich.

„Ein kühner Gedankensprung."

„Das macht der Prosecco. – Warum hilfst du Manninger? Die Sache mit Esat ist auch für dein Image nicht ganz ungefährlich."

Thomas Kowalsky, wie immer äußerst korrekt im Business-Anzug mit weißem, langärmeligem Hemd, sieht mich freundlich an. „Ich schulde ihm etwas. Und ich mag ihn. In der Welt der Spitzengastronomie ist sehr viel … heiße Luft. Bei ihm ist das nicht so. Er ist ein richtig guter Koch. Und ein, wenn man ihn kennt, ganz feiner Mensch."

„Heiße Luft …?"

„Denk daran. Vieles verpufft, wenn man genau hinsieht. Vieles ist bloß Dekoration, schöner Schein."

„Bei Busch …"

„Sicher auch dort. Aber, sorry, ebenso bei den Medien, schon gar in den sogenannten sozialen – künstliche Aufregungen wegen nichts und wieder nichts. Und ich habe den Eindruck, in Österreich sind die Stürme im Wasserglas oft besonders heftig."

„Glaube ich auch. Nur: Es ist nicht immer einfach, die Dinge entspannt zu sehen. Vor allem, wenn man nah dran ist."

Kowalsky seufzt. „Wem sagst du das. Allein das Getue um die Gourmet-Führer. Weil viele in der Branche sie so wichtig nehmen, sind sie es in gewisser Weise auch."

„Ein französischer Spitzenkoch hat sich umgebracht, als er befürchtete, man würde ihm einen Stern nehmen."

„Mehr als einer. Dabei konkurrenzieren sich die Führer und andere Organisationen, die die angeblich besten Lokale der Welt küren, erbarmungslos. Die einen nehmen jemandem einen Stern, die anderen küren ihn zum besten Koch. Es wird immer ärger.

Auf der anderen Seite schreiben sie voneinander ab. Und nur beim Michelin gibt's Profi-Tester. Ehrlich gestanden weiß ich nicht, ob sie es dadurch besser machen. Ich kenne jedenfalls genug Bloggerinnen und Gastrokritiker, die ziemlich ahnungslos sind. – Warum hat es in den letzten Jahren eine derartige Flut an zusätzlichen Mützen, Sternchen, Besteckteilen gegeben?"

Ich zucke mit den Schultern. „Hat es?"

„Wird in der Gastronomieszene mehr besprochen als außerhalb. Nicht, weil die Lokale besser geworden sind. Es gibt sie, weil es zusätzliche Öffentlichkeit und Geld bringt. Die neu ausgezeichneten Lokale zahlen zum Beispiel dafür, dass sie im Führer mit Bild aufscheinen. Oder man keilt sie gleich direkt um Inserate an. Bis ihnen die Luft ausgeht."

„Wäre schön, wenn das mehr Menschen wüssten."

„Wäre vor allem schön, wenn sich die Gastro-Clique selbst dagegen auflehnen würde. Christoph Wagner, für mich einer der wenigen echten Gourmetexperten, hat empfohlen, Gastronomieführer doch einfach als Telefonbuch zu benutzen. Die Telefonnummern, die drinstehen, seien einigermaßen verlässlich. Der Rest – vornehm ausgedrückt – Geschmackssache. Er selbst hat sich darauf konzentriert, das Positive an einem Lokal herauszustreichen, statt herumzumeckern. Leider ist er schon lange tot."

Ich nicke. „Ich habe ihn gekannt. Ein kluger und sehr sympathischer Mann, eine herausragende Erscheinung."

„Und ein Bollwerk gegen die Aufgeregtheit der Branche. Könnten wir mehr denn je brauchen."

Ich kann Vesna nicht erreichen. Langsam mache ich mir Sorgen. Aber was soll ihr passiert sein? Es ist mein Katastrophen-Hirn, das mir wieder einmal einen Streich spielt. Zu viel Fantasie. – Zu viel Aufgeregtheit, auch bei mir. Ich sitze an meinem Arbeitsplatz und mache mir Notizen. Ich werde Kowalsky fragen, ob ich ihn für meine Story zitieren darf. Ich gebe die Stichworte „Michelin" und „Kritik" ein und lande bei einem Artikel, in dem sich der

Verfasser darüber beschwert, dass man bei der Bewertung nun offenbar nicht mehr nur die Qualität des Lokals, sondern auch korrektes Verhalten einbezieht: Ein deutsches Lokal hat bei der Wiedereröffnung „Chinesen unerwünscht!" plakatiert. Darauf nahm ihnen der Guide den Stern mit der Begründung, rassistisches Verhalten habe in einer internationalen Einrichtung wie ihrer keinen Platz. Finde ich eigentlich gut. – Wie bewerten sie die Ausbeutung von Menschen? Busch hat keinen Stern. Aber er will einen. Ist in Österreich gar nicht so einfach, da es keine eigene Ausgabe des Michelin gibt. Die Führer stehen in Konkurrenz und schreiben doch voneinander ab. Immerhin: Gegen Asiaten hat Busch offenbar nichts.

Die Gegensprechanlage. Ich sehe irritiert auf. Sie läutet nur selten. Kaum jemand weiß, dass die kleine Wohnung uns gehört. Wahrscheinlich ein Zusteller, der alle durchklingelt, um ins Haus zu kommen.

„Ja?", frage ich ins Mikro.

„Du bist da. Gut. Mache auf!"

Vesna. Sie klingt außer Atem. Hat sie Esat aus dem Neuhof evakuieren müssen und …

Ich sehe durch den Spion der Eingangstür. Höre den Lift kommen. Sie ist allein. Warum hat sie nicht angerufen?

„Ich habe nicht viel Zeit", beginnt sie, noch während sie die Jacke auszieht.

„Das sagen heute alle zu mir."

„Wer alle?"

„Kowalsky."

„Weiß Manninger Neues?"

„Er will zurückkommen. So schnell wie möglich. Wir haben über die Psychologie der Spitzengastronomie geredet."

„Na gut. Ich habe inzwischen gearbeitet. Auch wenn ich eigentlich in der Firma sein sollte."

Ich sehe Vesna an. Irgendwas ist anders. Ihre Frisur. Auch die Kleidung.

„Ich habe schon gedacht, du merkst es nicht", sagt sie und lässt sich in unseren großen orangen Fauteuil fallen.

Ich ziehe den Schreibtischsessel näher.

„Ich muss ins KI. Sie suchen Küchenhilfe."

„Wie bitte?"

Vesna grinst. „Du wolltest, dass ich die Arbeitsvermittlung im Haus von Moscheeverein ansehe. Habe ich getan. Sie wird gefördert. Von Stadt Wien. Und wer ist Eigentümer?"

„Radikale Islamisten."

War nicht ganz ernst gemeint. Vesna macht eine wegwerfende Handbewegung. „Christof Mader. Oder besser seine gemeinnützige Stiftung."

„Er hat Busch die Ukrainerinnen zugeführt."

„Ja, nur … die Sache ist die: Arbeitsvermittlung wirkt ziemlich seriös. Es geht darum, die Menschen dort, wo sie sind, ‚abzuholen', hat mir Mitarbeiterin erklärt. Dauernd will uns jemand wo ‚abholen', als ob wir kleine Schulkinder wären."

„Das heißt: So sollen Moslems, die in diesen Moscheeverein gehen, niederschwellig Jobangebote bekommen. Nur: Ukrainerinnen sind selten Moslems."

„Das war der Anfang. Jetzt ist es eine Arbeitsvermittlung nicht nur für Moslems, sondern auch für andere Ausländer. Als Ukraine-Krieg losgegangen ist, waren sie die Ersten, die sich um Jobs gekümmert haben."

„Fragt sich nur, um welche."

„Alles wirkt korrekt. Sie haben auch mit Moschee nicht direkt zu tun. Ein Mitarbeiter ist Araber, eine Frau kommt aus Iran. Seit den Protesten im Land betreut sie Geflüchtete von dort. Viele Akademikerinnen dabei. Ich habe gesagt, ich bin aus Ukraine, ich habe eine Freundin, die hat mir erzählt, dass sie im KI Leute suchen. Und dass ich, weil ich so schüchtern bin, lieber wo arbeite, wo schon eine Freundin ist. Ich habe sie Diana genannt."

„Du! Schüchtern!"

„Sie haben mir geglaubt."

„Esat hat gesagt, er hat mit einer Diana geredet."

„Diana ist häufiger Name in Ukraine. Auf alle Fälle haben sie mir erklärt, wie das läuft. Zuerst ein Probetag, wenn alles passt, dann Anmeldung bei Sozialversicherung. Ich kenne das ja, wenn ich Mitarbeiterinnen einstelle. So macht man es, wenn es seriös ist. Sie haben telefoniert und gesagt, ich kann sofort kommen. Weil ein Mitarbeiter weg ist."

„Sie haben nicht einmal einen Ausweis verlangt?"

„Ich habe ihnen einen gezeigt. Bei mir arbeiten zwei aus Ukraine. Alina sieht mir ein wenig ähnlich. Sie hat ihn mir geborgt."

„Wenn die Arbeitsvermittlung seriös ist … Hat Esat etwas falsch verstanden? Oder hat er uns etwas vorgespielt und es geht doch um die Moschee?"

„Ich werde es herausfinden. Ich wollte nicht übers Telefon erzählen. Ich habe Vorkehrungen getroffen. Ich habe Kamera im obersten Knopf der Bluse."

Ich starre auf das geblümte Hemd. Nicht eben geschmackvoll. Lenkt aber wunderbar ab. Und: Der Knopf sieht aus wie ein Knopf.

„Du kannst alles sehen und mithören. Ich habe Laptop mit Programm gebracht. Hat Fran schon vor langem installiert. Kamera ist über App auf Handy verbunden. Ich habe ein altes mit Wertkarte. Meines nehme ich natürlich nicht mit. Zusätzlich ich habe ein ganz billiges eingesteckt. Falls sie wirklich Geheimhaltung in Küche wollen und verlangen, dass Telefon abgegeben wird."

„Hast du noch etwas über Christof Mader herausgefunden?"

„Wie viel Stunden hat der Tag? – Ein bisschen habe ich trotzdem. Ich habe es in Dossier getippt, so kannst du es lesen. Das Wichtigste: Mader hat guten Ruf."

„Den will er wohl auch behalten."

„Aber nicht jeder mit gutem Ruf ist automatisch verdächtig."

„Verheiratet?"

„Verwitwet."

„Ein perfekter Fang für unsere Luzia."

„Meine liebe Mira, wie redest du über Frauen?"

„Sie taucht immer wieder auf ..."

„Sehe ich auch so. Zweiter Investor, FJ Vogel, Recycling- und Societykaiser: Niemand weiß, ist er sehr reich und hat Geld steuerschonend weggebracht oder ist er vor Konkurs? Gegen ihn wird wegen Bestechung ermittelt."

„Davon war noch gar nichts in der Öffentlichkeit, oder?"

„In Rumänien. Auch dort hat er Recycling-Firma und Großaufträge bei der vorherigen Regierung. Und: Melia Markovic gewinnt immer. Sie ist superschnell und superclever – und sie hat Faible für teures Essen."

„Aus beruflichen Gründen, hat Oskar gemeint."

„Bei der gibt es nicht Privat und Beruf getrennt." Vesna sieht auf die Uhr. „Ich starte meinen Laptop und zeige dir, wie du mitschauen kannst. Bis ich im KI bin, kannst du das Material über die drei durchsehen. Ich glaube, am wichtigsten ist Mader."

[11.]

Ich versuche mich auf Vesnas Dossier zu konzentrieren. Manchmal will ich gar nicht wissen, wie sie zu ihren Informationen kommt. Allerdings: So einiges kann man auch im Netz finden. Vorausgesetzt, man weiß, wie und wonach man sucht.

Bei Christof Mader steht:

51, hat Soziologie und Volkswirtschaft studiert. Viel Geld von Eltern: Schuhfabrik, die verkauft worden ist. Zuerst bei Greenpeace verantwortlich für Finanzen Österreich. Lange Weltreise, danach erstes Unternehmen für Solarenergie. Jetzt: SoPower mit Großprojekten in Tunesien und Marokko. Soll ausgeweitet werden. Partner: Staaten und private Investoren. Viel Geld in gemeinnütziger Stiftung SoJetzt. Partner für Projekte: Stadt Wien, Republik Österreich, private Investoren und Freunde. Sehr gut vernetzt von Wirtschaft bis Ökoszene. War im Gespräch als Wirtschaftsminister für die Grünen, dann als Umweltminister für die Sozialdemokraten. Er ist bekannter Hobbykoch, auch schon in Kochshows aufgetreten. Juror in Green-Up-The-World-Show, er investiert Geld in grüne Startups. Da gab es auch Kritik: Er soll besonders Erfolg versprechende übernommen und gut daran verdient haben. Frau Aglaia ist vor drei Jahren bei Fallschirmabsturz gestorben. Society ja, aber nicht dauernd.

Zu gut, um wahr zu sein.

Ich grinse. Eine typische Vesna-Feststellung. Aber an der Arbeitsvermittlung hat sie bisher nichts Negatives finden können.

Warten wir es ab. Ich sehe auf die Uhr. Müsste sie nicht längst im KI sein? Ich bin nervös. Solche versteckten Lausch- und Spähangriffe schlagen mir auf den Magen.

Ich bekomme bestätigt, dass FJ Franz Joseph heißt, dass er seine monarchistischen Vornamen aber seit ewig mit dem englisch ausgesprochenen FJ abkürzt. So ähnlich hat auch der Schurke aus „Dallas" geheißen. JR. Inzwischen gibt's Generationen, die die Serie gar nicht mehr kennen. Vesna meint, so viel Geld, dass er etwas davon ins „Kitchen Intelligence" stecken kann, hat er allemal.

Kann sein, so er wascht auch Geld, lese ich. Und ihr Fazit: *Mehr Schein als Sein, ich glaube, er ist nicht besonders gescheit. Aber das Hirn ist manchmal nur im Weg beim Geschäftemachen. Wenn er in Rumänien verurteilt wird, er verschwindet.*

Melia Markovics Vermögen hat ein Wirtschaftsmagazin kürzlich mit sechzig bis achtzig Millionen bewertet. Sie ist an beinahe jedem großen Immobiliendeal beteiligt und mit der jeweiligen Regierung bestens vernetzt. Von Parteipolitik hält sie sich fern. Vesnas Fazit: *Sie ist schneller als die anderen. Bei Geschäft und auch bei Abseilen. Sie ist reicher als die anderen. Gourmet hat Funktion für sie, wo kannst du mit eitlen Männern einfacher Geschäfte machen? Sie lasst Puppen tanzen. Ledig, laut Gerücht lesbisch. Aber wenn eine Frau Power hat und keinen Ehemann, heißt es das bald.*

Ich überlege. Melia Markovic. Skrupellos. Gut vernetzt. Sie verspricht Esat, dass er die Staatsbürgerschaft bekommt – wenn er etwas für sie erledigt. Nur: Was könnte Manningers Hilfskoch schon wissen, das einer Melia Markovic gefährlich wird? Und: Esat würde wohl viel für die Staatsbürgerschaft tun, aber einen Auftragsmord an seinem Kollegen begehen? Absurd.

Bewegung auf Vesnas Laptop. Das Standbild weicht einer etwas verschwommenen, aber ganz gut erkennbaren Szene. Ihr Gegenüber ist Moon, der Ameisenkönig, wir haben ihn in Buschs Küche beim Anrichten gesehen.

„Der Chef ist im Lab, dort darf ihn niemand stören", höre ich ihn sagen.

„Nur Vertrag. Sagen nur Chef." Vesna tut, als könnte sie kaum Deutsch. Ob ihr Akzent ukrainisch ist? Klingt eher serbokroatisch bis russisch. Auch wenn Moon ausgezeichnet Deutsch kann, das wird ihm nicht auffallen. Hoffentlich. Ihre Stimme klingt dumpf, verwaschen. Wahrscheinlich nimmt das Knopfmikro das Gegenüber besser auf.

„Ich bin für euch verantwortlich. Ich mache das mit euch, okay?", sagt Moon. „Du beweist, du kannst arbeiten, okay? Dann Vertrag."

„Ja. Arbeiten", sagt Vesna. Sie geht hinter ihm durch einen Gang mit diffusem Licht. Dann steht sie in einer großen Küche. Die hat uns Busch nicht gezeigt. Alles Edelstahl. Sehr hell. Mindestens zehn Frauen am Arbeiten. Alle mit diesen Plastikhauben, alle mit Handschuhen. Kein einziger Roboter zu sehen. Vesna dreht sich ein wenig herum. Wahrscheinlich, um möglichst viel von der Küche aufzunehmen.

„Du stehst da ruhig", sagt Moon zu Vesna. „Sie zeigt dir: genau so machen! Genau so! Millimeter!"

„Was Millimeter?" Vesna zieht das „was" wie Russinnen in schlechten Filmen in die Länge.

„Sie zeigt!"

Neben meiner Freundin steht eine Frau in den Vierzigern. Sie schält Karotten und schneidet sie dann in exakt gleich große, exakt viereckige Stifte.

„Kochen", sagt Vesna. Der Akzent wird immer russischer. Eine andere Frau sieht herüber. Sie soll es nicht übertreiben. Rascher als Moon könnte den Ukrainerinnen auffallen, dass da etwas nicht passt. „Ich kann!"

„Vielleicht später. Zuerst: Gemüse machen."

Die Frau zieht für Vesna ein Brett und ein Messer aus einer der Laden.

Jetzt begreife ich, warum alles so gut zu verstehen ist: Keine redet. Ein Mann mit dunklen Haaren unter einer Schirmmütze kommt mit zwei offenbar sehr schweren roten Kisten ins Bild. Er stellt sie ächzend auf die Edelstahlfläche.

„Du bist verrückt?“, kreischt der Ameisenkönig. „Runter! Boden!“

Der Mann starrt ihn an und hievt die Kisten wortlos wieder herunter.

„Hygiene!“, schreit Moon. „Nicht Unsauberes auf Arbeitsfläche!“

Die Ameisen beugen ihre Köpfe tiefer über die Gemüseteile.

Moon befiehlt zwei Frauen, das Fleisch in den Kisten zu „versorgen“. Und dann zu „parieren“. Klingt bedrohlich, ist aber bloß ein Küchenausdruck: Sehnen, Haut, Fettschicht entfernen. Ich hätte besser in die KI-Küche gepasst als meine Freundin. – Nur weil ich etwas mehr vom Kochen verstehe? Darum geht es nicht. Und: Ihren Mut hatte ich nie.

Moon geht aus dem Bild. Sieht so aus, als wären die Frauen unter sich. Jetzt reden sie miteinander. Nicht viel und nur leise.

„Er streng“, sagt Vesna zu ihrer Nachbarin.

„Du nicht aus Ukraine“, sagt ihre Nachbarin.

„Richtig“, höre ich Vesna antworten. „Aber ich brauche Job. Esat hat gesagt, da gibt es Arbeit.“

„Esat?“, flüstert die Frau neben ihr. „Der ist weg.“

„Weiß ich nicht. So gut ich kenne nicht. Warum?“

„Ich kann nicht gut Deutsch.“

„Er hat gesagt, Diana kann gut Deutsch.“

„Du musst arbeiten. Sonst kein Job.“

„Ihr musst viel arbeiten, oder?“

Ihre Nachbarin schüttelt bloß den Kopf. Vesna sollte vorsichtig sein. Gut möglich, dass nicht nur sie eine Kamera hat. Was, wenn sie beobachtet, abgehört werden? – Warum? – Vielleicht einfach zur Kontrolle. Busch scheint ein Kontrollfreak zu sein und sein Handlanger wohl ebenso. Wie er den Mann mit den Fleischkisten angeschnauzt hat.

Eine Frau mit kurzen hellen Haaren unter der durchsichtigen Haube kommt ins Bild. „Ich kann Neuer zeigen. Wie heißt du?“

„Vesna."

„Ich bin Diana." Dann redet sie so leise, dass ich fast nichts verstehen kann. Ist die Lautstärke am Laptop auf Maximum? Ich will nicht riskieren, etwas zu verstellen. Ich halte mein Ohr so nahe wie möglich ans Gerät.

„... nach Esat gefragt", verstehe ich.

„Nur ein Freund", antwortet Vesna, beinahe ebenso leise.

„... musst weitertun". Das kommt wieder von Diana.

Das Kamerabild wird unruhiger, offenbar schält Vesna Karotten. „Esat hat gesagt, da ist Arbeit. Gibt Extrageld."

Ein scharfer Blick von Diana. „Alles in Ordnung. Keine regt auf."

„Ich weiß, Esat wollte euch helfen", höre ich Vesna flüstern.

„Brauchen keine Hilfe. Basta."

„Aber Esat. Sie haben ihn ..."

„Ruhig. Wir alle freiwillig da. Arbeit."

Eine andere Frau. Dunkel, groß, muskulös, die Kleiderschürze ist ihr etwas zu eng. „Was ist mit Esat?"

„Ruhe!", flüstert die Frau neben Vesna.

„Ich bin Diana. Wer bist du?"

„Ich habe gedacht ... sie ist Diana."

„Sie auch. Wir haben drei Diana. Ist häufig in Ukraine. Sei vorsichtig, wir werden überwacht. Wir arbeiten mehr wie offiziell, aber es gibt Geld." Ich sehe sie lächeln. „Auch Praxis bei guten Köchen ist nicht gut gezahlt. Und Köche machen sie freiwillig."

„Du kennst dich aus", flüstert Vesna.

Sie soll aufpassen, vielleicht ist Diana zwei von Busch eingeschleust. Profiköchin und Freistilringerin, die ihm alles berichtet. Aber das kann er wohl einfacher haben.

„Wir sind nicht dumm, nur weg von daheim. Wegen Russen."

„Ich bin auch geflüchtet."

„Woher?"

„Vor dreißig Jahren. Aus Jugoslawien."

„Wir reden nachher. Ruhig jetzt."

Ich sehe ein Stück Arbeitsfläche, dahinter eine weiß geflieste Wand. Offenbar arbeitet Vesna. Wirkt nicht gerade, als wollten die Ukrainerinnen von jemandem gerettet werden. Auch nicht von Esat.

Dann dreht sich Vesna abrupt um. Vor ihr steht Moon. Und ein zweiter Asiate.

„Du kommst mit!", befiehlt Moon.

„Was ist?", höre ich Vesna. „Versteh nicht!"

„Du verstehst gut, Schlampe!"

„Ist … Verwechslung."

„Du kommst. Sofort."

Ich sehe, wie der andere seine Hand in Richtung Vesna ausstreckt. Er packt sie.

„Ihr haltet den Mund! Ihr arbeitet!", befiehlt der Ameisenkönig.

„Ich denke nicht daran", faucht meine Freundin. „Ich will sofort mit Busch reden! Ich habe … Verbindungen!"

„Verbindungen?", höhnt der zweite Asiate. „Wissen wir. Das ist vorbei!"

Er hält sie fest, Moons Hand wird groß, größer und dann ist alles finster. Sie haben ihr die Kamera abgerissen. Aus und over. Kein Signal mehr. Sie ist aufgeflogen. Aber wie? Hören sie wirklich die Gespräche ihrer Hilfskräfte ab? Warum? Niemand hat Vesna geholfen. Ich muss etwas tun. Was kann ich tun?

Wir hätten uns mehr um den Administrator und seinen angeblichen Bruder kümmern sollen. Vollstrecker. Im Namen von Busch. – Oder im Namen dieses Roboterunternehmens? Hinter dem eigentlich was … wer … Ich versuche mich zu beruhigen. Durchatmen. Okay. Das Logischste wäre Polizei. Sie halten meine Freundin fest. Sie wollte auf Probe arbeiten. Das glaubt uns keiner. Nemecek. Der versucht hat, mich zu erreichen? Und bei dem ich mich wegen Esat tot gestellt habe? Tot. Gestellt. Ich will gar nicht daran denken. Vielleicht hat Khaled doch im KI gearbeitet. Und Esat hat ihn dazu gebracht, zu reden. Vielleicht war er mutiger als die Ukrainerinnen. Esat braucht Beweise. Warum hat er es nicht erzählt? Weil er uns so vieles nicht erzählt hat? Weil es ganz anders gelaufen ist?

Ich muss hin. Ich bin Journalistin. Busch kennt mich. Es geht um Details fürs Interview. Ich wollte bei einer Passage lieber noch einmal nachfragen. – Aber wie kann ich Vesna im KI finden? Die Räume hinter dem Lokal sind weitläufiger, als ich gedacht habe. Und es gibt Lichtschranken. Hat Esat erzählt. – Was können wir ihm glauben?

Die einzige Chance … Wenn wahr ist, was wir vermuten, dann hat Busch Angst vor schlechter Presse: aufzufliegen, hingerichtet zu werden, so wie sein Kollege. Es geht so schnell, hat er gesagt, man muss dranbleiben. Selbst der Guide Michelin entzieht schon Sterne, wenn man sich nicht korrekt verhält. Und Mader entzieht ihm das Geld. Oder er steckt mit drin. Weil er miese Berichte noch viel weniger brauchen kann als Busch.

Die einzige Chance … Ich bin eine, die mit negativer Berichterstattung drohen kann. Ich komme ins KI, weil ich meine Freundin abholen will. Ich gebe zu, dass sie verdeckt ermittelt hat. Was sollen sie tun? – Auch mich wegräumen. Wegräumen. Was für ein blödes Wort. Ich kann mich dumm stellen: so sorry, Vesna einzuschleusen sei die einzige Möglichkeit gewesen, etwas über die hinteren Räume des KI herauszufinden. Ist nicht strafbar, oder?

Und was machen sie dann mit mir? Ich kann behaupten, dass jemand Bescheid weiß. Oskar. Wirtschaftsanwalt. Aber werden sie mir glauben? Was, wenn Vesna längst … Robotern ist egal, was sie verkochen.

Mira, du bist in Wien, nicht in einem asiatischen Horrorfilm!

Ich renne hinüber in die Wohnung, dunkle Jacke. Warum? Einfach so, meine Tasche. Mobiltelefon. Lift. Noch nie war der so langsam.

Taxi. Ich muss mich absichern. Oskar … Nein. Er kommt um vor Angst. Oder vor Wut. Und … Kowalsky geht nicht ans Telefon. Er schippert irgendwo seine Touristen herum, eine

Seefahrt, die ist lustig … Unsinn, er ist der Chef. Er ist in einem Meeting. Er weiß viel über die Gastronomie.

Ich zahle, springe aus dem Taxi. Stehe vor dem KI. Natürlich. Geschlossen. Hintereingang. Da muss einer sein. Für Lieferanten. Die lassen niemanden rein. Soll ich versuchen, Vesna anzurufen? Nein. Sicher nicht. Aber ich brauche sie. Ich werde allein mit so etwas nicht fertig. – Sie braucht jetzt mich. Der Rest ist egal. Nemecek. Wo immer der steckt. Ich muss ihm nicht alles erzählen.

Mülltonnen, leere Kisten. Kein Eingang.

Um die Ecke, ich kämpfe mich durch ein paar halbhohe Büsche. Nemecek. Auch er geht nicht ans Telefon. Braucht man sie, sind sie weg. Ich hole Luft. Da. Eine Tür. Die Mobilbox von Nemecek. Was hat er mir erzählt? Die stoppt nicht nach einer Minute. Die nimmt weiter auf. Hat er seit einem Fall, in dem … Das ist jetzt nicht wichtig. Er muss wenigstens wissen, wo wir sind. Falls wir verschwinden … – in der Consommé double?

„Fritz, ich bin beim Hintereingang vom KI …“

Jemand reißt die Tür auf.

Moon, der Ameisenkönig. Ich habe das Telefon noch immer am Ohr. Ein Plan. Oder ich bin weg. Wie Vesna.

„Ja, Herr Oberst, ja, Herr Kommandant, ja, ich bin jetzt drinnen!“ Und an Moon gerichtet: „Das Kidnapping der Undercover-Person ist aufgeflogen! Ich will sofort mit der Undercover-Person sprechen!“ Ich kann nur hoffen, dass er nicht merkt, wie ich zittere. „Ja, Herr Kommandant. Natürlich, Einsatztruppe! Cobra!“

Moon starrt mich an. „Was reden Sie?“

„Ich will sofort die Frau, die ihr festhaltet! Es ist alles dokumentiert! Die Polizei ist verständigt! Ich bin mit dem Polizeikommandanten verbunden!“

„Sie schreien besser nicht so“, sagt Moon und macht einen Schritt auf mich zu.

„Die wissen, wo ich bin. Ein Einsatzkommando, es wird hier alles auseinandernehmen …“

Wie aus dem Nichts steht Busch im Gang. Haben die überall diese Lichtspiele?

„Was ist los?", fragt er. Als ob er es nicht wüsste. Gleich wird die Cobra ... Mira, am anderen Ende der Leitung ist keiner. Ich mache den Mund auf und wieder zu.

Busch redet ohnehin weiter: „Ich war die letzten Stunden ohne Unterbrechung im Lab. Bei einem sehr speziellen Prozess, der keine Störung brauchen kann ... ganz konzentrierte intensive Arbeit mit Essenzen, die einzigartig sind, und dann höre ich dieses Geschrei ..."

„Erzählen Sie das Ihrer Großmutter!", fauche ich ihn an.

Er schüttelt den Kopf, sein Doppelkinn wackelt. „Ich verstehe nicht ..."

„Ganz schlechtes Schauspiel!", kontere ich. Vielleicht besser, nicht zu viel über Schauspiel zu reden.

„Sie können hier nicht rein, das ist für Betriebsfremde nicht möglich, wenn Sie mit mir reden wollen ..."

„Reden?", blitze ich ihn an. „Zuerst einmal will ich sofort unsere Ermittlerin sprechen. Sofort!"

Busch sieht Moon an, dann mich. Er scheint verunsichert. Kann es sein, dass er nichts weiß? „Ermittlerin? Für wen? Was sind das für ... Methoden? Inspektoren sind anonym, aber ... Sie sind nicht vom Guide Michelin. Nein. Sie kommen von einem Führer ... Sie machen einen Blog?"

Er glaubt, dass ich in Sachen Gastrokritik unterwegs bin und Vesna geschickt habe, um mehr ... Schnell weiterreden, damit man mir meine Verblüffung nicht anmerkt. „Ich verlange, dass meine Mitarbeiterin sofort freigelassen wird!"

„Wir halten niemanden fest", mischt sich Moon ein.

„Für wen arbeiten Sie? Wenn Sie jemanden eingeschleust haben, ist das Hausfriedensbruch. Dann war unser Gespräch also nur ein Vorwand. Gault Millau? Falstaff? Best of Österreich? Do eat?"

Ich unterdrücke ein Grinsen. Nur: Was ändert es? Was haben sie mit Vesna gemacht?

„Ihre Karriere ist beim Teufel", schleudere ich Busch entgegen. „Ich bin mit der Polizei verbunden und …"

Moon streckt die Hand nach meinem Telefon aus. „Das ist alles Blödsinn. Ich will reden mit der Polizei!"

Ich drücke die Beenden-Taste. „Wo ist Vesna Krajner?"

„Haben wir nicht!", faucht Moon.

„Vielleicht … ist das alles ein großes Missverständnis", murmelt Busch. „Ich habe nichts mitbekommen, ich war die letzten Stunden über durchgehend im Lab, um …"

„Haben Sie schon gesagt. Wenn es ein Missverständnis ist, wo ist Vesna Krajner?"

Moon schüttelt den Kopf.

„Die Frau, die heute zur Probe gekocht hat! Und sagen Sie nicht, im KI gibt's keine Menschen in der Küche!"

„Von Kochen ist keine Spur", sagt Moon. Und zu Busch: „Sie hat spioniert. Sie hat Kamera in einem Knopf gehabt."

Busch starrt mich an. „So geht das nicht!"

„Und eine Ermittlerin kidnappen, das geht? Er soll sofort sagen, wo sie ist!"

Busch wendet sich zu seinem Ameisenkönig. „Wo ist sie?" Ist er wirklich ahnungslos?

„Fort."

„Wie fort?", fahre ich ihn an.

„Na fort. Wir wollten ihr klarmachen, dass das nicht akzeptiert wird. Dass wir das anzeigen werden. Sie hat getobt und sich losgerissen und ist davon. Die hintere Tür war offen."

„Wie kann ich wissen, ob das stimmt oder ob sie nicht längst …"

„Längst was?", fragt Busch. „Wer ist die Frau?"

„Darüber darf ich nicht reden."

„Wir haben ein Signal bemerkt, niemand kann kommen und spionieren", erklärt Moon. „Also haben wir sie gestellt. Alles ganz legal, Chef."

„Ich werde mich beschweren", sagt Busch. Aber es klingt matt, nicht nach Küchendiktator.

„Sie sind Stümper“, sagt Vesna.

Fran hat mich angerufen und gebeten, vorbeizukommen. Mam brauche etwas. Ich war erleichtert. Natürlich vor allem, weil es meiner Freundin gut zu gehen schien, aber auch, weil ich die Entscheidung, wie ich weiter vorgehen soll, zumindest aufschieben konnte.

„Aber irgendwas hat meine Kamera entdeckt“, fährt Vesna fort. „Nur dass die nicht gerade Karatemeister sind, der Ameisenbär und sein Administrator. Ich habe offene Türe gesehen, mich losgerissen und das war es.“

„Warum hast du mich nicht sofort angerufen?“

„Mit welchem Telefon? Das eine hat mir Ameisenbär genommen, als …“

„Ameisenkönig, sie nennen ihn Ameisenkönig.“

„Ich nenne ihn Ameisenbär. König ist der keiner. Billiges Handy habe ich ihnen gegeben, sie haben gesagt, nach Arbeit ich kriege es zurück. Da ist Handyverbot. Und anderes hat er mir abgenommen, als es mit Kamera aufgefallen ist. Die müssen Kameras haben. Und Mikros.“

Fran sieht seine Mutter liebevoll spöttisch an. „Du bist eine Stümperin, Mam. Muss leider gesagt werden. Weil: Zuerst musst du das natürlich überprüfen.“

„Ja klar: Ich gehe mit Messgerät durch Räume und erst dann schalte ich Kamera ein.“

„Die Software hat etwas drauf, mit dem man Störsender und Signale sehr gut erkennen kann. Habe ich dir doch gezeigt.“

„Vielleicht es war eilig? Und vielleicht ich konnte dort unter anderen Frauen nicht einfach Handy rausziehen, wenn man es nicht dabeihaben darf?“

Ich lächle und nehme noch einen Schluck Tee. „Hauptsache, dir ist nichts passiert.“

„Das ist zu wenig“, widerspricht Vesna.

„Keine Ahnung, was Busch unternimmt. Noch glaubt er offenbar, dass du eine ‚Ermittlerin‘ für einen Gastronomieführer oder einen Blog bist.“

„Nicht wirklich!“ Die beiden rufen es gleichzeitig.

„Die kochen undercover mit?“, fragt Fran.

Ich schüttle den Kopf. „Kann ich mir nicht vorstellen. Auch wenn es die ‚Inspektoren‘ des Michelin angeblich ganz genau wissen wollen. Ich habe gelesen, sie kommen nach dem Testessen in die Küche, um sich alles anzusehen. Ob das wahr ist? Ob andere Führer ähnliche Methoden haben? Keine Ahnung. Manninger könnte es wissen.“

Vesna lacht. „Er hat gedacht, neue Gourmet-Kritikerinnen gehen weit. Gute Idee, eigentlich. Ich kann Foodblog machen: Die ‚Undercover-Testerin‘ funktioniert hundertprozentig.“

„Bin ich mir nicht sicher“, murmle ich.

„Aber ich!“, antwortet Vesna.

„Ich meine … es könnte auch sein, dass Busch das Ganze nur gespielt hat. So überdeutlich wie er gesagt hat, dass er in den letzten Stunden nur im Lab war, nichts mitbekommen hat, und das gleich zwei Mal …“

„Vielleicht er wollte sich absichern, weil er nicht weiß, was seine Asiaten anstellen“, überlegt Vesna. „Was ist, wenn sie einen Grund haben, warum niemand nachsehen soll?“

„Mam, wer will, dass jemand kommt und spioniert? Das Wahrscheinlichste ist: Sie haben hier den Prototyp einer Roboterküche – egal, ob die Maschinen schon wirklich viel mit *artificial intelligence* zu tun haben oder nicht. Sie wollen nicht, dass jemand darüber Informationen sammelt.“

„Hast du inzwischen mehr über AI-Temp rausfinden können?“, frage ich Fran.

„Wenig. Es gibt nicht sehr viele Infos, die zugänglich sind. Der Konzern, zu dem AI-Temp gehört, ist in Japan registriert. Es könnte trotzdem sein, dass er chinesische Anteilseigner hat. Es könnten allerdings auch Südkoreaner beteiligt sein. Die wissen, wie man sich vor Zugriffen schützt, dazu kommt noch die Sprachbarriere. Ich kenne einfach kein chinesisches Übersetzungsprogramm, das gut funktioniert.“

Ich grinse. „Gilt wohl auch in die umgekehrte Richtung, wenn ich mir die Gebrauchsanweisungen von chinesischen Geräten ansehe."

Fran nickt. „Noch Tee? Ist übrigens ein besonderer Grüntee aus der Gegend von Hangzhou. Nicht alles Chinesische ist schlecht oder verdächtig."

„Aber Ameisenbär ist verdächtig."

„Der ist kein Chinese", stelle ich klar. „Chinesische Küche kann traumhaft sein. – Wobei es ‚die' chinesische Küche natürlich gar nicht gibt, bei diesem riesigen Land."

„Womit wir wieder beim Thema wären", meint Fran.

„Die Frauen … sie haben gewusst, dass sie in der Küche nicht reden sollen", überlegt Vesna. „Ich weiß nicht, warum."

„Warum nicht reden oder warum sie es gewusst haben?"

„Beides."

„Busch hat auch im ‚HochHaus' verboten, dass sie in der Küche sprechen."

„Aber nur, wenn Menü gekocht wird, oder?"

„Ja. Das stimmt."

„Was, wenn Khaled auf das gekommen ist, was dahintersteckt", überlegt Vesna.

„Der hat nie im KI gearbeitet", widerspreche ich.

„Wissen wir es? Vielleicht ist er für Esat eingesprungen. Eine Ameise ist wie andere."

„Aber dann hätten sie wohl beide beseitigen müssen."

„Kampfmaschinen sind die nicht, der Administrator und sein Moon. – Ich sage ungern, aber vielleicht hat Mira recht. Fran, du musst checken, ob Roboter nicht doch spionieren. Oder lernen, wie das geht. Gerade die im Service. Es kommen viele prominente Gäste. Kann sein, das ist auch so Prototyp wie Roboterküche. Sie probieren aus, was man ausspionieren kann."

Ich nicke. Die Überlegung hat etwas.

Fran sieht uns belustigt an. „Ihr meint: Die Serviceroboter zeichnen auf, was die Gäste reden?"

Manchmal geht mir seine überhebliche Art, wenn wir über Technik reden, auf die Nerven. „Kann doch sein. Sie wollen sicher nicht, dass das rauskommt."

„Liebste Mira, liebste Mam: Das können viele eurer Handy-Apps auch. Und jede Sprachassistentin kann es. – Du hast doch so ein Saugdingsbums, das sie auch Roboter nennen, Mira?"

„Hab ich. Saugroboter. Ich sag Flocki zu ihm. Er funktioniert großartig. Nur Vui mag ihn nicht."

„Fein. Du kannst ihn mit Sprachbefehlen steuern, oder?"

„Könnte ich, mache ich aber nicht. Ist mir zu blöd, mit einem Staubsauger zu reden."

„Immerhin hast du ihm einen Namen gegeben. Alles, was eine Sprachbefehl-Funktion hat, ist in der Lage, Sprache wahrzunehmen. Logisch, oder? Theoretisch auch, alles, was ihr sagt, zu speichern und es weiterzugeben. Und das kann dann, wieder theoretisch, ausgewertet werden."

„Ja", sage ich etwas ungeduldig. „Nur passiert es nicht. Üblicherweise."

„Sagst du. Das Einfachste wäre, die Serviceroboter sind so etwas wie Wanzen und es sitzt jemand ganz klassisch im Hinterzimmer und lauscht live mit. Ist aber unwahrscheinlich. Wenn es ums Datenaufzeichnen und -sammeln geht: Nur sammeln macht noch nicht schlau. Natürlich könnte man die Daten verkaufen. Aber wer kauft die Gespräche in einem Lokal? Sie auszuwerten kostet jedenfalls. Man braucht große Rechner, je mehr Daten, desto größer muss die Kapazität sein. Und desto aufwendiger die Programme, die diese Daten sortieren, filtern, kategorisieren, zuordnen. Was wäre der Zweck?"

Vesna sieht ihren Sohn an. „Es muss nicht so kompliziert sein. Sie machen Test, ob spionieren und auswerten funktioniert. Für diesen Roboter-Konzern. Damit irgendwann alle Gäste in Lokalen kontrolliert werden. So wie das mit den Kameras in China. Social Score – man wird überwacht und bekommt Punkte, wenn man brav tut, was Staat will. Du erinnerst dich, Mira? Du hast es recherchiert. Man gibt Busch Informationen, damit er mitspielt. Fran, du hast gesagt, man braucht große Rechner für große Datenmengen. Vielleicht ist das die Lösung: In einem Roboter-Lokal man kann sie unterbringen, ohne dass es auffällt."

„Mam, du meinst das nicht ernst."

„Man muss über Tellerrand hinausdenken, mein lieber Sohn. Gerade wenn man so viel Kleinzeug weiß wie du. Ich kombiniere die Zusammenhänge."

„Nachdem Busch wohl kein geheimer Nerd ist: Vielleicht ist er bloß ein nützlicher Idiot, der sein Ego mit einem neuen Lokal schmücken kann? Und der glaubt, durch die Überwachung seiner Gäste und Mitarbeiter totale Kontrolle zu haben", assistiere ich meiner Freundin.

Fran lacht und steht auf. „Es soll freilich auch schon früher Spionage in Lokalen gegeben haben."

„Lach nicht! Sie wollten mich kidnappen, egal, was der Ameisenbär dann gesagt hat. Und ein Koch ist tot."

„Weißt du, wie man diese analogen Spionageeinheiten nennt? Ober. Oder Kellnerin, früher auch ‚Fräulein'. Soll vorgekommen sein, dass Servierkräfte gelauscht und es brühwarm weitererzählt haben."

[12.]

Das sind die zehn besten Würstelstände Wiens! Original steirische Krainer, Bio-Frankfurter, vegane Wurst – hier gibt es die ultimativen Köstlichkeiten! Das Gourmet-Magazin …

Es gibt sogar Rankings für Würstelstände. Ein bekannter Gastronomieführer lobt einen *„Tempel der Käsekrainer"*, auf einer Internetseite wird nach der *„Top-Burenwurst"* gesucht. Und ein Foodblogger jubelt: *„Hinter dem Tresen serviert der Chef Käsekrainer, Currywurst, Beef Tatar und Calamari fritti!"* Alles wurscht, sozusagen.

Ich liebe Krainer Würste. Hat wohl mit schönen Kindheitserinnerungen zu tun. Aus einer Zeit, als das Beef Tatar noch eher unter dem Sattel von Tataren weichgeritten wurde. Hauptplatz in Graz, das imposante Rathaus, rundherum die hohen Bürgerhäuser, viele mit fröhlichen Barockfassaden im italienischen Stil. Wie groß ist er mir als Kind vorgekommen, als einer der wenigen war der Platz auch damals autofrei. Wurst auf kleinen Porzellantellern. Die Standlerin hat die „Krainer" mit einer hölzernen Zange aus einem Behälter gezogen. Schon das Brühwasser hat verführerisch geduftet. Beim richtigen Wind konnte man den Geruch bereits von der Herrengasse aus erschnuppern. Und ich habe als Kind darüber gerätselt, ob der Landeshauptmann nach der Wurst oder die Wurst nach dem Landeshauptmann benannt worden ist.

In Wien mögen sie vor allem Käsekrainer. Man kann nachlesen, wie man sie „original wienerisch" bestellt: „A Eitrige mit an Buckl". Sagt man so, weil der Käse ausrinnt. Und „Buckl" ist das Scherzl eines sogenannten halbweißen Brotes, also das Endstück. Ich würde trotzdem nie so bestellen. Ich finde es kulinarisch abturnend. Aber ich bin eben auch keine gebürtige Wienerin.

Nemecek will mich sehen. Offenbar schickt man mich heute von hier nach dort und auch nach anderswo. Ich habe kein gutes Gefühl, was dieses Gespräch angeht. Aber ich kann mich schlecht drücken. Er hat mir aufs Band gesprochen. Der Treffpunkt ist kein Würstelstand, sondern sein Lieblings-Heuriger. Am „Wunderberg", in einem Dorf im südlichen Weinviertel. Ist es eine Chiffre dafür, dass ich mich bald wundern werde?

Natürlich haben Lokalführer und Gourmetportale auch Heurigen und Buschenschänken einer Bewertung unterzogen. Aber dafür habe ich keine Zeit mehr. Was ich gegoogelt habe: Den Wunderberg gibt es tatsächlich. Auch wenn es offenbar kein Berg, sondern eine Straßenbezeichnung in der Gemeinde Auersthal ist. – Ziehe ich schon alles in Zweifel? Kein Wunder.

Eine Kellergasse im Weinviertel. Alte Erdkeller mit hölzernen Türen, daneben einstöckige Presshäuser, die wohl erst nach dem Krieg entstanden sind. – Nach dem Krieg. Was für eine Zeitangabe. Ewig her und doch auch wieder nicht. Kellergebäude, die mit Geschmack renoviert worden sind. Früher, als beinahe jeder im Dorf seinen eigenen Wein gekeltert hat, wurde er hier auch verarbeitet. Heute erledigen die Winzer das mit moderner Technologie in Hallen, die bequemer sind. Viele der „Kellerstöckl" wurden an private Weinliebhaber verkauft. Hier wird gefeiert und verkostet. Bäume trennen die linke und die rechte Fahrbahn, Kopfsteinpflaster. Auf der Hügelkuppe, dort, wo sich die Gasse weitet, der gesuchte Heurige: Holztische im Gras, mehr davon an der Mauer der Kellergebäude. Beinahe alle Tische sind besetzt. Und das mitten unter der Woche. Allerdings: Das Wetter ist prächtig und lädt zum Draußensitzen ein.

Ich entdecke den Bezirkspolizeikommandanten an einem Tisch hinter einem alten knorrigen Weinstock. Noch sind die Blätter klein. Die weiße Wand reflektiert die Sonne. Nemecek ist, wie meist, in Zivil. – Was ist das für ein Treffen? Privat? Beruflich? Ich hätte vorher fragen sollen.

„Mira!", sagt er und steht zur Begrüßung auf. Ganz alte Schule.

Dann sitzen wir einander gegenüber. Er mustert mich. Was ist das? Besondere Verhörtaktik?

„Gespritzter?", frage ich und deute auf sein Glas.

„Gespritzter weißer Traubensaft. Vom Veltliner. Ich trinke tatsächlich nicht im Dienst."

„Du bist im Dienst?"

Er mustert mich weiter. „Schauen wir einmal. Jedenfalls ist das da nicht mein Bezirk. Die Grenze verläuft einen Ort weiter westlich."

Ich versuche ein Lachen. „Du kannst mich also nicht gleich verhaften."

„Täusch dich nicht. – Das meine ich natürlich nur theoretisch. Zumindest noch."

„Gibt's hier auch etwas zu essen?"

„Sehr gut bist du nicht im Beobachten. Sieh dich um!"

„Ich habe es … rhetorisch gemeint."

„Der Alt-Chef, Joschi, ist ein Freund von mir. Vor ein paar Jahren hat die nächste Generation übernommen. Großartiger Winzer und sehr sympathische Leute. Bodenständig, aber alles andere als hinterwäldlerisch. Die kennen sich aus, auch kulinarisch. Die Jungen waren in den allerbesten Lokalen, das interessiert sie."

Ich sehe Nemecek enttäuscht an. „Also so ein Heuriger mit angeblichem Gourmet-Touch, vom Schnitzel bis zum gegrillten Fisch?"

„Gourmet ja, aber anders. Gerade weil sie was von Kulinarik verstehen, gibt's da noch Selbstgemachtes aus der Gegend. Ich hab Joschi gebeten, uns eine Platte mit Kostproben zu bringen. Noch ist nicht viel los, da sind Sonderwünsche drin. Auch wenn hier in der Küche keine Profis arbeiten, sondern die Familie samt ein paar Studentinnen, die ein wenig dazuverdienen wollen."

„Nicht viel los? Fast jeder Tisch ist besetzt."

„Das ist bloß die Vorhut. In ein, zwei Stunden kriegst du keinen Platz mehr."

„Hat aber auch besonderes Flair. Urgemütlich, sozusagen."

Nemecek wirft mir einen amüsierten Blick zu. „Gut, wenn ich deinen kulinarischen Horizont noch erweitern kann."

Ich spiele mit. Viel besser, als sich in lange nicht so erfreuliche Facetten der Gastronomie zu verstricken. Eine Auszeit. Am Wunderberg. „Hast du gewusst, dass auch Würstelstände, Heurigen und Buschenschänken bewertet werden? Dein Lieblingsheuriger müsste ganz weit vorn sein."

„Die sperren bloß ein paar Wochen im Jahr auf. Mehr Zeit haben sie nicht neben ihrem Weinbaubetrieb. Die Gäste kommen durch Mundpropaganda. Und sie kommen wieder, weil es gut ist. Viele sind aus der Region, andere aus Wien, manche sogar von weiter her. Die brauchen kein Ranking und keine Foodbloggerin."

Ich sehe einen Mann mit freundlichem, rundem Gesicht und einem großen Tablett auf uns zusteuern. Mit Elan, beinahe elegant, stellt er alles vor uns ab und erklärt: „Kaltes Schweinsbratl aus dem Holzofen, von mir geräucherter Speck, dreierlei Aufstriche, Weinviertel-Wrap, gesmoktes Roastbeef ..."

Ich lächle ihn an. „Sieht großartig aus."

„Lasst es euch schmecken!"

Mit einer so herzlichen Ansage kann kein künstlich intelligenter Serviceroboter mithalten. „Alt-Chef" Joschi, der kaum älter als ich sein kann, dreht ab, macht ein paar rasche Schritte, dann Kehrtwendung um einhundertachtzig Grad: „Jetzt hätt' ich es fast übersehen: Sie haben ja nichts zu trinken! Auch so was wie Fritz oder was Richtiges? Wein?"

„Vielleicht später. Jetzt auch so etwas."

Ich bin mir sicher: Er würde zu gerne wissen, mit wem sein Freund da am Tisch sitzt. Aber er ist zu nobel, um zu fragen. „Vielleicht komm ich später auf ein Glas vorbei", sagt er. „Wenn ihr nichts Wichtiges zu besprechen habt."

„Das gesmokte Roastbeef ist köstlich, aber nicht gerade von nebenan", sage ich wenig später. Vielleicht gelingt es mir weiter so zu tun, als wären wir bloß auf einem Nachmittagsausflug. Fritz zeigt Mira seinen Lieblingsheurigen. Abseits aller Hauben, Sterne, Löffel und Punkte.

Nemecek lacht. „Da täuschst du dich. Das Fleisch stammt von einem Galloway-Rind, das hier im Weinviertel gelebt hat. Eine Freundin der Familie ist ein ziemlicher Kochfreak. Sie smokt das Roastbeef bei niedriger Temperatur, sodass es innen perfekt rosa bleibt. Die Schweinsbratln kommen aus ihrem großen Holzbackofen. Wenn der Heurige offen ist, helfen Familie und Freunde zusammen. So funktioniert's. Allerdings nur für einige Wochen im Jahr."

Auch der gespritzte Traubensaft schmeckt ausgezeichnet. Ich ziehe mein Telefon aus der Tasche. Ich will Vesna und Oskar einige Fotos schicken.

„Lieber nicht", sagt Nemecek und holt mich zurück aus der Feierlaune.

„Was hältst du davon: Wir vergessen den Rest der Welt für ein paar Stunden und jetzt wird einfach gut gegessen und getrunken."

Er schüttelt wie bedauernd den Kopf. „Wäre schön, geht aber nicht."

„Oh, zuerst anfüttern und dann aushorchen?" Ich will die gute Stimmung erhalten.

„Ich wollte nur mal klären, ob dein Trip schon vorbei ist."

„Mein Trip?"

„Mira, du hast geklungen wie auf Drogen. Du hast was gelabert von ‚undercover' und ‚Cobra', keine Ahnung, ob du das Einsatzkommando gemeint oder eine Schlange gesehen hast. Was war da los? Warum hast du mir aufs Band geredet? Oder ist das alles Fake? Damit wir ins KI stürmen? Um was zu tun? Offenbar hast du auf deinem Trip vergessen, dass ich nicht zuständig bin."

Ich schüttle den Kopf. Ich lege etwas vom selbst geräucherten Speck auf ein Stück saftiges Schwarzbrot und beiße ab. Köstlich. Da kann kein „HochHaus"-Menü mithalten. – Soll es auch nicht. Man muss nicht alles vergleichen.

„Du solltest dich fernhalten, schon vergessen?", fährt Fritz Nemecek fort. „Ich kann dich nicht decken."

„Sie haben Vesna geschnappt. Ich bin hin, um sie rauszuholen. Ich war ... knapp vor der Panik und ich konnte niemand erreichen. Also hab ich dir aufs Band geredet und so getan, als wärst du dran. Damit sie mich nicht ... kidnappen. Wenn da jemand etwas Illegales getan hat, dann die aus dem KI." In dieser Umgebung klingt es verrückt. Unwirklich.

„Die Roboter?"

„Die zwei Typen, die für Busch offenbar die Schmutzarbeit erledigen."

„Ein wenig melodramatisch, Mira. Und du hast eins draufgesetzt und mir ein Undercover-Drama vorgespielt."

„Ich ... wusste zu dem Zeitpunkt noch nicht, dass Vesna schon weg war. Entkommen." Ich schließe die Augen. Ich will hier sitzen und den Heurigen genießen. Echte Gastfreundschaft.

„‚Entkommen'? Das ist wohl übertrieben. Nicht einmal deine tolle Vesna kann zwei erwachsenen Männern entkommen, wenn sie es nicht wollen. Was hat sie angestellt?"

„Sie war auf Probe arbeiten. Und eines ist klar: Die haben Frauen, die im Hintergrund die Arbeit erledigen und die man nicht sehen soll. Sie setzen die Frauen unter Druck. Ukrainerinnen. Die brauchen das Geld. Sie schweigen. Die Ermittler müssen ins KI. Mit IT-Experten. Sie haben dort offenbar ein eigenartiges Überwachungssystem, es könnte auch die Gäste betreffen."

„Ich habe der zuständigen Gruppe nichts zu sagen. Als Nächstes behauptest du, dass es ein Roboter war, der Khaled erstochen hat."

„Ist wirklich nicht meine Aufgabe, das herauszufinden."

„Oh, wie recht du hast!" Nemecek sieht mich ernst an. „Mit deinen Aktionen bringst du auch mich in Probleme, ist dir das klar? Wo ist Esat Al Sayed?"

„Woher soll ich das wissen?"

„Weil ich bis drei zählen kann? Es gibt einen Haftbefehl. Al Sayed taucht unter. Ich versuche, Mira zu erreichen. Mira meldet sich nicht. Unüblich. Normalerweise gehst du gleich dran. Neugierig, wie du bist."

„Jetzt habe ich mich gemeldet."

„Du hast auf meinen heutigen Anruf reagiert. Wäre auch kaum anders möglich gewesen, nach der Nummer, die du auf meinem – übrigens dienstlichen – Anrufbeantworter geliefert hast."

Ich sehe ihn entgeistert an. „Die … deine Kollegen haben das?"

„Meine Mobilbox hab ich."

„Es hat … wahrscheinlich ein wenig wirr geklungen. Aber es hat genützt. Sie haben sich nicht getraut, mir etwas zu tun."

„Und was hätten sie dir sonst getan? Dich zu Roboterfutter verarbeitet?"

„Busch hält Vesna für eine ‚Ermittlerin' der besonderen Art. Er glaubt, dass wir für einen Lokalführer oder Gastro-Blog unterwegs sind und dass ich sie auf Undercover-Mission geschickt habe. Oder er tut so, als ob der das glauben würde."

„Mira. Ich weiß lange nicht alles über den Fall. Aber eines weiß ich: Die Wahrheit ist oft deutlich einfacher und unerfreulicher. Esat Al Sayed hat ein handfestes Motiv. Offenbar wollte er Busch, vielleicht auch andere, erpressen."

„Erpressen? Wie passt das …"

„Man hat auf seinem Laptop Material gefunden."

„Er hat alles dafür getan, damit er die Staatsbürgerschaft bekommt."

„Sagt wer, er? Ihr kennt ihn nicht."

„Bei dem Material wird es um die Ukrainerinnen gehen. Deswegen war auch Vesna im KI. Esat hat Informationen gesammelt, weil er einen Report über die Ausbeutung der Frauen und Sozialversicherungsbetrug veröffentlichen wollte."

„Er erzählt, was du hören willst. Kapierst du das nicht?"

„Seine Ex-Freundin weiß davon. Sie ist ja Journalistin, sie wollten das gemeinsam durchziehen."

„Wollten? Ex?"

„Und? Trennungen gibt's bald wo."

„Ist das dieselbe, die ausgesagt hat, dass er sich verändert hat? Dass er sie verlassen hat, weil sie nicht mehr in sein Leben passt? Seit er bei einem dieser Moscheevereine angedockt hat?"

„Was ist er jetzt? Erpresser oder radikaler Islamist? Ihr wollt einfach einen drankriegen, der sich nicht wehren kann!"

„Ihr? Drankriegen?" Nemecek runzelt die Stirn. Ich sollte es nicht übertreiben. Trotz oder gerade wegen des Heurigenausflugs.

Ich sehe Nemecek an. „Ist doch auffällig, dass es derart viele Indizien gibt. Und dass sie einander widersprechen. Was soll er sein? Ein erpresserischer islamistischer Mörder von der Filmhochschule Damaskus?"

„Warum verteidigst du ihn?"

„Weil ich … weil ich da einiges unlogisch finde."

„Das Material auf seinem Laptop ist Tatsache. Die Aussage seiner Freundin ist Tatsache. Die Auswertung der Videokameras beim Moscheeverein ist Tatsache. Die Ermittler sind dabei, das alles zu verknüpfen. Wenn ihr wisst, wo Esat Al Sayed ist: Du machst dich strafbar, wenn du es nicht sagst!"

Ich schüttle den Kopf.

„Dazu kommt: Wer hätte eine bessere Gelegenheit gehabt als er, um seinen Kollegen zu ermorden? Der junge Syrer hat etwas mitbekommen, sie haben immerhin tagtäglich zusammengearbeitet."

„Apropos: Was ist mit diesem Freund von Khaled? Gegen den müssten deine lieben Kollegen doch gerne ermitteln. Ist doch auch ein Migrant!"

„Weißt du eigentlich, was du für Schwachsinn redest?"

„Du wirst doch nicht abstreiten, dass das Innenministerium gerade wieder mal besonders auf scharf macht? Aus Angst, dass die Partei ihres lieben Chefs die nächsten Wahlen verliert?"

„Aus dem Nähkästchen geplaudert: Sie wollten den Fall klein halten und in Ruhe lösen. Ich hätte das für sehr gut gehalten. Damit Hetzer, Hysteriker und Besserwisserinnen keine Bühne haben."

„Eigenartige Aufzählung, meinst du nicht? Und die Besserwisserinnen, die sind weiblich, was?"

„Sieht ganz danach aus. Jedenfalls habe ich dich hierhergebeten, damit wir in Ruhe reden können. Offenbar ist das nicht möglich."

„Ich finde es großartig hier. Aber ich lasse mich nicht ködern! Nicht einmal durch ein so gutes …"

„Mira! Ich habe dir einiges erzählt, damit du begreifst, dass es gefährlich ist, sich einzumischen. Und dabei rede ich nicht von Busch und seinen lächerlichen Geschmacksexperimenten im … Lab."

„Also hat sich keiner um Khaleds Freund gekümmert."

Nemecek sieht mich lange an. „Okay. Er hat das beste Alibi überhaupt. Oman Yassin war auf einer Polizeiinspektion. Von in der Früh weg. Weil, wie das Leben so spielt: Er und ein paar Freunde haben versucht, zwei Männer vor einer Abschiebung zu verstecken. Einen aus Tunesien, einen anderen aus Afghanistan. Frag mich nicht, was dieser Yassin genau damit zu tun hat, jedenfalls kann er nicht im ‚Apfelbaum' gewesen sein."

„Ist es dir eigentlich egal, dass das ‚Apfelbaum' zusperren musste?"

„Was kann ich dafür? Sollte ich nach einem genehmeren Täter suchen? Tatsachen verdrängen? Oder vielleicht Beweise und Verdächtige verstecken?"

Ich schüttle den Kopf. „Ich hab …" Ich versuche, die Tränen zurückzuhalten. Das wäre das Letzte. Ich bin müde. Heute ist unendlich viel passiert. Oder es hat zumindest so ausgesehen, als ob. Ich kann nicht mehr. Daran vermag die beste Winzerjause nichts zu ändern. Ich kriege es nicht auf die Reihe. Ameisenkönig und Islamist und Busch, der Chef über Roboter, oder sind die Roboter seine Chefs? Sind sie unser aller Chefs und Esat hat das auf der Filmhochschule …

„Mira!“

Fritz Nemecek, Bezirkspolizeikommandant, fasst mich fest am Unterarm.

Ich hole tief Luft. Beinahe wäre ich umgekippt. Beinahe.

„Du hast deinen Ärmel im Liptauer“, murmle ich.

„Weil’s darum geht!“ Das klingt freilich mild, fast besorgt. „Alles okay? Das war heute vielleicht doch ein wenig viel für dich, aber …“

Ich seufze. „Weißt du, was ich jetzt will?“

„Ich fürchte, ja. Ablenken und ein Glas Wein.“

„Du kennst mich so gut, wir könnten Freunde sein.“

„Sind wir doch auch, Mira. Nur … nein, gerade deswegen: Sei bitte vernünftig. Für Esat Al Sayed sind die Behörden zuständig!“

Ich liege im Bett und starre an die Decke. Ich will wegen dieser Geschichte keine Menschen verlieren, die ich mag. Die mir wichtig sind. Die letzte, recht entspannte Stunde beim Heurigen ändert nichts daran: Fritz Nemecek wird es nicht tolerieren, wenn rauskommt, dass wir Esat verstecken. Und Oskar? Willst du schuld sein, wenn die Anwaltskammer ein Verfahren gegen ihn einleitet? Weil sie davon ausgeht, dass er gewusst hat, wo der Gesuchte war? Konkurrenz und Neider gibt’s nicht nur in der Gastrobranche.

Und das alles wegen eines jungen Syrers? Wir kennen Esat Al Sayed kaum. Nur weil einer nett und weltläufig ist und dazu noch ein guter Koch und mit einer Lebensgeschichte, die in Vesna Beschützerinstinkte auslöst? Er hat womöglich wirklich versucht, das KI zu erpressen. Vielleicht war zuerst an einen Report gedacht. Er hat recherchiert und erkannt, dass man mit dem Material Besseres anfangen kann. Warum können Islamisten nicht gleichzeitig Erpresser sein? Er hat sich verändert ... Vielleicht ist auch bei ihm einiges hochgekommen ... Er hat es selbst gesagt: Wir nehmen unsere Geschichte, unser Leben mit. So ähnlich ist es offenbar auch bei Vesna. Die an ihre Flucht erinnert wurde. Sie ist nicht objektiv. Sie sieht sich selbst, in gewisser Weise. Nur dass sie sich mit Reinigungsarbeiten durchgewurstelt und hochgearbeitet hat. Und Esat? Er kocht bei Manninger. Ich finde das sehr sympathisch. Und es ist harte Arbeit. Nicht nur in der Sterne-Gastronomie gibt's Druck und Stress. Den haben auch die Leute in anderen Lokalen, egal ob mit gehobener oder ganz traditioneller Küche. Nur stehen sie nicht in der Öffentlichkeit. Da wird erst aufgeschrien, wenn wieder ein Dorfwirtshaus zusperrt.

Es ist schlimm genug, dass ich Droch verloren habe. Intelligenter unbestechlicher Lichtblick im „Magazin", Reibebaum bei vielen Themen, so oft waren wir unterschiedlicher Ansicht. Aber ich konnte auf ihn zählen. Ein echter Freund. Vor langer, langer Zeit wäre er fast noch mehr geworden. Als er so plötzlich gestorben ist, habe ich weitergetan. Was auch sonst. Ich habe in den letzten Jahren viel zu wenig mit ihm unternommen, ihn viel zu selten gesehen. Was zählt am Ende, wenn nicht Beziehungen, wenn nicht die Menschen, ohne die man nicht sein mag?

Ich bin zu müde. Ich sehne mich nach Oskar. Gleichzeitig bin ich froh, dass er über Nacht auf diesem Kongress ist. Er hält eines der Hauptreferate. Ich kann stolz auf ihn sein. Bin ich, aber das ist nicht die Hauptsache. Er ist mein Fels. Und ich will ... na, eben auch für ihn da sein. Ich rolle mich auf die andere Seite, der Hauch eines Geruchs von Oskar. Ich drehe das Licht ab.

Sam bittet mich zu einer Besprechung in die Redaktion. Sitzungen sind bei ECCO selten. Geht es um die beleidigte Automobil-Lobby? Ich bin froh, dass ich nicht im Ein-Zimmer-für-alle-Büro arbeiten muss, Großraum kann man es nicht nennen. Ich erledige meine Arbeit üblicherweise von daheim aus, auch schon bevor Homeoffice angesagt war. Während die paar anderen ständigen Mitarbeiterinnen offenbar gerne dicht an dicht am langen Tisch hocken und recherchieren und schreiben. Sie sind allerdings um einiges jünger als ich.

Ab und zu bei ECCO vorbeizuschauen gehört trotzdem dazu. Heute bin ich richtig froh darüber. So kann ich Probleme und Entscheidungen noch ein wenig wegschieben. Esat Al Sayed. Habe ich das Recht, ihn auffliegen zu lassen? Er vertraut mir. Habe ich die Pflicht, es zu tun? Um andere, die mir wichtig sind, vor Schaden zu bewahren? Um am Ende nicht selbst wie eine Idiotin dazustehen? Weil es das Gesetz verlangt?

Einen mittelprächtigen Kaffee später – noch ist es mir nicht gelungen, Sam diese Kapselmaschine auszureden – sitzen wir in ihrem Büro und Besprechungszimmer. Ab und zu gibt es auch bei ECCO etwas, das nicht alle wissen müssen.

„Busch. Er hat mich heute angerufen", sagt Sam ohne lange Einleitung.

Ich habe ihr noch nichts von der gestrigen Aktion im KI erzählt.

„Er hat uns gedroht: Wenn ECCO über ihn Lügen verbreitet, dann klagt er. Und wir könnten sämtliche Inserate aus der Gastrobranche vergessen."

„Ich hab gestern …", setze ich an.

„Hör es dir an, ich habe mitgeschnitten."

„Ich werde es nicht hinnehmen, dass ahnungslose Kritiker mein Lebenswerk zerstören! Ich bin ein angesehener und, ich sage es deutlich, sehr gut vernetzter Gastronom. Sie brauchen nicht zu glauben, dass bei mir spioniert werden kann, um mir dann alles Mögliche zu unterstellen! Heute kann jeder medial hingerichtet werden – aber nicht mit mir!" Jetzt ist die Lautstärke so, dass der Laptop, über den Sam die Aufnahme abspielt, vibriert. „Ich halte mich an alle Regeln. Ich arbeite vierzehn, sechzehn Stunden am Tag! Ich lasse mir nicht von einer hergelaufenen Bloggerin und dieser Journalistin alles kaputt machen! Es gibt Rechte!

Auch für Gastronomen! Wir sind nicht die Deppen für alle! Das war Hausfriedensbruch und unerlaubtes Eindringen und wir klagen auf Lüge ... auf Unterstellung und auf Wiedergutmachung! Sie werden es nicht zahlen können! Jeder einzelne Gast, der wegen Ihren Lügen wegbleibt, wird mit ECCO abgerechnet. Ich habe Anwälte! Freunde! Im Vertrauen gesagt: ganz, aber ganz weit oben. Also noch einmal: Wenn ECCO auch nur irgendetwas bringt, das meinem hart erarbeiteten guten Ruf schaden kann, oder dem Ruf meiner Lokale, oder seiner ... seiner damit in Verbindung stehenden Personen ... oder Unternehmen, dann ist ECCO Geschichte! Haben wir uns verstanden?"

Ich höre Sam sehr ruhig sagen: „Es tut mir leid, aber ich kann Sie gar nicht verstehen. Wir haben nicht vor, Lügen zu verbreiten. Und wir sind ganz sicher nicht unerlaubt bei Ihnen eingedrungen. Ich würde vorschlagen, Sie wenden sich damit an die Polizei."

Ich starre Sam an. Nicht gut. Gar nicht gut. Ich hätte ihr früher Bescheid sagen sollen. „Tut mir leid, dass du schon wieder Probleme wegen meiner Recherchen hast."

Die Chefredakteurin zwinkert mir zu. „Mit Leuten, die sich nicht engagieren, hab ich persönlich mehr Probleme. – Hör weiter, jetzt kommt auch hier die Leier mit den Inseraten!"

„Spielen Sie nicht die Ahnungslose! Das zieht bei mir nicht! Mich kann man nicht fertigmachen! Und Klartext, weil es beim Geld ja bekanntlich den Dümmsten wehtut: Inserate können Sie vergessen!"

„Sie haben noch nie bei uns inseriert, wenn ich nicht falschliege."

„So wird es auch bleiben. Die gesamte Branche wird nicht bei Ihnen inserieren! Und alle Branchen, die mit unserer vernetzt sind! Gastro, Tourismus, Lebensmittel, Weinhandel, Transport, alle! Klar? Ich werde sie informieren! Ich kenne sie alle! Wir werden ein Exempel statuieren! Wir lassen uns nicht zerstören!"

„Sind Sie sicher, dass Sie uns nicht verwechseln?" Sam klingt noch immer ruhig, beinahe belustigt.

„Sie pfeifen diese Weiber zurück! Sonst sind Sie Geschichte!“

Sam stoppt und sieht mich an. „Ziemlich cholerisch. Sogar für einen Koch.“

Ich überlege. Oder wir haben wirklich einen Nerv getroffen. Sind wir dem, was er geheim halten will, so nahe gekommen? Und dann erzähle ich meiner Chefredakteurin von Vesnas gestrigem Ausflug.

Sams trockene Analyse: „Er ist ein Freak. Oder überarbeitet. Die meisten Köche sind beides.“

[13.]

Ich habe meinen Holzherd angeheizt. Vui sitzt fasziniert vor dem Sichtfenster, das Feuer zaubert Lichtreflexe in seine Augen. Unser großer Wohn-Ess-Raum ist gemütlich warm. Das Wetter ist gekippt, von Frühling keine Spur mehr. Über Wien ziehen dicke dunkle Wolken. Sturm ist angesagt. Er kann uns hier nichts anhaben. Unsere Insel. Jetzt auch noch mit Holzfeuer.

Ich sehe auf die Uhr. Bald kommen Christof Mader, Unternehmer und Gourmet, und seine Freundin Luzia. Oskar hat den Investor zum Abendessen eingeladen. Vielleicht lässt sich so ein wenig mehr über Busch und seine Abhängigkeit von AI-Temp herausfinden. Hängt Mader selbst mit drin? Wie ist das mit Luzia? Sie taucht verdächtig oft auf, seit wir versuchen, etwas über Khaleds Tod und die Zusammenhänge mit der Wiener Fine-Dining-Szene herauszufinden.

Das heutige Menü ist klar. Zuerst Mille-feuille vom Pane Carasau mit Acciughe-Crema. Macht etwas her und geht trotzdem schnell. Für die Crema habe ich beste eingelegte Sardellenfilets mit etwas Olivenöl und einem Schuss Süßwein gemixt und das dann in der Küchenmaschine mit Ricotta aufgeschlagen. – Will ich Mader beeindrucken? Sicher nicht. Ich koche einfach gern. Danach gibt's Sfornato vom geräucherten Wels mit Orange und syrischem Mozzarella. Als Höhepunkt folgt das gefüllte Hendl. Diesmal wird es gutgehen. Klassisch, keine kulinarischen Kapriolen. Damit der Investor weiß, mit wem er es zu tun hat.

Ich versprudle drei Eier mit einem halben Glas Milch, reichlich frisch geriebener Muskatnuss, Pfeffer und Salz und schütte alles über drei in Würfel geschnittene Semmeln. Viel geschnittene Petersilie und Jungzwiebelringe dazu. Butter nicht vergessen. Ich sehe meine Großmutter vor mir. Ihr Tisch, wohl noch aus der Zwischenkriegszeit. Den Herd, der die Küche zum wärmsten und gemütlichsten Ort gemacht hat. Butter hat sie nicht immer verwendet, Oma war sparsam. „Aber das Hendl, das braucht die Butter", hat sie gesagt. Eigenartiger Satz. Könnte man auch als Küchen-Code verwenden. Geheimsache intelligenter Roboter. Wie lautet die Parole? „Das Hendl braucht die Butter." – „Okay, Sie dürfen passieren!" Lichtschranke auf, Lichtschranke zu. Ich sollte mich von meiner Fantasie nicht wegtreiben lassen. Was hat Nemecek gesagt? Die Wahrheit ist oft deutlich einfacher. Ich gieße die zerlassene Butter über die Masse und mische alles mit einem großen Löffel durch. Nur nicht kneten, die Fülle soll locker bleiben.

Telefon. Luzia. – Sagen sie ab? Was bedeutet das …

„Hi Mira, danke für die Einladung", beginnt sie.

„Aber…?", frage ich.

„Aber was? Wir kommen gerne. Wirklich gerne. Im ‚Magazin' haben sie übrigens Wunderdinge von dir erzählt. Über deine großartigen Storys und über deine Kochkünste."

„Wer?" Sieh an, hat man mich dort nicht vergessen.

„Die Redaktionssekretärin und ein älterer Kollege, der dich noch von früher kennt …"

Na gut. Also doch Schnee von vorgestern. „Ich bin erst seit ein paar Jahren weg."

„Und nach wie vor ein Star."

Was will sie?

„Mira? Bist du noch dran? – Ich wollte mich nur bedanken und … ich hätte eine kleine Bitte. Mir wäre es recht, wenn nicht allzu viel über Esat geredet würde. Ich mag nicht in Wunden rühren. Christof ist doch um einiges älter und, unter uns, ich habe den Verdacht, er ist immer noch ein wenig eifersüchtig auf ihn.

Du weißt schon: junger schöner Mann, all das … Auch die klügsten und erfolgreichsten Männer sind manchmal ziemlich kindisch, wenn es um Potenz und Rivalen geht." Ein kleines Lachen.

Ich versuche ein kurzes Retour-Kichern. Es klingt eher wie Husten. Ich kann diese Art Frauengespräche nicht ausstehen und wenn ich mit einer Freundin gemeinsam auf die Toilette gehe, dann weil ich muss. „Klar, versteh ich. Natürlich kann ich schlecht versprechen, dass die Sache gar nicht zur Sprache kommt, aber ich werde … vorsichtig sein. Nichts von deiner Beziehung zu ihm. Abgemacht."

„Super! Bis ganz bald!"

Weiß Mader womöglich gar nicht, dass Luzia mit Esat zusammen gewesen ist? Ich löffle die Fülle ins Innere des Huhns, verschließe die Öffnung mit zwei Zahnstochern und setze es in die leicht geölte Form. Prächtiges Tier vom Bauernmarkt, wiegt schon ohne Fülle fast zwei Kilo. Kann es sein, dass Luzia ihren jetzigen Freund tatsächlich benutzt, um mehr Infos über das KI zu bekommen? Ich schüttle den Kopf. Sie sieht mir nicht danach aus, als würde sie einen jungen syrischen Koch einem erfolgreichen Unternehmer vorziehen. – Wie sieht man nicht aus, um so zu ticken? Nicht blond und schön? Ich würde mich sehr dagegen verwehren, nach meinem Äußeren beurteilt zu werden. Sollte das nicht auch für Luzia gelten?

Ich verteile die restliche Butter auf dem Huhn und bestreue es mit bestem Meersalz, Fior di Sale aus Sardinien. Pro Kilo wird es eine Stunde brauchen. Ich rechne. Kurz bevor die Gäste kommen, werde ich das gefüllte Hendl ins Rohr schieben. Bleibt nur zu hoffen, dass der Holzbackofen auch die richtige Temperatur hat. Zweihundertfünfzig Grad sollten passen, danach nur mehr wenig bis nichts nachlegen. Oma, wie schön wäre es, könntest du dabei sein.

Christof Mader hat als Gastgeschenk eine Flasche seines Lieblings-Wermuts mitgebracht.

Ich wickle die Flasche aus. Silvio Carta. „Der beste", sage ich und lächle. Eines ist klar: Christof Mader kennt sich aus. Oder weiß er um meine Liebe zu Sardinien? Woher?

Luzia hält sich auffällig zurück, während Oskar und Mader über Inflationsprognosen und Arbeitskräftemangel diskutieren. Sie sind ähnlicher Meinung. Ich stehe in der offenen Küche und fülle die Acciughe-Crema zwischen kleine Stücke des knusprigen hauchdünnen sardischen Hirtenbrotes. Jeweils vier Schichten übereinander, ein kühnes Türmchen auf jedem Teller, obendrauf eine besonders schöne eingelegte Sardelle und winzige Radieschenblätter. Ob Mader sie und das knallgrüne Öl, das ich rund um die Türmchen träufle, erkennen wird?

„Wow", sagt er, als ich serviere. „Habe ich noch nie gesehen."

Ich lächle. „Das kann natürlich alles Mögliche heißen. Wissen Sie, was ein guter und freundlicher Gastro-Kritiker gesagt hat, wenn ihm etwas vorgesetzt wurde, das er nicht so gelungen fand? – Wunderbar! Weil wundern kann man sich über bald etwas."

„Guter und freundlicher Gastro-Kritiker? In welchem Universum haben Sie so einen getroffen?"

„Er ist leider schon tot."

„Ermordet von der Gang der Inspektoren und Foodbloggerinnen", sagt Mader und lacht. Luzia runzelt die Stirn. Meine Oma hatte einen Spruch dazu: Ein freundliches Gesicht ist schöner als das schönste mit bösem Blick. Oma. Hendl. Ich stehe auf und sehe nach dem Tier im Ofen. Die Haut hat sich schon goldgelb gefärbt, das Thermometer zeigt zweihundertzehn Grad, das Holzscheit glüht mehr, als es brennt. Eines lege ich noch nach. Hühnerfleisch, das nicht gut durchgegart ist, kann ich nicht ausstehen.

„Auf das Schöne im Leben!" Mader erhebt sein Glas. „Und danke für die Einladung! Das grüne Öl ist übrigens großartig."

„Auf die Überraschungen!", erwidere ich.

Wir prosten einander zu. Hat er mich für einen Moment deutlich konzentrierter angesehen? Ich kann es mir auch bloß einbilden.

„Apropos Überraschungen", fährt er im Konversationston fort. „In der Spitzengastronomie ist das ein geflügeltes Wort: Gäste müssen ‚überrascht' werden, wenn der Koch – oder natürlich die Köchin – etwas gelten soll. Und trotzdem: Zu sehr überrascht will keiner werden. Kritiker schon gar nicht."

„Aber ist das nicht das Erfolgsrezept der Fine-Dining-Welt?", fragt Oskar.

„Je berühmter, desto mehr Überraschung ist drin. Für alle anderen ist es schwieriger: Man sollte auch noch die richtige Überraschung finden. Sie muss für Gäste und Kritiker nachvollziehbar sein. Sonst gibt's schnell Unzufriedenheit, nach dem Motto: Das haben wir uns aber anders vorgestellt!", erklärt Mader.

„Sie kennen sich sehr gut aus", werfe ich ein.

„Im grünen Öl … kann es sein, dass ich da Minze schmecke? Und etwas Knoblauch. Dazu ein Hauch Cayenne oder Chili … und noch etwas … Ich dachte an Rucola, aber der erzeugt keine so knallgrüne Farbe … – Sie sehen, ich kenne mich leider gar nicht so gut aus."

Ich lächle. „Radieschenblätter. Man muss bloß richtig frische Radieschen mit noch kleinen Blättern finden."

„Hervorragend, muss ich mir merken. Und auch das geschichtete Pane Carasau."

„Ich habe die Stücke vor dem Anrichten noch kurz in meinem Oberhitzegrill gebräunt."

„Ein Salamander? Sie haben wirklich alles!"

„Es ist etwas Ähnliches, aber vielfältiger einsetzbar, weil man die Temperatur …"

„Auf die Wunder der Küche." Jetzt erhebt Oskar sein Glas. Warum stoppt er mich, wenn ich Mader zum Reden bringen möchte? – Nun gut, Austausch über Küchengeräte ist vielleicht nicht das zentrale Thema des Abends.

„Auf den Genuss!", repliziert Mader. „… wobei … sich natürlich die Frage stellt, wie viel Schönes man sich in Zeiten wie diesen gönnen darf, ohne dekadent zu sein."

Ich sehe ihn aufmerksam an. „Ich weiß, dass Ihnen Soziales sehr wichtig ist. Ihre Stiftung ‚SoJetzt' hat spannende Projekte."

„Lieb, dass Sie das erwähnen. Ich versuche ein bisschen etwas beizutragen. Es ist mir wichtig."

Luzia schenkt ihrem Freund einen strahlenden Blick: „Du bist zu gut, um wahr zu sein, ein erfolgreicher Mann mit Herz."

Himmelt sie ihn an oder war da ein zynischer Unterton?

„Ich frage mich nur, ob das reicht", fährt Mader fort. „Krieg, Hunger, dazu die größte Bedrohung, die Klimakrise – und ich genieße ein vorzügliches Menü und fahre manchmal sogar hunderte von Kilometern, um gut zu essen."

„Sie haben auch ein Arbeitsmarkt-Projekt, habe ich mir sagen lassen. Das gerade Außenseitern Chancen geben soll", werfe ich ein.

„Ja, das stimmt. – Oskar hat erzählt, Sie beide sind sehr Italien-affin. Es gibt wohl kein besseres Land, um gut zu essen. Außer vielleicht Thailand. Oder Vietnam. Sicher auch Frankreich, nach wie vor. Und natürlich sollten wir unsere österreichische Küche nicht gering schätzen."

Wenn da nicht einer versucht, abzulenken. Ich lächle. „Absolut nicht. Nur mit dem Personal wird es immer schwieriger."

„Das scheint leider ein internationaler Trend zu sein. Oskar, wie heißt das Lokal, von dem du mir erzählt hast? Euer Lieblingslokal im Friaul."

Ich werfe meinem Mann einen warnenden Blick zu. Wir sollten beim Thema bleiben. „Casa Moser. In der Nähe von Udine. Ein wunderschönes Landhaus aus dem neunzehnten Jahrhundert. Sie haben auch sehr hübsche Zimmer, der Chef ist ein begnadeter Koch und dabei Autodidakt. Mira war auf Recherche in der Nähe, als die bekannte Klimaaktivistin ums Leben gekommen ist. Seither …"

„Ich hab vor kurzem eine Doku über Superreiche gesehen", mischt sich Luzia ein. „Da hat ein Typ mit einem Privatjet erzählt, dass er gar kein Problem mit seinem Lebensstil hat. Motto: Er kann es sich eben leisten und man lebt nur einmal. Und er gönnt auch jedem anderen ein gutes Leben. Finde ich ziemlich krass."

Mader tätschelt ihr die Hand. „Zum Glück weißt du, wie wichtig Klimaschutz ist. Und wie vielen Menschen es nicht so gut geht." Er wendet sich zu uns: „Luzia hat ausgezeichnete Antennen für sozial engagierte Reportagen. Leider ist das ‚Magazin', wie die meisten Medien, eher an anderem interessiert. Themen, die sie für publikumswirksamer halten, und natürlich solche, die Inserate bringen."

„Christof hat schon überlegt, ein alternatives Medium zu unterstützen", erklärt die engagierte Luzia.

Welches? ECCO sucht seit längerem strategische Partner. Ist da etwas an mir vorbeigegangen? Oder hat mir Sam bewusst was verschwiegen?

„Das ist nicht spruchreif", wiegelt Mader ab. „Sie arbeiten viel für ECCO, nicht wahr, liebe Frau Valensky? Darf ich fragen, an welcher Story Sie gerade dran sind? So etwas interessiert mich. Und vielleicht kann ich helfen, ich habe ganz gute Beziehungen."

Ich sehe ihn an. Wie viel weiß er? Ich werde versuchen, es herauszufinden. Mit offenen Karten. Quasi. „Leider ist der Hilfskoch eines guten Freundes ums Leben gekommen. Könnte sein, dass es eine Fehde zwischen Geflüchteten war. Vielleicht hat es auch mit den Arbeitsbedingungen der Menschen mit Migrationshintergrund zu tun."

Luzia schüttelt unmerklich den Kopf, versucht mir zu telepathieren, dass ich nichts über Esat sagen soll.

„Ich habe davon gehört", murmelt Mader. „Eine schlimme Sache. Und so sinnlos. Da kommt einer, um zu überleben. Ist fleißig, und dann das. Es war bei Manninger, nicht wahr? Sie kennen Günter?"

„Seit ewig", antworte ich so harmlos wie möglich. „Er ist natürlich sehr daran interessiert, dass der Fall aufgeklärt wird."

„Ich schätze ihn außerordentlich. Ein richtig guter Koch, einer der besten. Das macht die Mischung aus gutem Handwerk, langer Erfahrung und sehr viel, beinahe künstlerischer, Kreativität. – Ihr Pane Carasau, Sie haben es direkt aus Sardinien?"

„Es gibt einen sehr sympathischen Sardinien-Versand, zwei Brüder, die in Innsbruck auch einen wunderbaren Laden haben und immer wieder selbst einkaufen fahren."

„Wir wollen in einem der nächsten Urlaube auf die Insel, Luzia und ich. Ein Paradies für Menschen, die nach dem Guten suchen, habe ich mir sagen lassen. Kulinarisch. Aber auch sonst."

Ich sehe den Investor an. „Das Gute. Wenn es damit immer so einfach wäre. Ich kann mir vorstellen, dass Sie bei Ihren Investments auch die eine oder andere Überraschung erleben. – Was tun Sie, wenn es nicht so läuft, wie gedacht?"

„Da gibt es kein Patentrezept, liebe Frau Valensky. Meine Antwort an die Journalistin wäre: Ich muss mir die Sache eben vorher gut genug ansehen. Außerdem gibt's Verträge. Samt Ausstiegsszenarien. Meine Antwort als Mensch: Ab und zu wird man enttäuscht und zahlt Lehrgeld. – Aber zurück zu Sardinien. Wir wollen an die Südküste. Gibt es Lokale, die Sie uns empfehlen können?"

„Das Palmira. Das Fontanella. Das Mammai – und viele in Cagliari. – Lassen sich Unternehmen, die Investoren brauchen, so einfach in die Karten schauen?"

„Mir scheint, Sie arbeiten an einer ganz anderen Story", erwidert Mader. „Seit es diese Investment-Shows gibt, sind wir ziemlich ins Rampenlicht gerückt."

„Sie sind ja selbst in einer solchen Jury."

„Weil ich helfen möchte. Wir brauchen mehr Unterstützung für nachhaltige Projekte. Wenn wir unser Geld einsetzen, dann gibt sich auch der eine oder andere Fernsehzuschauer einen Stoß und investiert ein paar Hunderter oder Tausender in Start-ups. – Lieber Oskar, ich möchte mit dir darüber in absehbarer Zeit beruflich sprechen. Es wäre wunderbar, einen so guten Anwalt an der Hand zu haben, gerade falls etwas einmal nicht ganz passt. Aber nicht heute Abend, dazu ist das Essen zu gut. Und so kreativ."

„Auf die Kreativität", ruft Luzia und erhebt ihr Glas. „Sie ist sozusagen das Salz in der Suppe!"

Mader setzt fort: „Auf das, was uns über den Alltag erhebt! – Die Kunst, die Kulinarik: Wir brauchen sie nicht zum Überleben. Es reicht Handwerk, es reicht, satt zu werden. Aber fürs gute Leben … unverzichtbar."

„Wir brauchen das Schöne, weil es unser Bewusstsein öffnet. Ich glaube nicht, dass Christof so viel geben könnte, wenn er das nicht hätte, was unserer Seele guttut", schwärmt sein blonder Engel.

„Es gibt allerdings auch welche, für die Kunst und Genuss vor allem mit Statusdenken zu tun haben. Schaut her, ich kann es mir leisten, im Sternetempel zu essen. Schaut, wie kunstsinnig ich bin", werfe ich ein.

Mader lacht. „So wie bei Vögeln das schönere Federkleid der Männchen dazu dient, die Weibchen zu beeindrucken."

„Gut essen ist der Sex der alten Männer", sagt Luzia.

Drei Augenpaare, die sie irritiert ansehen.

„Na, sagt man doch so, oder? Sind ja keine alten Männer anwesend."

„Vielleicht ist es die Liebe zum Unnötigen, die uns erst zum Menschen macht – und da rede ich jetzt natürlich nicht vom Sex", fährt Oskar amüsiert fort.

„Ohne bildende Kunst, ohne Bücher, ohne Theater und Musik: Es wäre ein trauriges Leben", sinniert Mader.

„Islamisten verbieten das meiste davon", werfe ich ein. Vielleicht gelingt es mir ja doch noch, sie zurückzuholen.

„Fürchterlich", sagt Mader, „aber nicht neu. Man denke an die Kulturrevolution. Mao hat befohlen, dass alles Schöngeistige wegmuss. Intellektuelle hat er versucht, zu Arbeitern umzuerziehen. Und das bei diesem enormen Schatz der chinesischen Kultur."

Während das Gespräch zu der Armee der Tonkrieger und der Chinesischen Mauer abdriftet, stehe ich auf. Sfornato. Kochkunst. Vielleicht hilft sie. Ich stelle meinen O.F.B. Oberhitzegrill aufs Maximum. Deutsche Wertarbeit statt asiatischer Roboter. Würde ich es so sagen, ginge am Tisch wohl eine Diskussion über Eurozentrismus, die Grenzen von Rassismus und Vorurteile gegen Deutsche, inklusive ihrer Küche, los. Um abzulenken. Will Luzia wirklich bloß verhindern, dass über Esat geredet wird?

Auf dem Blech mit etwas hitzebeständigem Olivenöl liegen die Sfornati bereit: zuunterst ein Stück geräucherter Wels. Darauf in hauchdünne Scheiben geschnittene Bio-Orange, samt Haut. Und darauf Scheiben vom syrischen Mozzarella. Habe ich vor geraumer Zeit in einem Shop mit arabischen Lebensmitteln entdeckt. Köstlich, mit etwas Schwarzkümmel als zusätzlicher Würze. Ich habe ihn freilich auch ausgewählt, um einen weiteren Anknüpfungspunkt zu haben. Ich schiebe das Blech unter den achthundert Grad heißen Grill. Dabei bleiben. Es dauert nur ein, zwei Minuten, bis der Käse schmilzt und Blasen wirft.

Mader weiß natürlich, dass Sfornati vor allem im Veneto üblich sind. Ich genieße das Lob für die „kühne, aber total stimmige" Zusammenstellung. Und füge bescheiden an: „Um es perfekt zu machen, hätte noch etwas Knuspriges drauf gehört. Aber ich hatte leider nicht so viel Zeit."

„Die Recherchen", sagt Mader.

„Ja. Und das gute Leben. Wir waren vor kurzem im ‚Kitchen Intelligence' – wahrscheinlich hat Ihnen Oskar davon erzählt. Wäre auch ein Thema für eine Story. Künstliche Intelligenz in der Küche."

„Ich unterstütze das Projekt. Im Hintergrund. So soll es übrigens auch bleiben. Es ist wichtig zu erforschen, was geht. Und was ein Irrweg ist. Wobei: Menschen durch Maschinen zu ersetzen ist nicht neu. Fragt sich bloß, wie der Gewinn verteilt wird. Wenn Maschinen arbeiten und wir uns den schönen Dingen des Lebens widmen könnten – das wäre wundervoll. Ich habe Interesse an Neuem, an dem, wie sich die Welt verändert."

„Und ich nehme an, Sie verdienen am KI."

„An so einem Investment? Wohl kaum. Es ist … das Hobby eines umfassend kulinarisch Interessierten.“

„Ich hatte den Eindruck, dass die Roboter noch nicht ganz so gut kochen können.“

„Vorurteile können zu Täuschungen führen. Soll auch sonst vorkommen.“

„Busch … was halten Sie von ihm?“

Mader nimmt noch einen Bissen. „Syrischer Mozzarella. Großartig. Wie ich immer sage: Es gibt in der Küche noch Neues zu entdecken!“

„Ich durfte vor kurzem im ‚HochHaus‘ bei einem Abendmenü zusehen“, rede ich weiter.

„Ich dachte, Sie arbeiten an einer Reportage über Fehden zwischen Geflüchteten?“

„Man kann auch an mehreren Projekten dran sein.“

„Klar“, sagt Luzia rasch. „Mache ich ja auch, weißt du doch, Christof. In der Küche bei Busch – das muss spannend sein.“

„Er ist … eher oldschool. Zumindest dort. Niemand vom Service darf reden. Als eine etwas gefragt hat, wurde sie nahezu hingerichtet. Die Küchenbrigade nur ‚Ja, Chef‘ und ‚Nein, Chef‘. All das.“

Mader schüttelt den Kopf. „Nicht mein Ding. Auch wenn Disziplin und Konzentration sicher sein müssen.“

„Er scheint es zu mögen, wenn er andere einschüchtern kann. An seinen Robotern im KI prallt das wohl ab“, sage ich lächelnd.

„Busch steht unter Druck. Er war offenbar schon immer ein wenig cholerisch. Als junger Koch soll er ab und zu richtiggehend durchgeknallt sein, hat mir ein ehemaliger Mitarbeiter erzählt. Aber solche Geschichten gibt es wohl über jeden bekannten Chef. Zum Glück legt sich das mit zunehmendem Alter. Es ist nicht einfach in der Spitzengastronomie. Die steigenden Kosten, die steigenden Ansprüche, der tägliche Zwang, gut zu sein, unberechenbare Kritiker.“

„Und Foodbloggerinnen, denen nichts heilig ist“, füge ich hinzu.

Er sieht mich erstaunt an. „Ja, sicher auch die. Es ist vieles im Umbruch. Das macht Stress. Obwohl es sich nach wie vor um einen der schönsten Berufe der Welt handelt."

Wirkt, als wüsste er nichts von unserem gestrigen Auftritt im KI. Als Investor hat er wohl kaum mit dem operativen Geschäft zu tun. Vorausgesetzt, er hat kein stärkeres Interesse an der Top-Secret-Roboterküche, als er sich den Anschein gibt. „Busch sieht sich in Zukunft vor allem in seinem Laboratorium. Er will neue Geschmäcker, ultimative Konsistenzen finden, auch mithilfe der Roboter. Was halten Sie davon?"

Mader lächelt. „Ehrlich gestanden, nicht besonders viel. Es ist mir ein bisschen zu abgehoben und technisch."

„Aber er ist nicht allein auf diesem Weg. Redzepi hat Ähnliches angekündigt – wobei Busch offenbar glaubt, dass er seinem skandinavischen Kollegen voraus ist."

„Dass Köche nicht ganz frei von Eitelkeit sind, ist nicht ganz neu, oder? Ich glaube übrigens, auch bei Redzepi und Co handelt es sich bei diesem Lab-Trend eher um einen gut klingenden Ausweg. So können sie elegant dem täglichen Stress eines optimalen Menüs mit zehn, fünfzehn, zwanzig Gängen entgehen."

„Noch dazu, wo sich Fine Dining offenbar gar nicht rechnet. Wenn man tatsächlich alle Mitarbeiter fair entlohnt", ergänze ich.

Mader wiegt den Kopf. „Es gibt schon Konzepte, bei denen das funktioniert. So etwas wie Fine Dining oder Gourmetküche wird es immer geben. Aber der Boom ist im Abklingen. Ich merke es selbst. Es gibt zu vieles, das in der internationalen Spitzenküche ähnlich ist. Teils, weil die zweite Garnitur von der ersten abkupfert, teils weil man sich zu sehr auf die Bewertungen durch Restaurantführer konzentriert. Zu viel Neues kann eben auch gefährlich sein. Gute Köche, und natürlich auch Köchinnen, sind im Schnitt kreativer als Kritiker oder Gäste. Ich kenne welche, die verwenden deswegen lieber nach wie vor viel Gänseleber. Sie ist teuer, macht etwas her, und man weiß, wie sie schmeckt. Common Food der gehobenen Art eben. Das, was man kennt, hat man gerne. Ist erwiesen. Gourmets, die so ticken, sind gar nicht viel anders als Leute, die Fast-Food-Zeug essen. Es ist für sie beruhigend zu wissen, was man kriegt. Der Preis ist ein weiterer Indikator."

„Wir lehnen Stopfleber ab. Und Fast Food geht gar nicht. Aber wir gehen total gerne auch einfach essen", fügt Luzia an.

„Das ‚HochHaus' hat nur mehr pop-up geöffnet, so hat man offenbar einen Konkurs abgewendet. Und das KI: Rechnet es sich?" Sie werden es nicht schaffen, mich vom Thema abzubringen.

„Von einem Konkurs weiß ich nichts", sagt Mader rasch. „Es gibt nirgendwo so viele Gerüchte wie in der Gastronomie."

„Die Banken haben Busch gehalten", erklärt Oskar.

„Aber fürs KI hat er wohl kein neues Geld bekommen, oder?", setze ich nach.

Mader lächelt. „Das Ganze ist nicht so teuer, wie es wirkt. AI-Temp hat großes Interesse daran, seine Roboter-Konzepte für die gehobene Gastronomie auch in der Praxis zu erproben."

„Kennen Sie als Investor eigentlich den Vertrag mit AI-Temp? Nur damit ich verstehe, wie solche Investitionen laufen. Und die Kontrolle darüber."

„Das ist in Wirklichkeit sehr technisch. Über so etwas kann Ihnen Ihr Oskar wahrscheinlich mehr erzählen als ich. – Dieses Huhn riecht hervorragend … und es geht nichts über richtig analoges Essen."

Ich stehe auf. Man muss wissen, wann es genug ist. Timing ist nicht nur in der Küche wichtig.

„Omas gefülltes Hendl", sage ich wenig später und stelle das prächtige goldbraun gefärbte Tier in der Form auf den Tisch. Wäre viel zu schade, es schon zerteilt zu servieren.

„Dieser Duft!", ruft Mader.

Die Fülle locker, das Fleisch saftig, die Haut knusprig. Ich bin zufrieden. Jetzt wird gegessen. Der Rest des Lebens kann später stattfinden.

„Comfort Food, wie schlau", murmelt Mader nach einigen Bissen.

Und das heißt jetzt was?

Klingt nach selbst gestrickten dicken Socken vor dem Fernseher. Zahlt er mir subtil zurück, dass ich versucht habe, ihn auszuhorchen?

„Jedenfalls großartig, auf Miras Oma!“, versucht Oskar die Situation zu retten und hebt das Glas.

Mader lächelt. „Auf Ihre Oma! Und darauf, dass Sie selbst den neuesten Foodtrend beherrschen.“

„Foodtrend?“

„Du weißt schon“, assistiert Luzia, „Molekularküche, neue nordische Küche, Insektenküche ...“

„Die doch eher das Gegenteil von Comfort Food ist“, setzt Mader fort.

Oskar lacht. „Ich erinnere mich an einen Markt in Bangkok. Mira hat stundenlang einen Stand mit Insekten umschlichen. Da gab es alles von gebratenen Ameisen bis zu riesigen Käfern. Mira hätte nur gerne ein paar wenige Viecher gekostet, aber die Verkäuferin hatte große Stanitzel aus Zeitungspapier vorbereitet. Und sie hat böse weggesehen, keine Rede von der üblichen thailändischen Höflichkeit. Wir waren ihr zuwider. Oder sie hatte schon schlechte Erfahrungen mit Europäern, die Insekten kaufen und dann Ekel-Fotos schießen.“

„Hast du sie dann gegessen?“ Luzia klingt zum ersten Mal beeindruckt.

Ich schüttle den Kopf. „Leider. Wäre sie freundlicher gewesen ... hätte sie mir eine Kostprobe angeboten ...“

„Ich habe schon Heuschrecken probiert“, erzählt Mader. „Sie waren gut gewürzt und eigentlich sehr fein. Ich habe kein Problem damit. Aber dass Insekten vermahlen ins Essen kommen sollen, um Fleischprotein zu ersetzen ... das finde ich weniger kulinarisch erbaulich. Auch wenn man so natürlich CO_2 einsparen kann. – Jedenfalls: Dieses großartige Huhn hat es nicht verdient, dass wir über so etwas reden.“

„Hätte sich meine Oma nicht träumen lassen, dass ihr Sonntagsessen zum Foodtrend wird.“

„Wohlfühl-Essen. In den USA boomen Lokale, die mit hochwertigen Produkten frisch gekochtes traditionelles Essen servieren. Meatloaf – also diese Fleischaufläufe, Pan Pizza mit Sauerteig und ganz langer Teigführung, biologische handgemachte Würste, all so etwas. Gerichte, die uns an glückliche Tage erinnern und uns glücklich machen." Mader lächelt mich an. „Apropos: Danke, liebe Frau Valensky!"

„Der hat Kreide gefressen", sage ich zwei Stunden später zu Oskar. Wir lümmeln auf dem Sofa und gönnen uns noch einen kleinen Whiskey. „So viele schöne Worte. Spielt den verständnisvollen sozialen Investor und unterstützt Busch. Hast du gemerkt, wie er es drauf angelegt hat, mit mir per Du zu werden?"

„Damit hast du sonst gar kein Problem."

„Er ist … – wie hat Vesna gemeint? Er ist zu gut, um wahr zu sein."

„Ich habe ihn ganz sympathisch gefunden."

„Wie Luzia ihn angehimmelt hat …"

„War doch rührend."

„Da stimmt etwas nicht, das sage ich dir. Vielleicht macht sie doch noch gemeinsame Sache mit Esat."

„Eine radikalisierte Magazin-Journalistin? Die zur Tarnung keinen Hijab trägt?", spottet Oskar.

„Quatsch! Sie horcht Mader aus, sie arbeitet mit Esat an der Story über Ausbeutung in der Gastronomie."

„Du magst auch sie nicht. Wo ist meine menschenfreundliche Mira geblieben?"

„Gewisse Leute schlagen sich mir auf den Magen. Vielleicht ist das eben mein sensibelstes Organ."

Oskar lacht.

„Es hat weder damit zu tun, dass sie fürs ‚Magazin' arbeitet, noch mit ihrer ach so umwerfenden Schönheit."

„Du findest sie schön?", spöttelt Oskar. „Seltsam, sehe ich gar nicht so. Irgendwie … wenig Sexappeal, mehr so Typ Barbiepuppe. Ungefähr so umwerfend wie eine Reportage über Arbeitsbedingungen."

„Es sollte ein großer Report werden, vielleicht sogar ein Film."

„Mit welchen Mitteln? Nenn mich zynisch, aber damit gewinnst du keinen Blumentopf. Geschweige denn die große Aufmerksamkeit. Vielleicht bildet sich Esat das ein, aber Luzia … dumm ist sie nicht."

„Was ist, wenn sie recherchiert haben und dabei auf etwas anderes gestoßen sind? Schon mehr als eigenartig, wie Moon und dieser Administrator agieren. Was hätten sie mit Vesna getan, wenn sie nicht hätte fliehen können?"

„Wer mag es schon, wenn jemand herumschnüffelt?"

„Was hat man zu verbergen, wenn man solche Überwachungssysteme hat?"

„Liebste Mira, du hast hinreißend gekocht und dass Omas Hendl der neueste Foodtrend ist, war ein echter Erkenntnisgewinn. Aber verdreh nicht die Fakten."

„Mader hat gesagt, dass Busch cholerisch bis durchgeknallt ist."

„War."

„Ich habe ihn erlebt. Du hättest hören sollen, wie er Sam gedroht hat."

„Kochgehabe."

„Du meinst, Busch weiß womöglich weniger, als wir denken? Er steht unter Druck und versucht sich zu behaupten, wenn auch mit eigenartigen Mitteln. – Wer zieht dann die Fäden? Ameisenkönig Moon und sein Bruder? Oder gar der ach so gute Herr Mader?"

Oskar gähnt. „Ich habe nur mehr eine Frage: Willst du noch einen Schluck oder sollen wir schlafen gehen?"

[14.]

Es ist für meine Verhältnisse früh am Morgen, ich spaziere zu unserem italienischen Greißler. Wie schön, dass es ihn trotz der hohen Mieten in der Wiener Innenstadt noch gibt. Ich brauche Brot, gestern ist nichts übrig geblieben. Ein Pluspunkt für Mader und Luzia: Sie zieren sich nicht beim Essen.

Beinahe wäre ich vor Schreck in einen Schildermast gelaufen. Die Hand auf meinem Oberarm. Ich reiße den Mund auf, bringe keinen Ton heraus, drehe mich zum Angreifer. Bezirkspolizeikommandant Nemecek.

„Schau mich nicht so entgeistert an. Wir gehen ein Stück."

Ich hole möglichst unauffällig tief Luft. „Was soll das?"

„Die letzte freundschaftliche Warnung. Ich muss alles, auch deinen seltsamen Anruf auf meiner Mailbox, an das zuständige Referat des BKA geben. Man hat mir klargemacht, dass ich mit dienstrechtlichen Konsequenzen zu rechnen habe. Wenn ich auf eigene Faust ermittle oder gar etwas verschweige. ‚Auf Weinviertlerisch ermitteln' haben sie es genannt, die aufgeblasenen …"

„Wer?"

„Gastro-Mafia."

„Nicht auch noch Mafia!"

„Mira, krieg dich ein. Ich habe das im übertragenen Sinn gemeint. Die sind verdammt gut vernetzt, wie es aussieht. Mein Chef ist ein Gourmet."

„Welcher?"

„Darum geht es jetzt nicht. Ich habe keine andere Wahl. Es grenzt schon an Dummheit, mich mit dir zu treffen."

„Gestern Abend war Mader, der Unternehmer, der auch ins KI investiert hat, bei uns zum Abendessen. Glaubst du, dass er mit deinem Boss geredet hat?"

„Woher soll ich das wissen?"

„Oder war es Busch? Er hat bei ECCO Wirbel geschlagen wegen Vesnas Aktion im KI."

„Ist ihm nicht zu verdenken. Ich kann dir nicht mehr sagen, weil ich keine Details kenne. Man hat mir nur klargemacht, dass ich nicht zuständig bin und dass ich alles, aber auch wirklich alles an die ermittelnde Stelle zu übergeben habe."

„Die wissen von unseren Kontakten?"

„Noch einmal: Sie sind nicht ins Detail gegangen. Und ich hätte sie wohl schlecht danach fragen können."

„Vielleicht hat uns jemand beim Wunderberg-Heurigen gesehen."

„Sinnlos, darüber nachzudenken. Du musst sagen, wo Esat Al Sayed steckt."

„Dir? Du darfst nicht ermitteln, dachte ich. Oder ist das alles bloß ein Vorwand, damit ich dir …"

„Mira, ganz unprofessionell und direkt: Du spinnst. Und nein, nicht mir sollst du das sagen, sondern diesem Klein oder jemandem von seinem Team. Denk dir eine gute Geschichte aus, warum du dich erst jetzt meldest, aber im Geschichtenausdenken bist du ohnehin spitze."

Wir sind am Ende der Gasse angelangt, stehen an der Kreuzung. Ich sehe Fritz Nemecek an. „Sorry. Es … tut mir leid, wenn ich dich in Schwierigkeiten gebracht habe."

„Quatsch. Das schaff ich schon selbst. War mir bloß nicht klar, wie sensibel diese Gourmets und ihre Freunde sind."

Ich kaufe Brot und zu viel Mortadella – auch so ein Wohlfühl-Essen. Ich kann es heute brauchen. Es ist nicht schwierig herauszufinden, dass ich einen guten Draht zu Bezirkspolizeikommandant

Nemecek habe. Spätestens seit meiner Recherche über den Tod der Klimaaktivistin ist das nachzulesen. Und worauf stoßen sie dann noch? Den Neuhof. Er hat damals eine wichtige Rolle gespielt. Fragt sich nur, warum sie auf Nemecek Druck machen. Geht es um den Mord an Khaled und wir haben den entscheidenden Zusammenhang übersehen? Oder geht's um das KI? Die Ausbeutung der Ukrainerinnen? Um das, was die Roboter vielleicht besser können als kochen?

Ich sperre die Eingangstür auf. Oskar hat inzwischen Frühstück vorbereitet: Butter und Käse und Erdbeeren, Saft und Kaffee.

„Du musst Esat vertreten", überfalle ich ihn.

Oskar runzelt die Stirn.

„Wir machen es so", rede ich weiter, „du siehst ihn ganz zufällig beim Bohnenkaufen. Die Leute dort haben nicht gewusst, dass er gesucht wird. Es war nicht groß in den Medien. Esat hat es auch nicht gewusst, er wollte bloß eine Auszeit. Weil das ‚Apfelbaum' geschlossen ist. Es war ihm klar, dass sie im Neuhof Unterstützung brauchen, also ist er hin. Um auf andere Gedanken zu kommen. Du erzählst ihm alles und ..."

„Stopp, Mira!"

„Ich weiß, du bist Wirtschaftsanwalt. Aber der Fall hat genug Wirtschafts-Zusammenhänge. Es geht um Investitionen, vielleicht um verschleppten Konkurs, es geht um Arbeitskräfte und Ausbeutung, Wirtschaftsspionage, womöglich auch um andere und ..."

„Sicher nicht! Esat ist also im Neuhof. Du weißt es. Vesna weiß es. Vielleicht auch dein Polizei-Freund Nemecek?"

„Was soll das jetzt?"

„Jedenfalls redest du mit ihm, du vertraust ihm mehr als mir!"

„Nur damit das klar ist: Er weiß nichts davon. Es ... Ich konnte dir doch nichts sagen, damit du keine Probleme bekommst!"

„Ich gehe jetzt. Und du bringst das in Ordnung."

„Nemecek. Er hat gerade … er hat mich gewarnt. Offenbar ist jemand aus der Gastroszene ziemlich gut vernetzt mit einem seiner Chefs."

„Ich dachte, du bist einkaufen. Was weiß ich sonst noch nicht?"

„Das ist doch absurd! Ich war einkaufen. Er hat mich abgepasst. Es brennt der Hut. Sonst würde ich dich doch nie bitten …"

Oskar sieht mich wütend an. „Ich hab genug von deinen Spielchen."

Signalton. Oskar, der es sich anders überlegt hat? Das Frühstück steht immer noch da. Niemand hat es angerührt. Ich habe es nicht geschafft, abzuräumen. Ich kann mich nur langsam dazu durchringen, aufs Mobiltelefon zu sehen. Nein. Die Nachricht stammt von einem unbekannten Absender. Nur eine Telefonnummer, auch schon egal.

Al Sayed: Spion für Russland. Beweise Apfelbaum. Hinter Haus, drittes Brett lose. Sofort!!!! Sonst zu spät!!!

Ich begreife es nicht. Der Text schafft es einfach nicht bis in mein Hirn. Wer will mich zum „Apfelbaum" locken? Esat arbeitet für Russland? Wir haben mit ihm über Spionage geredet. Im Neuhof. Es war … Wie war das? Vesna hat gemeint, vielleicht spionieren die im KI. Von Russland war nicht die Rede. Esat war es, der daraufhin gesagt hat, dass er nie für die Russen spionieren würde. Ungefragt.

Jetzt erst merke ich, dass es Sturm läutet. Ich stehe langsam auf, ich will nicht mehr. Ich höre, wie sich ein Schlüssel im Schloss dreht. Ducke mich. Denke gleichzeitig: Oskar! Er kommt zurück! Er …

„Was ist los?", fragt Vesna alarmiert. „Du gehst nicht an Gegensprechanlage. Du machst Türe nicht auf. Du stehst da, als hast du Geist gesehen."

Ich halte ihr wortlos das Mobiltelefon hin.

„Fran muss checken, woher das kommt. Besser, als ich rufe Nummer an“, antwortet sie.

Ich nicke. Sie hat das Kommando übernommen. Das gibt mir momentan Kraft. „Kannst du dich erinnern? Wir haben mit Esat über Spionage geredet.“

„Kann ich. – Oh, Frühstück! Ist zwar viel zu spät, ich habe vor Stunden gefrühstückt, in der Firma bei Morgenbesprechung mit meinen Leuten. Aber sehr fein.“

„Ich hab auch Mortadella.“ Mir fällt ein, dass sie noch in meiner Tasche ist.

„Nur ... der Kaffee ist schon kalt ... Was ist los? Das ist nicht für mich gedacht, oder?“

„Oskar, ich habe ihm gesagt, dass Esat im Neuhof ist. Und dass er seine Verteidigung übernehmen soll. Er war stinksauer.“

Meine Freundin schüttelt den Kopf. „Ist nicht schlau gewesen.“

Nachdem ich ihr von meiner morgendlichen Begegnung mit Nemecek erzählt habe, sieht sie mich beinahe mitleidig an. „Langsam ich verstehe, warum du so dreinsiehst. Wir machen Wichtigstes zuerst.“

Während ich die Mortadella auf den Tisch lege, Brot aufschneide, den kalten Kaffee wegschütte und frischen mache, geht Vesna auf und ab und konferiert mit ihrem Sohn.

Dann setzt sie sich zu mir. „Ich habe überlegt, wie das war – wir haben Esat gefragt, ob im KI vielleicht jemand spioniert. Und er hat gesagt, er ist kein russischer Spion. Haben wir auch nicht behauptet.“

Ich nicke. „Er hat erzählt, dass die Russen in Syrien mehr oder weniger die Macht übernommen haben.“

Vesna nimmt eine Scheibe Mortadella und legt sie auf ein Stück Brot. „Das nenne ich gutes Essen.“

Ich seufze. „Momentan kann ich nicht einmal das Wort ‚essen‘ hören.“

„Aber mir ist das alles zu dick.“

„Ich mag die Mortadella lieber, wenn sie nicht so hauchdünn aufgeschnitten ist."

„Weil du nicht mehr von Essen reden kannst", spottet meine Freundin. „Ich habe gemeint, die Nachricht. Wer schickt so etwas? Und warum dir?"

„Weil inzwischen zu viele wissen, dass wir an der Sache dran sind. – Was, wenn es wirklich so war? Esat arbeitet für die Russen. Vielleicht hat man ihn unter Druck gesetzt. Oder es ist das Geld. Er hatte Zugang zum KI. Er sollte die Ukrainerinnen ausspionieren. Die Russen wollen etwas über ihre Lebensverhältnisse herausfinden, über ihre Kontakte zu Ehemännern an der Front. Esat könnte auch beim Moscheeverein spioniert haben. Klar war er bei dieser Arbeitsvermittlung, aber das war gleichzeitig eine gute Tarnung. Er ist nicht für die radikalen Moslems, sondern soll syrische Rebellen-Moslems ausspionieren. Khaled stammt aus einer Gegend, wo es viele davon gibt. IS, aber auch andere Gruppen. Ich habe es nachgelesen."

Vesna schüttelt den Kopf. „Esat als syrisch-russischer Spion? Was haben wir gesagt? Der Spion, der aus der Küche kam?"

„Wo hast du mehr Kontakte als in einem Gasthaus? Wo kannst du unauffälliger Menschen beobachten und Verbindungsleute treffen? Nur dass Khaled etwas mitbekommen hat."

„Was habt ihr gestern Abend genau geredet? Du findest es nicht eigenartig, dass Mader und Luzia bei euch sind und am nächsten Tag droht man Nemecek und schickt dir so eine Nachricht?"

„Du vergisst Busch und die Typen im KI. Sie waren stinksauer über deinen Auftritt."

„Und deine unnötige Rettungsaktion."

„Unnötig?" Ich sehe meine Freundin empört an. „Die haben dich hopsgenommen, alles schwarz, kein Kontakt. Was hätte ich tun sollen? Einfach warten?"

„Natürlich. Du bist zu schnell in Panik."

„Im Nachhinein ist es leicht, cool zu sein."

Es läutet und ich zucke wieder zusammen. Vesna hat es gesehen. Leider.

„Die Nachricht kommt von einem Rechner von ‚From Vienna with Love' – kennt ihr vielleicht. Diese neue Coffee-to-go-Kette. Sie wirbt mit unbegrenztem Internetzugang. Du drückst dir den Kaffee selbst aus Automaten und zahlst digital. Ich war mal drin, um zu sehen, wie sie das machen. Der Kaffee war gar nicht übel, sie arbeiten fast ohne Personal."

Ich runzle die Stirn. „AI-Temp? Könnte doch sein, dass die auch automatisierte Cafés im Programm haben."

Fran zuckt mit den Schultern. „Auf alle Fälle hätte dir jeder von dort diese Nachricht schicken können."

Vesna nickt. „Wir fahren zu ‚Apfelbaum'. Und Fran versucht herauszufinden, wem diese From-Vienna-Kette gehört."

Fran schüttelt den Kopf. „Wenn diese Nachricht auch nur ein wenig mit der Realität zu tun hat: Ist euch klar, dass das gefährlich ist?"

„Ich glaube es nicht", antwortet meine Freundin.

„Was jetzt? Dass es gefährlich ist oder dass der Inhalt stimmt?"

„Beides."

Wir parken meinen Wagen ein Stück vom „Apfelbaum" entfernt. Leerstehendes Grundstück, tief hängende Büsche. Ich habe Vesna vorgeschlagen, dass wir uns dem Lokal vorsichtig über eine kleine Gasse nähern.

„Das ist alles Quatsch", war ihre Antwort.

Wir nehmen also den direkten Weg. Es gibt ein Türchen, durch das man zum Hintereingang kommt. Es hatte kein Schloss. Vor zwanzig Jahren. Ich weiß noch, wie Billy, die damalige Betreiberin, gesagt hat: „Wer stiehlt uns schon die Mülltonnen?" Ist so auch Khaleds Mörder gekommen? Ich hätte mich früher umsehen sollen.

„Was, wenn es eine Falle ist?", flüstere ich.

„Und wenn. Zwei kann einer nicht erstechen", antwortet Vesna in normaler Lautstärke.

„Ich glaube, du singst im Wald, damit du dich nicht fürchtest."

„Wo siehst du Wald? Und warum soll ich mich fürchten?"

„Das ist ein Spruch."

„Blöder Spruch, aber ich verstehe, was du meinst. Du bist durcheinander, hast Panik. Weil heute schon wieder viel los war. Ich habe keinen Grund."

„Vesna, auch wenn du das nicht hören willst: Es ist möglich, dass Esat hinter allem steckt."

„Ich muss nicht hören, weil es nicht logisch ist."

„Ich verstehe, dass bei dir … einiges hochkommt. Der Krieg, die Flucht, all das."

Vesna bleibt stehen. „Wir lassen Psychologie dem Psychiater. Okay? Das eine hat nichts mit anderem zu tun. Außer dass Krieg immer absolute Scheiße ist für Menschen. Jeder Krieg."

Ich sehe meine Freundin an. Ganz selten, dass sie solche Kraftausdrücke in den Mund nimmt.

Das Gartentürchen funktioniert so wie vor Jahrzehnten. Es hat einen Riegel, den man aufschieben kann. Die Sperrbänder der Spurensicherer sind verschwunden. Der letzte Sturm hat leere Kisten durcheinandergewirbelt, einige Blumentöpfe sind umgefallen. Oder gab es einen Kampf? Wer gegen wen? Das Lokal ist geschlossen. Frau Gruber mit ihren Sprichwörtern gegen russische Spione oder böse Islamisten? Sie muss aufs Lokal aufpassen, hat sie gesagt. Das habe sie Manninger versprochen.

Die verwitterten Holzplanken. Vesna zählt, beugt sich hinunter. Reißt am Brett. Es ist fest verankert. „Du siehst. Unsinn."

Das dritte Brett … hängt davon ab, ab wo man zählt. Ich bemerke, dass eine der graubraunen Latten ein wenig aufsteht. Vesna ist wieder einmal schneller. Das Brett lässt sich anheben. Hohlraum darunter. Und eine Kassette. Sieht aus wie eine alte Geldkassette.

„Schloss ist kein Problem", murmelt Vesna und hebt die Kassette an. Ist es wirklich nicht, sie klappt einfach auf. Ich hocke mich neben Vesna. Lose Seiten bedrucktes Papier.

Diana Boyko, lese ich. Es folgen persönliche Daten, Familienstand, *redet gerne, kann Deutsch*, dazu alle möglichen Kürzel.

Buchstaben und Zahlen. Sie könnten sich auf die Art ihrer Beschäftigung beziehen, sie könnten freilich auch Codes für anderes sein.

Natalija Hlibko, Iryna Wolownyk, Diana Lajuk – über jede gibt es Aufzeichnungen, Anmerkungen zu ihrer Person, *Mann gefallen, Bruder an Front,* und wie zugänglich sie ist. Der Rest ist verschlüsselt. Kombinationen, aus denen ich nicht schlau werde.

„Das sind die Fälle. Esat hat alles aufgeschrieben für den Report, hat er selbst gesagt", murmelt Vesna.

„Wer wollte mir das zukommen lassen?"

„Jemand, der will, dass es wird veröffentlicht."

Zuunterst liegt etwas, das wie ein Zeitungsausschnitt aussieht. Ich ziehe daran.

Ich starre auf das Blatt.

SPASSIBO, bis bald, und Geld wie immer. Von Freund zu Freund.

Blockbuchstaben, geschrieben auf ein verblichenes bedrucktes Stück Papier. Kyrillische Buchstaben, stammt wohl aus einer Zeitung.

„Wer tut so etwas?", flüstere ich.

„Auf Zeitung schreiben?"

„Die Nachricht. Auf einer russischen Zeitung? ‚Geld wie immer'?"

„Ablenkung. Vielleicht es bedeutet etwas anderes. Muss auch keine russische Zeitung sein, die Schrift gibt es in vielen Ländern. Esat hat die Nachricht aufgehoben, als Beweis für etwas, von dem wir nichts wissen. Der Ruf von Mader ist ruiniert, wenn er Ukrainerinnen vermittelt und als Investor an Lokal beteiligt ist, und dann wird öffentlich, dass Ukrainerinnen ausgebeutet werden. Der von Busch auch, aber vielleicht ist es Koch eher egal."

„Warum will jemand, dass ich das finde?"

Vesna sieht sich um. „Besser, wir nehmen Kassette und gehen." Ihre Stimme klingt heiser. „Hier wir sind Zielscheibe. Vielleicht es ist Köder, den man sich zurückholt, wie beim Fischen. Nachdem der Fisch angebissen …"

„Gar nicht gefährlich, hast du gesagt", flüstere ich und sehe mich um. Büsche, Mülltonnen, Kisten.

„Komm", sagt Vesna. „Ich glaube, ich habe etwas gehört. Wenn ich losrenne, du rennst nach. Dort drüben ist besserer Platz. Du duckst dich hinter Stapel."

Eine dichte Hecke, dahinter die Begrenzungsmauer zum nächsten Grundstück, aufgeschichtetes Holz. „Und wenn …"

„Dann wir haben Pech." Vesna packt die Kassette und startet so unvermittelt los, dass ich fast umgekippt wäre. Ich springe auf, nicht denken, einfach schnell sein! Am anderen Ende der Hecke ist jemand. Er arbeitet sich aus dem Gestrüpp. Ein Mann in dunkler Kleidung, er sieht in meine Richtung, erstarrt. Zielt er? Ich muss in Deckung, nicht denken, es sind nur ein paar Meter, hinter das Holz.

„Stopp!", schreit Vesna.

Ich bremse, falle beinahe.

„Esat", brüllt Vesna.

Für einen Moment sehe ich ihn ganz deutlich. Dann hetzt er in die entgegengesetzte Richtung, rennt, was das Zeug hält. Vesna hinter ihm drein. Sie darf nicht … Er wollte mich herlocken. – Warum rennt er dann davon? Wir haben seinen Plan durchkreuzt. Er hat geglaubt, ich komme allein. Vesna … Ich sollte ihr nach … Esat kennt sich hier aus, er ist jung und schnell. Ich fingere das Telefon aus der Jackentasche. Nemecek. – Oskar glaubt, ich vertraue Nemecek mehr als ihm. Aber der ist Polizei und Oskar …

Vesna. Sie kommt um die andere Ecke des Gasthauses, sie keucht. „Ich habe ihn verloren. Er hat Fahrrad."

Wir lehnen an der rückwärtigen Mauer des „Apfelbaum". Schleierwolken vor der Sonne. Ich überlege: „Kann sein, er hat die Kassette nicht zum ersten Mal unter dem Brett versteckt. Für jemanden, der kommt und die Informationen abholt."

Vesna schweigt eine Zeit lang. „Ja, kann sein. Diesmal sind wir gekommen. Aber wer hat dir die Nachricht geschickt? Und was ist mit dem Zeitung-Zettel?"

„Eine Art Code? Entweder um die Kürzel entschlüsseln zu können. Oder damit der Empfänger weiß, dass alles okay ist."

„Tatsache ist, Esat war da. Entweder weil er sehen will, wie anderer die Informationen abholt. Oder weil er auf dich gewartet hat."

„Gewartet? Aufgelauert hat er mir. Sonst wäre er wohl kaum davongelaufen."

„Weil ich dabei war. Vielleicht."

„Khaled hat beobachtet, wie er die Kassette versteckt hat. Er ist hinter sein Geheimnis gekommen. Das ist die Verbindung. Dafür brauchst du nicht gut Deutsch zu verstehen. Die Polizei glaubt, Esat hat Busch erpresst. Sie haben den Sinn des Materials, den sie auf seinem Laptop gefunden haben, falsch gedeutet."

„Vielleicht."

Ich sehe meine Freundin an. So einsilbig ist sie selten.

„Wenn jemand die Kassette abholen soll – wo ist der?", sagt sie langsam.

„Weg, als wir Esat entdeckt haben."

„Eigentlich … wir haben ihn nicht entdeckt, er ist selbst aus den Büschen."

„Weil du hinter die Hecke bist."

„Vielleicht." Wieder Stille. „Aber warum soll er ausgedruckte Zettel übergeben? Warum nicht Daten schicken? Oder es auf Stick speichern?"

„Inzwischen sind alle auf Digitales fixiert, das fliegt inzwischen leichter auf als Analoges. – Falls da womöglich noch jemand ist … wir sollten weg von hier, Vesna."

„Wir sind zu zweit."

„Für einen russischen Agenten kein großes Problem."

„Der lieber Papier als Daten hat. Ich kann nicht daran glauben."

„Du hast auch nicht geglaubt, dass überhaupt was an der Nachricht dran ist."

Vesna wiegt den Kopf. „Gut. Wir gehen vom Schlimmsten aus. Esat hat mit dem Material über Ukrainerinnen nicht bloß Report machen wollen. Khaled ist hinter Geheimnis gekommen. – Wir müssen mit Luzia reden."

„Sie war dabei, als er die Informationen gesammelt hat. Zumindest zu Beginn. Sie kann vielleicht auch etwas über die Kürzel sagen. Allerdings … schon seltsam, dass sie überall mit im Spiel ist: als Freundin von Mader. Als Ex von Esat. Als Journalistin. Es könnte sein, dass sie hinter ihrer eigenen Story her ist. Das Letzte, was ich will, ist …"

„Mira. Jetzt geht es nicht um Neid wegen Reportage. Wenn sie mehr über das Material weiß, sie kann uns erklären. Wenn sie involviert ist, oder dir sogar die Nachricht geschickt hat, dann sie erfährt nichts Neues. Wenn sie einfach hineingeraten ist, ohne dass sie alles begreift …"

„Dann müssen wir sie wohl warnen."

[15.]

Vesna hat Fran die Botschaft auf dem kyrillischen Zeitungspapier geschickt. Vielleicht kann er über seine Computerprogramme herausfinden, um welche Zeitung es sich handelt.

Wir stehen im Gang des „Apfelbaum", zwischen Küche und Gastraum. Hier kann man uns durch keines der Fenster beobachten. Wie ruhig es hier ist. Regale aus Edelstahl mit Servietten, Geschirrtüchern und Brotkörben, Fächer für Besteck, und viele Schüsselchen und Tellerchen. Von der Decke hängen alte Töpfe. Der Schlüssel zur Hintertür des Lokals ist dort gelegen, wo er schon vor zwanzig Jahren versteckt war. Es sind wohl sehr viele, die inzwischen von der Ritze im Balken wissen. Alle, die hier gearbeitet haben und aus unterschiedlichen Gründen, wenn das Lokal geschlossen war, ins Haus wollten. Mit Einkäufen, weil sie etwas vergessen hatten, oder schlicht, weil sie vor den andern gekommen sind, um ihren Platz rechtzeitig und gut vorbereitet zu haben. Mise en Place. Auch wir sollten uns vorsehen.

Luzia war irritiert. Vielleicht, weil ich mit Vesnas Telefon angerufen habe. Erschien mir schlauer, als mein eigenes Handy zu verwenden. Falls die gourmetaffine Polizei schon dicht an mir dran ist. Sie müsse sich vor Esat in Acht nehmen, habe ich Luzia gesagt. Er könnte in etwas Brandgefährliches hineingeraten sein. Sie will so schnell wie möglich kommen.

Wir sollten uns absichern. Wir wissen noch immer viel zu wenig über die Zusammenhänge.

„Was ist, wenn …", setze ich an.
„Ich kann ‚was ist wenn' nicht mehr hören", knurrt Vesna. „Wir machen eines nach dem anderen."
„Solange wir dazu in der Lage sind."
„Manchmal man muss improvisieren, so machen das auch Köche, die besser sind als die anderen. Vorbereitung ist die eine Sache, wichtig. Aber im richtigen Moment was anders machen, das ist die Kunst. Kreative Überraschung."
Wer hat mir erzählt, dass zu viel Überraschung gefährlich sein kann, weil sie den wenigsten Gästen und Kritikern gefällt? Jetzt verstehe ich das. Auch wenn es um etwas ganz anderes geht.
„Außerdem", fährt Vesna fort. „Ich habe auch Seiten über Ukrainerinnen an Fran geschickt. – Und warum, glaubst du, habe ich die hier?"
Sie zieht eine schwere große Pfanne aus dem Regal mit den Servietten und Geschirrtüchern.
„Wann hast du die …"
„Du warst auf Toilette, ich habe gemacht meine Mise en Place."

Luzia ist so rasch da, als hätte sie bloß darauf gewartet, dass wir anrufen. Andererseits: Das „Apfelbaum" ist über die Autobahn nur einen Katzensprung von Wien entfernt.
Vesna hält ihr die Zettel mit den Informationen über ukrainische Frauen hin. Luzia nimmt einen, dann den nächsten, liest.
„Und? Deswegen jagt ihr mir so einen Schreck ein? Ich kenne sie. Ich habe die Blätter selbst ausgedruckt. Kann man wahrscheinlich sogar nachweisen."
„Warum hast du sie in die Kassette getan? Warum hast du mir die Nachricht geschickt?" Ich begreife gar nichts mehr.
„Welche Kassette? Welche Nachricht?"
„Es sind wir, die jetzt Fragen stellen", mischt sich Vesna ein.
Luzia sieht sie von oben herab an. Kann auch damit zu tun haben, dass sie beinahe einen Kopf größer ist als meine Freundin. „Mira sagt mir, dass ich vielleicht in Gefahr bin. Ich komme und

ihr gebt mir diese Zettel. Ist schon klar, dass ich da Antworten will, oder?“

„Wir haben noch etwas“, sage ich und zeige ihr die Nachricht auf der kyrillischen Zeitung.

Luzia reißt ihre blauen Augen auf. So viel Erstaunen kann nur gespielt sein.

„Was ist das?“, fragt sie.

„War in der Kassette mit deinen Zetteln.“

„Ich … ich habe das nie gesehen. Ich begreife nicht … Was soll diese Botschaft mit unseren Recherchen zu tun haben?“

Ich seufze. „Die Ermittler haben eine These: Esat soll versucht haben, mit dem Material über die Ukrainerinnen Busch zu erpressen. Aber: Es gibt auch andere Möglichkeiten. Zum Beispiel, dass er die Ukrainerinnen ausspioniert hat. Österreich war schon immer eine Drehscheibe des russischen Geheimdiensts. In Syrien haben nun die Russen das Sagen. Vielleicht ist er unter Druck gesetzt worden. Immerhin ist seine Familie in Damaskus.“

Luzia schüttelt so wild den Kopf, dass ihre blonden Haare fliegen. Sieht aus wie in einer Shampoo-Werbung. „Das ist doch Quatsch! Was immer Esat getan hat, er ist kein Spion!“

„Und was hat er getan?“, will Vesna wissen.

„Keine Ahnung, woher soll ich das wissen? Wir sind nicht mehr zusammen!“

„Und wenn doch?“

„Als Nächstes behauptet ihr, ich bin auch russische Agentin. – Das heißt, nein! Dann hättet ihr mich wohl nicht gewarnt. Oder …“

„Stimmt, dann wir hätten dich nicht gewarnt“, antwortet Vesna. „Also, der Reihe nach. Denke mit. Es geht auch um deine Sicherheit. Überlege, was du weißt oder was du glaubst: Mira hat heute eine Nachricht bekommen. Von einem Gerät, zu dem alle Zugang haben. Lies vor, Mira. Bitte.“

Ich habe keine Lust, dass Luzia alle Details bekommt. Widerwillig öffne ich die App.

Al Sayed: Spion für Russland. Beweise Apfelbaum. Hinter Haus, drittes Brett lose. Sofort!!!! Sonst zu spät!!!

„Kann ich sehen?", fragt Luzia.

Glaubt sie mir etwa nicht? Ich halte ihr das Telefon hin.

„Ich … habe absolut keine Ahnung, was das soll. Das ist … Schwachsinn. So gut kenne ich Esat."

„Der sich so verändert hat, dass du nicht mehr in sein Leben passt", kontere ich.

„Ja … das ja … Vielleicht habe ich mich da … schlecht ausgedrückt. – Unter dem Brett habt ihr dann die Kassette mit den Blättern gefunden? Samt dieser Nachricht auf dem Zeitungspapier?"

„Ziemlich nahe, wo man hat Khaled erstochen", präzisiert Vesna. „Du verstehst, dass wir dich warnen?"

Luzia nickt. Ganz langsam. Und immer wieder. „Esat hat Material gesammelt, ich habe es erzählt. Er hat davon geträumt, wir machen einen Report, der berühmt wird. Und daraus macht er einen Film. So etwas zwischen Reportage und Spielfilm. Deswegen hat er auch dazugeschrieben, wer von den Ukrainerinnen gerne redet und wie ihre … Familiengeschichte ist."

„Und diese Kürzel? Die Buchstaben und Nummern?"

Luzia seufzt. „Die hat er zum Großteil später gemacht. Ich habe mich auch schon gefragt … Ich glaube, er hat am Computer im KI Zugang zu den Sozialversicherungsdaten bekommen. Und er hat eingetragen, was dort steht: wie viele Stunden sie angemeldet waren und wie viele sie wirklich gearbeitet haben … so etwas … Einige der Frauen haben ihm davon erzählt …"

„Wie bist du zu seinen Aufzeichnungen gekommen?"

„Wir haben sie beide am Laptop."

„Auch das, was er nach eurer Trennung dazugeschrieben hat?"

„Er … hat mir Updates geschickt."

„Ist nicht logisch", stellt Vesna fest. „Er trennt sich von dir und er schickt neues Material, samt Codes?"

„Hat er aber. Das kann man sicher nachvollziehen."

„Kann man. Mein Sohn ist Experte. Er sieht, ob du lügst."

„Ich lüge nicht! Warum sollte ich? Ich … habe das alles nicht so interessant gefunden. Ja, man könnte was draus machen, aber es ist viel Stress und wahrscheinlich bringt es nichts als Unruhe. Ich glaube auch kaum, dass die Ukrainerinnen das wollen. Esat hat sich total hineingesteigert. Er hat gedacht, er wird ein Held, wenn er die Sache an die Öffentlichkeit bringt. Und dass es ihm hilft bei der Staatsbürgerschaft."

„Blödsinn", kontert Vesna.

„Das habe ich auch gesagt! Aber genau so war es! Mir war das alles schon zu viel."

„Ihr könnt euch erinnern an den Helden beim großen Attentat in Wien? Er hat Polizisten aus der Schusslinie gerettet. Und als sie ein Jahr später Unterlagen für seine Staatsbürgerschaft geprüft haben, er wurde als verdächtig eingestuft."

„Weil er bei der Schießerei dabei war?", fragt Luzia.

„Keine Ahnung, aber klar ist: Held zählt in Österreich weniger als von wo man kommt."

„Du bist auch nicht in Österreich geboren, oder?"

„Warum hast du das Material ausgedruckt?", frage ich Luzia.

Sie sieht mich irritiert an. Stockt. Seufzt. „Christof. Du weißt ja, er ist … sehr sozial. Ich habe ihm erzählt, was Esat über die Ukrainerinnen im KI herausgefunden hat. Er wollte überprüfen, ob es stimmt. Weil er so etwas auf keinen Fall toleriert."

„Wie sind Zettel von Christof Mader in die Kassette gekommen?", setzt Vesna nach.

„Ich habe keine Ahnung, ehrlich!"

„Kann es sein, dass er Esat die Unterlagen gezeigt hat? Um ihn zu fragen, was da los ist?", überlege ich.

„Niemand weiß, wo er steckt. Wie sollte ausgerechnet Christof …"

Vesna sieht Luzia forschend an. „Esat war heute hier. Er war hinter Gestrüpp versteckt, aber ich habe ihn aufgescheucht. Er hatte leider ein Rad, er ist mir entkommen."

Fassungsloser Blick: „Was hat Esat da gewollt?"

„Unterlagen verkaufen?“, frage ich zurück.

„Das … das passt alles nicht“, stammelt Luzia.

„Du sagst uns, was du weißt“, sagt Vesna. Es ist ein Befehl und keine Frage.

„Ich … will alles tun, euch helfen … damit rauskommt, was wirklich passiert ist.“

„Natürlich kann man Zettel auch öfter drucken“, überlegt Vesna.

„Ich … ich glaube, es sind die Blätter, die ich ausgedruckt habe. Mein Drucker … er ist schon älter. Oben rechts, auf jeder Seite … da sind die Buchstaben etwas verwischt. Nicht viel, aber ein wenig …“

Vesna sieht die Seiten durch und nickt.

„Wollte Esat als Koch im ‚Apfelbaum‘ bleiben oder wollte er in die Medienbranche zurück?“, frage ich.

Luzia sieht mich zweifelnd an. „Ich weiß nicht. Er war ziemlich frustriert, dass er nur Praktika bekommen hat. Alle haben ihn gelobt und dann war das Praktikum vorbei. Kameraassistenz, Fotojobs, Reporterjobs, selbst bei einem Radio war er, alles nebenbei, oft am Wochenende oder in der Nacht, nach Küchenschluss. Die haben ihn mindestens so ausgenommen wie Busch seine Ukrainerinnen. Er hat gerne gekocht und gedacht, als Koch hat er immer einen Job und er verdient das nötige Geld, bis er zurückkann in seine Branche. Er war einer der Besten auf der Filmhochschule. Nur … in letzter Zeit hat er immer häufiger vom Kochen geredet, wie großartig der Beruf ist, was er alles noch lernen will. Er hat auch keine Praktika mehr gemacht. Er war … wohl hin- und hergerissen.“

„War?“, fragt Vesna.

„War, weil ich schon länger nicht mehr mit ihm geredet habe. Was denkst du? Ganz abgesehen davon, dass ihr ihn vor kurzem gesehen habt.“

Mir fällt etwas ein: „Hast du mit Christof noch einmal über das Material geredet? Ihn gefragt, ob er Busch schon damit konfrontiert hat? Wie er vorgehen will?“

„Ist er jetzt etwa auch verdächtig?“ Ihre Stimme klingt hoch, beinahe schrill.

„Sagt niemand“, versuche ich sie zu beruhigen. „Es geht nur darum … der Sache näher zu kommen.“

Luzia schluckt. „Es ist … etwas viel für mich. Esat, vor dem ich mich plötzlich fürchten soll. Christof, der die Blätter hatte, und jetzt sind sie in einer Kiste beim ‚Apfelbaum‘ aufgetaucht … Wie es war … Ich habe Christof von der Recherche erzählt. Ich habe ihm gesagt, Esat steigert sich hinein. Christof wollte das Material. Um es zu prüfen. Er hat sich geärgert.“

„Über Esat?“, will ich wissen.

„Über … die Zustände, denke ich.“

„Hat er dir geraten, dich bei der Polizei stärker von Esat abzugrenzen?“

„Ich hab dort bloß die Wahrheit gesagt. Auch weil ich nicht mit hineingezogen werden will.“

„Weißt du, wo Christof heute Vormittag war?“

„Ich habe bei ihm übernachtet, nach dem Abendessen bei euch. In der Früh ist er weg, bevor ich aufgestanden bin, aber das ist normal …“ Luzia sieht mich an. „So ein schöner Abend. Du hast echt gut gekocht. Er war ganz begeistert von deinem gefüllten Huhn.“

[16.]

Das Zeitungsblatt ist neun Jahre alt", sagt Fran. Vesna hat ihr Telefon auf Lautsprecher geschaltet. „Es stammt aus der ‚Moskowski Komsomolez', einer großen russischen Boulevardzeitung, ich habe es durch einige Suchprogramme gejagt, aber Bilderkennung und kyrillisch und alt, das hat etwas gedauert."

„Wer schreibt eine Nachricht auf eine alte Zeitungsseite?", frage ich.

„Zufall?", kommt es durchs Telefon. „Wobei … ich kann es am Foto nicht gut erkennen, aber mir kommt vor, dass auch die Schrift schon lange auf dem Papier ist. Seht es euch noch einmal genau an."

„Vor neun Jahren war Esat noch gar nicht in Österreich."

„Und Russen haben in Syrien keine so große Macht gehabt", fügt Vesna hinzu.

„Ist es … ein besonderer Artikel? Fran, du kannst so analytisch denken: Gibt es irgendwas, das sich als Code eignen könnte? Irgendein … Text, Subtext, ein Zusammenhang, den wir nicht verstehen?", mache ich weiter.

„Ich habe schon überlegt. Das Blatt stammt aus dem Wirtschaftsteil. Es geht um die Anfänge des Brexits, sie haben mit einiger Häme geschrieben, dass Europa streitet. Und es ist ein kleines Stück eines Artikels über die boomenden Schönheitsoperationen dabei. Ich bin auf nichts gekommen. Ohne

Zusammenhang mit dem Fall und dem Fundort würde ich sagen: alles Zufall und harmloses Gekritzel. Da hat ein Russe jemandem in schlechtem Deutsch etwas ausgerichtet."

„‚Geld wie immer'? Harmlos?", zweifelt Vesna.

„Vielleicht … hat ein Freund für den anderen etwas erledigt, der hat ihm die Nachricht geschrieben und das Geld an denselben Platz wie immer gelegt."

„Warum sagt er ihm nicht direkt, wo es ist?"

„Weil … jemand anderes das nicht wissen soll. Könnte ja sein, dass noch wer in der Nähe ist. Mitarbeiter. Oder ein Kind. Die Frau. Oder die Putzfrau."

„Sehr nett."

„Mam, ich meine ja nur. Es gibt Menschen, die trauen niemandem."

„Außer Freund zu Freund. – Was er wohl erledigt hat?"

„Wie soll ich das wissen? Gebt mir das Original, dann versuche ich zu klären, ob auch die Schrift schon lange auf dem Papier ist."

Die Zeitung stammt aus der Zeit, bevor Esat nach Österreich gekommen ist. Das macht es weniger wahrscheinlich, dass die Nachricht für ihn bestimmt ist. Wenn sich herausstellt, dass auch die Botschaft schon vor Jahren geschrieben wurde, ist es auszuschließen.

„Wir können nicht warten", stellt Vesna fest. „Wir müssen Esat finden, bevor ihn andere finden."

Der Neuhof ist keine zwanzig Kilometer vom „Apfelbaum" entfernt. Vesna treibt mich an, schneller zu fahren. Mit einem Elektroauto gleitet man, statt zu hetzen, gebe ich zurück. Ich steige trotzdem aufs Gas.

Gerti kommt uns schon am Vorplatz entgegen. „Alles in Ordnung? Warum ist er weg?"

„Er ist nicht zurückgekommen?", frage ich.

„Er … Hätte er sollen?"

„Was war los?", will Vesna wissen.

„Er hat sich in der Früh sein Rad geschnappt und ist davon. Er hat es so eilig gehabt, dass er sich nicht einmal verabschiedet hat."

„Seine Sachen – sie sind noch hier?"

„Ja. Ich wollte nicht stöbern. Aber ich bin in sein Zimmer, um nachzusehen, ob das ein endgültiger Aufbruch war. Vielleicht besser, ehrlich gestanden. Es … macht mich doch etwas nervös, dass er gesucht wird."

„Er war wie immer?", fragt Vesna weiter.

„Vor dem Aufbruch? Ja. Er ist nett. Fast charmant. Er hat sich immer wieder bedankt, dass er hier sein darf. Er ist sehr höflich. Deswegen war ich auch doppelt verwundert, als er ohne ein Wort der Verabschiedung fort ist."

Wir stehen in Esats Zimmer. Das Bett ist notdürftig gemacht, auf dem kleinen Schreibtisch liegen einige Zeitschriften und ein Gedichtband. Theodor Kramer.

„Lyrik?", frage ich verwundert.

Gerti steht in der Tür. „Ist von mir. Er hat den Band gesehen. Esat war beeindruckt von Kramers Biografie. Er wollte ‚lesen und lernen', genau so hat er es gesagt."

Vesna hat Handschuhe übergezogen. In den Schubladen etwas Wäsche, drei T-Shirts, zwei Jacken. Im Kasten eine Jogginghose und eine Jeans.

„Die Arbeitsklamotten sind gerade beim Waschen", erklärt Gerti. „Die haben wir ihm gegeben."

„Besser, er ist weg", sagt Vesna, als wir wieder im Auto sitzen.

„Besser? Er ist auf der Flucht."

„Jetzt wissen wir wirklich nicht, wo er ist. Du brauchst nicht zur Polizei …"

„Und was ist mit dem, was in der Kassette war? Es ist Beweismaterial", widerspreche ich.

„Sie haben die Unterlagen von seinem Laptop."

„Schon seltsam, dass er Luzia Updates geschickt hat, obwohl sie nicht mehr zusammen waren."

„Einer von beiden lügt. Sie sagt, er hat sie verlassen. Er sagt, sie hat ihn verlassen“, stellt Vesna fest.

„Logischer ist, dass sie ihn verlassen hat. Sie lernt Mader kennen, den erfolgreichen Unternehmer. Es ist ihr auf die Nerven gegangen, wie sich Esat in die Sache mit dem Report hineingesteigert hat. Und Zeit hat er, bei all dem, was er getan hat, wohl auch wenig gehabt.“

„Aber warum lügt sie?“

Ich überlege. „Vielleicht lügen doch beide. Esat ist intelligent. Er legt großen Wert darauf, dass er aus einer Familie mit internationalem Format stammt. Was, wenn sie gemeinsam auf die Idee gekommen sind, aus dem Material über die Ukrainerinnen Kapital zu schlagen und dann wegzugehen? Irgendwohin, wo es keine Rolle spielt, woher du stammst. Vorausgesetzt, du hast ausreichend Geld.“

„Gleich sie sind das neue Top-Agentenpaar. Die schöne Blonde und der charmante Araber. Sie lassen sich von USA anwerben und gehen auf Sondermission nach Moskau, wo sie Putin und seinen Koch bei einem Attentat … “

Ich lache. „Vielleicht doch eine Nummer zu groß.“

„Ja. Klar ist, das KI will schlechtes Image vermeiden. Oder auch vertuschen, was Roboter nicht können und was sie doch können – zum Beispiel abhören, Daten sammeln.“

Da war etwas, das Vesna gesagt hat … „Putins Koch – so nennt man doch den Boss der Wagner-Söldner. Quasi den Ultrabösen. Russland, Ukraine, Koch … Was, wenn Esat über dumme Zufälle in etwas richtig Großes gestolpert ist? Ein paar Missverständnisse, vielleicht auch Programmfehler der angeblich schlauen Roboter und ihrer Datenauswertung – Esat wird zum Spion, oder zum Gegenspieler …“

„Ja, klar. Und Luzia ist die eigentliche Agentin, sie wird auf ihn angesetzt. Sie führt uns alle an der Nase herum“, spottet Vesna. „Leben ist anders: Nicht Weltverschwörung, das kleine Böse ist gefährlich, man kann weniger widerstehen und es ist nahe.“

Ich seufze. „Du hast recht. Wir sollten uns auf das Naheliegende konzentrieren. Ich will wieder Ruhe. Und Zeit, zu kochen. Daheim. Comfort Food. Am besten im Holzherd. Und ab und zu etwas Kreativeres."

„Ich glaube, jemand ist hinter Esat her. So so oder so. Deswegen hat jemand auch diese Zettel und die Nachricht versteckt."

„So so oder so?"

„Ziel ist: Entweder du lieferst ihn der Polizei aus, weil er wirklich der Täter ist. Oder man möchte ihm etwas anhängen und so von sich selbst ablenken. Oder: Man möchte ihn finden und diesmal den Richtigen umbringen. Weil Khaled nur Versehen war. Das mit dem Material und der Zeitung war wirklich bloß Köder. Hat nicht ganz funktioniert."

„Du schließt nicht aus, dass er der Täter sein könnte."

„Auf alle Fälle, es geht um Leben und Tod für Esat. Wenn sie nicht gut ermitteln, sondern ein schneller Täter reicht: Ich traue es Politikern zu, dass sie ihm Asyl entziehen und ihn zurück nach Syrien schicken."

„Und wenn er es eben doch war?"

„Egal was war: Kannst du Esat in eine Diktatur ausliefern? Kannst du ihn so vielleicht wirklich in den Tod schicken? Das ist, wie wenn man für Verbrechen Todesstrafe verlangt. Du willst das nicht. Ich will das auch nicht."

„Und Luzia? Die scheint sich um solche Überlegungen nicht groß zu kümmern."

„Vielleicht ist es nicht sie, die manipuliert. Es kann auch umgekehrt sein und der nette Herr Mader manipuliert sie. Ich habe den Eindruck, sie zweifelt schon. Sie überlegt, wie das Material von ihm in die Kassette gekommen ist."

„Es wäre gut, mit Manninger darüber zu reden. Ich habe seinen Freund gefragt, ob er einen Kontakt herstellen kann. Aber Kowalsky hat gesagt, er erreicht Günter Manninger nicht."

„Dieser Kowalsky", überlegt Vesna. „Du meinst, man kann ihm trauen?"

„Warum? Weil er so akkurat gekleidet ist? Oder weil du grundsätzlich jeden verdächtigst?"

„Er war lange im Ausland. Man kennt nur offizielle Biografie."

„Klar, und in Wirklichkeit ist Luzia seine Geliebte und sie haben vor, alle Köche durch Roboter zu ersetzen."

„Luzia … ich glaube, langsam habe ich eine Idee."

„Wie alles zusammenhängen könnte?"

„Leider nein. Aber wie wir mehr herausfinden können. Oder zumindest etwas ausschließen. Allerdings, apropos Köder: Ich brauche dich dafür."

„Super. Köder kann man mehrfach verwenden, hast du gesagt."

„Nur wenn sie aus Stahl sind. Ein Wurm wird gefressen."

[17.]

Wir sind in Vesna Büro. „Sauber – Reinigungsarbeiten aller Art". Um diese Zeit ist Schichtwechsel. Die Reinigungskräfte, die tagsüber arbeiten, haben Feierabend. Die Partien, die in der Nacht Bürohäuser putzen, trudeln langsam ein. Wie lange ist es her, dass Vesna ein Ein-Frau-Unternehmen mit ungesichertem Aufenthaltsstatus war? Sie hat viel geschafft. Mit ihrem Elan, ihrem Mut und wohl auch ein wenig Glück.

Sie lächelt, als ich ihr das sage. „Glück gehört zum Leben dazu."

„Und zum Überleben." Das rutscht mir so heraus.

Meine Freundin sieht mich forschend an. „Wenn du nicht willst, wir können etwas anderes planen."

„Quatsch. Ich hab ja euch."

„Du weißt, was du ihr erzählst?"

Ich nicke und greife wieder einmal zu Vesnas Telefon.

„Hi Luzia, alles okay bei dir?"

„Oh Mira, lieb, dass du anrufst. Ich bin … ein wenig durcheinander. Ich begreife das alles nicht."

„Ich kann dir am Telefon keine Details sagen, aber es ist verrückt: Es gibt offenbar noch viel mehr Material im ‚Apfelbaum'. Im Zusammenhang mit dem KI …"

„Klar, Esat hat Informationen über weitere Ukrainerinnen gesammelt, die wird er dort haben."

Ich sehe Vesna fragend an. Daran haben wir nicht gedacht. Sie deutet mir, ich soll einfach weitertun.

„Nein, nicht diese Infos … Offenbar geht's um anderes. Viel Wichtigeres."

„Was? Was soll das sein?"

„Weiß ich nicht. Ich fahre noch einmal hin, gleich heute Abend. Hast du eine Ahnung, worum es sich handeln könnte?"

„Nein … ich kenne nur die Unterlagen über die ukrainischen Frauen. Vielleicht hat er etwas über diesen Administrator gefunden, oder über seinen Bruder."

„Könnte sein."

„Aber … das hat er mir nicht geschickt."

„Offenbar zu brisant, um es weiterzuleiten. Und dann musste er untertauchen. Womöglich hat er uns ins ‚Apfelbaum' gelockt, damit ich anfange zu suchen."

Vesna macht ungeduldige Zeichen. Ich soll mich nicht verzetteln, sondern zum Punkt kommen.

„Jedenfalls … spätestens um halb neun bin ich im ‚Apfelbaum'. Dann wissen wir mehr. Sei bitte vorsichtig!"

„Soll ich dich begleiten? Oder macht das deine Freundin?"

„Leider … sie hat keine Zeit. Ich will nicht warten. Ich fahre bloß schnell hin, sehe alles durch und dann entscheiden wir, wie es weitergeht."

„Wenn du magst … ich schau mir das Material gerne mit euch an."

Klar, wäre gut für deine Story, denke ich und sage: „Können wir in den nächsten Tagen machen. Das hilft sicher."

„Du willst wirklich allein dorthin? Ihr habt mich gewarnt vor Esat."

„Und du hast gesagt, dass er sicher nicht gefährlich ist."

„Ja. Habe ich. Soll ich nicht doch kommen?"

„Nein. Ich kenne mich dort aus. Ich will endlich wissen, was los ist. Ich will mich nicht länger für dumm verkaufen lassen."

„Weißt du, wo Esat steckt?"

„Wir haben dir doch erzählt, dass er mit dem Rad abgehauen ist. Keine Ahnung. – Und du? Er ist … nicht etwa bei dir?"

„Nein. Ich schwöre. Pass auf, Mira."

Es ist verrückt, was wir tun. Khaled ist tot. Esat ist abgetaucht. Vielleicht ist auch Manninger verschwunden. Seit mehr als vierundzwanzig Stunden kein Lebenszeichen von ihm. Vesna hat versucht, ihn über das unverdächtige Handy einer Mitarbeiterin zu erreichen. Das Telefon ist abgestellt. Der Teilnehmer ist nicht erreichbar.

Fran glaubt, nicht nur die kyrillische Zeitungsseite, auch der Text darauf ist alt. Die Farbe des Stifts, verblichen. Kann sein. Kann aber auch sein, der Stift war etwas angetrocknet, habe ich eingewandt. Dann wäre der Aufdruck unregelmäßig, hat er gemeint. Fran kann viel, aber er ist kein Forensiker. Ich wollte Oskar eine Nachricht schicken, nur damit er weiß, wo ich bin. Ich verstehe, dass er sauer ist. Auch wenn er überreagiert hat.

Vesna meint, das ist zu riskant. Er sei selbst schuld – so ein Drama und dann noch Eifersucht auf Nemecek. Vesna traut Luzia eher als Mader. „Wir werden sehen", hat sie gesagt. „Entweder kommt Luzia, oder er kommt. Vielleicht auch beide." Und Esat? Und Busch? Und der Administrator samt seiner Roboterarmee? „Jedenfalls wir wissen dann, wer besonderes Interesse hat. Vielleicht kommt auch gar niemand", hat sie hinzugefügt. Tröstlich. Wirklich. Ich sehe auf die Uhr. Die beiden sollten demnächst losfahren. Sie werden sich im „Apfelbaum" verstecken. Eine halbe Stunde später fahre ich. Und spiele Köder. Und bin hoffentlich kein Wurm.

Es dämmert, als ich von der Autobahn abfahre. Vorbei an Weingärten, vorbei am alten Holzkreuz mit der verwitterten Christusfigur. Nicht zum ersten Mal überlege ich, wie seltsam es Menschen aus anderen Kulturkreisen finden müssen, dass bei uns Gekreuzigte in der Landschaft stehen. Ein großer Vogel sitzt auf dem Baum daneben. Totenvogel. Unsinn. Ich weiß nicht einmal, was ein Totenvogel ist. Kann man im Internet suchen. Alles lässt sich dort finden. Angebliche intelligente Programme schreiben inzwischen Hausübungen, Reden, Artikel, vielleicht auch bald Bücher. Vorausgesetzt, man hat sie ausreichend und gut gefüttert. Was sagt es aus über uns, wenn so etwas nicht auffällt? Wohl bloß, dass wir ziemlich einfallslos geworden sind. Berechenbar. Wir könnten die KI-Ghostwriter enttarnen, wenn wir Ironisches von ihnen verlangten. Nur leider wird Ironie auch in der Kommunikation zwischen Menschen nicht immer verstanden.

Momentan könnte ich gut damit leben, wenn alles berechenbar wäre. Ich parke mein Auto dort, wo es schon heute Vormittag gestanden ist. Nicht direkt vor dem Lokal, sondern etwas versteckt auf dem leerstehenden Grundstück. Wo ist Vesnas Wagen? Den soll niemand sehen. Auch ich nicht.

Ich hole tief Luft und nehme den Schlüssel für den Hintereingang aus der Ritze im Balken. Auch das genau so, wie wir es ausgemacht haben. Die beiden haben sich drinnen versteckt. Ich schließe auf und gehe langsam durch den Gang in den Schankraum. Keine Spur von ihnen. Wo sie sind? Wohl nicht im Gläserspüler. Auch nicht im Schrank mit dem Bierfass. So gelenkig ist nicht einmal Vesna. Soll ich mir einen Spaß erlauben und sie suchen?

Mira, das ist kein Versteckspiel. Das ist überhaupt kein Spiel. Auch hier drin dämmriges Licht, es dringt durch die hohen Fenster der Vorderfront ins Innere des Lokals. Ich gehe zur vorderen Eingangstür. Sie ist versperrt, der Schlüssel hängt hinter dem Vorhang. Auch das wie immer. Die Kühlmaschinen surren leise. Ich stelle mich hinter die Schank und blättere, wie ausgemacht, in Unterlagen. Vesna hat mir, damit es echt aussieht, eine umfangreiche Anleitung über richtiges Verhalten und Gefahrenvermeidung beim Fensterputzen mitgegeben.

Dort drüben ist der Sumpf. Ich lächle. Vor vielen Jahren hat mich Billy gebeten, ihr doch einen Weißwein aus dem Sumpf zu holen. Die lagern Weißwein im Sumpf? Ich klappe den in die

Schank eingelassenen gekühlten Edelstahlbehälter für Flaschen auf. Ein Schluck, zur Beruhigung. Und weil es echter aussieht. – Du siehst echter aus, wenn du trinkst? Ich schenke mir ein kleines Glas Veltliner ein. Schmeckt gut, würzig, auch wenn die Flasche schon ein paar Tage angebrochen sein muss.

Da kommt niemand. Wir haben uns getäuscht. Selbst Autos fahren nur hie und da vorbei. Scheinwerfer, sie strahlen für einen Moment über die Tische. Wir haben nicht vereinbart, wie lange wir warten, ob jemand auftaucht. Ich könnte Vesna fragen. Wenn ich wüsste, wo sie steckt. Ich lausche. Nichts. Nur die Kühlmotoren. Inzwischen ist es beinahe finster.

Ausreichend Licht durch die großen Fenster, um Schatten und Umrisse zu sehen, aber zu wenig, um zu lesen. Ich sollte die Taschenlampe an meinem Handy … Da war jetzt doch ein Geräusch.

Es kommt nicht von draußen, auch von keiner der Eingangstüren her. Es kommt von der Treppe in den oberen Stock. Logisch. Ein guter Platz, um sich zu verstecken.

Ich sehe auf die Straße. Alles verlassen. Ich kläre mit Vesna rasch, wie lange wir noch warten sollen. Mit ihr zu reden, nur ganz kurz, wäre für meine Nerven kein Schaden. Sie soll ja nicht meine Hand halten, bloß eine Frage beantworten.

Ich gehe zum nächstgelegenen Fenster. Da kommt niemand. Zumindest nicht jetzt. Warum schleiche ich dann auf Zehenspitzen? Weil es auch die Hintertür gibt. Und davor die Holzplanken, den Platz für die Mülltonnen, den Ort, an dem Khaled erstochen worden ist. Mach dich nicht verrückt. Zurück in den Gang. Da ist die Tür zum ersten Stock, auf der Treppe wird Vesna sein. Ich öffne sie energisch.

Esat.

Er starrt mich an. Ich renne, ich fliehe, ich muss durch den Gang, durch die Hintertür. Er hat Vesna, sie haben Vesna, der finstere Flur, vorbei an Manningers Auszeichnungen, Plaketten mit Hauben, Urkunden mit Bestecken, vorbei am Zigarrenschrank, irgendwas hält mich, eine Schlinge, irgendwas fällt, und ich mit, ich liege, ich muss hoch, sofort. Sein Gesicht über mir. Etwas blitzt auf in seiner Hand. Ein Messer. Das Messer, die ganze Küche ist voll von Mordwerkzeugen. Er streckt die Hand aus, ich halte den Unterarm schützend vors Gesicht. Ich …

„Mira?“, sagt Esat. „Ich hoffe, du hast dir nicht wehgetan.“

Was ist das für ein perfides … Ich zwinkere. Er streckt mir die Hand entgegen. Will mir aufhelfen. – Und dann?

„Was machst du hier? Ich habe total erschreckt.“

„Was machst du hier?“ Ich krabble ein Stück von ihm weg.

„Ich habe nicht gewusst, wohin. Ich habe gedacht, da ist niemand. Da ist auch keine Polizei mehr. Da glaubt niemand, dass ich bin. Ich muss nachdenken.“

„Luzia hat dir gesagt, dass ich komme.“

„Luzia? Nein. Ganz sicher nicht.“

„Wo ist Vesna? Wo ist Fran?“

„Wie soll ich wissen?“

Ich rapple mich auf, die Wade brennt, ich bin gegen die Stehlampe, über ihr Kabel gestolpert. Mira, konzentrier dich. Langsam, unauffällig weg von Esat. Dabei weiterreden.

„Vesna und Fran, sie sind hier.“

„Sicher nicht in letzten Stunden.“

„Du bist noch zusammen mit Luzia.“

„Sie hat mich gelassen. Verlassen. Ich habe erzählt, ich lüge nicht.“

„Du hast oft genug gelogen. Oder nicht die ganze Wahrheit gesagt.“

„Nur aus Not, so sagt man doch, oder?“

„Was hast du mit dem Versteck unter den Brettern zu tun? Mit dem Russen-Zettel?“

„Was? Ich verstehe nicht!“

„Keine Lügen. Du warst hier. Wir haben dich gesehen.“

„Du hast mir Nachricht geschickt, ich soll kommen!“

„Ich dir? Lüge! Hör auf damit!“

„Ist wahr. Ich kann dir zeigen.“

„Warum hast du dich dann versteckt?“

„Du warst nicht alleine und ich habe gedacht: Falle, du gibst mich an die Polizei. Und dann ist sie zu mir ins Gebüsch und ich bin …"

Mein Hirn rast, aber ich kann die Gedanken nicht einholen. So etwas wie Kopf-Formel-1 für geistig Minderbegabte.

„Wo ist Chef?", fragt Esat.

„Welcher Chef?"

„Na, der Chef, Manninger."

„In der Karibik. Allerdings …"

„Stimmt nicht. Er ist hier. Nur kurz weg. Er glaubt mir. Ich habe etwas gehört und gedacht, er ist zurück. Und dann habe ich gedacht, ich soll nicht aus oberem Stock. Hat Chef gesagt. Und dann hast du die Türe aufgerissen."

„Was macht Manninger hier?"

„Ist sein Lokal."

„Es ist zu. Er hat sein Telefon abgeschaltet. Er hat sich nicht bei mir gemeldet. Wie soll ich dir glauben …"

„Er glaubt mir. Er will helfen. Unser ‚Apfelbaum' retten."

„Du willst deinen Report machen, schon vergessen? Oder abhauen. In ein anderes Leben. Mit Luzia."

„Luzia? Sie hat neuen reichen Freund!"

„Nur Luzia hat gewusst, dass ich kommen werde."

„Ich habe nicht gewusst. Ich habe mich versteckt."

Wo sind Vesna und Fran? Wo ist Manninger? Der junge Syrer, der da an der gegenüberliegenden Wand im Gang lehnt. Eine bessere Möglichkeit, mich loszuwerden, als gerade eben hätte er nicht haben können. Ich am Boden, er über mir. Das Messer … Ich sehe mich um. Die Uhr. Gut möglich, dass seine Uhr aufgeblitzt hat. Smartwatch. Sieht so aus, als wäre heutzutage alles smart. Außer mir.

„Okay", sage ich und atme tief durch. „Komm."

Hinter der Schank, versteckt hinter der Bierzapfanlage, mit gutem Blick auf die Straße, erzähle ich ihm, was heute geschehen ist. Weder Vesna noch Fran gehen ans Telefon. Der Teilnehmer ist momentan nicht erreichbar. Schon wieder.

„Ich werde dich beschützen", sagt er.
Ausgerechnet.
„Ich kann kämpfen."
Wird immer besser.
„Luzia hat es ihrem reichen Freund gezeigt, unser Material. Er hat überall Kontakt, das weiß ich. Ein Netz. – Wo ist Chef?"
„Keine Ahnung. Aber sie können nicht alle verschwinden lassen, oder?"
„Sie? Luzia nicht. Das glaube ich nicht."
„Du hast ihr auch nach eurer Trennung Unterlagen geschickt."
„Ja, weil ich gehofft habe … aber sie hat für die dunkle Seite entschieden."
Beinahe hätte ich gelacht. Esat hat schwarze Haare, hübsche braune Augen. Und Mader, der ist blass und blond. Alles andersrum. „Es ist dir immer nur um die Ausbeutung der Ukrainerinnen gegangen? Um ihre Arbeitszeiten? Sozialversicherungsbetrug?"
„Ich wollte noch mehr."
„Was?"
„Weitere Fälle. Auch andere Lokale."
„Kann es sein … dass dir jemand Geld für das Material geben sollte? Oder dass jemand das Material von dir wollte?"
„Was? Ich verstehe nicht."
Ein Auto. Ich sehe erschrocken nach draußen. Es fährt weiter.
„Erpressung. Spionage. Die Polizei glaubt, du hast jemanden erpresst."
„Ich bin kein Spion! Das ist verrückt! Und Khaled war kein Spion! Er war ein lieber braver Mann."
„Du weißt, was ‚Erpressung' heißt?"
„Du presst jemand."
„Du hast Material. Du willst Geld dafür. Von Busch. Oder von Mader. Oder von Administrator."
„Nein! Ich will Report machen! – Der Administrator. Er ist … unheimlich."
„Gibt's eine Verbindung zwischen ihm und Luzia?"

Esat schüttelt den Kopf. „Er ist … Vielleicht es sind nur die Augen und wie er sich bewegt. In Asia-Leute du kannst nicht sehen, verstehst du?“

„Du meinst, alle aus Asien sind verdächtig.“

„Nein, natürlich nicht. Aber … man kann nicht hineinschauen.“

Wieder Scheinwerfer. Das Auto bremst, fährt ganz langsam am Lokal vorbei, biegt in eine Seitengasse. Ich muss eine Entscheidung treffen.

„Esat, du gehst wieder hinter die Tür. Versteck dich. Sie suchen nach dir. Wenn … du einen Kampf hörst, oder wenn ich ganz laut ‚Sterne‘ rufe, dann kommst du.“

„Sterne?“

„Egal, es ist bloß ein Wort! Damit du weißt, dass du kommen musst.“

„Keine Angst, ich bin da!“

Wo sind Vesna und Fran? Was ist passiert? Am besten, ich flüchte durch die Hintertür, renne die kleine Gasse entlang zu meinem Wagen. Ungeschützt? Ohne Deckung? Ich muss mich auf mein Bauchgefühl verlassen … Bauchgefühl … Das hat in diesem Fall nichts mit Essen zu tun, eher mit dem Gegenteil … Ist Essen das Gegenteil von Sterben? Leben ist das Gegenteil … Stopp. Ich versuche ruhig zu atmen. Alles still. Da ist ein Auto langsam in die Nebenstraße gebogen, er oder sie ist von der Arbeit gekommen, hat das Fahrzeug längst abgestellt, ist jetzt daheim bei der Familie. Sie essen. – Schon wieder essen.

Ich versuche noch einmal Vesna zu erreichen. Das Telefon ist aus. War auch so geplant. Es wäre klüger gewesen, das Lokal zu durchsuchen. Raum für Raum. – Wenn Esat doch damit zu tun hat? Dann hätte er verhindert, dass ich suche. Falls er die Wahrheit sagt, sind die beiden nicht hier.

Ich nehme noch einen Schluck Wein. Wie lange ist es her, dass Esat uns ein Glas eingeschenkt und erklärt hat, so ein leichter Veltliner, der sei quasi immer gut. Jetzt trinke ich ihn zur

Beruhigung. Nicht sehr schlau. Was ist mit Manninger? Christof Mader. Er kennt ihn, er hält ihn für einen ausgezeichneten Koch, für einen der besten. Maders Netzwerk. Wo hat er seine Netze ausgeworfen? Luzia hat ihm vom Material über die Ukrainerinnen erzählt, naheliegend, dass sie ihm auch von den zusätzlichen Unterlagen, die im „Apfelbaum" sein sollen, erzählt. Mader trifft Manninger. Oder umgekehrt. Manninger trifft Mader. Jetzt ist Manninger verschwunden. Auch wenn Esat sagt, er ist nur kurz weg.

Das Telefondisplay leuchtet. Kein Ton. Den habe ich weggeschaltet. Fran. Eine Nachricht von Fran. Ich bin so erleichtert, dass ich zittere. Erst beim zweiten Versuch kann ich sie öffnen.

Polizei hat uns gestoppt. Warte. Sind in 20 Minuten da. NICHTS RISKIEREN!!!

Polizei? Um sie zu verhören? Um sie als Zeugen zu befragen? Ausgerechnet jetzt? Jedenfalls ist ihnen nichts passiert. Wenn stimmt, was in der Nachricht steht. Kein Administrator hat sie mithilfe seiner Roboter zu Gulasch verarbeitet. – Dass Esat da ist, kann ich Fran nicht schreiben, auch wenn ihn das beruhigen würde. Wer weiß, wer mitliest. Würde es ihn beruhigen? Was sagt mein Bauchgefühl? Dass ich Hunger habe. Dass Esat okay ist. Im Großen und Ganzen. Was kann man mehr von einem Menschen erwarten. Hunger, jetzt? Ich habe heute noch nichts gegessen, ich habe gar nicht daran gedacht. Fran lebt. Vesna lebt. Esat hat nichts damit zu tun, zumindest nicht mit ihrer Verspätung.

Ich nehme noch einen Schluck. Beinahe hätte ich es übersehen. Da ist jemand auf der Terrasse vor dem Lokal. Ich ducke mich. Nein. Unser Plan. Ich muss in den Unterlagen lesen. – Im Finstern? Du bist nicht allein. Esat passt auf. Das ist sicher Manninger, der kommt. Dem werde ich die Leviten lesen. Zuerst bittet er mich, im „Apfelbaum" nach dem Rechten zu sehen, und dann kein Wort, dass er zurück ist. Da ist ein zweiter Schatten. Dort beim Kastanienbaum ein dritter. Schattenballett. Was wollte ich rufen, um Esat zu Hilfe zu holen? Ich weiß es nicht mehr.

Erst ein, dann zwei, dann drei, dann vier, dann steht das Christkind vor der Tür. Drei. Es sind drei. Keine Kerzen. Vesna ist nicht dabei, sie ist kleiner, dünner. Was würde sie tun? Die sind draußen, ich bin herinnen. Dokumentieren. Foto. Foto hilft. Verstecken hilft mehr. Foto ohne Blitz. Ich zittere. Das Telefondisplay ist viel zu hell. Ich ducke mich. Blitzsymbol weg. Ich drücke auf den Auslöser, immer wieder. Die Handykamera ist gut, besser als ein Auge.

Der eine könnte wirklich Manninger sein. Der andere … ein Muskelmann, er trägt bloß ein T-Shirt, die Arme sind über und über tätowiert. Russischer Mörder. Söldner. Putins Koch. Ich muss Manninger helfen. Ich muss Esat holen. Christkind. Warum fällt mir nur Christkind ein? Der Dritte …

Besser, ich rufe nicht nach Esat. Er wird gesucht. Er muss Manninger im „Apfelbaum" helfen. Er soll bleiben, wo er ist.

Ich renne zur Tür in den ersten Stock, öffne sie ein Stück weit.

„Es sind drei Männer da, Esat. Du bleibst, wo du bist. Manninger ist dabei. So haben wir noch eine Überraschung."

„Du hast nicht ‚Sterne' gerufen."

„Du bleibst. Wir warten ab."

„Geht nicht. Ich muss dich beschützen. Damit man mir glaubt."

„Manninger ist da."

„Der ist alt. Aber er ist ein guter Kämpfer. In Küche."

Ich mache die Tür vor seiner Nase zu.

Was würde Vesna tun? Überraschung. Angriff. Ich schleiche zur Eingangstür, nehme den Schlüssel, drehe ihn so leise wie möglich im Schloss. Ich reiße die Tür auf.

Busch. Fixiert von Manninger und einem tätowierten Söldner. Was ist … Mir wird eigenartig leer im Hirn. Bauchgefühl! Du hast keine Ahnung. Warum Manninger? Wer ist der Zweite?

Wenn Manninger verblüfft ist, mich zu sehen, dann nur für einen Sekundenbruchteil. Oder hat er doch gewusst, dass ich hier sein werde?

„Los, rein mit ihm!“, befiehlt er. Der andere hat Busch fest im Griff.

„Ich werde euch anzeigen, wegen Freiheitsberaubung“, jault der.

Diese Idioten. Wir werden nie erfahren, was Busch hier wollte. Oder wissen sie es?

„Gute Idee, ruf die Polizei an!“, ruft Manninger.

Busch versucht sich loszumachen, der Tätowierte hat sich über ihn gebeugt. „Kabelbinder, oder Klebeband, schnell“, keucht er.

„Im Lager“, erklärt Manninger. „Bei der Tür, rechte Seite, unten!“

Ich renne, wäre beinahe wieder gefallen, Licht geht an. Die Stimme. Ich kenne die Stimme des Tätowierten.

„Schnell“, ruft Manninger. „Ewig kann Tom ihn nicht mehr halten!“

Ich krame. Klebeband. Genau dort, wo er gesagt hat. Die Stimme. Tom. Thomas. Irgendwas ist da …

Manninger reißt mir das Band aus der Hand. Ich starre Kowalsky an. Donaudampfschifffahrtsoberkapitän.

„Ich habe Luzia gesagt, im ‚Apfelbaum‘ gibt es noch mehr Material“, erkläre ich.

Manninger wirft mir einen genervten Blick zu. Gemeinsam mit Kowalsky fesselt er Buschs Arme, sie drücken ihn auf einen Sessel. Kowalsky fixiert ihn, Manninger bindet ihm die Füße zusammen. Schnell. Effizient. So, als ob sie das schon öfter getan hätten.

„Darüber reden wir später“, sagt Manninger in meine Richtung und dann zu Busch: „Esat hat recherchiert. Du wolltest ihn ausschalten, aber du hast den armen Khaled erwischt.“

„Miese Lügen!“

„Mund halten! Du redest nur, wenn ich es sage!“

Küchenautorität? Oder Mafia? Welche?

„Du hast Angst, es könnte auffliegen, dass im KI eine Menge schiefläuft. Ausbeutung von Mitarbeiterinnen, Sozialversicherung hinterzogen, Roboter, die viel wissen, aber schlecht kochen.“

„Sie sind angemeldet, das hab ich auch Christof …"
„Der Idiot hat dich zu lange gedeckt. Weil er nicht wollte, dass alles rauskommt."
„Kann er nicht brauchen, bei seinem Image", assistiere ich. „Und Luzia …"
„Das war eine saudumme Idee von dir, Mira. Eine Falle! Was glaubst du? Der hat ein Messer. Ich wette, es ist dasselbe, mit dem Khaled erstochen wurde. Er kann zwar nicht richtig gut damit umgehen, aber dafür reicht es!"
„Überheblicher Idiot! Was glaubst du, wer du …"
„Wir haben gesehen, wie er es aus den Büschen geholt hat. Und, schon gemerkt? Er trägt Handschuhe. Ich weiß, warum ich Handschuhe in der Küche hasse. Weder gesund noch hygienisch."
„Hat eben nicht jeder einen Muskelprotz, der …"
Thomas Kowalsky grinst. „Danke, es täuscht. Das machen die Tattoos."
„Täuschen ist untertrieben, ich habe gedacht … und Tattoos? Wie …"
„Lange Geschichte."
„Ihr lasst mich sofort gehen!", verlangt Busch.
„Du redest, wenn du darfst", wiederholt Manninger.
„Was ist mit Vesna und Fran?", frage ich Busch in einem Ton, der auch so autoritär klingen soll.
Busch schweigt.
„Was ist mit ihnen?", fragt Manninger zurück.
„Keine Ahnung. Verschollen. Die Polizei hat sie gestoppt. Hat Fran geschrieben. Falls er es war."
Manninger seufzt. „Du kannst uns trauen. Auch wenn … Tom etwas wild aussieht. Menschen haben eben ihre Geschichte."
Wer hat das gesagt? Esat. Er wartet immer noch hinter der Tür. Oder ist er weg? Egal, es ist Zeit, höchste Zeit.
„Ich rufe Nemecek an."
„Wen?"
„Bezirkspolizeikommandant. Kennst du doch."

„Alles Lügen! Das waren die Japaner! Moon! Und die … dahinter! Die Japaner in Japan. Habt ihr doch auch gedacht, was? Mira?“, jault Busch.

„In echt?“, bellt Manninger. „Wer hat das Messer? Du oder die Japaner? Was wolltest du hier? Mira abstechen? Oder Esat?“

Busch schweigt.

„Was? Du redest! Sofort!“

„Ich hab es gefunden. Ich wollt' es zur Polizei …“

„Scheiße!“

Manninger. Seine andere Seite.

„Ihr könnt mich nicht …“, winselt Busch. „Wir sind … in einem Boot. Nichts geht mehr, alle wollen was … Es war meine Chance, das KI, weil ich schneller bin. Die Zukunft sehe … Kann sein, dass ich mich bei denen getäuscht habe, den Japanern, aber damit habe ich nichts zu tun. Bei mir sind alle angemeldet, sogar Moon und sein Bruder.“

Ich habe eine Idee. „Der russische Spionagezettel. Sie haben das Material platziert.“

Manninger und Kowalsky sehen mich an, als ob ich nicht ganz dicht wäre. „Später!“, sage ich zu ihnen. Macht Spaß, dieser Tonfall. „Der Zettel! Reden Sie!“

„Schwachsinn! Die spinnt doch!“

„So, tue ich das? Nur blöd, dass Ihre Fingerabdrücke drauf sind. Was glauben Sie, habe ich in der Küche gemacht? Nur dumm Ihrem Theater zugesehen? Wir hatten Sie schon damals unter Verdacht und DNA ist leicht zu kriegen, ein Glas …“ Ich sollte es nicht übertreiben.

„Spionage?“, fragt Manninger.

„Schwachsinn!“, faucht Busch noch einmal. „Russen, Kasachen, die Typen, die früher bei uns gegessen haben. Die haben mir einen Zettel dagelassen, wir haben uns nach dem Dinner getroffen … in einem Nachtklub … Es war ein … Gegengeschäft. Sie zahlen nichts und dafür laden sie mich ein. Auf alles! Meine damalige Frau hat den Zettel gefunden und hat gesagt, schaut aus wie eine Spionagebotschaft. Ich hab ihn aufgehoben, warum auch immer. Und als die verdammte Schnüfflerin was von Spionen gefaselt hat, ist er mir wieder eingefallen. Spion! So ein Schwachsinn!"

„Das werden andere klären", stellt Manninger fest. Ruhiger. Beinahe ein wenig müde. Für sein Alter hat er trotzdem enorme Power. Und Kraft. Wenn auch nicht so viel wie der sonst so adrette DDSG-Manager.

„Sie haben Lichtschranken und Abhörsysteme im KI. Die Servierroboter zeichnen auf, was gesprochen wird", erkläre ich.

„Davon habe ich keine Ahnung! Damit habe ich nichts zu tun!"

„Das, was wir wissen, reicht", befindet Manninger.

„Ich soll mir von einem dahergelaufenen Araber meine Existenz ruinieren lassen? Der stolziert herein, betrügt mich und kann mich kaputt machen? Meinst du das? Kapierst du es nicht? Wir arbeiten wie die Tiere, immer härter, alles wird immer härter, ungerechter, jede Tussi macht einen Blog und kann dich ruinieren, keiner hat mehr Respekt, und wenn auch nur der kleinste Patzer auf die weiße Weste kommt, dann kannst du zusperren! Schau es dir an! Die haben Freude daran, uns hinzurichten! Ich habe Freunde! Mächtige Freunde!"

„Unwahrscheinlich, dass Mader das noch so sieht", stelle ich fest. „Seine weiße Weste wird ihm näher sein."

[18.]

Außenstehende könnten es für eine Party halten. Wir sitzen an einem der Tische in der Stube.

Ich reibe mir die Augen. Ich bin müde. Und ich habe ein Glas zu viel getrunken. Vor zwei Stunden bin ich hier, im selben Raum, hinter der Schank gestanden. Finster. Nur hin und wieder die Scheinwerfer eines Autos. Allein. Nein, nicht ganz allein. Aber davon habe ich nichts gewusst.

Chefinspektor Klein ist mit zwei Uniformierten gekommen und hat Busch abgeführt. Oliver Busch, bekannter Koch und Gastronom, der einen jungen Syrer erstochen hat, um seine Welt zu retten. Letztlich war es Hochmut, der ihn zu Fall gebracht hat. Mitarbeiterinnen waren Ameisen für ihn, Esat hat er kaum gekannt. Das bisschen, was Busch wusste: Esat Al Sayed hat Material über das KI gesammelt. Informationen, die nicht an die Öffentlichkeit durften. Und er hat im „Apfelbaum“ gearbeitet. Ob wir je erfahren werden, wie es genau gelaufen ist? Ob er Khaled angesprochen und der ihn nicht verstanden hat? Ob er geglaubt hat, der Syrer will ihn für dumm verkaufen, als er sich umgedreht hat, um weg von dem aufgebrachten Mann in die Ruhe eines Lokals an einem Schließtag zu fliehen? Oder ob er ihm aufgelauert und einfach von hinten zugestochen hat?

Neben mir sitzt Oskar. Er ist einsilbig. Er muss erst so einiges verdauen. Das verstehe ich. Verdauen … wie viele unserer Alltagsbilder mit dem Essen zu tun haben. Ist eben wichtig. Überlebenswichtig.

Manninger öffnet die nächste Flasche.

„Ich habe keine Ahnung, ich schwöre es euch. Ich bin nur ein kleiner Polizist“, höre ich Nemecek sagen. Seine Aussprache klingt ein wenig verwaschen. Ob er sich heute noch ins Auto setzt und selbst heimfährt? Und was, wenn er aufgehalten wird?

„Es muss jemand bei Polizei Hinweis bekommen haben“, insistiert Vesna. „Man stoppt uns, weil ich angeblich zu schnell gefahren bin.“

„Angeblich?“, spotte ich.

„Darum geht es jetzt nicht. Man haltet uns an und sagt, dass ich ins KI eingebrochen bin und dass wir auf Wache müssen. Du hast keine Chance. Zum Glück ich konnte Oskar anrufen. Er hat uns ... wie sagt man ... rausgeschlagen. Aber es hat gedauert.“

Oskar grinst. „Rausgehauen, wenn schon. Ich habe ein paar Tatsachen klargestellt. Das hat gereicht. Nur: Wer könnte gewusst haben, dass Mira im ‚Apfelbaum‘ ist?“ Böser Blick in meine Richtung. „Was eine Wahnsinnsidee war.“ Aber er berührt mich am Unterarm.

Manninger schenkt nach. Reihum. „Dumm ist Oliver Busch nicht. Er wird zum Schluss gekommen sein, dass Vesna dir auch dabei hilft.“

„Oder es war Zufall“, mein Oskar.

„Oder Roboter spionieren mehr, als wir wissen“, kommt von Vesna.

Fran sieht seine Mutter an. „Vielleicht hatte Busch gar nicht so viel zu entscheiden und das hat seinem Ego den Rest gegeben. Der japanische Entwickler ... kaum möglich, Details herauszufinden. Kann schon sein, dass die Maschinen im KI mehr tun als bloß kochen. Allerdings. Wenn sie Gespräche speichern und tatsächlich auch auswerten, sind sie dabei nicht besonders gut. Sonst hätten sie wohl rascher gemerkt, dass Esat anderes will als Salatkisten transportieren.“

Esat lächelt. „Ich habe aufgepasst. Mir waren die Roboter gleich verdächtig."

Dem Selbstbewusstsein nach passt er gut in die Kochszene. Ich sehe Luzia an. Sie sitzt neben ihm. Zwischen den beiden einiger Abstand. Aber es wirkt, als würden sie sich wieder näherkommen können. Bauchgefühl. Schon wieder. Oder eben wirklich bloß der Hunger.

„Ich … ich habe Christof erzählt, dass da noch mehr Material ist. Dass … er etwas unternehmen kann, damit die Missstände ein Ende haben. Er sagt, er hat die ersten Unterlagen an Busch weitergegeben. Mit dem Auftrag, alles in Ordnung zu bringen. Damit hat er natürlich nichts Illegales gemeint. Nie im Leben! Christof hat einen guten Ruf. Den will er behalten. – Was ist das jetzt eigentlich für zusätzliches Material?"

Vesna sieht sie an. „Bleibt geheim."

„Dein Christof hat Busch erzählt, dass ich im ‚Apfelbaum' bin", stelle ich fest.

„Er wollte sicher nichts Böses. Das klingt so, als ob …"

„Christof Mader war nie nah am Feuer", stellt Manninger fest.

Das kann alles Mögliche heißen. Jedenfalls: Wichtiger als Khaled und die Wahrheit war Mader wohl sein Image. Aber ich sage nichts. Was würde es bringen?

Vesna sieht das offenbar anders. „Warum hast du behauptet, Esat hat dich verlassen und er ist seltsam?"

„Was soll das? Ich denke, wir feiern, und dann wird das ein Verhör? Ich kann wirklich nichts dafür."

Esat sieht zu Boden.

„Was ist? Oder warst es doch du, der Luzia verlassen hat?", fragt Vesna.

„Anders, es war ganz anders", versucht er zu erklären. „Ich habe erfahren, sie hat einen anderen. Wie ist das? Das geht nicht."

„Da war doch nichts. Ich bin bloß mit ihm essen gegangen. Geschäftlich", kontert Luzia. „Das muss drin sein."

„Ach, es ist bis jetzt nur geschäftlich?"

„Dann hast du mich verlassen. Und seltsam warst du auch. Besessen von diesem Report."

„Den Report hast du nicht mehr gewollt, weil dein reicher Freund gesagt hat, dass er das nicht will."

„Was glaubst du? Dass ich alles tue, was mir ein Mann sagt? Das kannst du ein für alle Mal vergessen!"

Oh, hätte ich ihr gar nicht zugetraut.

„Aber er hat wollen, dass du mich bei Polizei schlechtmachst. Und du hast es getan. Ich bin kein arabischer Macho. Der reiche alte Mann hat dich eingewickelt. Ich habe meinen Stolz. Und ich habe Ziele."

„Alter Mann? Du spinnst wohl!"

Noch ist Esat zur Fahndung ausgeschrieben. Er hatte sich wieder in den ersten Stock verzogen, bis Chefinspektor Klein und seine Männer mit Busch abgefahren sind. Es ist zu hoffen, dass er bald wieder offiziell auf freiem Fuß ist. Aber Aktenlauf und Bürokratie hinken den Fakten häufig hinterher. Nemecek hat jedenfalls beschlossen, für heute Abend so zu tun, als wäre das alles schon geregelt.

Ich lächle Thomas Kowalsky an. Jetzt trägt er einen langärmligen Pullover über dem T-Shirt und sieht wieder etwas mehr wie der Chef einer Wiener Traditionseinrichtung aus. „Du bist mir noch eine Geschichte schuldig."

„Ich mache inzwischen, was ich am besten kann", sagt Manninger und steht auf. „Kochen. Es ist das Einzige, was ich wirklich will. Und seltsam, je älter ich werde, desto mehr weiß ich es. Es ist das Großartigste auf der Welt. Jedenfalls für mich."

„Ich darf helfen, Chef?", fragt Esat artig. „Ich finde das auch. Ich bin im Neuhof gesessen und dann habe ich gewusst: Das will ich machen. Ich will kochen. Richtig gut. Es ist … eine verrückte Welt, so wie Film. Aber viel mehr real. Und es geht schnell. Ich mag das. Man kocht. Gut. Dann wird gegessen. Und over. Klappe."

Manninger klopft ihm auf die Schulter. „Komm, Sous."

„Die Geschichte“, insistiere ich.

Kowalsky wiegt den Kopf. „Es ist auch eine Kochgeschichte, aber nicht so nett. Zumindest nicht zu Beginn.“

„Sie hat mit den Tattoos zu tun?“

„Kann man so sagen. Ich war auf einem Kreuzfahrtschiff, einem sehr guten. Ich hatte gerade mein Wirtschaftsstudium geschmissen. Ich wollte kochen – ich hoffe, Esat bleibt die Freude. Ich habe also, ganz klassisch, auf einem Schiff angeheuert. Meine Tante, sie hatte ein Lokal. Ich habe geglaubt, am Schiff läuft das so ähnlich. Aber es war ganz anders. Und die haben erkannt, dass ich anders bin. Das haben sie ausgenützt.“

„Manninger war dabei?“

„Günter war Chef de Partie. Er war freundlich, weil ich wie er aus Österreich war, aber ich habe ihn wohl auch genervt. Er … hat sich von ganz unten hochgearbeitet und ich hatte alles. Und glaubte, am Schiff haben sie auf mich gewartet. Die Küchencrew hat mich gemobbt. Zumindest würde man es heute so nennen. Sie waren nicht zimperlich. Sie wollten mich nicht. In einem Hafen haben sie mich abgefüllt. Und dann tätowieren lassen. Ich hatte vorher etwas Blödes über Tattoos und ihre Träger gesagt. Als ich wieder zu mir gekommen bin, waren meine Arme voll mit allem Möglichen, auch mit ziemlich arg Pornografischem. Ich war am Ende. Total fertig.“

„Und dann ist der rettende Engel gekommen“, fällt Manninger ein. In beiden Händen große Pfannen mit duftender Eierspeis.

„Aber echt!“, rufe ich begeistert.

„Luzia, du weißt, wo das Geschirr ist“, sagt Manninger.

Sie springt auf.

„Was war?“, will ich trotzdem wissen.

Während noch zwei Pfannen mit Eierspeis und Brot aufgetragen werden und Luzia Teller und Besteck verteilt, erzählt Manninger weiter. „Ich mache es kurz: Er war ein unausstehliches überhebliches Greenhorn, aber eben ein Landsmann. Zum Glück waren die Tattoos nicht dicht und sehr stümperhaft. Ich habe dafür gesorgt, dass ein Profi drüber geht. So wurden aus … weniger Präsentablem Blumen und Fabeltiere und dergleichen. Und dem aufgeblasenen Jüngling hab ich gesagt, er soll sich nicht anscheißen. Im Service ist er sowieso besser aufgehoben, dort kann er lange Hemden tragen."

„Du hast gesagt: Ich habe gute Manieren, bin freundlich, habe eine schnelle Auffassungsgabe, bin belastbar, kann gut mit Menschen. Ich habe es mir genau gemerkt. Es hat mich gerettet."

„Echt?" Manninger grinst. „Ich kann mich nicht erinnern. So etwas soll ich zu einem Kellner gesagt haben?"

„Damals war ich es noch nicht."

Manninger lacht. „Du bist es auch nicht lange geblieben. – Und jetzt ist er Manager und ich bin noch immer Koch."

„Du wolltest nie ins Management?", will ich wissen.

„Nie im Leben! Ich will kochen. – Bevor wir essen, kommt noch die Fine-Dine-Facette über die Eier."

„Muss gar nicht sein", sagt Vesna.

„Trüffel. Übrigens aus dem Weinviertel. Esat, los!"

Esat hobelt sie großzügig über die Pfannen. Wir schaufeln die lockere duftende Eiermasse auf die Teller. Essen warmes Schwarzbrot dazu.

„Habe ich aufgebacken", sagt Manningers Souschef. „Trüffel sind perfekt mit einfachen Gerichten, sie entfalten Aroma am besten, wenn man sich darauf konzentrieren kann. Die Eier natürlich sind auch gut. Von Bruder von Frau Gruber."

„Aus dem wird was", murmelt Nemecek.

„Du wirst ihm helfen bei der Staatsbürgerschaft", stelle ich fest. „Schon allein, damit es mit dem ‚Apfelbaum' weitergeht!"

„He, noch bin ich nicht unter der Erde", sagt Manninger und lacht.

„Er muss ja auch noch viel lernen."

„Ich bin nur ein kleiner Polizist, aber man wird sehen, was man … – Glaubt aber nicht, ich lasse mich durch diese köstliche Eierspeis oder gar durch Trüffel bestechen … und außerdem …" Er nimmt noch einen Bissen.

„… und außerdem bist du wie immer nicht zuständig und Esat ist gar nicht da“, setze ich fort.

Dieses warme Gefühl im Magen, dieser cremig-mollige Geschmack, der Duft nach Waldboden und edlem Rauch … Es gibt kaum etwas, das ein gutes Essen nicht wieder ins Lot bringt. Ich sehe Oskar an. Und denke: hoffentlich.

GRUSS AUS DER KÜCHE

Vor mehr als zwanzig Jahren habe ich begonnen, in Buchingers Gasthaus „Zur Alten Schule" mitzuarbeiten. Damals war es Recherche zu meinem Mira-Valensky-Krimi *Ausgekocht*. Einige Zeit später habe ich die Kochprüfung abgelegt, auch aus Respekt vor einem der nach wie vor schönsten Berufe. Vieles hat sich seit damals geändert. Meine Leidenschaft fürs Kochen – auch in der Profiküche – ist geblieben.

Wie in den anderen Bänden habe ich versucht, auch in *Fine Dying* ein paar Schlaglichter auf ein Stückchen Welt zu werfen, das ich interessant finde. Handlungs- oder Lebensanleitungen sollte man sich von einem Roman nicht erwarten (vielleicht mit Ausnahme der – wie in jedem Band – eingestreuten Kochrezepte). Aber als leidenschaftliche Köchin und ebensolcher Gast erlaube ich mir, noch ein paar Tipps zum entspannt(er)en kulinarischen Zusammenspiel zu geben:

Zeit
Wer in einem Lokal isst, in dem frisch gekocht wird, sollte sich Zeit dafür nehmen.

Wichtig
Beim Essen (und beim Kochen) geht es nicht darum, andere zu beeindrucken. Das mit dem Beeindrucken geht ohnehin oft schief – die einen ärgern sich über die Besserwisser, die anderen über die Ignorantinnen: kein guter Ausgangspunkt für entspannte Stunden.

Offen für Neues
Erwarten Sie nicht, dass ein Gericht genau so schmeckt, wie Sie es irgendwo irgendwann schon einmal gegessen haben. Geben

Sie sich und der Küche die Chance, Neues gut zu finden. Wenn Sie das nicht mögen, sind Sie (und das meine ich nicht zynisch) in Etablissements, in denen nach den immer gleichen Abläufen Gleiches produziert wird, besser aufgehoben. Die gibt es übrigens nicht nur beim Fast Food, sondern in den unterschiedlichsten Preisklassen. Ich kenne ein hoch bewertetes Lokal, dessen Küchenchef sich rühmt, seit zwanzig Jahren dasselbe Amuse-Bouche zu servieren. Und Sternetempel, die ihre Menüs bloß alle heiligen Zeiten wechseln.

Reservieren

Reservieren Sie, und sei es eine halbe Stunde vor dem Besuch des Lokals. So haben Sie einen besseren – oder überhaupt einen – Tisch und ersparen es sich, abgewiesen zu werden. Und Ihre Gastgeber:innen können besser planen.

Führer

Lassen Sie sich von Guides „führen" – vor allem, was die angegebenen Adressen und Kontaktdaten angeht, aber nicht „verführen": Kulinarische Bewertungen sind oft sehr subjektiv oder von Interessen geleitet, die nicht immer durchschaubar sind. Erfahrung lehrt, mit welchem Medium, mit welchem Gastro-Kritiker man am ehesten übereinstimmt. Verrisse mag ich jedenfalls nicht. Weder wenn es um Gastro- noch um (andere) Kulturkritik geht. Sie sagen meist mehr über die Verfassung der Schreibenden aus als über das, was beschrieben wurde.

Postings und (digitales) Trinkgeld

Was man im Netz über Lokale lesen kann, ist mit doppelter Vorsicht zu „genießen": Menschen posten eher, wenn sie wütend sind. Und sie können über sehr Unterschiedliches in Rage kommen. Andererseits gibt's auch Lokale, die Gäste anfüttern, damit sie ganz besonders enthusiastische Bewertungen abgeben. – Und selbst posten oder bewerten? Wenn mir etwas besonders gut gefallen oder geschmeckt hat, dann ist so etwas inzwischen ein kleines Geschenk – sozusagen ein digitales Trinkgeld. Ein „echtes“ zeugt übrigens nach wie vor von ganz realer Wertschätzung.

Kritik und Entspannung

Es muss nicht immer alles perfekt sein – die besten Gourmets sind nicht jene, die an allem etwas auszusetzen haben. Hat mir aber einmal etwas gar nicht gepasst, dann teile ich es dem Wirt, der Wirtin vor Ort mit. Das ist nicht ganz einfach, aber es trägt schneller zur Entspannung bei, als es in sich hineinzufressen oder es später herumzuerzählen. Und: Das Gastro-Team hat die Chance auf eine Reaktion. Wie sie ausfällt – na, das sagt dann eben auch viel darüber aus, ob ich wiederkommen möchte.

Ach ja, und:

Gegenseitiger Respekt hilft.

DANKE!

an **Manfred Buchinger,**
den besten Koch, den ich kenne. Er hat mich vor mehr als zwanzig Jahren in die Küche seines Gasthauses „Zur Alten Schule“ gelassen (Buchinger-O-Ton: „Zwa Händ’ sind zwa Händ’“) und mir so das wohl größte und dauerhafteste Abenteuer meines Lebens beschert. Ganz viel, was ich übers Kochen und über die Gastronomie weiß, habe ich von ihm. Er war lange Chef im Wiener Intercontinental, die Kritiker haben ihn als „Andy Warhol der Küche“ geadelt und mit Auszeichnungen überhäuft, er hat auf vier Kontinenten in den besten Lokalen aufgegeigt und sich dann in seine Weinviertler Heimat zurückgezogen, um in der „Alten Schule“ das zu tun, was er am liebsten macht: sehr spontan mit dem kochen, was da ist. In der Küche fliegen zwischen uns manchmal die Fetzen (auch wenn wir beide altersmilder werden 😉) – aber: Er gehört zu den Freund:innen, die mir wirklich wichtig sind. Eigentlich ist er mehr als das: der Bruder, den ich niemals hatte.

www.buchingers.at

an **Hussam Al Zalek,**
den großartigen Koch und liebenswerten Menschen. Er stammt aus Damaskus, er wollte nicht in den Krieg, in dem er auf Landsleute schießen hätte müssen. Als er vor mehr als sechs Jahren in Buchingers Gasthaus „Zur Alten Schule“ begonnen hat, war alles für ihn neu: die Sprache, die Küche, die Zusammenarbeit. Inzwischen kann er sehr gut Deutsch, hat die Kochprüfung bestanden, hat geheiratet und mit Maria zwei entzückende Kinder. Und: Er ist ein Koch, der noch das Feuer hat – der viel mehr liefert als bloß seine Anwesenheit gegen Geld. Auch wenn es stressig ist, auch wenn es einmal nicht rund läuft: Er steht am Herd und gibt sein Bestes. Ich habe in den vergangenen zwanzig Jahren mit keinem Mitarbeiter in Buchingers Küche so gerne zusammengearbeitet wie mit ihm.

an **Joschi, Florian Ladengruber und das Weingut Döllinger**
Wenn in diesem Buch Mira mit Bezirkspolizeikommandant Nemecek (natürlich hätte unser lieber Freund Florian Ladengruber, ehemals Bezirkspolizeikommandant von Mistelbach, ganz vieles, was sein Kollege im Krimi macht, nie getan – aber kulinarisch sind die beiden auf einer Wellenlänge) bei seinem Lieblingsheurigen sitzt, ist der unschwer als Döllinger-Heuriger am Wunderberg in Auersthal zu erkennen. Er ist auch mein Lieblingsheuriger, und mehr: so schön, seit Jahrzehnten mit Joschi und seiner Familie freundschaftlich verbunden zu sein. Die Döllingers machen nicht nur hervorragenden Wein, sondern zeigen auch, wie gut man über Generationen hinweg gemeinsam leben und arbeiten kann. Auch wenn Schreckliches, wie der plötzliche, viel zu frühe Tod unserer Freundin Gerda Döllinger, alle erschüttert. Ich bin sehr dankbar dafür, am Rande dabei sein zu dürfen. – Übrigens: Der „Freak", der dem Heurigen im Buch mit gesmoktem Roastbeef oder Schweinsbratl aus dem Holzofen hilft, der bin ich. Und: danke auch für die inzwischen so vielen und immer köstlichen Sonderweineditionen ... und die neue zu FINE DYING!

www.doellinger.at

an **Mariann Unterluggauer,**
eine der profundesten Expertinnen bei mehr oder weniger allem, was mit Computing, Internet, KI, ihrer Geschichte und ihren Auswirkungen auf Politik und Gesellschaft zu tun hat. Als Journalistin liefert sie in Radio und Print international fundierte Beiträge, als Beraterin der EU-Kommission hat sie sich schon sehr früh mit Fragen der *artificial intelligence* und notwendigen Lenkungsmaßnahmen beschäftigt. So habe ich unter anderem von ihr erfahren, dass der Wirtschafts- und Sozialausschuss der EU schon im Jahr 2017 eine sehr klare und umfassende Stellungnahme zum Thema *„Künstliche Intelligenz – die Auswirkungen der künstlichen Intelligenz auf den (digitalen) Binnenmarkt sowie Produktion, Verbrauch, Beschäftigung und Gesellschaft"* abgegeben hat. Hochinteressant! Gefordert wird unter anderem ein *„Verhaltenskodex für die Entwicklung, den*

Einsatz und die Nutzung von KI, um zu gewährleisten, dass während der gesamten Nutzungsdauer von KI-Systemen Menschenwürde, Integrität, Freiheit, Schutz der Privatsphäre und Datenschutz, kulturelle und Geschlechtervielfalt sowie die grundlegenden Menschenrechte gewahrt werden". Etwas, das die breitere Öffentlichkeit sechs Jahre später, als dieses Buch entstand, gerade zu beschäftigen beginnt. Meinen Krimi über die wunderbare, irre Welt der Gastronomie hätten Details zu dem Thema überfordert, daher für alle, die mehr wissen wollen, hier der Link zu dieser Stellungnahme:

https://eur-lex.europa.eu/legal-content/EN/TXT/?uri=CELEX%3A52016IE5369&qid=1681297254253

an **Christoph Wagner,**
der leider viel zu früh schon vor Jahren verstorben ist. Mir war er ein doppelt lieber Freund und Wegbegleiter: der beste und dabei freundlichste Gastronomie-Experte, genau so, wie er in *Fine Dying* vorkommt. Er hat meinen Blick auf viele Aspekte der Kulinarik entscheidend mitgeprägt. Und ein großartiger Autor, nicht nur (gemeinsam mit seiner Frau Renate) von Standardwerken der Kochbuchliteratur, sondern auch als Verfasser von sehr, sehr guten Kriminalromanen.

www.kochbuchwagner.com

an **„meinen" Folio-Verlag und Lektor Joe Rabl,**
so schön, mit euch weiter unterwegs zu sein. Ich weiß, dass meine Texte bei euch in den allerbesten Händen sind! Und darüber hinaus: was für ein Glück, mit Freund:innen arbeiten zu dürfen. Lieber Joe, danke für deinen genauen Blick und den trotzdem so empathischen Zugang zu Mira, Vesna und allem, was sie (und mich) so umtreibt. Liebe Marylou, danke für deine Unterstützung, die weit über das übliche Maß einer hochprofessionellen Öffentlichkeitsarbeiterin hinausgeht, für viele Gespräche und entspannte gemeinsame Abende nach Lesungen. Lieber Ludwig, danke, dass du in dieser für das Verlagswesen so schwierigen Zeit (gemeinsam mit Hermann) drangeblieben bist und jedes Jahr mit unglaublichem Einsatz neue spannende Programme erstellst. Ihr

beiden seid Verlagschefs, mit denen man nicht Kontakt halten „muss“, sondern mit denen man liebend gerne zwischen Bozen, Wien oder sonst wo auf der Welt noch ein Glas trinken geht!

www.folioverlag.com

an **Mutti, Elisabeth, Martin, Christine, Simon, Mirjam, Jana – und natürlich meine verstorbenen Omas**
Wo, wenn nicht in der Familie, erfährt man den ersten Zugang zur Kulinarik? Die eine Großmutter hat in ganz jungen Jahren noch in Zeiten der Monarchie in Budapest als Herrschaftsköchin gearbeitet und darüber erzählt. Die andere hat in Großsteinbach, in der Oststeiermark, für uns jeden Sonntag aufgekocht. Mein Lieblingsessen, das „gefüllte Hendl“, und die Geschichte dazu habe ich Mira geborgt. Und noch immer ist es so, dass Ernest und ich mit großer Freunde gemeinsam mit unserer Familie essen. Was für ein Fest, wenn es uns gelingt, dass wieder einmal alle an einem Tisch sind: von meiner Mutter mit ihren inzwischen neunzig Jahren bis hin zu Jana, ihrer wirklich schlauen Urenkeltochter.

an **alle, die uns kulinarisch verwöhnen,** für entspannte Abende mit Überraschungen, neuen Geschmacksmomenten und angenehm vertrautem Guten. Ich mag Rankings nicht, also gibt's für mich kein „bestes“ Lokal, keine „allerbesten“ Produzent:innen. Und ich werde mich hüten, in meiner näheren Umgebung die einen schon und die anderen nicht zu erwähnen. Also beschränke ich mich auf die weiter weg, die auch im Krimi genannt werden:

Casa Orter (im Buch „Casa Moser“) im kleinen friulanischen Ort Risano; Roberto ist tatsächlich einer der besten und kreativsten Köche, die ich kenne, und das gesamte Ambiente auch dank Annalisa einfach zauberhaft.

www.casaorter.it

Ein paar meiner sardischen Lieblingsadressen:

www.sardinienprodukte.at
www.silviocarta.it

www.dapalmira.it
www.ristorantepizzeriadamax.it
www.lounge.dishmenu.it/restaurant/mammai
La Fontanella, Quartu Sant'Elena: https://www.facebook.com/profile.php?id=100064842881293

an **Ernest**, wie immer am Ende, aber natürlich am wichtigsten. Wie schön, dass wir uns auch kulinarisch so gut verstehen – gemeinsam mit dir zu essen wird niemals öder Alltag werden!